# TACK!

Genom att välja en klimatsmart pocket från Bonnier Pocket bidrar du till vårt arbete för att göra produktionen av pocketböcker miljövänligare.

**Vår vision** är att ge ut böcker där man tagit hänsyn till miljön i varje steg av produktionen – och vi strävar efter att bli ännu bättre.

Vi har därför valt att trycka alla våra böcker på FSC-märkt papper. FSC står för Forest Stewardship Council och är en oberoende, internationell organisation som verkar för socialt ansvarstagande genom ett miljöanpassat och ekonomiskt livskraftigt bruk av världens skogar. FSC:s regelverk slår bland annat vakt om hotade djur och växter, om hållbart och långsiktigt bruk av jorden och om säkra och sunda villkor för de som arbetar i skogen.

För de utsläpp som trots allt inte går att undvika i bokproduktionen klimatkompenserar vi genom Climate Friendly. Vi bidrar härigenom till utbyggnaden av hållbar utvinning av förnyelsebar energi, såsom vindkraft.

Vill du veta mer? Besök **www.bonnierpocket.se/klimatsmartpocket**

Märket för ansvarsfullt skogsbruk
FSC-SWE-0061
®1996 Forest Stewardship Council A. C

Leif GW Persson

# Gustavs grabb

– berättelsen om min klassresa

Bonnier Pocket

www.bonnierpocket.se

ISBN 978-91-7429-282-4
© Leif GW Persson 2011
Första utgåva Albert Bonniers Förlag 2011
Bonnier Pocket 2012
ScandBook AB, Falun 2012

Professorsvillan, Elghammar, våren 2011

# I
PROLOG

## I.

Söndagsbarn med segerhuva

Det här är berättelsen om en klassresa, min egen klassresa. Samma klassresa som på ett avgörande sätt har format hela mitt liv. I stort såväl som smått och även när det kommer till rena struntsaker.

Jag heter Leif Gustav Willy Persson. Jag föddes den 12 mars 1945 på Allmänna BB i Stockholm med för åldern normal vikt och längd; tre och ett halvt kilo, femtiotre centimeter, fem fingrar på varje hand, fem tår på varje fot. Jag förklarades fullt frisk och redo att möta livet.

Den dagen som jag föddes går två amerikanska pansardivisioner över Rhen. Tillsammans med engelsmännen har de etablerat ett två mil långt brohuvud på östra sidan av floden samtidigt som Röda armén tränger in i Berlins förorter. I Europa kan man nu räkna dagarna till slutet på ett krig som pågått i snart sex år och förhärjat en hel kontinent. Den vingbrutna tyska örnen har störtat till marken, USA, England och deras ryske bundsförvant utdelar rutinmässigt och från varsitt håll de avslutande käppslagen, och mellan detta och tiden för min egen födelse finns ett enkelt samband.

När jag föds i mars 1945 har mina föräldrar levt barnlösa tillsammans i närmare tio år men nu när kriget snart är över föds det fler barn än någonsin tidigare i Sverige. Inte som ett resultat av att man tagit ut något lösaktigt förskott på den fred som alla förstår snart är ett faktum. Tvärtom är det i mycket, även räknat i antalet nyfödda barn, ett uttryck för den skötsamma arbetarklassens planering av den egna tillvaron, och inte minst sitt barnafödande. Det vet ju alla vid den här tiden, från Per Albin Hansson och Tage Erlander, Gustav Möller och makarna Myrdal, hela vägen ner till dem som har röstat på dem, som mina föräldrar Margit och Gustav, till exempel.

När jag sju år senare får en syster fullkomnas så det socialdemokratiska befolkningsidealet. En arbetarfamilj med två barn, tillika en son och en dotter, mamma Margit och pappa Gustav, storebror Leif och lillasyster Maud.

Så fort jag blir gammal nog att kunna lyssna och förstå berättar min mamma för mig att jag var ett lyckligt lottat barn. Inte nog med att jag var född på en söndag, jag var också född med segerhuva. Inte bara någon vanlig överklasspojke, som hade kommit till jorden med en silversked i munnen, utan långt bättre än så, ett Söndagsbarn med Segerhuva.

I de folkliga föreställningar som styrde goda delar av min mammas liv, med hennes bakgrund och i hennes generation, var det en lycka att få födas på en söndag. Närmast en garanti för att jag skulle få leva ett liv fritt från bekymmer, kanske hela livet rentutav, som en ändlös rad av arbetsfria söndagar. Dessutom ett liv fyllt av framgångar som för alla gossebarn som tränger ut ur moderlivet med hjässan krönt av en huva av fosterhinnor.

Så fort jag blir gammal nog att kunna läsa, jag har ännu inte börjat skolan så det är oklart hur det har gått till, bestämmer jag mig också för att lära mig mer om den nåd som har vederfarits mig. Hemma finns inga böcker som kan stilla min nyfikenhet men eftersom mamma städar lägenheten åt änkan efter en konsul som bor i grannhuset kan jag göra det med hjälp av *Svensk uppslagsbok* som står i bokhyllan i hennes vardagsrum.

Tydligen är det så att det min mamma har berättat för mig är sant – hur underligt jag än tyckte att det lät – att mitt huvud vid födelsen faktiskt har kransats av min mammas fosterhinnor.

Att de suttit som en huva på min hjässa och att detta var något mycket ovanligt. I äldre tider brukade man torka och spara segerhuvan vilket inte var så konstigt eftersom den gav bäraren de mest märkliga egenskaper. Att man kunde släcka eldsvådor genom att bara gå runt brandplatsen, att man blev synsk, kunde utföra magiska riter, stämma blod och bota sjuka och sårade genom enkel handpåläggning. Viktigast av allt, att den som fötts med segerhuva också skulle överleva alla strider som han deltog i.

Det står faktiskt så i uppslagsboken, som "han" deltar i, och trots att jag bara är fem år gammal förstår jag att flickor aldrig kan födas med segerhuva. Det är ett privilegium som förbehållits oss gossebarn. Kanske också ett omedvetet uttryck för att flickor och kvinnor inte ska "delta i strid". I vart fall inte på det där påtagliga viset där man förväntas ränna en bajonett genom magen på någon som man aldrig tidigare har träffat.

Hur som helst är det ingen dålig gåva att få födas som siare och helbrägdagörare (de orden har jag också slagit upp), dessutom som osårbar och ständig segrare. Helbrägdagörare, siare och segrare, hjärtat som redan bultar i kroppen på mig av förväntan över att få utföra alla dessa stordåd i mänsklighetens tjänst som väntar på mig därute.

– Du är väl rädd om kärringens böcker, säger mamma när hon går förbi med skurhinken. Gör inga hundöron, för då blir hon tokig.

Det är först långt senare som jag fylls av tvivel. Det liv jag levt så långt rimmar nämligen illa med min mors förutsägelser om den framtid som väntade mig.

Jag pratar i enrum med pappa Gustav om saken. Han skakar på huvudet, ruggar tveksamt på sina tunga skuldror. Han har inget minne av någon segerhuva och mamma Margit har i vart fall inte sagt något till honom om den saken. Helt säker kan han samtidigt inte vara eftersom han inte var med under själva födelsen och kunnat iaktta min första uppenbarelse med egna ögon.

– På den tiden fick man ju sitta utanför i korridoren och vänta, som du säkert vet. Ja, tills det var över då.

Jag nöjer mig med att nicka.

– Du vet hur det kan vara med Margit, säger han överslätande och skakar på nytt på huvudet. Det viktiga är väl ändå att det har gått bra för dig. Vem vet, det kanske är sant?

Det svar han ger mig väcker nya frågor. Ännu långt senare om sanningshalten i den berättelse som jag nu har nertecknat. Är det en självbiografi, en roman eller kanske något annat?

När jag beskrivit min klassresa har jag givetvis försökt undvika att ljuga rakt upp och ner. Försökt att inte förtiga det elände som jag vållat andra genom vanligt slarv eller allt ont som jag har gjort dem genom att jag ibland har förhärdat mig och plockat fram det sämsta inom mig. Inte ens försökt att undanhålla eller förminska mina misslyckanden, tillkortakommanden och vanliga enkla pinsamheter. Av samma slags skäl har jag också försökt att inte förstora mina framgångar eller hitta på nya som aldrig inträffat i sinnevärlden.

Så långt är allt gott och väl i en biografisk mening. Problemen är samtidigt andra och långt värre. Allt som jag bara har trängt undan, glömt eller fått om bakfoten. Lägg till detta mitt beroende av vad äldre personer i min närhet har berättat för mig om mitt liv, som min egen mamma, till exempel.

Ännu värre. Min lust att berätta skrönor, eller bara göra bra historier bättre, som jag ständigt levt med och alldeles oavsett om jag fått dem från andra eller av annat eller hämtat dem från det som varit mitt eget liv. Rättare sagt, min egen upplevelse av mitt eget liv.

Allra värst den andra sidan av saken, det ångestfyllda och maniska behovet av kontroll som har drivit mig när jag skrivit mina vetenskapliga böcker och artiklar och där jag mest suttit och korrigerat mina egna felräkningar, nagelfarit vartenda kommatecken och vaknat mitt i natten, klarvaken och kallsvettig av ännu ett förbehåll som överrumplat mig i sömnen.

Att jag under den här tiden skrivit nio romaner om brott handlar inte främst om att jag velat återbruka erfarenheter från mitt yrkesliv. Det är mycket enklare än så. Jag har skrivit dem för att lätta på mitt inre tryck, öppnat en ventil för att lindra min egen ängslan, min ångest, mina egna våndor, för att rädslan att göra fel inte skall kväva mig. När jag för en gångs skull får vara Verklighetens Herre, när jag skriver en roman och ensam och fullt ut, ända in i minsta påhittade detalj, kan bestämma över den verklighet som jag beskriver.

När Gustave Flaubert, 1857, ger ut sin roman *Madame Bovary* kommer han att åtalas för brott mot sedligheten. Romanens beskrivning av ett äktenskapsbrott anses stötande för den goda moral som skall gälla i Frankrike vid den här tiden. Flaubert blir visserligen frikänd men i samband med rättegången får han givetvis frågan om vem han har haft som litterär förlaga till sin kvinnliga romangestalt.
– Det är jag som är Madame Bovary, svarar Flaubert, och för säkerhets skull upprepar han det ännu en gång, förstärker det han just har sagt. Madame Bovary, c'est moi, d'après moi... Efter mig.

Tecknad efter honom, efter hans liv. Och om nu detta är sant, att romanen om Madame Bovary i själva verket var Gustave Flauberts självbiografi, så är denna berättelse om min egen klassresa kanske en roman om mitt liv och eftersom jag för en gångs skull är fri att välja kan den beskrivningen möjligen också fungera som ett sätt för mig att återförsäkra mig i min roll som författare, trots att det mesta som står här säkert är sant. Vad det nu spelar för roll, den här gången?
Roman? Självbiografi? Det här är berättelsen om min egen klassresa. Som jag minns den.

Den 12 mars, 1945, var för övrigt en måndag.

# II

BARNDOM

# 2.

### Liten pojke med få minnen

Jag har bara fem minnen från mina fem första levnadsår. Fem något så när sammanhängande upplevelser som jag har haft och kommer ihåg mer än ett halvt sekel senare. Detta bekymrar mig inte särskilt så länge det är de två första åren som vi talar om. Det finns visserligen åtskilliga psykologer och terapeuter som påstår att vi kan minnas även sådant som hänt redan när vi var spädbarn men jag har aldrig trott på dem trots att jag känner flera, i vanliga fall vettiga personer, som berättat för mig om händelser i deras liv som skulle ha inträffat medan de ännu kravlade omkring i blöjor och som de själva säger sig minnas. Utan att skämmas det minsta och utan att ha ägnat en tanke åt vad deras föräldrar, äldre syskon och andra närstående kan ha bidragit med när det kommer till att bygga upp en tidig och egenupplevd historia.

Att jag inte tror på vare sig de hävdat sakförståndiga eller deras vittnen beror heller inte på någon sent förvärvad yrkesskada eller att jag sedan mycket länge lever mitt liv i kraft av mina tvivel och inte min övertygelse. Jag tror inte på dem och svårare än så är det inte.

Bland de fysiologer och neurologer som studerat hjärnans förmåga att spara på minnen tycks man rörande överens om att före fyllda två år är ett barns hjärna inte tillräckligt utvecklad för att kunna lagra alla de ljud, bilder och dofter kring de personer, händelser eller andra upplevelser som nästan alltid skänker konkret innebörd åt det som vi kallar minnen. Jag delar deras uppfattning.

Efter det att jag fyllt tre år blir det däremot problematiskt.

Jag vet att jag vid tiden för mitt första minne kan mer än bara gå och ge enkla uttryck för fysiskt upplevda behov. Jag kan springa, hoppa och vid lust eller behov klättra upp och ner i mindre träd. Jag blir intresserad och uttråkad, glad och ledsen, modig och rädd på det där logiska och rationella viset som är det första förebudet om att jag är på väg att bli en vuxen människa i en själslig mening. Jag kan uttrycka mig begripligt och förstår nästan alltid vad andra säger åt mig. Sammantaget talar detta för att jag är ungefär tre år gammal. Att jag har fyllt tre, kanske till och med fyra år.

Från den här tiden, mellan tre och fem års ålder, har jag alltså bara bevarat fem konkreta minnen. Jag är visserligen oklar över deras inbördes ordning rent tidsmässigt men det som oroar mig är att de är så få. Jag borde ha haft betydligt fler minnen än så, eftersom jag var tidigt utvecklad jämfört med mina kamrater och alltid har haft en mycket hög minneskapacitet. Detta får mig också att misstänka att jag kan ha trängt bort åtskilligt av det som hände mig under en period på två år, och att det fåtal händelser som jag ändå minns kan ge mig en vägledning om varför jag gjort det.

## 3.

### Från lukten av kreosot till Stora Stygga Vargen

Att dofter kan utlösa minnen är väl känt. Madeleinekakorna i Prousts roman, *På spaning efter den tid som flytt*, är det klassiska exemplet bland bildat folk. Själv var jag säkert tjugo år innan jag åt min första madeleinekaka och de mandelkubbar som jag inmundigat långt innan dess lösgjorde i vart fall inga tidiga barndomsminnen. I mitt fall handlar det inte om doften av mandel utan istället den skarpt stickande lukten av kreosot.

Jag är i Estland och jagar. Det är sent åttiotal, försommar, tidig gryning, jag smyger längs en dikesren i jakt på vildsvin och råbockar och när jag går över en träspång känner jag plötsligt lukten av kreosot och förflyttas omgående fyrtio år tillbaka i tiden och hundra mil bort. Bilderna som dyker upp i mitt huvud är så tydliga att jag för ett ögonblick blir oklar över var jag egentligen befinner mig.

Det är sommar i Sverige, sent fyrtiotal. Jag har varit med min mormor i ladugården medan hon mjölkat korna. Jag håller mormor i handen, i den andra bär hon mjölkkrukan, och eftersom jag kinkar och vill hem så genar vi och följer banvallen till huset där vi bor. Syllarna under rälsen är impregnerade med kreosot som sticker starkt i näsan. Det gör ingenting. Snart är vi hemma och jag ska få mat.

Jag och pappa tittar till en byggarbetsplats där han jobbar för tillfället. Det är söndag och den ligger ute på Lidingö och hur jag minns det vet jag inte. Jag vet att vi åkt dit i pappas bil och att han tar fram sina blåbyxor och stövlar ur bagageutrymmet så fort vi klivit ur bilen. Tar av sig skor och finbyxor, byter till stövlar och blåbyxor. Möjligen är det därför. Att jag kompletterat mitt minne för att få bättre struktur på det. En kortare bilfärd, pappa som byter från finbyxor till blåbyxor, Lidingö, söndag, den vuxna människans behov av att kunna relatera till var och när.

I marken har pappa och hans arbetskamrater grävt ett djupt hål, det är lerigt vatten på botten, och någon har lagt en bred planka över hålet som man kan gå på. Jag springer före pappa men när han kommer efter gungar plankan till samtidigt som jag tittar ner och plötsligt fattar att nu kommer jag att trilla rakt ner och drunkna. Jag blir stel som en pinne, vågar inte ens skrika, men i samma ögonblick sträcker pappa ut handen, fattar tag om livet på mig, lyfter upp mig i famnen och allt är som vanligt igen. Lika bra som det alltid brukar vara när jag får följa med pappa till jobbet.

Jag är ofta med pappa på jobbet. Mamma är ofta sjuk och orkar inte ta hand om mig och jag klagar verkligen inte. Jag får sitta i pappas knä när han kör ångvälten, jag är hans hantlangare och ger honom spik och verktyg när han behöver dem och utan att göra fel en enda gång. När vi har rast sitter vi i futten. Jag har egen matlåda och jag är fri att lyssna på pappas och alla gubbarnas historier. Vid ett tillfälle råkar jag höra en av dem fråga pappa om något som inte är avsett för mina öron och sättet han gör det på är mer ett konstaterande än en fråga.

– Är det frugan din som slår lillgrabben, säger han. Jag råkade se det när han skulle pinka. Han är ju alldeles randig i baken.

Pappa suckar, han ser inte glad ut.

– Margit mår inte bra, svarar han. Hon har fått någon skit i magen. Hon klarar inte av att ha honom hemma.

– Vi får hoppas att det inte är cancer, tillägger pappa och suckar på nytt.

Det märkliga med denna historia är att jag inte har minsta minne av att min mamma skulle ha slagit mig. Än mindre pryglat mig randig för att hon inte stod ut med mig. Det är tvärtom på det viset att jag är säker på att hon aldrig höjt handen mot mig, inte ens ruskat om mig eller knuffat mig, efter det att jag fyllt fem år och vad som skulle ha hänt innan dess minns jag alltså inte.

Jag är liten. Jag sover fortfarande i mina föräldrars sovrum. Min säng står vid kortväggen mitt emot garderoben. Min mamma håller på och städar. Hon håller upp sin nya tröja som har fått stora hål på både ärmar och framstycke. Visar den för mig.
 – Det är Malen som har ätit upp mammas tröja.
 – Malen, frågar jag och framför mig ser jag en fladdermusliknande varelse med långa, vassa hörntänder.
 – Malen, säger mamma och nickar bekräftande. Han bor i garderoben.

Mer än tjugo år senare har jag och min första fru bjudit hem mina föräldrar på middag. Stämningen är oväntat god och min mamma berättar för min fru om hur jag var som barn. Ett mycket livligt barn, enligt mamma, och värst var jag på kvällarna då jag aldrig ville sova utan mest hoppade upp och ner i sängen och krävde att pappa skulle läsa serietidningar för mig.
 Sedan berättar mamma hur hon brukade skrämma mig med Malen. Hur hon brukade lämna garderobsdörren på glänt och säga åt mig att om jag inte låg tyst och snäll i min säng skulle Malen komma flygande ut i rummet och äta upp mig precis som han ätit upp mammas tröja. Hon berättar det som en rolig historia från min barndom.

– Margit är inte klok, säger min fru så fort mina föräldrar lämnat oss. Jag fick god lust att strypa henne när hon berättade den där hemska historien om Malen. Hur kan man göra så mot ett litet barn?

– Jag minns inte, svarar jag och skakar på huvudet. Jag minns det där med Malen och Margits tröja men det andra hade jag inte en aning om. Det där med att hon skulle ha lämnat dörren på glänt.

Precis så är det också. För mig är det jag säger till min hustru helt sant. Malen, tröjan, hålen i den, mamma som håller upp tröjan och visar den för mig, det minns jag. Däremot inte att hon skulle ha öppnat garderobsdörren för att få mig att ligga still och inte hoppa i sängen.

Pappa var oftast den som läste sagor för mig när jag skulle somna. I regel hämtade ur serietidningar som Kalle Anka och Fantomen. Jag är inte missnöjd med hans val av sänglitteratur. Föreningen av bilder och ord gör berättelsen lättare att följa och möjligen är det på det viset som jag lär mig att läsa.

Första gången som jag går på bio så blir det också tecknad film av Walt Disney. Kalle Anka, hans kamrater och övriga bekanta, hela vägen från Musse Pigg och Janne Långben till Stora Stygga Vargen och de tre små grisarna. Bara pappa och jag, och precis som vanligt som jag minns det.

Det är inte som när pappa sitter vid min säng och läser för mig. Det är plötsligt påtagligt på ett sätt som gör mig vettskrämd. När pappa läser för mig om hur Kalle blir arg på Knatte, Fnatte och Tjatte så skrattar jag så att jag kiknar. Inte när han blir det på film och hoppar runt och skriker som om han vore tokig på riktigt. Fast pappa är inte rädd. Han skrattar högt och innan har han ju sagt åt mig att om jag tycker att det blir otäckt så är det inte värre än att jag blundar och håller för öronen.

Fast sedan börjar Stora Stygga Vargen jaga de tre små grisarna för att äta upp dem och allt jag ser är hans stora dreglande käft och vita vassa tänder. Jag gråter och skriker rakt ut, lika högt som de tre små grisarna, tills pappa lyfter upp mig och vi lämnar biografen.

– Det var ju bara på låtsas, säger pappa när vi väl sitter i bilen och skall åka hem, klappar mig tröstande på knäet. Om du lovar att inte snora mer så ska jag köpa en varmkorv åt dig.

Jag slutar snörvla och allt är som vanligt igen. Jag minns att jag sitter fram bredvid pappa. Det gör jag alltid när det bara är han och jag i bilen. Ibland får jag också sitta i hans knä och hjälpa till att styra och växla medan han sköter pedalerna.

Den trygghet som jag upplever när det bara är han och jag kommer att värna mig i nästan tio år. Under flertalet av de år som utgör min barndom. Då tas den ifrån mig inom loppet av en timme. Den tas från honom också och utan att någon av oss kan göra det minsta åt den saken. Jag kommer till det senare, inte nu.

# 4.

Porträtt av författaren vid tre års ålder

Många av mina psykologiskt orienterade kolleger, inom det område som långt senare blir mitt yrke, skulle säkert hävda att anledningen till att jag inte har några minnen från det jag är tre år till dess jag fyller fem beror på att min mamma utsatt mig för övergrepp som jag tidigt skulle ha trängt bort.

Själv är jag inte lika övertygad om den saken. En betydligt enklare förklaring skulle ju kunna vara att den trygghet som min pappa gav mig tonade ner och slätade över den barnuppfostran som min mor skulle ha bestått mig. En praktik som för övrigt inte var ovanlig vid den här tiden och om det nu var på det viset att jag fick smörj så var jag i vart fall inte ensam om den saken. Till skillnad från många kompisar så hade jag ju dessutom en pappa som aldrig slog mig. Inte ens skrek eller röt åt mig.

Samtidigt har jag svårt att släppa frågan och jag söker stöd i ett fotografi som mina föräldrar låtit ta av mig när jag är tre år gammal. Det är ett foto som tagits i en fotoateljé av en riktig fotograf, dessutom signerat av fotografen och med årtalet angivet, 1948. Med säkerhet från tiden för mina fem minnen och om jag är tre, eller till och med tre och ett halvt år gammal, spelar mindre roll.

Jag är kammad och uppklädd. Vit skjorta och vita hängselbyxor, jag ser frisk ut. Varken för mager eller för fet och inga som helst tecken på att jag skulle ha vanvårdats, än mindre misshandlats. Mina föräldrar har dessutom lagt ner både pengar och egen möda på att ta mig till en professionell fotograf.

Den bild han tagit föreställer verkligen ingen typisk busunge från tiden, inte ens en glad, liten rustibuss som blivit tillsagd att sitta still och le så att fotografen får göra sitt på det sätt som hans kunder har rätt att kräva av honom.

Jag tycker mig se en reservation i mitt leende och mina ögon, utan att vara klar över vad jag egentligen tittar på. Nyfikna ögon, en nyfikenhet som kommer sig av intresse men samtidigt är omgärdad av förbehåll. Kanske ett tidigt uttryck för min personlighet, för den jag är, den som jag blivit född till. Något som jag sannolikt har fått genom arv och inte genom fostran. En blivande betraktare som redan börjat hålla ett visst avstånd till det som är föremål för hans uppmärksamhet och som vid behov kan backa undan och skydda sig själv med hjälp av sina egna tankar. Som kan försvara sig med det som enbart rör sig i hans eget huvud.

Sant eller falskt? Jag vet faktiskt inte. En sak vet jag dock med säkerhet. Att det är på det viset som jag levt stora delar av mitt vuxna liv. Jag är också medveten om att detta förhållningssätt till min omvärld har varit både på gott och ont, att jag ofta haft svårt att hantera det så fort jag hamnat i konflikter, eller bara en vanlig ordväxling, och att detta vållat både mig och mina närmaste problem. Oavsett vilket har det varit nödvändigt för mig. För att jag skall kunna fungera, till och med överleva, i det som varit min vardag.

Att det inte gjort mig lycklig är en annan sak, tillika helt ovidkommande eftersom jag inte har haft något annat val och det är sannolikt därför som jag tycker att jag kan se det i mina egna ögon redan när jag bara är tre år gammal.

# 5.

Det Förlovade Landet

Under de första elva åren av mitt liv bor jag på Tegeluddsvägen på Gärdet. Granne med den stora godsjärnvägen och Frihamnen och Ett Förlovat Land att få växa upp i för en liten pojke som jag. Huset där vi bor är ett sjuvåningars höghus i svensk trettiotalsfunkis. Närmast en skyskrapa enligt den svenska modell som gäller under Per Albin Hanssons dagar. Ett hus av sju likadana i samma kvarter och ingen slump att kvarteret där de ligger heter New York. Pappa, mamma och jag i två rum och kök på drygt femtio kvadratmeter. Badrum med riktigt badkar och bättre än så bor ingen. Inte i min värld vid den här tiden och det är gott om plats för den som är så liten som jag.

När jag börjar småskolan och fröken frågar var jag bor är det också med stolthet som jag berättar att jag minsann bor i kvarteret Nävv Jorkk, granne med järnvägen och Frihamnen med alla båtarna.

– Njuuu Joork, säger fröken och trutar med sina smala läppar. Det heter Njuuu Joork, upprepar hon och eftersom det kommer att dröja ytterligare några år innan jag börjar i realskolan, och får lära mig engelska, fattar jag inte vad hon menar. Samtidigt är jag inte dummare än att jag nickar instämmande. Tror till och med att jag formade läpparna till ett o och försökte härma henne. Vad det nu spelar för roll vad hon tycker eftersom jag bor i Nävv Jorkk som är världens största stad med världens högsta hus och ligger i Amerika där alla rika bor, för det har pappa berättat.

Mina föräldrar flyttar in våren 1940, samtidigt som tyskarna ockuperar Danmark och Norge, fem år innan jag föds. På hösten året innan har de för övrigt gift sig. Samma månad som det stora kriget brutit ut och trots deras nya och fina bostad är barn något som får skjutas på en osäker framtid.

Gärdet är ingen typisk arbetarstadsdel. Snarare tänkt för yngre tjänstemän på väg upp i tillvaron, och att pappa och mamma hamnar där beror på att pappa fått jobb som portvakt i huset där de flyttar in. Jag är ett av få arbetarbarn i kvarteret Nävv Jorkk vilket inte betyder det minsta för samvaron med mina lekkamrater i samma kvarter och tvärs över gatan kryllar det för övrigt av arbetarungar. Där bor nämligen järnvägsarbetarna och deras familjer i stora röda trähus från artonhundratalet med utedass på gården, egna potatisland och fruktträdgårdar med både äppelträd och vinbärsbuskar.

Nedre Gärdet i början på femtiotalet och från huset där jag bor är det bara tre kilometers promenad till Stureplan mitt i Stockholm. Trots närheten till huvudstadens centrum är det som att bo ute på landet. Norra och södra Djurgården, Ladugårdsgärdet, skog, gärden, till och med åkrar och lummiga trädgårdar med hus från förra seklet där det faktiskt bor levande människor som hämtar sitt vatten ur en järnpump ute på gården. Och bara tvärs över gatan ligger järnvägen och Frihamnen.

Jag bor alldeles vid kanten av den stora stenstaden i väster, samtidigt som jag bor på landet, med både harar och rådjur, rävar och Hans Majestät Konungens får alldeles inpå husknuten trots att den knuten ligger i kvarteret Nävv Jorkk. Som inte det räckte och blev över bor jag också granne med Äventyrslandet som alltså bara ligger tvärs över gatan med alla tåg och båtar från fjärran länder.

Dessutom har jag hur många kompisar som helst som bor alldeles i närheten, är i samma ålder som jag, har samma intressen som jag har och heter ungefär som jag. Uffe, naturligtvis, som är min bästa kompis, men också Bengan, Berra och Bosse, Kalle,

Kenta och Krille, Larsan och Lelle, Robban, Sören och Sune, för att nu bara nämna några av dem.

För en liten pojke som jag är detta som att få växa upp i Det Förlovade Landet och eftersom Vår Herre tydligen inte ens slarvat med detaljerna den här gången, så bor Uffe, hans mamma Valborg som är hemmafru och hans pappa Erik som säljer rör och värmepannor vägg i vägg med mig i en lägenhet som är på pricken lik den som jag och mina föräldrar bor i. "Leffe och Uffe" och på det viset kommer det att vara ända upp i realskolan. Leffe och Uffe, eller kanske Uffe och Leffe, beroende på vem som för tillfället har ordet.

Hemma i lägenheten finns tak över huvudet, mat på bordet och en säng att sova i som alltid står bäddad. Utanför ytterdörren till huset väntar äventyret i alla dess former, från att leka indianer och vita och tjuv och polis, till att sparka fotboll och anordna kvarteret Nävv Jorkks olympiska mästerskap i friidrott. Skulle det vara en regnig dag kan jag och Uffe sitta i matrummet och leka med våra tennsoldater. Eller också kan jag läsa högt för honom ur Kalle Anka och Fantomen.

Enda molnet på min barndoms himmel är att mamma ofta är sjuk och att hon ibland säger att hon snart kommer att dö. Fast då får jag följa med pappa till jobbet och när vi kommer hem igen mår mamma oftast bättre. Nästan alla dagar jag minns är bra dagar, precis som det liv som ett Söndagsbarn har rätt till och som mamma har lovat mig, och de dåliga dagarna kan jag ju vara med pappa. Om inte det hjälper kan jag läsa något som får mig att tänka på annat. Eller bara låtsas att mamma inte är sjuk utan lika frisk som mormor och leva precis som ett riktigt Söndagsbarn som växer upp i Det Förlovade Landet.

# 6.

### Söndagspromenader med pappa

Söndag eftermiddag, höst, vinter och tidig vår, innan vi skall äta middag, brukar pappa och jag gå långa promenader. Oftast går vi ut i Lill-Jansskogen och tittar efter djur och fåglar. Vi tar alltid med oss gammelfarfars skeppskikare. Den som farfars far, Gustav Gotthard, hade köpt när han var pråmskeppare i USA och gick med last av vete från Chicago hela vägen ut till Atlanten. Kikaren hade han gett till pappa när han återvänt till Sverige efter andra världskriget eftersom hans egen son, min farfar Gustav Willehardt, hade dött i en olyckshändelse redan 1922 när pappa bara var nio år gammal.

Alla män på min fars sida av släkten har hetat Gustav, i vart fall så länge någon kan minnas. Min farfars far, Gustaf Gotthard, min farfar Gustaf Willehardt, min pappa Gustav Vilhelm, jag själv, Leif Gustav Willy.

När jag frågar pappa varför inte jag också fick heta Vilhelm, som pappa, eller Willehardt, som farfar, så säger pappa att det kunde man inte heta på den tiden jag föddes. Fast Willy gick bra. Det hade med kriget att göra fast då fattade jag inte riktigt hur.

Skeppskikaren är stor och svart och klädd med läder. Dessutom med namnet på gammelfarfars båt, MS Paris, instansat med guldbokstäver på ovansidan av läderhöljet. MS Paris betyder motorskeppet Paris. Det har pappa berättat. Paris är en stad som ligger i Frankrike, även det har pappa berättat, och Eiffeltornet har jag sett på bild i tidningen.

Det är långa promenader för en liten pojke men det gör ingenting. Blir jag trött så får jag sitta på pappas axlar och är han på gott humör förvandlas han till en häst som galopperar den sista biten hem, rakt in i huset där vi bor, medan jag skrattar så jag kiknar och använder hans stora öron som tömmar.

Jag håller ofta pappa i handen. Det gör inget eftersom det bara är han och jag. Hans tumme är större än hela min hand men det gör heller ingenting eftersom det oftast är min hand som kramar hans och att han aldrig gör mig illa om han kramar min. Jag travar på så gott det går, med tanke på väglaget och mina korta ben, utom när vi kommer in i skogen och skall spana efter djur, för då smyger vi som indianer. Då och då stannar vi till för att spana på allvar med hjälp av MS Paris men då ser jag nästan aldrig någonting. Kikaren är så stor och tung att pappa måste hjälpa mig att hålla upp den.

– Ser du räven där borta i dikesrenen, på andra sidan gärdet, viskar pappa och pekar.
– Ja, säger jag, fast jag inte gör det. Aldrig när jag tittar i kikaren. Bara när jag inte tittar i den.

Allra bäst är det ändå att gå ner till Frihamnen på våren då alla båtarna kommer för att det inte längre är någon is ute på havet och samtidigt som solen och värmen befriat och släppt ut alla dofter som de haft med sig. Särskilt de som har kommit med båt från andra sidan jordklotet, doften av apelsiner och bananer från Afrika eller kaffe och torkade hudar från Sydamerika. Apelsiner som bara luktar sött och gott, bananer som har en tjock men ändå lite söt doft. Kaffe som luktar som köket hemma där vi bor när mamma mal bönor i kaffekvarnen som hon fått av Morfar som alltid vill ha nymalet kaffe. Hudar som inte luktar gott utan sticker i näsan men som är roliga att titta på eftersom de ser ut som jättestora torkade lutfiskar. Luktar som lutfisk gör de också trots att de inte går att äta. De ska till

Oscaria i Örebro där man ska göra skor av dem. Även det har pappa berättat.

Fast om jag fick välja skulle jag nog ändå välja doften av trä. Trä luktar Sverige, det luktar Norrland där hela tjocka släkten bor. Massaved, sågtimmer och virke. Både sågat, hyvlat och spontat, bjälkar, syllar, reglar, plank och vanliga bräder, till och med läkt och färdiga lister. Pappa visar och förklarar. Han ser glad ut, stryker över bräderna med handen. Alla träd som bara ligger där och luktar gott i staplar höga som hus och nästan lika stora som kvarteret där vi bor.

– Här du, Lejfen, säger han. Här finns det en hel del att göra för en sådan som jag.

Jag minns promenaderna med pappa mycket tydligt. Jag måste ha fyllt fem år eftersom jag plötsligt minns mer än vad jag ens hinner med att sortera i mitt huvud. Jag hittar inte på dem för det behöver jag inte längre. Jag försöker heller inte idealisera min far eller romantisera vårt umgänge. Det var precis så här det var. Visst hände det att jag trillade och stod på öronen och skrubbade både händer, armbågar och knän – även indianer kan snubbla när de inte ser sig för – och helt säkert tog jag till lipen fler gånger än en när det väl hände. Men just det minns jag alltså inte. Varför jag nu skulle göra det med tanke på allt det andra, det som räknades. De ögonblick som jag har räknat hela livet. Som jag fortfarande räknar, sextio år senare.

# 7.

Ingenjören, Lärovärket, Morfar Gustaf
och lille Leif som skall kostas på

Min pappa är timmerman och grovarbetare och det är "ingenjörn" som bestämmer om han skall såga bräder och slå i spik eller gräva diken och lägga ner rör. Fick han välja själv skulle han säkert föredra det första framför det andra, eftersom det inte sliter lika hårt på hans kropp, men nu är det alltså ingenjören som avgör den saken och får de bara besked dagen innan så är det gott nog för pappa och hans jobbarkompisar.

De "marknadskrafter" som man numera hänvisar till tycks också ha varit helt okända vid den här tiden när det kom till så enkla ting som att leda och fördela vanligt kroppsarbete och i den meningen var allt inte sämre förr. Ansvarsfördelning och vanlig ordergivning var både konkret och personlig på ett tilltalande sätt. Det var "ingenjörn" som bestämde och att pappa ändå var "lagbas" för halvdussinet arbetskamrater, dubbelt så stor som ingenjören och säkert tio gånger starkare, var totalt ointressant i det större ekonomiska sammanhanget.

Min mamma är hemmafru men eftersom pappa också är portvakt i huset där vi bor sysslar hon huvudsakligen med att hålla rent efter andra. Huset är sju våningar högt och innehåller sextio lägenheter, diverse affärslokaler, källare och vind, så det finns bland annat hundra meter trappor som skall knäskuras var fjortonde dag, när hon inte förväntas ta hand om pappa Gustav och lille Lejfen, tvätta, laga mat och diska, koka pölsa, steka strömming eller bara pyssla om oss i största allmänhet. Trots att hon ofta är sjuk.

En söndag eftermiddag sent på hösten, ett par år innan jag börjar skolan. Det är redan mörkt ute. Dags för vår vanliga promenad före söndagsmiddagen men den här gången bryter vi mot våra rutiner och ställer kosan ner mot Östermalm. Dit går vi sällan men nu har pappa bestämt att det är dit vi ska och han vill inte tala om varför. Men om jag bara ger mig till tåls så ska han snart berätta. När vi kommer ner på Karlavägen stannar pappa och visar med handen mot en stor brungrå tegelbyggnad som ruvar långt därinne i mörkret bakom den grusade skolgården.

– Här har du läroverket, säger pappa. Det är här du ska gå i skolan när du ska bli ingenjör.

Han säger "när", inte "om". "När du ska bli ingenjör", och det gör han för att i hans huvud finns redan en idé om att hans ende son skall kostas på och därmed få leva ett bättre liv än det som han lever. Hittills har det varit hans hemlighet men nu är det dags att avslöja den för den som den handlar om.

Läroverket skrämmer mig. Det ligger där i dunklet som ett jättelikt hopkrupet djur i murad sten, jag är bara fem år gammal, och den enda värk jag känner är ont i magen, örsprång och tandvärk. Dessutom har Morfar berättat för mig hur hemskt det är att gå i den vanliga skolan. Hur mycket hemskare måste det då inte vara att hamna i ett Lärovärk?

Morfar Gustaf kommer på besök två gånger per år. Även Morfar heter Gustaf, Anders Gustaf, fast det är Gustaf som han kallas. Han är uråldrig. Enligt pappa, som inte tycker om sin svärfar, borde han ha varit död långt innan jag föddes, om det nu hade funnits någon rättvisa här i världen. Istället är han pigg som en ärta och gör ingen hemlighet av att min pappas känslor för honom är besvarade. Han bär kostym med väst och klockkedja, röker cigarrer som luktar illa och sover på en extrasäng som pappa burit upp ur källaren och ställt in i vardagsrummet. Pappa ser inte glad ut. Morfar har råd att bo på hotell istället för hemma hos oss där han förpestar hela lägenheten med sina cigarrer och mest är till besvär.

Så länge Morfar är på besök kommer också pappa att få gå ensam till jobbet. Morfar vill ha sällskap av sitt äldsta barnbarn och med mamma är det nu på det viset att hon aldrig blir sjuk när Morfar är hos oss och möjligen är det därför som hon vill att han skall bo hos oss och inte på hotell. Jag vet inte. Jag är bara fem år, men det är så jag tänker.

På dagarna får jag följa med Morfar på hans promenader och till skillnad från pappa går vi alltid in till staden så att han kan äta lunch på Hasselbacken eller Sturehof. Morfar dricker pilsner och snaps till maten trots att det är mitt i veckan och när han får in sitt kaffe beställer han alltid in ett stort glas punsch. Kaffe, punsch och cigarr. Morfar suckar av välbehag. Själv äter jag köttbullar, dricker mjölk till och avslutar med glass, chokladsås och vispad grädde. Det går ingen nöd på mig heller.

– Hur gammal är du nu, frågar Morfar.
– Fem, svarar jag. Fem och ett halvt, tillägger jag, eftersom sådant är viktigt när man är fem år.

Morfar skakar bekymrat på huvudet.

– Då är det snart dags att du börjar skolan, säger Morfar. Vad en sådan som du nu har där att göra? Läsa kan du ju redan. Du räknar och skriver som en hel karl och klockan kan du också. Så vad har du i skolan att göra?

Morfar suckar. Han är inte glad. Han är orolig för mig trots att han redan fått fyr på sin cigarr och tagit den första smutten ur sitt punschglas.

– Skolan är inget roligt ställe ska du veta. När jag gick där fick jag smörj varje dag av magistern som vi hade. Det var ingen bra människa, så jag brukade vika ihop en bordsduk som jag stoppade innanför byxorna innan jag gick dit. Fast det kom han ju på, förstås. Så då blev det ännu värre. Det var inga roliga två år kan jag säga. Morfar suckar på nytt, nickar bekräftande för sig själv.

– Två år, frågar jag. Mamma säger att man går sex år i skolan.
– Ja, säger Morfar. Jag är rädd för att det är så illa nu för tiden. Fast på min tid var det två år och tur var väl det för annars vet man aldrig hur det skulle ha slutat. Då hade jag nog hellre suttit på Långholmen.

Morfar suckar ännu en gång. Tömmer sitt punschglas. Nickar åt mig. Fiskar upp sin guldklocka ur fickan på västen.

– Hög tid att vi går hem och tar en liten middagslur, konstaterar han.

Sedan tar Morfar fram sin jättestora plånbok ur innerfickan. Den är i brunt läder och hålls ihop med ett läderband som liknar ett vanligt skärp. Man kan dra isär den och skjuta ihop den precis som ett dragspel, och den har fem olika fack för sedlar av alla valörer, från femkronorssedlar ända upp till riktiga tusenlappar, det har han visat mig. Morfar är rik som ett bergtroll, enligt pappa, trots att han började som vanlig snickare hemma på Bruket där han föddes. Så det är inte så konstigt att hans plånbok är lika tjock som han själv är.

När Morfar åkt hem så frågar jag pappa om det som Morfar har berättat om skolan är sant. Att barnen får stryk varje dag.

– Morfar är en gammal gubbstrutt, säger pappa. Han pratar bara en massa strunt.

Själv vet jag inte vem jag ska tro på. När Morfar skall åka hem igen ger han mig en tiokronorssedel, en hel förmögenhet, precis som han alltid gör. Mamma tar genast hand om den för att sätta in den på min bankbok. Men så fort Morfar och jag är ensamma tar han fram sin stora portmonnä som han bär i byxfickan och ger mig en blank tvåkrona. Morfar blinkar åt mig, hyssjar med pekfingret mot munnen.

– Det här stannar mellan oss, säger Morfar. Tänk på det, Leif. Du kan aldrig lita på fruntimmer när det kommer till pengar och Margit är inte ett dugg bättre än Vilma.

Vilma är min mormor. Hon är tjugo år yngre än Morfar, en

obegriplig åldersskillnad för den som bara är fem. Morfar och mormor skildes redan när mamma var liten och på den vägen är det.

Tanken på att jag ska bli som ingenjören låter heller inte så rolig. Ingenjören är en liten mager man med skarpskurna drag. Påminner lite om Ville Vessla, faktiskt, i böckerna om mästerdetektiven Ture Sventon som pappa och jag börjat läsa på kvällarna när jag skall sova. Dessutom går han alltid omkring i söndagskläder och kallar pappa Gustav för "Persson" när han pratar med honom.

Själv är jag bara fem år gammal och det är så här det börjar. Som en idé i pappas huvud om att hans ende son skall kostas på. Inte behöva leva det liv som fjättrar honom vid hammare och spik eller spett och spade. Jag minns den kvällen när vi gick ner till läroverket, till och med i detalj, men får jag välja minns jag hellre de andra promenaderna med pappa och enda trösten när jag ser tillbaka är att Morfar fick större betydelse för hur jag formade mitt liv än vad ingenjören fick och utan att jag behövde göra min pappa besviken.

# 8.

### Gubben Milles, farbror Bertil och andra välgörare

Fastigheten där vi bor ägs av en arkitekt som är yngre bror till en världsberömd skulptör. Pappa och han finner varandra omgående trots att han är dubbelt så gammal som pappa, äger åtskilliga stenhus i Stockholms innerstad och tydligen har en bror som är världsberömd.

När pappa pratar med vår hyresvärd kallar han honom för arkitekt Milles, arkitekten, eller bara Milles, som i sin tur alltid kallar pappa för Gustav. Deras umgänge och samtal präglas av en ömsesidig respekt men trots att pappa sköter hans hus på Tegeluddsvägen i närmare tjugo år, så kommer de aldrig att lägga bort titlarna med varandra och mer intima än "Milles" och "Gustav" blir de aldrig. De gånger som pappa bara säger "Milles" är dessutom förbehållna speciella, och bekymmersamma, situationer.

– Har Milles funderat på hur vi ska göra med tvättstugan till våren? Centrifugen behöver bytas och mangeln sjunger på sista versen. Det är faktiskt hög tid att vi byter ut dem innan någon av hyresgästerna gör sig olycklig på dem, konstaterar pappa.

– Det överlåter jag med förtroende till Gustav, svarar Milles och på det viset blir det nästan alltid.

När mamma pratar med honom så är det med "arkitekt Milles". Även inför hyresgästerna, och trots att jag är så liten kan jag se att hon ändrar sitt kroppsspråk när hon gör det, verkar nästan lite mallig faktiskt, men när hon pratar om honom med pappa och mig och så är det som "gubben Milles". Själv kallar jag honom farbror Milles. Det har han själv sagt åt mig att göra redan första gången vi träffades.

När farbror Milles får klart för sig att jag kan läsa trots att jag bara är fem år gammal får jag en klapp på huvudet, mycket beröm och en blank tvåkrona som jag skall köpa någon bra bok för. På min födelsedag några månader senare får jag *Skattkammarön* som jag av anteckningarna i boken förstår att han själv tydligen fått när han fyllde tio år. Varje jul och varje födelsedag får jag så nya böcker, av Mark Twain och Alexandre Dumas, Jules Verne och till och med Dickens. Jag får böcker om Robinson Kruse och hans bäste vän Fredag, om Onkel Tom och Huckleberry Finn, om Gulliver och hans resor, om Phileas Fogg, kapten Nemo och Mr Pickwick, som ju hade förmågan att göra minsta kroppsliga förflyttning till en resa värd att berätta om. Dessutom historier om en massa upptäcktsresanden som både har funnits och färdats i verkligheten.

Farbror Milles har uppenbarligen en mycket hög uppfattning om vidden av och djupet i min boksynthet och om jag vill färdas i fantasin eller sinnevärlden överlåter han åt mig själv att bestämma. Jag skall inte förhäva mig. Ibland kan det dröja flera år innan jag kan ta till mig böckerna som han gett mig men väl där brukar de ofta vara bättre än något som jag läst på länge.

En hedersman, en bra karl och fullt normal trots alla sina pengar, enligt pappa Gustav. Dessutom hade han berättat i förtroende för min pappa att även hans far hade fötts med ett vanligt sonnamn, som han dock låtit byta till Milles så fort han fått fart på affärerna. Bland sina ungdomsvänner hade hans pappa nämligen kallats Mille och allt som behövdes, för att komma i fas med ett stigande välstånd och i takt med borgerskapets musik, var ett tillägg i form av ett enkelt s och bara man sköter sina kort kan det gå hur bra som helst i livet oavsett var man börjat. Väl värt att lägga på minnet och allt enligt hyresvärden, pappas arbetsgivare, "arkitekten", min mammas "gubben Milles" och min egen "farbror Milles", som förvisso är en hygglig människa och dessutom i förtroende, och genom pappa, lämnade det första bidraget till mitt konsthistoriska vetande.

Jag har ännu inte börjat skolan, pappa och jag åker runt i bilen i något av pappas otaliga ärenden, och när vi passerar Konserthuset vid Hötorget stannar han och pekar mot statyn av Orfeus i fontänen utanför.

– Vet du vad Milles berättade för mig, säger pappa. Varför alla gubbar som hans brorsa har knåpat ihop är så långa och smala?
– Nej, svarar jag.
– Han har fel på ögonen, säger pappa och nickar med eftertryck. Han lär ha något synfel som han fick redan som grabb. Ser han en helt vanlig, normal människa så tror han visst att han är tre meter lång. Så nu är han världsberömd, och nog är det väl bra konstigt, allt. Tacka vet jag Anders Zorn.
– Vem är den där stora gubben i mitten, frågar jag och pekar på statyn.
– Vet inte, säger pappa. Någon gammal grek, tror jag. Han var visst musiker. Det är väl därför han står utanför Konserthuset.

Pappa skakar för säkerhets skull på huvudet en extra gång innan han lägger i ettans växel och vi åker vidare.

Om detta med synfelet är sant vet jag inte, det går väl att kontrollera, men eftersom pappa inte ljög, eller ens fantiserade om sådant, så måste Arkitekten ha berättat det för honom. Själv minns jag det tydligt eftersom jag fyllt fem år vid den här tiden och går omkring med ett läskpapper i huvudet. Fast mer konsthistoria än så kom jag aldrig i närheten av under mina tio första levnadsår. Det skulle dröja tills jag började i realskolan och ingen stor sak med det eftersom jag bodde i Det Förlovade Landet och hade betydligt viktigare saker som upptog min tid.

Farbror Milles är inte min ende välgörare. Av Morfar får jag alltid böcker i present; på julafton, när jag fyller år, och varje gång som han kommer till Stockholm och bara har vägarna förbi. Allt ifrån *Herrarnas Julkalender* och Kar de Mummas kåserier och *Två år i varje klass*, till uppslagsboken *När Var Hur* som sammanfattar allt som hänt under året och som det kan finnas skäl att lägga på minnet, enligt Morfar.

Alla som vi känner ger mig plötsligt böcker, på julafton, när jag fyller år och till och med på min namnsdag. Släkt, vänner och bekanta och många böcker blir det. När mina kamrater får tennsoldater, modellbilar, mekano eller ett par nya skidor, så får jag böcker.

Bäst är ändå de böcker som jag får av farbror Bertil. Han bor i samma hus som vi, är en "gentleman" enligt mamma och "fin karl men fullt normal", enligt pappa. Dessutom är han son till en finsk greve som varit både hög militär och diplomat. Oäkta son visserligen, det vet alla som bor i huset och själv gör han ingen hemlighet av det, men om någon skulle tveka om hans börd så är det bara att ställa honom bredvid bilden av hans berömde pappa. Farbror Bertil är för övrigt inte den som bryr sig om sådant.

Han är en märkvärdig man, snälla, nyfikna ögon, alltid glad och trevlig. Rolig att lyssna på är han också, till skillnad från de flesta andra vuxna när de talar till barn. Dessutom talar han finlandssvenska så det är väldigt lätt att höra vad han säger.

Av honom får jag alla böckerna om mästerdetektiverna Ture Sventon, Kalle Blomkvist och Sherlock Holmes. Allt som skrivits om Biggles får jag också, och med farbror Bertil är det till och med så – märkligast av allt – att det verkar som om han själv har läst böckerna han ger mig trots att han är äldre än min pappa.

– Den här måste du läsa, säger farbror Bertil när han ger mig boken om Ture Sventon och Stora nysilverligan på Tomtebogatan.

– Boken handlar visserligen om en riktig tråkmåns men den är ändå både underhållande och underfundig. Dessutom tycker mästerdetektiven Sventon om semlor och det gör ju både du och jag.

När jag fyllde fyra år fick jag ett eget rum. Pappa hade snickrat ihop ett sängskåp som han ställt i matrummet. Praktiskt och bra eftersom man kunde fälla upp min säng så fort jag sovit färdigt och vi inte behövde flytta ut matbordet och de fyra stolarna, som redan stod där, i vardagsrummet. Det räckte med att man sköt undan dem när jag skulle sova och min säng skulle fällas ut igen. Ett par år senare spikade han upp en hylla ovanför sängskåpet där jag kunde förvara alla mina serietidningar och mitt snabbt växande bibliotek.

Samtidigt var han orolig för att jag skulle överanstränga mina ögon genom all läsning. Det lilla han själv läste hade alltid att göra med hans jobb eller andra, praktiskt inriktade, intressen som han hade, som bilar och motorer eller trädgårdsskötsel, fiske och jakt. Inte dessa påhittade historier, om allt mellan himmel och jord och alltid rena fantasier som aldrig kunde inträffa i den verklighet där han levde sitt liv. Enda undantaget de serietidningar som han läste för mig när jag var riktigt liten och det var tid att sova.

– Nu är det snart dags att hälsa på hos John Blund, säger pappa och sätter sig på en stol bredvid min säng. Fast innan dess kanske vi skulle se vad Fantomen har haft för sig på sista tiden.

Sedan plockade han upp det senaste numret som han köpt i tobaksaffären på vägen hem från jobbet. Han hade samma förväntan som jag och jag visste att det skulle bli tid för både frågor och återblickar på tidigare äventyr i trakterna kring Dödskallegrottan.

Pappa föreslår aldrig att jag ska bli arkitekt. Det är ingenjör jag skall bli. Inte konstnär, författare, eller ens arkitekt, för även det ligger alldeles för nära. Med konstnärer är det ju en gång så att de sällan har mat för dagen, blir allmänt olyckliga, dricker alldeles för mycket, får problem med hustrun och kan inte ens ta hand om sina egna barn.

– Här ska du gå när du ska bli ingenjör, säger pappa och mer än så behöver han inte säga. Nu, när han har sagt sitt.

# 9.

### Jag träffar min första neger

Trots att jag bodde alldeles ovanför Frihamnen i Sveriges största stad var jag sex år gammal innan jag såg min första riktiga "neger". Det var ju så alla mörkhyade kallades när jag var barn för på den tiden fanns inga "svarta män". Undantaget var de som jobbade som sotare förstås, för sådana såg man dagligen, men så fort sotaren kommit hem, bytt kläder och tvättat av sig, såg han ut som en vanlig svensk. Det vet jag redan innan jag fyllt sex år eftersom pappa känner en sotarmästare som har kolonilotten bredvid pappas egen täppa ute i Frescati på norra Djurgården. Han ser ut som alla andra vuxna arbetskarlar som jag träffat när jag varit med pappa på jobbet. Dessutom har han både jordgubbsland och hallonbuskar där jag får plocka så mycket bär som jag orkar äta så fort de blivit mogna. Bara jag lovar att inte stoppa i mig en massa kart.

I den generation jag växer upp i har man slutat skrämma barnen med att Sotaren kommer och tar dem om de busar eller inte gör som de vuxna säger. Vår rädsla för mörkret förkroppsligat av den som håller undan soten som samlas i våra skorstenar och eldstäder och vem blir rädd för en sådan när jag växer upp och man till och med har elektricitet och glödlampor i källaren och på vinden? Som uppfostrare av barn har tiden gått ifrån honom.

Negrer finns det däremot, riktiga negrer. Men bara i min fantasi och i mitt förråd av ord för trots att jag bor alldeles i närheten av Frihamnen har jag fyllt sex år innan jag äntligen får se en som är livs levande. Han ser inte alls ut som negrerna jag sett i serietidningarna och hade Fantomen sprungit på honom hade han förmodligen inte känt igen honom. Han har varken bastkjol, tigertänder runt halsen eller en upp och nedvänd fruktkorg på huvudet och till skillnad från Guran så är han till och med längre än min egen pappa, som ändå är en ståtlig karl och närmare en och åttio lång.

Försommar, eftermiddag, det är varmt, solen som skiner från en molnfri himmel. Ungarna i huset är ute på gården och leker. Vi pojkar sparkar fotboll medan flickorna hoppar rep och hage på behörigt avstånd. Plötsligt avstannar all aktivitet för på grusgången upp från Frihamnen kommer plötsligt en riktig neger. Han promenerar där precis som en vanlig människa. Finklädd är han också med vita långbyxor, vit skjorta och blå kavaj och varför han åtföljs av två poliskonstaplar iförda sablar, skärmmössor och långa mörkblå uniformsrockar kommer jag aldrig att bli riktigt klar över.

Negern korsar Tegeluddsvägen, går Värtavägen upp i riktning mot Östermalm, poliskonstaplarna några meter bakom honom och hela flocken med kvarterets ungar ansluter i kön. Ingen säger något trots att negern verkar både glad och trevlig. När han hunnit halvvägs uppför backen stannar han plötsligt, vänder sig om, ler med vita tänder och vinkar åt oss.

– Haaj ooongar, säger negern. Tydligen kan han tala svenska också, åtminstone göra sig förstådd med oss som är från kvarteret Nävv Jorkk. Han vinkar och ler och det är då som Sune tar mod till sig.

– Loii, skriker Sune. Hej på dig med, Loii.

Loii heter Louis Armstrong och han är världsberömd även i Sverige där han varit på turné flera somrar i rad och spelat trumpet på både Gröna Lund, Nalen, Liseberg och Konserthuset i Malmö. Dessutom kan man alltid lyssna på honom på radion, ibland åtskilliga gånger om dagen och nästan lika ofta som Evert Taube. Eller se honom på journalfilmerna som man visar på biografen innan den riktiga filmen börjar och dessutom betydligt oftare än man kan titta på Evert Taube.

Till och med min pappa Gustav har köpt ett par skivor med Louis Armstrong trots att han har svårt för den negermusik som bildat folk kallar för jazz eller kanske blues. Men Louis Armstrong gillar han skarpt för han är en överdängare på att blåsa trumpet och sjunga kan han också. Mannen med silvertrumpeten är lika populär i Sverige som hans svarte broder Floyd Patterson kommer att bli femton år senare och när Floyd väl dyker upp i Sverige, i mitten på sextiotalet, skulle inte ens pappa Gustav och hans arbetskamrater drömma om att kalla honom för neger.

Sune har brutit isen. Vi ungar hejar och skriker.

– Loii, Loii, Loii... Loii Armstrong, Loii Armstrong, gastar vi. I talkör nu.

Våra unga livs första neger bara vinkar och ler och vi har hunnit ända upp på krönet till Värtavägen innan ordningsmakten tröttnar på uppvaktningen. Den äldste av de två konstaplarna vänder sig om, hytter mot oss med knuten näve. Han är alldeles röd i ansiktet och ser trött och svettig ut.

– Håll käften på er ungjävlar, ryter han. Gå hem med er. Spring inte här och jävlas! Alla vi barn stannar upp. Ingen säger något. Vi står där knäpp tysta och tittar ner i backen. Vi är rädda för polisen, nämligen. Riktigt, riktigt rädda, för det var barn på den tiden trots att de sluppit ifrån sotaren.

– Ska inte du vara i skolan, förresten, tillägger han och hugger tag i armen på Sune.

– Jag har skurlov, piper Sune som inte alls verkar så karsk längre.

– Skurlov? Det tror fan det, fnyser konstapeln. Packa dig iväg nu, annars ska jag se till att du hamnar i Sinkabirum som farsan din.

Sunes pappa känner tydligen polisen så det blir hans son som får leda återtåget, medan vi andra lommar efter.

– Typiskt snutjävlar, säger Sune och nickar åt mig som går bredvid honom. Snacka om snutjävlar, alltså.

Själv nöjer jag mig med att nicka. Jag håller låg profil, som man skulle säga i dag. Eller bara låtsas som det regnar och inte käfta emot som man sa då. Mitt livs första neger, men inga svarta män, Stockholm, tidigt femtiotal, våra val av ord som styrs av de liv vi lever och det är orden som väcker mina minnen.

Minnet av mötet med min första riktiga neger väcker även minnen av min kompis Sune.

Sune är en av arbetarungarna som bor tvärs över gatan. Han är ett par år äldre än vi andra. Han skolkar ofta från skolan och så även den här dagen. Hans mamma jobbar på ölkaféet nere i Frihamnen. Hans mamma är mager, kedjeröker och dricker pilsner och brännvin trots att hon är fruntimmer. Inte ens grannkärringarna i järnvägslängorna vill umgås med Sunes mamma och var hans pappa håller hus är oklart. Enligt Sune har hans pappa mönstrat på en båt men nu har han skrivit till Sunes mamma och berättat att han kanske kommer hem till jul. Vad vi nu har med det att göra? Lite konstigt låter det allt men om man inte ger sig kan man åka på en snyting eller i värsta fall en riktig tjolablängare, både fläskläpp, blåtira, syltnäsa och lingonmos. Sune är utan jämförelse störst och starkast i vårt gäng och han har nära till nävarna trots att han bara är åtta år.

När jag frågat min egen pappa om vad som hänt med Sunes pappa skakar han på huvudet och vill helst inte prata om saken.

– Den kraken, säger pappa. Han sitter väl på Långholmen och vilar upp sig medan grabben hans springer vind för våg.

Beskriven med dagens terminologi är Sune, trots sin ringa ålder, områdets värsting, men hur jag än rådbråkar mitt minne kan jag inte komma på något ont att säga om honom. Så fort det hettade till kunde man alltid lita på Sune. Ibland, många år senare, kommer jag på mig själv med att fundera över hur det gick för honom. Jag får för mig att det inte gick så bra och att det kanske inte bara var hans fel om det nu blev på det viset.

– Vad har hänt i dag, då, frågar pappa när vi sitter vid matbordet ett par timmar senare.

– Leif såg en neger när han var ute och sparkade fotboll, svarar mamma. Han skulle tydligen gå in till stan. Vad en sådan som han nu har där att göra? Fast polisen var ju med, förstås, och höll uppsikt över honom. Lyckligtvis, säger mamma och snörper med munnen.

Pappa nöjer sig med att nicka. Han verkar nästan lika trött som konstapeln som skrikit åt oss. Fast pappa skriker inte. Det gör han aldrig.

– Jaha, ja, säger pappa. Ja, han kan väl i vart fall inte klaga på vädret.

Mer än så blir inte sagt eftersom det här händer på den tiden då man i varje arbetarhem låter maten tysta mun. Man kallar svarta män för negrer, barn käftar inte emot, alla låter maten tysta mun. Sextio år senare så trängs de språkliga tidsbilderna i mitt huvud. Sunes pappa som sitter på Långholmen och vilar upp sig medan grabben hans springer vind för våg. Det vet alla som bor i kvarteret Nävv Jorkk.

Fast mörkret skrämmer oss även i dag, och på goda grunder, eftersom det minskar vår förmåga att se, det sinne som bäst skyddar oss mot rent fysiska faror. Säkert också det viktigaste skälet till att ondskan i våra liv fortfarande är nattsvart, till och med svartare än synden, att vi plågas av svartalfer, drabbas av svartsynthet och till och med tecknar vårt missmod i mörkaste grått. Men några svarta män, i dagens mening, hade vi aldrig behov av när jag var barn.

## 10.

Tjuven i Damaskus, jag går på cirkus för första
gången i mitt liv och KorvLarsson får en idé

Från det att jag har fyllt sex år och anses stor nog kommer mina söndagar att följa bestämda rutiner. Inte söndagarna på sommaren, för då är jag hemma hos mormor på landet, men nästan alltid annars. Höst, vinter och vår går jag och mina kompisar på bio på söndagseftermiddagarna, oavsett väderlek och förutsatt att pappa inte har något ännu bättre att erbjuda.

På vägen hem stannar vi hos KorvLarsson och äter en kokt korv med bröd. Hela kalaset kostar en krona. Femtio öre för en matinéföreställning på biografen och femtio öre för korv med bröd och pengarna brukar jag få av mamma när vi ätit frukost på söndag morgon. Det är min veckopeng och hemma hos oss är det mamma som har hand om det ekonomiska.

Det finns ett flertal biografer i närheten av huset där jag bor. Gärdesbiografen ligger vid Tessinparken, och är det bråttom kan till och med en sexåring springa dit på tio minuter. Nere på Valhallavägen ligger Paraden och på Östermalm finns det fler än vad man kan räkna. Närmast ligger Esplanad och Fågel Fenix och i söndagstidningen kan man i god tid ta del av matinéprogrammet och diskutera med sina kompisar vilken bio man skall gå på. De mest populära filmerna är på engelska och handlar om sjörövare, tjuvar och poliser och indianer och cowboys och eftersom jag kan läsa både biografprogrammet i tidningen och den textade översättningen när jag väl sitter där så får jag tidigt stort inflytande över valet av film.

Det finns två föreställningar att välja på, antingen ett-bio eller tre-bio, men det finns mycket att prata om före bion så vi går oftast på föreställningen som börjar klockan tre. Då har man också hunnit äta lunch och fått mat i magen och när man väl är hemma igen brukar det vara dags för söndagsmiddagen.

Promenaderna med pappa blir däremot allt mer sällsynta. Efter middagen brukar pappa dricka kaffe på maten, läsa tidningen och lyssna på radio. Själv brukar jag fundera på filmen jag sett, läsa serietidningar och böcker, och ingen av oss har någon större lust att gå ut. Det är redan mörkt ute. Vi pratar heller inte om saken. Det bara blir så.

– Var filmen bra, då, frågar pappa.
– Jättebra, säger jag. *Kapten Blod* med Errol Flynn.
– Det var väl bra, säger han och rufsar mig i nacken. Du börjar bli stor nu, tillägger han av någon anledning.

Jag har som sagt stort inflytande över mitt och mina kompisars val av film. Jag hinner läsa textremsan och vid behov kan jag viska till Uffe och de andra vad hjälten där framme på duken säger till skurken trots att engelska är obegripligt för den som bara har öronen till hjälp. Till och med Sune uppskattar mina insatser fast han redan börjat i tredje klass och borde kunna klara av den saken själv.

En söndag sent på hösten visar man filmen om kapten Blod på Esplanad. Den har vi visserligen redan sett men eftersom den är så bra röstar Uffe och de andra kompisarna för att vi skall se den igen. Själv har jag dock redan bestämt mig för en helt annan film som jag varken sett eller ens hört talas om. En film med en titel som är så lovande att det kan bli hur spännande som helst. *Tjuven i Damaskus*, som går på Gärdesbiografen och dit är det bara hälften så långt att gå.

En tjuv i damasker! Mästerdetektiven Ture Sventon har damasker. Det framgår tydligt av teckningarna i alla böckerna som handlar om honom. Skurken Ville Vessla, däremot, har svarta spetsiga skor, närmast så kallade myggjagare, som dessutom brukar avslöja honom eftersom de alltid sticker ut under de draperier, gardiner och vanliga förhängen, bakom vilka han brukar gömma sig.

Men den här tjuven är tydligen betydligt listigare än så eftersom han har damasker runt fötterna, som är både värmande, skyddar mot väta och aldrig sticker ut, om man nu snabbt måste hoppa in bakom ett draperi.

Varken Uffe eller de andra är särskilt svåra att övertyga så fort jag sagt mitt och i bästa stämning beger vi oss till Gärdesbiografen. Köper biljetter, de som har råd handlar godis, och väl inne i salongen lägger vi fort som ögat beslag på de bästa platserna i mitten på första raden. Och om det nu skulle vara någon liten stackare som hunnit före oss brukar Sune alltid kunna ordna den detaljen.

Så fort man släckt ljuset och börjat hissa upp ridån visslar vi som vanligt i biljetterna och spelet kan börja. Spänningen är olidlig för bättre än så här kan det knappast bli. En tjuv som springer runt och stjäl i damasker precis som om han föreställde en vanlig mästerdetektiv.

Det hela är rent obegripligt. För det första är filmen både raspig, kornig och suddig. Det är som att spana efter djur med hjälp av gammelfarfars skeppskikare, MS Paris. Alla som är med i filmen springer omkring invirade i något slags vita lakan som täcker hela kroppen på dem och gör att det är fullkomligt omöjligt att skilja hjälte från skurk och det som de säger går inte att förstå ens för den som kan läsa.

Staden där de tydligen bor verkar heller inte vara något roligt ställe. Gatorna är till och med smalare än i Gamla stan och dessutom kryllar det av både getter och får som springer omkring mellan husen. Rätt som det är börjar några av lakanen att fäktas med varandra, hugger vilt omkring sig med krokiga sablar men vem man skall hålla på går dessvärre inte att avgöra. Ingen av dem tycks heller bära damasker eller ens myggjagare. Alla har likadana skor på fötterna, något slags konstiga tofflor med små snablar längst fram.

När filmen är slut och vi är på väg mot KorvLarssons kiosk är det ingen som säger något och jag är helt säker på att det är sent på hösten och redan mörkt utomhus. Det är det alltid, nämligen, så fort jag minns sådana här händelser.

– Såg du någon med damasker, frågar Sune när vi skiljs utanför porten där jag bor.

– Nej, svarar jag.

– Det är skitmysko, säger Sune. Det kanske var fel film som vi kikade på?

En söndag några månader senare gör vi avsteg från våra vanliga biorutiner. Det är vår, solen skiner, cirkusen har kommit till staden och slagit upp tältet på Ladugårdsgärdet bara några hundra meter från huset där jag bor.

Min första cirkus och trots att det kostar lika mycket som en hel månad på bio är det värt vartenda öre. Frustande hästar som springer runt i manegen, cirkusdirektören i hög hatt som med hjälp av sin klatschande piska kan få dem att plötsligt stanna upp och börja dansa runt på bakbenen. Sjölejon som studsar badbollar till varandra med hjälp av nosen, en pudel som tydligen kan räkna bättre än de flesta av mina kompisar och en riktig elefant med akrobater som hoppar runt på ryggen på honom trots att elefanten har snabeln höjd och långa betar som ser rent livsfarliga ut.

Allra bäst är ändå finalen. En clown med röd näsa som rider runt på en åsna och hela tiden trillar av och drattar på ändan till dess att han linkande leds ut ur manegen.

Istället erbjuder cirkusdirektören någon i publiken att pröva på och till sist är det en kostymklädd farbror i pappas ålder som antar hans erbjudande. Han kliver in i manegen, sätter sig på åsnan som skjuter iväg som en nyårsraket, krumbuktar, hoppar och far så att den kostymklädde mannen kastas mellan åsneryggen och sågspånsgolvet till dess att han till sist tappar byxorna och avslöjar ett par polkagrisrandiga långkalsonger.

Jag skrattar så jag får ont i magen medan den stackars cirkusbesökaren hjälps ut med byxorna sjavande runt knävecken.

– Stackars gubbe, säger jag till mina kompisar när vi står utanför tältet efter avslutad föreställning. Såg ni kalsingarna hans? Det kan inte vara kul att ha en sådan farsa.

Sune skakar på huvudet, ser överläget på mig. Knackar menande med pekfingret mot sin panna.

– Du är ju dum i huvudet, ju. Han jobbar ju på cirkusen, ju. Det var ju bara båg, ju. Fattar du inte det?

– Lägg av, säger jag. Fast inte med någon större övertygelse för något skumt är det. Varför skulle han annars bära randiga långkalsonger trots att det snart är sommar?

– Du är dum i huvudet, ju, upprepar Sune. Jag snackade med morsan om den där filmen som vi såg. Damaskus är ju en stad, ju. Det är inga dojor, det är en stad som ligger i Arabien. Det var därför alla gubbarna i filmen hade så lattjo kläder. Det visste till och med morsan.

Film eller cirkus, och alla dagar är inte bra dagar, men oavsett vilket så avslutar vi alltid med ett besök hos KorvLarsson. Jag själv är inte så glad just den här gången men Sune och de andra är desto gladare. Till och med Uffe, faktiskt, så det där med att låna senaste numret av 91:an Karlsson när vi kommer hem kan han bara glömma. Allra gladast är dock KorvLarsson för affärerna går, som vanligt, lysande. Den lilla kiosken som han äger ligger högst upp på krönet på Värtavägen, alldeles vid busstationen, och det är alltid kö utanför med alla möjliga människor som vill ha en kokt med bröd och senap.

Numera har han också utökat sortimentet och så fort sommaren kommer är det glass som gäller. GB-glass, strut eller pinne, vanilj, jordgubb eller choklad och varför skall man krångla till det i onödan när man bara kan köra så det ryker.

KorvLarsson är rik. Han är lika rik som Morfar, för det har pappa berättat, och för en gångs skull är det så praktiskt att man kan se hur rik han är utan att han behöver börja skräppa och vifta med en plånbok som är lika tjock som en julgris. KorvLarsson har nämligen köpt en vit Mercedes som han åker hem i så fort han stängt kiosken för kvällen och den räcker gott för alla som har ögon att se med.

– Jaha, ja, då var det dags att ta kväll, säger KorvLarsson samtidigt som han med en belåten suck sjunker ner på det skinnklädda förarsätet och ställer ifrån sig portföljen med alla korvpengarna på sätet bredvid.

– Och bilen går bra, frågar pappa och nickar mot all den vitlackerade lyxen som inte ens en sådan som ingenjören har råd att drömma om.

– Fattas bara, fattas bara, frustar KorvLarsson. Vinkar vänligt när han glider iväg.

Pappa och jag går hem under tystnad. Det dröjer ett bra tag innan han säger något.

– KorvLarsson är en riktig luring, säger pappa. Han kan gå hur långt som helst. Jag håller inte för otroligt att han kan bli lika rik som de där Wallenbergarna.

Eftersom jag inte vet vilka de är nöjer jag mig med att nicka.

Ett år senare har KorvLarsson rivit sin lilla kiosk och istället rest ett kulinariskt tempel, italiensk arkitektur i vit, murad sten och med stora glasfönster runt om. Gärdets Trattoria, landets första italienska snabbmatsrestaurang, och kokt korv med bröd är inte längre att tänka på. Istället serveras platta pannbiffar som kallas Parisare, trots att Paris ligger i Frankrike och inte i Italien, dessutom korvar med namn som inte ens går att uttala och som svider så fort man stoppar in dem i munnen. Plus långa strimlor av potatis som man kokar i olja och som tydligen kallas Påmm Fritt.

Invigningen sker på en söndag och det är en mäktig föreställning. Alla tidningarna är på plats. KorvLarsson blir både fotograferad och intervjuad innan de glasade serveringsluckorna slås upp. Folk har strömmat till från hela huvudstaden. Ringlande köer med hundratals människor, hela vägen upp från Frihamnen och ända nerifrån Valhallavägen, som sammanstrålar utanför KorvLarssons nya mattempel. Det är fortfarande tidigt femtiotal, det finns knappt en människa i landet som känt doften av Påmm Fritt och ingen som ens hört talas om McDonald's.

Efter drygt en timme i kön är pappa och jag framme vid luckan. Jag beställer en parisare med Påmm Fritt, men pappa är tveksam.

– Jag tror jag nöjer mig med en kokt med bröd, som vanligt, säger pappa. Jag tar skånsk senap till, om du har det.

KorvLarsson fnyser och skakar på huvudet.

– Det där har vi slutat med, säger KorvLarsson. Nu är det nya tider. Vad tror du om att pröva vår Påmm Fritt?

Pappa nöjer sig med att nicka. Han vill inte bråka med KorvLarsson på hans stora dag och Mercedesen står parkerad på det vanliga stället så den har han tydligen kvar.

Sedan låter vi maten tysta mun medan vi i sakta mak rör oss mot huset där vi bor. Jag äter min Parisare och mina första Påmm Fritt men mammas pannbiffar med stekt potatis, lök och skysås är faktiskt mycket godare. Pappa petar missmodigt bland sina Påmm Fritt. Skakar på huvudet.

– KorvLarsson har fått storhetsvansinne, säger pappa. Det här kommer att gå käpprätt åt helskotta. Vad är det för fel med en vanlig kokt korv med bröd och senap?

Ett år senare har KorvLarsson gått i konkurs och en annan korvhandlare har tagit över. Återupprättat den vanliga kokta med bröd och senap, kompletterat med stekt korv med gurkmajonnäs, ersatt Påmm Fritten med potatismos och gjort sig av med det övriga sortimentet. Tyvärr är det för sent, magin har gått förlorad och efter ytterligare några år med ständigt nya ägare är Sveriges första Trattoria stängd och tillbommad.

Långt senare i livet tänker jag ofta på KorvLarsson. Hade han blivit lika rik som Wallenbergarna hade jag säkert hört talas om honom, kanske till och med börjat jaga ihop med hans söner, men jag minns honom ändå med saknad. KorvLarsson var en visionär, en entreprenör som drabbades av olyckan att i sina tankar ligga så långt före sin marknad att han inte ens hann med att bli Hamburgerkung i sextiotalets Sverige.

Drygt femtio år senare pratar jag med pappa om honom. Pappa ligger på sjukhuset sedan en månad tillbaka. Han är i dåligt skick, hans tankar flyger och far och oftast tillbaka till min barndom. Den tid då vi tillbringade mer tid tillsammans än vi gjort under återstoden av våra liv.

– Jag undrar hur det gick för KorvLarsson, säger han plötsligt. Han tar min hand och kramar den. Du minns, den där stollen med Påmm Fritten.

– Det gick säkert bra, säger jag avledande.

– Undrar just vad han fick för Mercan, sin, säger pappa.

# 11.

Läsning som tröst och bekräftelse
och mitt behov av ensamhet

Framför mig ser jag bokhyllan som pappa satte upp ovanför sängskåpet i matrummet. Det är den bilden som jag ser. Bokhyllan som han har skruvat fast i väggen. En bred, omsorgsfullt hyvlad och polerad bräda som han har lackat med klarlack, limmat ihop med tre stöd och skruvat fast i väggen. Han har själv snickrat den nere i pannrummet i källaren. Där har han inrett en liten verkstad där han ställt sin hyvelbänk och sitt arbetsbord och hängt upp alla sina verktyg i prydliga rader.

Långt senare får den mig att tänka på alla böcker som jag läst. Inte på det som stod i dem utan på själva läsningen. Jag måste ha läst mer än tiotusen böcker under det liv som jag hittills har levt. Lagt ner mer tid på att läsa än att sova och ojämförligt mycket mer tid än jag har ägnat åt något annat som jag gjort, som att vara tillsammans med mina barn, till exempel.

Medan jag läst har jag aldrig haft en tanke på själva läsningen. Jag har haft fullt upp med att tänka på den bok som jag för tillfället läser. Om den är bra eller dålig, oavsett vad den nu handlar om, och vad det i så fall är som gör den bra eller dålig. Ett intresse på gränsen till besatthet, men att fundera över läsningen i sig har fått anstå till de tillfällen då jag inte suttit med någon bok i händerna. Varför har jag lagt ner all denna tid och all denna möda på att läsa böcker som skrivits av andra?

Finns det till exempel någon bok, bland alla dessa böcker, som påverkat mitt liv i någon bestämd, påtaglig, tillräckligt avgränsad, och helst positiv mening? Det påstås ju ibland att riktigt bra böcker kan åstadkomma det med den som läser dem. Förändra ditt liv till det bättre, till och med förvandla dig till en bättre människa.

Det finns sex romaner som jag oftare än andra har återvänt till under alla mina år av läsning. De är alla skrivna av män och handlar om män. Valet av dem vittnar heller inte om någon större originalitet, eftersom de tillhör de mest lästa böckerna i västvärldens litteraturhistoria, men med tanke på allt annat som jag läst måste de ändå vara ett uttryck för ett medvetet val, inte slumpens skördar. De två stora romansviterna av Marcel Proust och Robert Musil, *På spaning efter den tid som flytt* och *Mannen utan egenskaper*. Fyra romaner av Tomasi di Lampedusa, Joseph Roth, Ernest Hemingway och J D Salinger; *Leoparden*, *Radetzkymarschen*, *Döden på eftermiddagen* och *Räddaren i nöden*.

Varför har jag valt just dem? Dessutom ständigt återvänt till dem och läst åtminstone valda delar av dem vid oräkneliga tillfällen genom alla dessa år. Ingen av dem har påverkat mitt liv i någon väsentlig, konkret och positiv mening. Att läsningen av dem skulle ha gjort mig till en bättre människa vill jag bestämt avvisa. Det vore förmätet av mig att ens antyda något sådant.

Skälen är andra. De har bekräftat min självbild, de har tröstat mig, de har hjälpt mig att leva genom mina egna tankar, skyddat mig, och till och med gett mig modet att bejaka mitt behov av ensamhet.

Huvudpersonerna i dessa romaner, eller rättare sagt de människor som driver handlingen, är alla män och betraktare. Det gäller även den unge Holden Caulfield, huvudpersonen i *Räddaren i nöden*. Ännu inte man, men eftersom jag är lika gammal som han när jag läser om honom vet jag i detalj vilket liv som väntar oss båda. Livet som betraktare och dessutom sådana betraktare som hela tiden måste värja sig mot lockelsen att förvandlas till en vanlig flanör med hygglig iakttagelseförmåga och det lämpliga måttet av empati? Vem vill leva ett sådant liv? Den bild jag har av mig själv reser högre anspråk än så.

Jag har förvisso läst böcker som åtminstone styckevis är bättre än de jag räknat upp. Även sådana som är skrivna av kvinnor och handlar om kvinnor. Romaner av Selma Lagerlöf och Elsa Morante, diktsamlingar av Edith Södergran och Karin Boye, om jag nu skall nöja mig med fyra exempel på sådana författare som jag tordats återvända till. Problemet är att de inte kunnat skänka mig någon tröst och när jag läser Elsa Morantes *Historien* är det på snäppet när att hon tar ifrån mig hoppet om att vi människor skall kunna leva ett anständigt liv tillsammans med andra.

De böcker som jag hela tiden återvänder till har också stärkt själva kärnan av mitt inre, fått mig att förstå att jag inte är ensam alldeles oavsett hur ensamt det nu har känts i mitt huvud. Hur skulle jag kunna vara det med tanke på de som skrivit dem och alla miljoner läsare som de funnit?

Helt bortsett från att de även har gett mig lust att läsa ännu mer, till och med att skriva egna böcker.

# 12.

### Mästerdetektiven

Givetvis finns det även böcker som påverkat mitt liv på ett mycket direkt vis och inte minst mitt yrkesval. En vanlig fråga som jag fått som vuxen är varför jag valde ett så udda yrke som jag gjort. Varför blir man kriminolog, brottsforskare? Svaret är mycket enkelt. De intryck vi tar till oss när vi är barn sätter de djupaste spåren i våra sinnen och i den meningen blev jag aldrig vuxen. När jag var en mycket liten pojke lekte jag och mina kompisar tjuv och polis, den leken var till och med mer populär än indianer och vita, och det var så det hela tog sin början.

Rollerna fördelades heller inte av en slump. De kamrater som var minst och svagast fick vara tjuvar eller indianer och kunde räkna med duktigt med stryk så fort leken gick mot sitt slut och det var dags för ett gripande eller att kavalleriet skulle rida in på scenen med smattrande trumpeter och sablarna fällda. Precis som i verkligheten, med andra ord, och med det fåtal undantag som verkligheten också bjuder. Som den där gången när Sune krävde att få vara tjuv och leken aldrig riktigt ville ta fart. Vem ville gripa Sune och riskera att dyka upp till middagen med mamma och pappa med både fläskläpp och syltnäsa?

Vid den här tiden fanns också ett sällskapsspel för barn som hette Tjuv och Polis där man med hjälp av en tärning förflyttade sig runt en spelplan och på vägen passerade såväl frestande juvelerarbutiker och olåsta lyxvillor som polisstation och finka. Till skillnad från i den verkliga världen var också risken att hamna på något av de senare ställena mycket hög. Spel för barn vid den här tiden bar alltid ett moraliskt budskap och Tjuv och Polis gjorde det i allra högsta grad. Man huttlade inte ens med de pedagogiska detaljerna. De poliser som man flyttade runt hade blå uniformer, svart kask, batongen höjd och var lika raka i ryggen som en eldgaffel. Tjuvarna bar mask för ögonen, kånkade på en säck och hade en hopkurad gång, och så enkelt är det ju faktiskt inte alltid i den värld som omger oss.

Mest betydde ändå de böcker om brott som pappa började läsa för mig när jag bara var fem år gammal, om mästerdetektiven Kalle Blomkvist och den semmelälskande Ture Sventon. Kalle Blomkvist var givetvis min stora favorit trots att han släpade omkring på en tjej som hette Eva-Lotta, vilket ingen riktig karl i hans och min ålder egentligen borde hålla på med.

Hur som helst, han var ju ändå ungefär lika gammal som jag, till skillnad från Ture Sventon som var en vuxen man och vid närmare granskning långt ifrån lika klipsk som Kalle. Trots att Ture hela tiden envisades med att se ut som en hök så fort han hamnade i skarpt läge och till exempel noterade ett par svarta myggjagare som stack fram under något draperi.

Läsningen av romanerna och novellerna om den störste detektiven av dem alla, Sherlock Holmes, kom att dröja några år. Den första boken jag fick som handlade om honom var också författaren Conan Doyles första roman om Holmes, *En studie i rött*. Jag var ungefär tio år gammal. Det var farbror Bertil som gav mig boken, vem annars, men då hade jag faktiskt redan bestämt mitt framtida yrkesval och det var Kalle Blomkvist som fick mig att ta det beslutet. Att Sherlock Holmes sedan skulle bli en ledstjärna i mitt yrkesliv som Vetenskaplig Detektiv är en annan historia.

En stor fördel med att vara ung mästerdetektiv var också att rollen inte krävde några lekkamrater. Tvärtom fanns det mycket i min omgivning som jag med fördel kunde utreda och spana på helt ensam. Till exempel den elake gubben Fors som bodde på bottenvåningen i grannhuset och mest satt vid köksbordet och söp medan han läste tidningar med nakna tanter i och inte ens hade förstånd att dra för gardinerna medan han gjorde det.

Eller kvarterets skomakare som lämnade sin lilla butik när jag och mina föräldrar hade ätit middag och jag var fri att gå på det tidiga kvällspasset och skugga honom från hans verkstad på hans vinglande väg till bussen som tog honom hem. Var det nu var, för så långt kom jag aldrig.

Givetvis hade jag också införskaffat ett, för en yrkesverksam detektiv, flertal nödvändiga hjälpmedel. En svart anteckningsbok med en hållare för pennan på pärmryggen, blyertspenna, ständigt nyvässad och med pennformeraren nerstoppad i byxfickan, för säkerhets skull.

Dessutom ett förstoringsglas, självfallet, en flaska med osynligt bläck, en stämpeldyna, samt en riktig stämpel med texten POLIS på. Slutligen fingeravtryckspulver av mjuk blyerts som jag själv malt fint som snus i mammas mortel och en fingeravtryckspensel av samma typ som Uffe och mina andra kamrater använde för att kludda med vattenfärg när vi hade teckningslektioner i skolan. Ju tjockare pensel och ju längre penselstrån, desto bättre, och att även vuxna detektiver tydligen kommit till samma insikt förvånade mig inte det minsta när jag långt senare blev klar över den detaljen. Vitt, mjukt läskpapper, som jag köpt i tobaksaffären för pengar som jag fått av Morfar och som jag använde för att säkra de avtryck som jag penslade fram.

Mest användning hade jag dock av min svarta anteckningsbok i samband med den rutinmässiga yttre spaning som upptog det mesta av min verksamhet som detektiv och huvudsakligen bestod i att anteckna alla bilar som passerade på Tegeluddsvägen utanför huset där jag bodde.

Pappa har en släkting som är överkonstapel vid polisen i Gävle och det är han som lärt mig vad allt heter; utredning, förhör, kriminalteknisk undersökning, yttre och inre spaning. Jag kan det som ett rinnande vatten och vet att vid yttre spaning så skall man först inta en bra position där man kan "se utan att synas", det är "grundregel ett vid all yttre spaning som riktas mot personer, lokaler och fordon". Därefter fram med anteckningsboken och noggrant notera registreringsnummer, bilmärke, färg och helst årsmodell på alla bilar som passerar. Samma sak vad gäller signalementet på de personer som går förbi; längd, kroppshållning, ålder, kön, klädsel, ansiktsform, färg på hår och ögon, och hela vägen från sådant som de bär på huvudet ner till skorna på deras fötter.

Särskilt intressanta var givetvis småvuxna män med tangorabatt och svarta myggjagare. Om jag skall vara högtidlig vill jag påstå att jag vid den här tiden var en varm anhängare av den äldre kriminologiska teoribildning som med bestämdhet hävdade att hundar med fördel kunde dömas utifrån sin päls.

## 13.

### Mästerdetektiven möter verkligheten

Detta är också det underliggande budskapet då jag som ung mästerdetektiv för första gången konfronteras med verkligheten. En vuxen man som beter sig som vanliga vuxna män inte brukar göra.

Det är vår, jag är sju år gammal och den här dagen är jag hemma från skolan. Jag vet inte varför jag är hemma. Det är inte helg utan vanlig veckodag och det skall dröja åtskilliga år innan jag börjar skolka. Oklart således, men jag är ensam hemma i lägenheten och vad jag gör där minns jag inte heller. Hur som helst har jag tråkigt och bestämmer mig för att gå ut och bedriva lite vanlig yttre spaning.

Jag stoppar min svarta anteckningsbok i fickan, går ut och har just låst ytterdörren med nyckeln, som jag bär i ett snöre runt halsen, när jag hör hastiga steg i trappan ovanför. Ser en man som rusar förbi, en vuxen man i hatt och lång, mörk, fladdrande rock som springer nerför trapporna så fort han hinner trots att han säkert är tio år äldre än min pappa Gustav och jag aldrig förr har sett en vuxen man springa på det viset. Inte i finkläder och allra minst i trapporna till huset där jag bor. Mästerdetektiv som jag är så följer jag naturligtvis efter. Utan att tveka en sekund och så fort jag vågar. Med tassande, tysta steg som man har rätt att kräva av en riktig mästerdetektiv.

När jag kommer ner på gatan hoppar mannen just in i bilen som han parkerat tio meter bakom husknuten, på samma sida som huset ligger. Han startar och far iväg med en vådlig fart, svänger vänster och försvinner uppför Värtavägen. Själv tar jag fram min svarta anteckningsbok och med bultande hjärta noterar jag det som jag just sett.

En svart Citroën, av senare årsmodell, med registreringsnummer A 4210. Mannen som hoppar in i bilen verkar vara ensam. Han bär svart hatt, en mörkgrå rock som går långt ner på benen, svarta skor, men om det är myggjagare hinner jag aldrig se. Han är kortare än pappa, säkert tio år äldre, betydligt spensligare i kroppen och en annan typ än min pappa. Han ser ut som ingenjören, ungefär. Fast han är det inte, för honom skulle jag ha känt igen och han har dessutom en mörkblå Ford Taunus med ett helt annat registreringsnummer. Inte en svart Citroën med nummer A 4210.

Jag minns allt detta i detalj. Mannen som springer. Bilen som han far iväg i. Det är som om jag hade spelat in en film med mina ögon som jag sedan framkallat bild för bild och lagrat i mitt huvud. Senaste gången jag spelat upp den är när jag skriver denna bok närmare sextio år senare.

En halvtimme senare är det rena kalabaliken i kvarteret Nävv Jorkk. Mannen i den svarta rocken har tydligen lurat upp en liten flicka på vinden i huset där jag bor. Hon är två år yngre än jag, bor på våningen ovanför mig och mina föräldrar, och vad hon heter kan göra detsamma även om jag minns det också.

Väl uppe på vinden har gubben i den svarta rocken tagit fram sin snopp och bett henne att hon ska ta på den. Istället har hon börjat skrika så högt hon kan. Mannen springer därifrån och när han springer förbi mig kan jag i vart fall inte iaktta någon snopp som sticker ut ur hans svarta rock. Det skulle jag nog ha tänkt på i så fall.

Efter ytterligare en halvtimme, sedan jag berättat för Uffe och hans mamma Valborg om det jag sett, får jag för första gången i mitt sjuåriga liv besöka en polisstation. Just den här ligger i samma hus som postkontoret nere i Frihamnen och bara hundra meter från huset där jag bor. Jag får berätta min historia för en riktig överkonstapel som antecknar det jag säger. Vartenda ord jag säger och innan vi skiljs åt får jag själv några ord på vägen.

– Det verkar vara ordning och reda på dig, grabben, säger överkonstapeln och klappar mig vänligt på axeln.

Han är stor och barsk men verkar ha ett gott hjärta. Ungefär som Sigge Fürst som jag sett spela polis på bio i *Mästerdetektiven Blomkvist* och som lär ha varit det även i verkligheten, om man nu ska tro på mamma Margit. Eller som i alla TV-deckare som vi numera utfordras med där den alltid motsträvige chefen visserligen är "grumpy" men samtidigt "good at heart".

När pappa kommer hem från jobbet berättar mamma att en Ful Gubbe har lurat upp den lilla grannflickan på vinden. Att hans egen son sett den fula gubben fly från brottsplatsen och numera är polisens främsta vittne. Vad Fula Gubben gjort uppe på vinden går hon däremot inte in på av hänsyn till det sjuåriga vittnet som sitter vid samma matbord.

– Det är ju rent förskräckligt, säger mamma och skakar på huvudet.

– Hur mår hon, frågar pappa.

– Det gick visst bra, säger mamma och ger av någon anledning pappa ett varnande ögonkast. Hon började skrika och då sprang han iväg. Det var då Leif såg honom, när han sprang nerför trapporna.

– Det var synd att inte jag var hemma, säger pappa och mest för sig själv som det verkar. Då skulle jag ha slagit ihjäl den jäveln.

– Gustav, Gustav, säger mamma. Tänk på vad du säger. Små grytor har också öron.

Enda anledningen till att jag över huvud taget vet vad som skulle ha hänt på vinden är att alla kvarterets ungar har tjuvlyssnat på sina föräldrar när de pratat om saken. Det är ingen vuxen som vid den här tiden ens skulle drömma om att berätta om något sådant för ett barn, inte ens Sunes mamma gör det trots att hon annars kan berätta det mesta för sin enfödde son. Men det vi lyssnat oss till räcker gott för att vi skall kunna pussla ihop hela historien och under den närmaste veckan är jag den givna huvudpersonen i det egna gänget. Den ende förutom Sune som har fått besöka polisstationen nere i Frihamnen och dessutom, till skillnad från Sune, i den hedervärda rollen som polisens eget vittne.

Drygt en vecka senare får mamma och jag besök av en polissyster i lägenheten där vi bor. Hon är betydligt äldre än mamma, har håret uppsatt i en knut i nacken, blus, stickad tröja och en kjol som går halvvägs ner på vaden när hon sitter ner.
Hon börjar med att berätta att hon arbetar vid kriminalpolisen på Kungsholmen inne i staden och att hennes uppgift är att utreda brott som riktats mot barn. En given uppgift för en kvinnlig polis, att prata med barn.
– Jag vill att du berättar en gång till om det du såg, Leif, säger hon och nickar vänligt mot mig.

Det tar sin rundliga tid eftersom hon skall anteckna det jag säger men när vi väl är klara så lägger hon ifrån sig blocket. Hon tittar granskande på mig och nu har hon slutat le.
– Du är helt säker på det där med bilnumret, frågar hon. Att det var en svart Citroën som hade numret A, fyrtiotvå tio.
– Ja, säger jag och nickar.
– Men hur hann du med att se det, Leif? Du säger ju själv att han körde iväg med en väldig fart. Hur hann du med att se numret?
– Jag gjorde det, svarar jag. Jag kan märkena på alla bilar, också. Det finns en farbror här i huset som också har en Cittra,

en Citroën, alltså, förtydligar jag, eftersom pappa berättat för mig att fruntimmer kan vara alldeles hopplösa när det kommer till bilar.

– Jag förstår inte riktigt, avbryter mamma och hon låter redan skarp på rösten. Jag kan försäkra att pojken har ett alldeles utmärkt minne. Läsa kan han också.

– Det kan inte vara så att registreringsnumret hade fem siffror, frågar polissystern och av någon anledning tittar hon på mamma Margit, trots att hon ställer frågan till mig.

– Nej, säger jag och skakar på huvudet. Det var fyra.

– Varför frågar ni det, säger mamma.

– Numera finns det ju bilar med fem siffror här i Stockholm. Vi har ju fått så många bilar på de senaste åren, så nu har alla nya bilar fem siffror i registreringsskylten.

– Men det finns ingen svart Citroën med det numret som han säger, då, A, fyrtiotvå tio? frågar mamma och att hon redan är sur som ättika kan jag se på hennes ögon.

– Jo, det finns en sådan. Det finns en svart Citroën som har det numret. Men den kan det inte vara.

– Varför inte det, då?

– Den ägs av en kollega till mig, svarar polissystern. Han är kommissarie vid polisen i Stockholm och han förnekar bestämt att han skulle ha varit här med sin bil när det hela hände. Han var på sin arbetsplats inne i staden och flera av hans kolleger kan intyga att det är som han säger. Det råder inte minsta tvekan på den punkten.

– På det lilla viset, fnyser mamma. Kan man tänka sig.

– Som jag redan sagt. Både jag och min chef har faktiskt pratat med både honom och hans kolleger. Han var på sin arbetsplats. Han har inte lånat ut sin bil och det finns alltså flera av hans arbetskamrater som kan intyga att det är som han säger.

När polissystern tar farväl en stund senare tar hon mamma i handen och lovar att återkomma om det skulle komma fram något nytt. Hon tar mig i handen också. Nickar åt mig, hon ser ledsen ut, ber om ursäkt med ögonen trots att jag bara är sju år gammal och hon är polissyster och till och med äldre än min mamma.

– Jävla kärring, säger mamma så fort hon har gått och mamma stängt dörren om oss.

Märkligast av allt. Under hela tiden som det här pågår säger jag inte ett ord till någon om min svarta anteckningsbok. Trots att jag får frågan från både Uffe och andra kompisar och att min egen mamma tjatar om saken i en hel vecka efter det att vi fått besök av polissystern. Skrev du aldrig upp numret i din svarta bok?

Varför säger jag inte det? Det beror inte på att jag skulle ha hittat på historien om anteckningsboken. Vad gäller just den detaljen är jag helt säker på saken. Det beror heller inte på att jag inte ville visa alla anteckningar som jag gjort. Inte ens om den elake gubben Fors och skomakaren som så småningom söp ihjäl sig. Jag tror att det var enklare än så. Det var min anteckningsbok. Bara min och inte ens min bäste kompis Uffe fick läsa det jag skrev i min egen svarta bok trots att han vid något tillfälle till och med försökte brotta ner mig och ta boken ifrån mig.

Jag visste vad jag hade sett och jag hade antecknat det jag såg i min svarta bok. Så var det. Så är det. I början på femtiotalet fanns det en ful gubbe i Stockholm som ägde en svart Citroën med registreringsnummer A 4210. Han arbetade som poliskommissarie när han inte åkte runt i sin bil, lurade upp småflickor på vinden och visade snoppen för dem. Men mer än så blev det aldrig. Allt slutade i min anteckningsbok.

# 14.

### Den sjungande detektiven

Under alla de år som gått har jag aldrig vacklat i mitt yrkesval trots att jag bestämde mig när jag bara var en liten pojke. Däremot har jag gjort marginella kursändringar anpassade till den verklighet i vilken jag för tillfället vistas. Jag har självfallet också varit utsatt för de vanliga frestelserna i sammanhang som detta.

Samma år som jag konfronteras med mitt första verkliga brott – det handlar alltså inte om att "panga doror", "snatta på tobiks", "palla äpplen" eller "planka in" på Stadion eller Grönan, vilket det var fler än Sune som gjorde – så slog Snoddas igenom med dunder och brak i Lennart Hylands radioprogram Karusellen. Året var 1952 och Snoddas gjorde ett mycket djupt intryck på mig. Kanske min roll som detektiv även gick att kombinera med sång? Att jag blir en sjungande detektiv? Idén slår mig med drabbande klarhet trots att det kommer att dröja närmare fyrtio år innan jag ser Dennis Potters serie på TV.

Att – förutom detektiv – även bli som Snoddas som är skogsflanör, fiskar och spelar bandy, när han inte flottar timmer och umgås med alla dessa fruntimmer som blir som vax uti hans famn, hela vägen, från Nordingrå till skiljet ner vid Berg. I Nordingrå har jag dessutom varit när pappa, mamma och jag rest runt med bilen för att besöka tjocka släkten uppe i Norrland.

Trots att jag bara är sju år har jag också en vag uppfattning om vad som menas med att bli som vax i någons famn. Ungefär samma känsla som när jag är riktigt liten och mormor bakar bullar och har lyft upp mig i sitt knä medan vi sitter där och väntar och den goda doften från alla bullarna sprider sig i mormors kök hemma på landet.

Jag pressar mitt huvud mot hennes barm.
– Mormor luktar gott, säger jag. Mormor luktar bullar.

Tidig prägling in i en yrkesroll. Helt säkert även till kvinnor, om det nu är doften från mormors bullar som vi skall prata om. Jag tänkte vänta med den biten. Det kommer betydligt bättre tillfällen att tala om sådant senare i den här berättelsen.

När jag var barn kunde jag tänka och känna på djupet. Bara några år senare har jag förvandlats till en överintellektualiserad och självupptagen tonåring. I mitt fall handlar det också mer om förväntningar från min nya omgivning än om den uppfostran som jag fått hemma. Barndomens mästerdetektiv har ersatts av andra förebilder. Nu tänker jag mig en framtid som rättsläkare eller försvarsadvokat, kanske privatdetektiv till och med, förutsatt att jag kan få leva ett lika privilegierat liv som det som Harry Söderman, "Revolver-Harry", levde i verkligheten, eller hans namne Harry Friberg i alla romanerna av Stieg Trenter. Allra helst det liv – det är givet men kanske i mesta laget att ens hoppas på – som Sherlock Holmes levde, fast i den tid där jag själv lever. Men inte polis, inte ett liv som vanlig polis, aldrig polis.

Tanken på att också bli en sjungande detektiv släppte jag däremot tidigt, även om det händer att jag fortfarande lyssnar på Snoddas. Till och med gnolar på *Flottarkärlek* när jag sextio år senare ligger i mitt stora badkar hemma på gården och dricker ett glas vin.

Många av de bästa böckerna som jag läst i mitt liv har handlat om brott och jag behöver inte söka nödhamn hos Dickens, Balzac, Dostojevskij, eller vår egen Selma Lagerlöf, för att hävda den ståndpunkten. Det finns så många andra författare som beskrivit ondskan på ett sätt som ytterst få kriminologer har klarat av eller ens varit i närheten av. De stora amerikanerna, som Hammett, Chandler, Ellroy och Ellis, engelsmän som Doyle, Greene och le Carré, eller varför inte deras medsystrar, Sayers och Christie. Där finns också Georges Simenon och Patricia Highsmith, för att bara nämna ett fåtal av de romanförfattare som har lärt mig mer om förståelsen av både brott och brottslingar än vad ett helt berg av kriminologisk facklitteratur lyckats skänka mig under alla dessa år.

# 15.

## Om konsten att färglägga en ko

Det är mycket tidigt femtiotal. På söndagarna åker hela familjen ut på landet. Vi sitter i en skogsbacke och äter gräddtårta direkt ur kartongen. Mamma serverar kokkaffe ur en repig plåttermos med korkhatt. I kohagen nedanför, parkerad under ett skuggande träd, står pappas ständigt nyvaxade Ford Prefect. Vi beundrar den under andäktig tystnad.

Till hösten börjar jag skolan, första klass i Gärdets Folkskola som bara ligger drygt en kilometer från huset där jag bor. Jag är den enda i klassen som redan kan läsa och dessutom vinner jag tidigt pris och ära i en tävling som anordnats av Mjölkcentralen (den tidens Arla) och som går ut på att färglägga en ko. Eftersom detta utspelas före den fria pedagogikens dagar finns kon redan tryckt på tävlingsformuläret. Prima svensk, röd- och vitbrokig lantras i präktig profil och mot vit bakgrund. Bara att fylla i och färglägga.

Min tidigare erfarenhet av kor är omfattande efter alla somrar som jag tillbringat hos min mormor och jag arbetar noggrant och i den naturalistiska andan. Mitt bidrag skulle duga som omslag till Lantmannaförbundets årsredovisning och ett par månader senare, vilket är både logiskt och rättvist, hämtar jag mitt pris under solenna former.

Det består av en jättelik förpackning Raketost. En mjukost i en cylinder av papp, man pressar nertill med tummen och skivar av en lämplig mängd upptill med ett snöre som är fästat på förpackningen, och vid sidan av den vanliga mjölken och grädden är Raketosten en av Mjölkcentralens mest uppskattade produkter.

Stolt visar jag mitt vinnande bidrag för kamraten i bänken bredvid. Det är en liten spetig tjej med fräknar, alls icke så välkammad som sina små väninnor i klassen. I tävlingen har hon deltagit med en kossa i skimrande blått med horn som en vattenbuffel som förlängts utanför den heldragna linjen och allt under en flammande röd himmel. Självfallet har hon också refuserats på ett mycket tidigt stadium.

Nu betraktar hon den vinnande kon under tystnad. Skjuter den otåligt ifrån sig och ser på mig med klara ögon.

– Äsch, säger hon. Det är ju bara en vanlig ko.

Denna höst och denna vinter äter familjen Raketost. Vid varje måltid står den blanka pappcylindern som ett mene tekel mitt på köksbordet. Det är en lång höst och en lång vinter. Mot slutet blir min pappa alltmer grubblande. Vid början av varje måltid betraktar han osten under tystnad. Så fattar han förpackningen med sin väldiga vänsterhand. Ett ögonblick av stillhet och en skugga som tycks dra över hans slutna ansikte. Så... med en bestämd och väl avvägd rörelse med höger hand skär han av en halvcentimeter som han lägger på sin limpskiva. Jag och mamma andas ut, ingenting får förfaras.

Långt senare i livet har jag i tankarna ofta återvänt till min barndoms Raketost. Som en tidig symbol är den djupt illavarslande men samtidigt missvisande om man skulle använda den som underlag för en prognos om min framtid. Trots det senare kan jag inte släppa taget om den där förbannade Raketosten samtidigt som jag brukar svära högt varje gång jag gripit efter den.

Jag skall försöka förklara vad jag menar eftersom det är viktigt med tanke på mycket av det som kommer att hända mig. Det handlar alltså inte om själva osten utan snarare om de omständigheter som leder till att den hamnar på min familjs middagsbord.

Raketosten bär således tidig vittnesbörd om en förmåga till anpassning till de krav som vuxna ställer på barn som det är mycket ovanligt att man möter hos så pass små barn som jag. En vilja att vara till lags parad med en medvetenhet om vad de vuxna väntar sig av en sådan som jag. En vattenkammad liten gosse som bockar och tar i hand när han hälsar, håller mun när de vuxna pratar och i allt övrigt ska vara ett levande bevis för det som man vid den här tiden kallar för "god uppfostran".

Värden och villkor som förvisso har förändrats med tiden. Hade tävlingen ägt rum tjugo år senare – mitt resonemang är rent akademiskt eftersom den tanken är befängd – är det ingen tvekan om att min kvinnliga bänkgranne tagit hem priset medan jag sannolikt hade skickats ner till skolpsykologen för ett stödjande samtal om betydelsen av att jag gav fritt utlopp för mina innersta tankar och känslor istället för att bara försöka efterbilda en ko som den faktiskt såg ut.

Någon Raketost hade min klasskamrat däremot inte kunnat vinna. Den försvann ur sortimentet långt tidigare än så eftersom förpackningen ansågs rent hälsovådlig. Att man skulle ha anordnat en sådan tävling bland små skolbarn under det radikala sjuttiotalet är naturligtvis också uteslutet. Tävlingar var något som var förbehållet "fascisterna inom idrottsrörelsen" dit det pedagogiska etablissemanget aldrig riktigt vågade sticka in näsan. Ingen ost, ingen tävling, men hög tid att jag kommer till själva poängen.

Som jag redan tidigare har antytt har det liv som jag faktiskt levt som vuxen inte haft särskilt mycket gemensamt med vad man har rätt att vänta sig av en liten gosse som redan i första klass – mätt med de vuxnas mått – var bättre än någon annan i samma ålder på att färglägga en ko.

# 16.

Professor Wille Vingmutter broderar en kudde, ritar
en segelbåt på sin skolbänk och får sänkt sedebetyg

Redan första veckan i första klass i folkskolan får jag det öknamn som kommer att följa mig under de fyra år som jag går där. Mina skolkamrater döper mig till Wille Vingmutter, "professor Wille Vingmutter". Titeln får jag för att jag är den enda i hela klassen som redan kan läsa. "Wille" för att jag heter Willy som mellannamn och "Vingmutter" för att jag har markant utstående öron och ser ut som en sådan där mutter som pappa brukar skruva på när han skall lufta elementen i lägenheten där vi bor. Jag kan läsa, jag är döpt till Willy, jag har utstående öron. Mitt namn är därmed givet. Professor Wille Vingmutter.

Öronen är min mamma redan i full färd med att åtgärda sedan ett par år tillbaka. Varje kväll när jag går och lägger mig fuktar hon en linneservett som hon viker ihop och knyter över mina öron. Jag ser visserligen ut som en kanin när jag somnar men det hjälper och redan när jag börjar i gymnasiet ser jag fullt normal ut, vad öronen anbelangar, åtminstone.

Det där med professorn är mer komplicerat. Inte för att det gör mig någonting, men det irriterar uppenbarligen min fröken som ägnar en hel lektionstimme åt att berätta för mig och mina klasskamrater att någon professor är jag verkligen inte, trots att jag redan kan läsa. Ett försteg som dessutom snart kommer att vara ett minne blott, enligt fröken, eftersom alla andra i klassen också kommer att kunna läsa som ett rinnande vatten och till och med mycket bättre än jag eftersom de fått lära sig läsa på det enda rätta sättet, det vill säga i skolan med hjälp av en fröken.

Att vara professor var däremot något helt annat. Riktiga professorer var märkliga män som skrev och läste böcker som var så svåra att bara andra riktiga professorer hade något nöje av att läsa dem och ingen av dem, helt bortsett från skillnaden i ålder, hade det minsta gemensamt med professor Wille Vingmutter.

Att min fröken inte tycker om mig fattar jag redan från första veckan i skolan. Däremot kommer det att dröja ett bra tag innan jag inser varför. Det är inte så att jag bråkar, trilskas, eller ens är besvärlig. Tvärtom, jag är hel och ren, snäll och tyst, och jag gör verkligen inget väsen av mig. Det är lukten av arbetarbarn som hon inte kan förlika sig med. Alla mina klasskamrater kommer från medelklassen, till och med min bäste kompis Uffe vars pappa redan hunnit bli försäljningschef på rörfirman där han jobbar, och jag stör den bilden. Svårare än så är det inte men eftersom det är första gången som jag råkar ut för något sådant kommer det att dröja innan jag förstår.

Små barn kan inte hata någon. Det är något som de måste lära sig och oftast av de vuxna som istället borde stå dem närmast. Min fröken i småskolan är den människa i mitt liv som hyvlar av de första lärospånen och snart nog kommer jag att hata henne djupt och innerligt.

Min mamma, däremot, oroar sig för annat. Läsa och skriva kan jag redan och om jag nu skall kostas på så kanske det finns ett och annat att spara på vägen. Istället för att jag bara sitter i skolan och läser en massa böcker som jag lånat på skolbiblioteket medan mina kamrater får lära sig läsa, skriva och räkna. En möjlighet vore ju, till exempel, att jag fortsatte direkt till andra klass.

Mamma pratar med överläraren som bestämmer att mina färdigheter skall prövas och säger åt min fröken att se till att det blir gjort. En eftermiddag, när de andra barnen redan har gått hem, så är det dags. Min fröken har sällskap med en annan fröken som arbetar i samma skola. Hon sticker åt mig en bok, ber mig att slå upp en viss sida, och... varsågod, att börja läsa.

Boken hon gett mig är fullkomligt obegriplig. Ord som jag inte förstår och knappt kan stava mig igenom. Än mindre namnen på de personer som den handlar om, vad nu handlingen skulle bestå i?

– Tack, det räcker, avbryter fröken när jag tragglat mig igenom knappt en halv sida och sedan får jag gå ut i korridoren och vänta medan hon och hennes kollega pratar om saken. Pratar ganska högt gör hon också så trots att jag står ute i korridoren har jag inga problem att höra vad hon säger.

– Ja, du hör väl själv hur han låter, säger min fröken. Det där med att han ska flytta upp en klass är något som hans föräldrar har slagit i honom. Pappan hans är ju vanlig arbetare och hans mamma är visst städerska. Vilket inte tycks hindra henne från att ringa hit och vara oförskämd.

Sedan får jag komma in och beskedet hon ger mig är klart nog. Det blir nog bäst att jag fortsätter i första klass. Så blir det. Trots sitt tillnamn får professor Wille Vingmutter stanna kvar i första klass.

Vad jag läste den där gången för sextio år sedan har jag fortfarande ingen aning om. Möjligen kan det ha varit min första kontakt med Ovidius *Metamorfoser* och, om jag nu ändå får välja, kanske det för en arbetarunge sedelärande kapitlet om när Daidalos och hans son Ikaros rymde från labyrinten på Kreta där den grymme kung Minos höll dem inspärrade.

Hur Daidalos tillverkade fågelvingar som de fäste med bivax på sina armar, hur de svingade sig upp och iväg, bort från fångenskapen. Hur Ikaros drabbas av ungdomligt övermod och flyger alltför nära solen, bivaxet som smälter av solens strålar, hur han tappar sina vingar och störtar i havet.

Inte för att jag brydde mig ens när det hände, kärringen försökte ju i vart fall inte dränka mig, och i skolans bibliotek fanns hur många bra böcker som helst som bara väntade på rätt läsare. "Ingen stor sak i det" och ibland får man vara "nöjd med det lilla", som pappa Gustav sammanfattade hela saken.

Ett år senare kommer det däremot att "ta hus i helsike", som pappa Gustav också brukade säga när det har hänt något som är riktigt illa.

Vi har hunnit fram till våren och jag går i andra klass. Vi har syslöjd. Inte bara flickorna i klassen utan även pojkarna och fråga mig inte varför eftersom detta utspelar sig i en tid då alla riktiga grabbar har träslöjd och inte ens skulle drömma om att sitta där och pilla med nål och tråd.

Hur som helst så ägnar jag någon månad åt att brodera en kudde. Kudden har jag fått, minns inte av vem, motivet får vi välja fritt och själv väljer jag en segelbåt. En vanlig liten segelbåt med skrov, mast, storsegel och fock som färdas över ett blått hav under en gul sol som är rund och lyser med hjälp av gula streck högst upp i kuddens vänstra hörn. Att ge mig på en femmastad bark har jag ingen tanke på. Lätt som en plätt och till och med gamle kungen, Gustav V, skulle ha ägnat sig åt att brodera kuddar, enligt fröken. Det är skönt att höra med tanke på vad pappa muttrat om. Gamle kungen hade ju massor med barn, inte minst han som är kung när jag börjar skolan, så då kan det ju inte vara så illa som pappa har sagt.

En månad senare sitter jag där som vanligt. Kudden är klar och jag är lutad över en god bok medan mina små klasskamrater bläddrar bland alla bokstäverna i sina bokstavsväskor och ljudar så det står härliga till. Själv måste jag ha haft tankarna på annat håll eftersom jag med hjälp av spetsen på min blyertspenna ritar en segelbåt på mitt bänklock. Prick för prick med pennan i det mjuka trälocket. Exakt samma båt som jag broderat på kudden och när fröken veckan därpå upptäcker mitt konstverk tar det, som sagt, hus i helsike.

Under veckan som följer får jag sitta kvar när mina kamrater går hem medan fröken håller förhör med mig. Till sin hjälp har hon dessutom samma fröken som hon anlitade för att utforska min förmåga att läsa.

Själv väljer jag att blåneka. Jag har broderat en segelbåt på en kudde. Inte ritat en på pricken likadan båt på mitt bänklock, och det dröjer faktiskt en bra bit in i nästa vecka innan jag faller till föga och erkänner, gråter gör jag också. Under tiden har min fröken fått roa sig kungligt med mig, ett par timmar varje eftermiddag. Hon är nämligen inte dum på det viset. Det är ingen och allra minst hon.

Därefter skriver fröken ett brev som hon stoppar i ett kuvert som jag skall ge till min mamma när jag kommer hem. Jag pillar upp kuvertet, tjuvläser brevet, och har inte minsta tanke på att låta mamma Margit ta del av det. Tyvärr blir det liggande i skolväskan där mamma så småningom hittar det och efter en månad blir det räfst och rättarting.

Mamma visar brevet för pappa.
– Det är han där, han som skall kostas på, säger hon och nickar mot mig med arga ögon. Pappa ser bara svårmodig ut.
– Det är väl inte hela världen, säger han. Det är väl bara att jag tar fram hyveln, lite sandpapper och vanlig klarlack.

Det blir pappa som följer med mig till skolan för att prata med fröken och se till att jag ber om förlåtelse. Mamma har blivit sjuk så hon kan inte. Mest ägnar han sig åt att titta på bänklocket. Sedan tar han fram en skruvmejsel, skruvar av det och tar det med sig under armen, när vi går därifrån.

På avslutningen får jag det sämsta betyget i uppförande och ordning, ett stort D, som i "klandervärt uppförande" och ett stort C, som i "mycket dålig ordning". Inte ens Sune har annat än stora A:n i både uppförande och ordning eftersom det är vad alla, som inte redan sitter på uppfostringsanstalten, skall ha. Även sådana som Sune till dess motsatsen är bevisad.

Professor Wille Vingmutters fall blir stort. Den tid då jag vann pris och ära för att jag var bättre än alla andra på att färglägga en ko känns mycket avlägsen. Men för min bäste kompis Uffe går det betydligt bättre. Samma vår som jag får sänkt sedebetyg så blir Uffe klassens hjälte, inte bara klassens, förresten, utan hela Gärdesskolans hjälte.

# 17.

### När Uffe tappade mössan i björngropen på Skansen

Ett par gånger varje år åker hela klassen på utflykt. Den längsta utflykten jag gör under tiden i folkskolan går till djurparken i Furuvik utanför Gävle. Då får vi åka buss i flera timmar men i regel så beger vi oss till utflyktsmål som ligger inom gångavstånd från skolan. Oftast till Skansen, ibland till något av alla de museer som ligger ute på norra eller södra Djurgården.

Våra mammor gör matsäck åt oss som vi tar med i våra skolväskor. Bredda smörgåsar, ett äpple, en apelsin eller en banan, mjölk eller kanske till och med en läskedryck till den lyckligt lottade. Min matsäck är den godaste. Mamma är bättre på att laga mat än någon annan mamma i hela världen. Smörgåsar med kalvstek, gurka och hemlagad svartvinbärsgelé, frikadeller med senapssås, medan mina stackars kamrater får hålla till godo med Kalles Kaviar, ost och prickig korv.

Den här dagen, då Uffe ska bli hela skolans hjälte, är vi på väg till Skansen. Vi går där i ett prydligt led, två och två, längst fram går fröken och bakom henne hela raden av ungar. Flicka med flicka, pojke vid pojke. Flickorna håller varandra i handen men ingen av oss pojkar skulle ens drömma om att göra likadant och allra minst med den kompis som man valt att ha vid sin sida.

Dessutom har vi skolmössor vilket är mycket ovanligt vid den här tiden. Folkskoleungar bär inte skolmössa. Det är förbehållet de yngre som går i privatskola eller de som blivit lite äldre och hunnit börja i läroverket. Vi som går i Gärdesskolan är däremot inga vanliga folkskoleelever. Vi är lite finare än andra. De flesta föräldrarna är tjänstemän och på föräldramötet har lärarna och föräldrarna gemensamt bestämt att vi ska bära skolmössa vid högtidliga tillfällen som avslutningar och utflykter. Prydliga skärmmössor i mörkblå eller ljusgrå sammet, beroende på om man är pojke eller flicka. Ovanför den svarta skärmen sitter Gärdesskolans eget emblem i "riktigt silver".

Så småningom har vi hamnat vid björngropen på Skansen. Alla björnarna är ute i solen, björnungarna leker medan deras föräldrar är fullt upptagna med att nafsa åt sig de delar av vår matsäck som vi slänger ner till dem. Det är visserligen förbjudet men vi gör det ändå och själv avstår jag en hel skiva med kalvstek till den störste av dem. Han verkar gilla kalvstek, ryter till och slår med den väldiga ramen efter en av ungarna som försöker hinna före.

Mitt i hela föreställningen råkar Uffe luta sig alltför långt över räcket. Han tappar sin skolmössa rakt ner i björngropen. Pappa Björn verkar inte gilla skolmössan. Han nöjer sig med att nosa på den men två av björnungarna börjar slåss om mössan. Drar i den från var sitt håll innan de plötsligt tappar intresset och släpper den. Alla vi ungar skriker och pekar, det är ingen som skrattar, och Uffe gråter så att tårarna sprutar. Han är helt otröstlig och till sist är det en av djurskötarna som förbarmar sig över honom. Han lockar undan björnarna genom att kasta ner en hink med kött till dem innan han sticker ner en lång stör med en krok på och fiskar upp Uffes mössa.

Uffe slutar gråta trots att hans mössa ser rent bedrövlig ut. Blöt och lortig, hål i den blåa sammetskullen och skärmen spräckt. Men Uffe är glad. Han torkar tårarna och gnider av det värsta innan han sätter den på huvudet igen.

Väl hemma så gör hans snälla mamma, Valborg, sitt bästa. Hon lappar ihop hålen i sammeten, klistrar ihop den spräckta skärmen och tar hjälp av min pappa för att återställa det hopknycklade emblemet. Det enda som inte går att göra någonting åt är de tydliga märkena av björntänder i mösskärmen. Riktiga björntänder och ett flertal vittnen som kan intyga att det är sant.

Redan nästa dag dyker Uffe upp iförd sin mössa med märken av björntänder och om och om igen får han berätta hur det hela gick till inför en växande beundrarskara av skolkamrater. Trots att det är en helt vanlig skoldag och inte det minsta högtidligt.

Uffes stora dag pågår hela veckan tills det är någon som skvallrar för fröken, säkert någon av tjejerna i klassen, som tar mössan i beslag och ger honom en åthutning. Däremot behöver han inte ta med något brev hem till sin mamma Valborg och mössan får han tillbaka veckan före avslutningen.

Det är så jag minns det men det är samtidigt något konstigt med den här historien. Jag minns den således i detalj och jag är fortfarande helt säker på att det som jag berättat har hänt. Precis som jag har berättat det nu. Ungefär tio år senare nämner jag det också för Uffe som jag råkat springa på av en ren händelse trots att våra vägar skilts åt flera år tidigare. Gamla minnen från tiden när vi var barn och inte som när vi återses, snart vuxna män.

– Minns du när du tappade skolmössan i björngropen på Skansen?

Uffe är helt oförstående. Han har inte minsta minne av den saken. Minns inte ens att han skulle ha haft någon skolmössa.

– Du måste ha blandat ihop mig med någon annan, säger han. Jag har inte en aning om vad du snackar om.

# 18.

Mamma är sjuk

Mamma är ofta sjuk. Det beror på att hon alltid har varit lite klen, ända sedan hon var barn, för det har Morfar berättat. Oftast är det vanliga åkommor som hon drabbas av, som feber, förkylningar, huvudvärk och ont i magen som vi alla kan råka ut för, men i mammas fall kan det bli värre än för oss andra. Att hon först får en vanlig förkylning som övergår i en lunginflammation som gör att hon knappt kan andas och bara går och hostar i flera månader. Eller ännu värre, att hon kan få vatten i lungorna eller att det slår sig på hjärtat, så att hon till och med kan dö.

Ibland blir mamma riktigt sjuk och då kan hon inte ta hand om mig. Då brukar jag få följa med pappa till jobbet, så oftast ordnar det sig ändå, och efter ett tag brukar hon bli bra igen. När mamma blir väldigt dålig så är det oftast magen som hon får ont i. Fast inte den vanliga magen utan ett annat ställe som heter gallan. Mamma får riktiga gallstensattacker, det är så det heter, och då ligger hon bara på sängen i sängkammaren och stönar och gråter tills pappa kan hjälpa henne och ge henne medicin.

Mamma har ett helt skåp med mediciner ute i badrummet och den medicin som är allra störst, mycket större än alla vanliga tabletter som hon bara stoppar i munnen, är den som hon måste ta när hon får sina attacker. Tabletterna är röda och vita och långsmala och kallas för kapslar och med dem är det så konstigt att man måste stoppa in dem i stjärten och inte i munnen.

Ibland måste pappa köra henne till sjukhuset och några gånger är det så illa att ambulansen måste komma och hämta henne. Den är vit och har stora röda kors på sidorna. Fast sedan brukar hon få komma hem från sjukhuset ganska snart och trots att hon sällan hunnit bli riktigt frisk.

Mamma berättar att tyvärr är det så illa att det finns många läkare som man inte alls kan lita på. Därför har hon också köpt en tjock bok som heter *Hemmets läkarbok* som kan hjälpa henne. Där står alla sjukdomar som finns och var någonstans det gör ont när man får en viss sjukdom. Den läskigaste sjukdomen av alla heter Cancer. Det betyder kräfta. Den äter upp en inifrån och med den är det så otäckt att det inte ens behöver göra ont förrän det är för sent. Då dör man. Får man cancer så dör man alltid.

Det har mamma själv berättat för mig många gånger.

– Ja, du Leif, säger mamma och klappar mig på handen. Vi får innerligt hoppas att det inte är cancer som mamma har fått, för då har du snart ingen mamma längre.

En dag när jag varit ute och lekt och kommer in i lägenheten så har mamma fått en attack och eftersom pappa är på jobbet så måste jag hjälpa henne.

Hon ligger på golvet i köket och bara gnäller och gnyr, precis som morbror Everts hynda när hon skulle valpa. Hon har dragit upp benen mot hakan, nästan ända upp till hakan, och när jag frågar hur det är fatt så viftar hon bara med handen.

Jag springer ut i badrummet och hämtar burken med de stora kapslarna och sedan säger mamma åt mig att det är bäst att jag går ut igen så hon kan ta sin medicin och få lite lugn och ro. Den hjälper tydligen för när jag kommer tillbaka efter en stund ligger hon på sin säng och sover. För säkerhets skull lägger jag en filt över henne trots att det är sommar och varmt ute.

En dag blir det riktigt, riktigt illa. Då kommer det en grå ambulans och hämtar henne och det är Uffes mamma som har ringt efter den.

Jag frågar om mamma skall dö nu, och om det är därför som man skickat en ambulans som är grå. Ungefär som när min kompis Robbans pappa blev tokig en dag och hoppade från balkongen på sex trappor, rakt ner i backen, och slog ihjäl sig på fläcken. Först kom det en vanlig vit ambulans men sedan åkte den bara iväg och istället kom det en likadan som var svart, fast utan kors, och hämtade honom. Fast det såg varken jag eller Uffe eftersom poliserna körde iväg oss och sa åt oss att gå hem. Den ende som kunde vittna om den saken var Sune och om han nu hade sett det med egna ögon, vilket han påstod, eller hört det av sin mamma, var inget som vi andra kamrater gick in på.

– Ska mamma dö, nu, frågar jag med hjärtat i halsgropen.

– Nej, så farligt är det verkligen inte, säger Valborg och kramar mig tröstande. Margit trodde att hon kunde ha fått gulsot så därför körde de henne till epidemisjukhuset istället. Fast så illa är det nog inte, heller. Hon är snart hemma igen, ska du se.

Valborg hade rätt trots att hon inte ens är vanlig sjuksköterska utan bara min bäste kompis mamma. Mamma är hemma redan nästa dag trots att ambulansen var grå. Inte som med Robbans pappa för det var en riktigt sorglig historia som till och med min pappa pratar om när vi sitter och äter, trots att man borde låta maten tysta mun.

– Nog är det alldeles åt helvete, allt, säger pappa. Först klarar han av att sitta flera år i ett sådant där jävla läger som nassarna hölls med så fort det var någon som de inte kunde fördra. Sedan kommer han hit och skaffar både fru och två ungar, och just när han ska till att bli färdig läkare så hoppar han ut från balkongen.

– Då är det riktigt, riktigt illa, tillägger pappa och nickar,

mest för sig själv som det verkar.
Mamma säger ingenting. Nöjer sig med att nicka.

Mamma var ofta sjuk när jag var barn. Det var inte hennes fel. Det berodde på att hon alltid varit klen, ända sedan hon föddes.

# 19.

Jag får en lillasyster

Några månader innan jag skall fylla sju år får jag en lillasyster, Maud Anna Elisabeth, född på Annadagen, den nionde december 1951.

Hon kom inte som någon överraskning för mig. Mamma och pappa hade i god tid berättat att jag skulle få en lillebror eller en lillasyster, och vad det nu blev skulle väl visa sig snart nog. Barnsängen, som redan stod på plats i mina föräldrars sovrum och alla andra praktiska förberedelser som mina föräldrar vidtagit, talade också sitt tydliga språk.

Jag saknar däremot nästan helt minnesbilder av min syster från den tid då vi växte upp tillsammans. Det hela är minst sagt märkligt med tanke på att vi måste ha träffat varandra flera gånger varje dag under de första åren av hennes liv och säkert vid åtminstone ett par tusen tillfällen fram till det att jag tar studenten och flyttar hemifrån.

Förklaringen är förmodligen att jag inte brydde mig särskilt mycket om min syster, jag hade inte ens önskat mig en lillebror istället.

Det är enklare än så. Jag föredrog att ha det som jag alltid hade haft det i mitt sjuåriga liv. Att vara enda barnet och leva mitt liv som jag alltid hade gjort, umgås med min pappa, bara min pappa, somrarna hos mormor, mina böcker, alla mina kompisar. Vad skulle jag med en lillasyster till?

Jag tror att detta förklarar varför mina första minnen av henne är så få och ser ut som de gör. Jag minns således inte den första gången jag såg henne, om jag besökte henne och mamma på sjukhuset när hon var nyfödd, ingenting från dagen då hon kom hem till den lilla lägenheten på Tegeluddsvägen, eller dagen då hon döptes.

De tre minnen jag har är tyvärr inga goda minnen och det börjar redan Dag Ett av min och min systers tid tillsammans.

När mamma fick sitt andra barn fick hon inte bara Maud. Flera månader före nedkomsten fick hon äggvita i blodet och när min lillasyster väl kommit till världen tillstötte ytterligare en komplikation: mjölkstockning. Ett tag var det till och med så allvarligt att hennes egen husläkare befarade att hon kunde ha drabbats av havandeskapsförgiftning. Men så var det lyckligtvis inte, trots att mamma var så sjuk att hon var tvungen att flytta till vår reservlägenhet som låg på våningsplanet ovanför. I vanliga fall hyrdes den ut i andra hand men nu blev mamma tvungen att bo där. Dessutom behövde hon en sköterska som tog hand om henne och en läkare som åtminstone såg till henne dagligen. Mitt i alltihopa dyker Morfar upp och förklaringen till det var förmodligen hans tjocka plånbok med fem fack.

Däremot verkade han inte det minsta glad över sitt nya barnbarn. Han gick mest omkring och gnölade om "fruntimmer och alla deras besvär" och vägrade att äta maten som pappa lagade. Han åt sin frukost på konditoriet i grannhuset och lunch och middag på krogen inne i staden. Om han åt ensam eller i sällskap med andra, som han kände, vet jag inte. Jag fick i vart fall inte följa med honom längre och redan efter några dagar tog han in på hotell. Efter ytterligare någon vecka, när mamma hade blivit lite bättre, åkte han hem igen och utan att hans favoritbarnbarn ens fick en blank tvåkrona på vägen.

Allt detta minns jag. Jag minns att min mamma blev väldigt sjuk, att hon var tvungen att flytta in i vår andra lägenhet, jag minns mammas sjuksköterska och hennes doktor, jag minns en helt annan Morfar som kommer på besök och tvåkronan som jag aldrig fick. Jag minns till och med att pappas stekta falukorv, hans så kallade paradrätt som för övrigt var den enda maträtt som han tillagade på egen hand, blev betydligt bättre så fort Morfar hade lämnat oss, och att jag fick välja om jag ville ha korven skuren på tvären eller på längden, innan han började bränna vid den i stekpannan. Den i stort sett enda trösten i det elände som jag plötsligt hade råkat hamna i.

Det enda jag minns av min nyfödda lillasyster var att alltihopa var hennes fel. Jag minns inte om hon kom hem samtidigt som mamma, vilket hon väl rimligen borde ha gjort. Inte ens hur hon såg ut eller vad hon hade på sig. Det var så det började och på det viset skulle det fortsätta under många år framöver.

Sannolikt är detta också förklaringen till att jag, hennes storebror och enda syskon, fortfarande är den ende som hon känner som kallar henne för Maud. Alla andra, familjen, släkt, vänner, bekanta, grannar, arbetskamrater, alla andra som över huvud taget kallat henne vid förnamn, kallar henne för Moa, och även om man nöjer sig med att enbart betrakta detta i det glåmiga skenet från familjehistorikens nattlampa är det en sorgesam avståndsmarkering. Inte ens en sjuåring har rätt att bete sig på det viset mot sin yngre syster som jag gjorde när hon var liten. En lillasyster har faktiskt rätt att kräva mer än så av sin storebror.

Mitt andra minne av min lillasyster är helt logiskt med tanke på hur det hela började. Det är ju ofta så det är och inte minst när det kommer till elände. Att det som väl har börjat rullar på av bara farten.

Mamma, jag och Maud ska gå till Posten som ligger nere i Frihamnen. Maud är några månader gammal. Ligger och snusar i sin barnvagn och är förhållandevis uthärdlig eftersom hon inte gapar och skriker hela tiden.

Jag får förtroendet att passa henne och så fort mamma försvinner in på postkontoret så vaknar hon naturligtvis och börjar omgående ge ljud ifrån sig. Särskilt glad låter hon inte heller. Jag gör som mamma sagt åt mig, vaggar hennes vagn för att få tyst på henne, men ju mer jag vaggar desto högre skriker hon. Jag övergår till att ruska vagnen så hårt jag orkar och det bär sig naturligtvis inte bättre än att hon trillar ur, med huvudet före rakt ner i gruset, och det är där hon ligger och gapar för full hals när mamma kommer rusande ut från Posten.

Mamma tar upp min syster och försöker trösta henne vilket inte går särskilt bra eftersom hon samtidigt skriker åt mig. Jag löser det hela genom att lomma därifrån och om det blir något ytterligare efterspel av detta kommer jag inte ihåg.

Möjligen har min mamma glömt och förlåtit mig tre år senare eftersom jag då på nytt får uppdraget att vara barnvakt åt min syster. Maud vill leka i sandlådan. Själv vill jag bara vara i fred. Jag sätter mig på kanten till sandlådan och börjar läsa den bok som jag tagit med mig. Jag är ju åtminstone på plats, så jag kan hindra henne från att rusa rakt ut i gatan och bli påkörd av en bil, men min lillasyster är missnöjd. Hon tjatar och kältar, vägrar ge med sig, och förmodligen är det väl så att jag bett henne att bara hålla käften, eftersom det plötsligt smäller till i huvudet på mig.

Min lillasyster har gått och hämtat en sten, den största hon hittat som hon orkar bära, smugit sig på mig bakifrån och dängt den i huvudet på mig. Sedan är cirkusen i full gång. Maud som gråter, mamma som ruskar Maud och skriker åt henne, själv har jag också tagit till tårarna och innan dagen gått till ända har jag besökt barnsjukhuset och fått skalpen hopsydd. Säkert är jag vid den tiden övertygad om att det var hennes sätt att hämnas på mig. Inte bara att hon var arg för att jag inte ville leka med henne när vi satt i sandlådan, utan även en senkommen hämnd för det där som hände utanför postkontoret nere i Frihamnen.

I dag har jag släppt tanken på att det skulle ha handlat om hämnd. Jag har också kommit till insikt om varför det kommer att dröja närmare sextio år innan vi får en normalt fungerande relation. Så visst minns jag min lillasyster. Jag minns även att en fördel med att jag gick i skolan var att jag åtminstone slapp se henne på dagarna.

– Det där var väl inte hela världen, säger pappa när vi sitter vid middagsbordet och jag visar mina stygn för honom.

Han vet inte hur rätt han kommer att få.

## 20.

Huset i Hogdal

Samma år som jag broderat en segelbåt på en kudde, ritat en likadan på mitt bänklock och fått sänkt sedebetyg, så kommer mina föräldrar att köpa ett hus på västkusten. Det är ett gammalt fiskarboställe som ligger på Hogdalslandet norr om Strömstad. Alldeles vid stranden till en fjord som heter Dynekilen och till Kosteröarna är det bara några sjömil rakt ut i Västerhavet. För en gångs skull är det också tillfälligheternas spel som gör att vi hamnar där.

Mina föräldrar har sina rötter i Bergslagen och Norrland och de saknar varje anknytning till västkusten. I söndagsskolan hemma på Gärdet har jag träffat en kamrat vars mamma är född och uppvuxen i norra Bohuslän. Mamman har fått ärva en äldre släkting som nyligen har dött och nu skall hon sälja hans hus.

Min mamma och hans mamma pratar om saken. Eftersom hon är en rejäl människa passar hon dessutom på att varna mamma Margit. Hon skall inte ha några överdrivna förväntningar. Huset är inte det minsta likt den prydliga och komfortabla lägenhet där vi bor och till och med utedasset lämnar en hel del i övrigt att önska. Hennes släkting, som var fiskare, hade levt som ungkarl i hela sitt liv, tills han dog vid nittio års ålder, och husliga bestyr hade inte varit hans starkaste sida.

Min mamma tackar för upplysningen, svarar att det får väl i så fall bli en prisfråga om den dagen kommer och plötsligt låter hon precis som min Morfar. Sedan pratar hon med pappa och redan helgen därpå sätter de sig i bilen och kör drygt femtio mil enkel resa till Hogdalslandet norr om Strömstad för att titta på huset. När de kommer hem på söndagen så har de köpt sitt eget sommarparadis och den som verkar gladast är faktiskt min pappa trots att han från början bara skakat på huvudet och inte ens ville prata om att ge sig in på sådana äventyrligheter. Pappa är faktiskt glad som en speleman, han rufsar mig i håret och hans ögon lyser. Huset som han just blivit ägare till passar honom som hand i handske, nämligen.

– Det är ett riktigt ruckel, säger pappa. Där finns hur mycket som helst att göra för en sådan som jag.

Även mamma tycks ha gjort sitt och dessutom gjort det på ett sätt som säkert fick min Morfar att nicka gillande. Köpeskillingen är sjutusen kronor, i dagens pengar drygt hundratusen, och när de säljer det trettio år senare får de tillbaka ungefär tjugo gånger mer än vad de har stoppat in. Ojämförligt mycket mer än vad pappa någonsin har fått i hela sitt liv för alla spikar han slagit i och alla bräder som han sågat.

När jag slutat skolan ett par veckor senare åker hela familjen ner för att ta det nya stället i besittning. Pappa har tagit ut en veckas extra semester och jag och min lillasyster får knappt plats bland alla verktyg som han har lastat in i bilen. Huset är verkligen ett ruckel, pappa har inte överdrivit det minsta, men den svarta bohusekan som ligger nere vid sjöboden är nytjärad och läcker inte det minsta lilla. Inne i sjöboden ligger dessutom mängder med fiskeredskap, bottengarn, vanliga nät, krabb- och hummertinor, dörjar och meten, linor, sänken och drag, som bara väntar på mig. Mamma är plötsligt friskare än vad hon varit på mycket länge och pappas kropp formligen vibrerar av arbetslust. Precis som bondens två ardennerhästar som går på sommarbete nere på strandängen och bara längtar efter att få spännas framför plogen.

I och med att mina föräldrar köper huset i Hogdal har de också för andra gången brutit mot det sociala och ekonomiska mönster som gäller för människor med deras bakgrund. Det första steget, det stora steget, hade de tagit långt tidigare när de i mitten på trettiotalet flyttade från de bruksorter där de vuxit upp. Det var ovanligt vid den här tiden eftersom det fanns gott om arbete på bruken i Bergslagen och nedre Norrland. Även för sådana som inte levde av skogen och jorden vilket flertalet i tjocka släkten annars gjorde. Dessutom flyttar de till Stockholm vilket i samma släkts ögon är nästan lika äventyrligt som när Gammelfarfar emigrerade till Amerika sjuttio år tidigare.

Nu har de plötsligt köpt ett "sommarställe" också. Precis som fint folk, och i en helt annan del av Sverige än det ställe där de ju bor och arbetar. Definitivt ingen vanlig "sportstuga" dit man kan gå eller cykla på somrar och helger för att fiska, jaga, plocka bär och svamp eller bara koppla av och tänka på annat än skogen och jorden.

Själv har jag inte minsta tanke på de uttryck för social rörlighet inom arbetarklassen som plötsligt fört mig till andra sidan av Sverige. Jag går nere på stranden och krattar upp blåmusslor som pappa och jag skall använda som agn när vi åker ut och metar torsk och vitling på kvällen.

Stranden där jag går välkomnar mig med nya dofter, det luktar tång, bäst av allt, doften av hav. En doft som den finns inte ens i Frihamnen nedanför huset i staden där vi bor. Segelbåten på mitt bänklock har jag redan glömt. Så även den enda kudde som jag har broderat i hela mitt liv, trots alla problem som den vållade mig om jag nu skall hänga upp mig på de motiv som ledde mig in på brottets bana och skadegörelse på en alldeles ny skolbänk. Jag tänker inte ens på min elaka fröken längre. Jag har i vart fall strukit undan henne från ytan av mitt medvetande och det kommer att dröja tio år innan jag träffar henne igen.

## 21.

Sälgpipan och händernas geni

På hösten, året innan jag skall börja i skolan, får jag följa med pappa på älgjakt hos tjocka släkten uppe i Norrland.
– Bäst att passa på, säger pappa. När du väl börjar plugget lär det i vart fall inte bli någon septemberjakt för dig.

Det är tidigt i september, långt uppe i Norrland. Det är kallt och klart i luften och hösten är bara ett förebud om den vinter som snart skall komma. Det är inte första gången jag får följa med. Pappa och jag har suttit på pass många gånger och det är lika spännande varje gång. Trots att vi kommer att sitta där hela dagen vet jag redan att jag inte kommer att ha tråkigt en enda sekund. Vi kan äta vår matsäck, flera gånger till och med, och så fort vi känner oss lite sugna. Blir det kallt är det inte värre än att vi gör upp eld, och om pappa skulle vilja luta sig och ta en lur är det jag som får ansvara för spaningen och säga till i god tid om nu Storoxen plötsligt skulle dyka upp. Jag kan till och med få hålla i hans bössa om jag vill, bara jag inte pillar på säkringen och avtryckaren.

Att som liten pojke få sitta på en sten i stora tysta skogen tillsammans med sin pappa. Bara sitta där alldeles tysta, han och jag, medan hans stora, valkiga arbetshänder, med magiska rörelser och moraknivens blad mellan tumme och pekfinger, förvandlar en vanlig kvist till en sälgpipa och en enestam till en pilbåge. Utan att han ens behöver titta på sina händer medan han gör det.

Just den här morgonen täljer han en sälgpipa åt mig. Skär av en lämplig slana på väg ut till passet och när vi väl sitter där tar han itu med det som återstår. Skär av en bit som är lagom lång och precis så tjock som en riktig sälgpipa skall vara. Knackar försiktigt runt om på barken med hjälp av det röda träskaftet på sin morakniv. Tummar på barken för att mjuka upp den innan han försiktigt trär av den. Skär sedan en skåra i veden och skjuter tillbaka hylsan av bark över den vita träbiten. Så en avslutande finputsning med kniven innan han ger mig den färdiga pipan. Jag ser frågande på pappa, som nickar.

– Blås du, säger han. Vem vet, du kanske lockar hit självaste Storoxen.

Jag provblåser min nya sälgpipa trots att man ju annars skall vara tyst som en mus när man sitter på pass. Enligt morbror Nisse, en av släktens många Storjägare, är det inte ens läge att försöka slicka snoret från överläppen när det börjar dra ihop sig. Det är fler skottchanser än en som gått förlorade av det skälet. Fast någon Storoxe ser vi inte den här dagen. Det jag minns är istället pappas händer när han förvandlar en vanlig sälgkvist till en pipa som jag kan blåsa i.

Min pappa hade den färdighet som gamla överklasspersoner – när de ville tala vänligt om någon därnere – brukade kalla för händernas geni. Med hjälp av en yxa och en morakniv kunde han på fri hand tillverka det mesta som låter sig göras i trä.

Dessutom kunde han dra elledningar och moka rör, lägga plåttak och sätta kantsten, och hade han bara fått chansen, och tid att tvätta händerna före, hade han givetvis klarat av att byta hjärta och lungor på någon stackare, också. Till om med i skenet av en ficklampa om det skulle knipa.

Det satt i händerna på honom men mest satt det ändå i hans huvud. Det satt där sedan den dag han föddes trots att han aldrig kostades på.

## 22.

När pappa fick en sprängsten i huvudet
och barndomen tog slut


Jag har börjat på läroverket. Jag går i första klass i den femåriga realskolan. Jag är duktig i skolan, bäst i klassen utan att anstränga mig eller ens ägna en tanke åt saken. Jag har också fått byta namn. När lärarna tilltalar oss så är det med efternamnet och själv har jag hamnat i samma predikament som min pappa när han träffar ingenjören, jag heter inte Leif längre utan Persson. Detta är detaljer, jag bryr mig inte. Jag skall kostas på, jag är på väg upp. Tryggheten som min far skänker mig har skyddat mig i mer än tio år men när katastrofen slår till så hjälper det inte ett dugg.

En sliten bild. Då, när marken plötsligt rämnar under mina fötter, faller jag handlöst rakt ner i mörkret och har du själv råkat ut för det så är det inte bilden i sig som stör dig. Den har nämligen inte blivit sliten av en slump utan i brist på bättre. Du faller fritt, precis som i en dröm, men du faller handlöst och mörkret omkring dig går inte att gripa tag i för att hejda eller ens lindra ditt fall. Du är helt utlämnad åt andra och annat och alldeles oavsett vad du försöker hitta på så kan det inte hjälpa dig ett enda dugg.

Jag är elva år gammal. Sitter i mitt klassrum och har lektion i modersmålet och svensk skrivning, då rektorn plötsligt kommer in. Alla reser sig, även vår magister.

– Persson, säger rektorn och ser frågande på oss.

– Det är jag, säger jag och håller för säkerhets skull upp handen.
– Utmärkt, säger rektorn och harklar sig, lätt besvärad som jag minns det. Perssons mor har ringt mig. Hon vill att Persson skall komma hem. Det är tydligen så att Perssons far har råkat ut för en olycka på sin arbetsplats. Så Persson är alltså befriad från eftermiddagens undervisning.

Mer än så blir inte sagt och en timme senare – spårvagnen till Karlaplan, den eldrivna bussen till Gärdet, den längsta resan i mitt liv – kliver jag in i kapprummet till den lilla lägenheten på Tegeluddsvägen där pappa, mamma och jag, plus min lillasyster som är så liten att hon ingenting förstår, lever vårt gemensamma liv.

På golvet ligger ett blodigt bylte med pappas kläder, hans blå overall och allt som han burit inunder och någon har buntat ihop paketet genom att dra hans livrem runt det. Och eftersom jag bara är elva år gammal ser jag särdeles tydligt att det är väldigt mycket blod som har runnit över både hans bröst och hans rygg och oavsett om det är min pappas blod, min pappa som ändå är den största och starkaste pappan i världen, så är det faktiskt väldigt, väldigt mycket blod. I det ögonblicket slits tryggheten ur bröstet på mig, gör det för gott och lämnar kvar ett svart hål som jag fortfarande lever med.

Långt senare, för vilken gång i ordningen vet jag inte, så tittar jag på ett fotografi av timmermannen och grovarbetaren Gustav Vilhelm Persson som är taget i mitten på femtiotalet av en riktig tidningsfotograf som jobbar på Dagens Nyheter. Pappa Gustav i blå overall, stövlar och hjälm, med halvmetertjocka överarmar och händer som är lika stora som skinkan på Hans Majestät Konungens julbord.

När fotot togs ligger han på mage i det som skall bli tunnelbanan genom Stockholms city och spikar reglar som skall skydda hans arbetskamrater från nerfallande sprängsten. En månad senare kommer han själv att få en rakt i skallen. En på trettio kilo och just i det ögonblicket då han har tagit av sig hjälmen för att kunna stryka svetten från pannan.

Ett par månader efter olyckan kommer pappa hem från sjukhuset. En annan pappa än den som jag ser på bilden som togs av en riktig fotograf som jobbade på Dagens Nyheter. Själv är jag också en annan. En arbetargrabb som går på läroverket och just löst biljetten till första anhalten på sin klassresa. I det ögonblicket, efter det som precis har hänt, finns faktiskt ingen väg som leder tillbaka och hur jag skall ta mig vidare har jag ingen aning om. En sak vet jag utan att behöva fråga vare sig min pappa, min mamma eller någon annan vuxen. Min barndom har just tagit slut.

# III
## TONÅR, REALSKOLA, BRÅNAD

## 23.

Livet går vidare

Efter ett par månader har pappa kommit hem från sjukhuset. Inte samma pappa som lämnade mig. Pappa är bara hälften så stor som han var före olyckan, han plågas av en sprängande huvudvärk, har svårt att höra vad man säger till honom och för första gången i mitt liv så skriker han åt mig. Men han lever och för varje dag som går blir han mer och mer lik min gamla, riktiga, pappa.

Vi har också flyttat från huset på Tegeluddsvägen. Nu bor vi i en gammaldags lägenhet längst ner på Valhallavägen i den gamla arbetarstadsdelen Sibirien, granne med Roslagstull. Vår nya bostad är dubbelt så stor som den på Tegeluddsvägen. Jag har fått ett eget rum med en riktig säng, ett litet skrivbord och bokhyllor som mamma köpt i möbelaffären på Odengatan. Till julen kommer jag också att få en egen läslampa som jag ställer på nattygsbordet bredvid sängen. Min lillasyster bor i jungfrukammaren vägg i vägg med mitt rum. Mina föräldrars sovrum är dubbelt så stort som mitt och ligger mot gatan. I det största rummet, det vardagsrum där vi nästan aldrig sitter, har mamma ställt alla våra finmöbler. Vi äter fortfarande i köket och trots allt det nya som har hänt, så följer det ändå det förväntade mönstret för sådana som vi.

I källaren till huset där vi bor ligger en gammaldags mjölkaffär där man köper sin mjölk som man hämtar i en plåtkanna med lock som man har med sig. I grannhuset finns ett ölkafé, utanför mitt fönster finns en asfalterad gård och tvärs över gården ligger gårdshuset. Själva bor vi i gathuset, en trappa upp, och är lite finare än de som bara bor i gårdshuset. Pappa har slutat som portvakt och vår portvakt bor i gårdshuset. Vi är hyresgäster och vi bor i gathuset. Viktigt att hålla i minnet och min mor blir mer och mer noga med sådana detaljer.

Fast jag saknar mina kompisar och den jag saknar mest är min bäste kompis Uffe som blivit kvar i kvarteret Nävv Jorkk på Tegeluddsvägen. Allra mest, mer än allt annat tillsammans som jag saknar, så saknar jag den trygghet som jag levde med innan olyckan tog den ifrån mig.

På undervisningen i tyska snavar jag över ett citat av Friedrich Nietzsche, *Was Dich nicht umbringt, macht Dich nur stärker.* Det som inte tar död på dig, gör dig bara starkare. Trots att han skall vara en världsberömd filosof så förstår jag inte vad han menar. Det som drabbade pappa och mig har bara gjort oss båda svagare. Pappa höll ju faktiskt på att dö på fläcken. Mamma har dessutom berättat för mig att när hon pratat med läkaren på sjukhuset så har han sagt att det var ett rent mirakel att pappa överlevde.

– Gustav är stark som en häst, säger mamma och nickar sorgset mot mig. Det är väl för väl att det är någon här i familjen som är skapt på det viset.

När pappa börjar arbeta igen så har jag alltid ont i magen när jag går till skolan och varje gång någon tar i dörren till klassrummet där jag sitter så rycker jag till. Det som hände min far har bara gjort mig räddare, mer försiktig, mer vaksam på att när som helst – säkert när jag minst anar det – så kan det hända igen. Och när det väl händer kommer jag att vara lika utlämnad som förra gången.

Men jag lever, det gör jag. Jag lever och dessutom har jag bytt skola och börjat i ett annat läroverk som ligger på gångavstånd från huset där vi bor. Däremot kommer det att dröja tjugo år innan jag fattar vad Friedrich Nietzsche menade med det han sagt. När jag väl gör det förstår jag också att han hade missat hela poängen. Att det som inte tar kål på dig gör dig till en annan människa, i värsta fall till en hårdare människa, en sämre människa, än förut, inte till en starkare människa i någon som helst meningsfull, mänsklig mening.

# 24.

De offrade sina liv i polarforskningens tjänst


Min nya skola heter Norra Real och ligger på Roslagsgatan i Stockholms innerstad. Jag är tolv år gammal när jag börjar där och jag kommer att stanna där i sju år fram till dess att jag tar studenten. Norra Real är ett "Högre Allmänt Läroverk För Gossar". Det framgår av den guldförgyllda inskriptionen som sitter på den tegelröda fasaden två våningar ovanför entrén.

Norra Real är inget vanligt läroverk. Det är det finaste läroverket i Sverige. Det vet alla som går där. Kanske är det till och med det finaste läroverket på jorden. Det finns nämligen inget annat läroverk i hela världen som kan räkna så många Nobelpristagare bland sina gamla elever och de har alla vunnit sina pris i de ämnen som rätteligen skall räknas när man talar om mänsklighetens goda växt, Fysik, Kemi och Medicin.

Det har mina nya lärare berättat för mig under den första veckan som jag går där och med flera av mina klasskamrater är det så väl ordnat att deras pappor har berättat det för dem redan innan de började på Norra Real. Deras pappor är nämligen själva gamla elever i samma skola. Själv gläds jag i tysthet åt att jag tydligen hamnat på ett betydligt finare ställe än det "Lärovärk" dit pappa släpade med mig när jag bara var ett litet barn. Om det nu är ingenjör jag skall bli finns det väl knappast bättre läroverk att uppleta än Norra Real.

Även Morfar tycks ha lugnat ner sig och hans värsta farhågor verkar ha släppt. På hösten kommer han på sitt vanliga besök och innan han åker ger han mig en hel hundralapp eftersom det kostar på att bli en fin och bildad karl. Mamma tar som vanligt hand om hundralappen för att sätta in den på min bankbok och så fort vi är ensamma sticker han åt mig en hel tia i smyg. Så långt är också allt som vanligt. Däremot har han slutat att ta med mig på krogen för att äta lunch och numera bor han alltid på hotell när han besöker den Kungliga Huvudstaden. Plånboken med alla facken har han kvar och den är lika tjock som den alltid har varit. Morfar är en klippa i en osäker tid.

I den stora trapphallen i min nya skola, en halvtrappa upp till höger, sitter en marmortavla med en inskrift i guld som får mitt hjärta att bulta lika hårt som den där gången då jag lånade konsulinnans uppslagsverk och förstod att jag var född med Segerhuva.

"Dessa gamla elever i Norra Real offrade sina liv i polarforskningens tjänst."

Under den inledande raden står fyra namn, givetvis även de i guldskrift. "S.A. Andrée, Alfred Björling, Nils Strindberg, Finn Malmgren." Sin samtids stora hjältar, sin tids Ikarosgestalter, upptäckare, utforskare, idealister, som var villiga att offra allt, livet självt om så krävdes, i logik med de liv de valt och ända fram till livets slut.

Det ska jag också göra, tänker jag där jag står nedanför minnestavlan med mitt bultande hjärta och utan att ägna minsta tanke åt att både hundspann och luftballonger tillhör en sedan länge förgången tid och att behovet av en Mästerdetektiv på Nordpolen säkert är ganska begränsat även i den tid då jag lever.

## 25.

Lärare, fostrare, förebilder

Lärare, fostrare, förebilder. Att vara en bra lärare handlar givetvis om att kunna förmedla kunskaper men kanske mest ändå om att vara ett gott exempel. Människor har också olika behov. "Undervisning handlar väsentligen om att lämna de begåvade i fred", som en praktiskt lagd kollega till mig formulerade saken.

Under de fyra första åren i folkskolan har jag samma fröken i samtliga ämnen med undantag för "gymnastik" och "manlig träslöjd". I gymnastik har jag en annan fröken, yngre och vackrare än min vanliga fröken, och i träslöjd en äldre, muttrande herre som envisas med att gå omkring i en grå lagerrock med en tumstock nerstucken i bröstfickan, inte ens i närheten av pappa Gustav, för jämfört med honom har alla tummen mitt i handen.

I övrigt har jag inga klara minnesbilder av någon av dem. De lever i skuggorna av mitt tidiga medvetande till skillnad från min riktiga fröken för henne minns jag i detalj, till och med hur hon såg ut och hur hon klädde sig. När helst jag vill kan jag knäppa fram bilden av henne i mitt medvetande. Ett tag gjorde jag det alldeles för ofta. Sedan jag blev "riktig professor" för drygt tjugo år sedan har det behovet av någon anledning upphört.

Min slöjdlärare minns jag mest genom hans gärning. Hur vi satt och repade björkris som vi sedan skulle binda till vispar. Hur vi hyvlade vanliga brädbitar för att göra skärbrädor av dem. Hur vi till jul fick såga ut en tomte ur en spånskiva, skruva fast en platta som den stod på och en ljushållare upptill, avsluta med att måla den röd. Allt som återstod var att slå in den i julklappspapper, binda ett snöre runt paketet, försegla med lack och önska God Jul från Leif, kanske med ett rim också.

Mamma fick skärbrädan och vispen, säkert en och annan smörkniv som jag förträngt, medan pappa fick tomten. Han såg glad ut. Nickade och vägde den i handen.

– Det där med lövsågning kan vara lite knepigt, sa pappa. Men du tycks ju ha bra kläm på det.

I läroverket får jag plötsligt många lärare uppdelade på olika ämnen. Flera lärare som undervisar mig i matematik, fysik, kemi, svenska, engelska, tyska, historia, kristendomskunskap, geografi och biologi och något som jag säkert har glömt. Dessutom har jag en slöjdlärare, en teckningslärare, en musiklärare och en gymnastiklärare. Säkert ett tiotal olika lärare av skiftande kvalitet och de som har satt de djupaste avtrycken i mitt minne är de som var sämst som kunskapsförmedlare, fostrare eller förebilder. Möjligen var det så att mina goda lärare och förebilder lämnade mig i fred.

Det här var på skolagans tid. Min fröken i folkskolan luggade och örfilade oss. Det gjorde hon dagligen och det drabbade även flickorna i klassen. Det var oftast flickorna som började gråta, kanske en och annan lipsill bland kompisarna, men då blev man utkörd i korridoren för att inte störa oss andra. Där hade man återstoden av lektionen på sig för att torka tårarna och sluta snora och hade man inte klarat av den saken när det ringde ut till rast fick man följa med fröken till överläraren. En fruktad man som inte brukade lägga fingrarna emellan när det kom till den fostrande delen av hans värv.

Mig brukade fröken dessutom rappa över fingrarna med hjälp av linjalen. En pedagogisk ynnest som jag var den ende som kom i åtnjutande av. Säkert inte så konstigt med tanke på att jag hade papper på mitt starka behov av fostrande insatser. Enda gången som jag grät var för övrigt första gången efter drygt en vecka av bänklocksförhör. Sedan bet jag ihop, teg och led och sökte skydd bakom mitt växande hat.

I läroverket är det inte på det viset. De enda som slår oss är lärarna i de praktiska ämnena, slöjd, teckning, sång och musik och gymnastik. Underklassen bland lärarna om man så vill, även enligt deras akademiskt skolade kolleger, och det var ju så som det skulle vara. Att det var sådana människor, som i brist på ord, tog till nävarna istället.

Mest fruktad under min tid i realskolan var teckningsläraren. Han var hård i nyporna och fullkomligt oberäknelig. Medan han går där mellan bänkraderna mitt framför ögonen på oss kan vi se honom pendla mellan uppsluppen glädje och tyst förtvivlan och oavsett vilket så kan det plötsligt bara smälla till. Om det berodde på att han söp och bara hade dåligt ölsinne eller att han också var psykiskt sjuk och bipolär är mindre intressant. Alla vet om det men trots det får han ändå vara kvar som lärare.

Slöjdläraren var en mer harmlös typ. Om man jävlades på hans lektioner fick man följa med ut i virkesrummet för lite handpåläggning som mer vittnade om hans hemliga läggning än en önskan att fysiskt skada oss. Ingenting märkvärdigt, det var inte så att han tog fram snoppen som poliskommissarien från min barndom, utan ganska varsamma tag om armen eller nacken medan han med vänlig röst talade till den misskötsamme om vikten av att inte använda skolans resurser till att i hemlighet svarva batonger av trä eller borra upp pipan på en startpistol för att förvandla den till ett fullt fungerande skjutvapen. Sedan fick man en avslutande klapp där bak och kunde återvända till slöjdsalen.

Mest intressant i det här avseendet är ändå vår gymnastiklärare. Han kommer också att fortsätta med sin disciplinära praktik under hela min tid i gymnasiet trots att skolagan för de som gick i läroverket formellt avskaffades när jag började i första ring.

Gymnastikläraren var reservofficer, titulerades Majoren till skillnad från Magistern, och bar en gammaldags svart visselpipa i en grov läderrem runt halsen. Så fort det drog ihop sig brukade han ta av sig remmen med pipan, hålla den i höger hand medan han långsamt slog pipan mot den vänstra handen i väntan på att det skulle bli dags.

Det blev det alltid och ganska ofta eftersom vi mest sysslade med att springa runt och hoppa över olika läderklädda plintar och bänkar, där de fetare gossarna i klassen punktligt fastnade och omgående fick hjälp på vägen med läderremmen och en uppfriskande snärt i baken eller över ryggen. Själv klarade jag mig hyggligt, eftersom jag var både smal och vig på den tiden.

När vi inte hoppade, bara kutade runt, eller klängde i ribbstolar och rep, iförda korta blå gymnastikbyxor och linnen i samma färg, fick vi genomgå militär grundutbildning. Uppställning på rader och led, givakt, manöver, lediga och det hela avslutades alltid med dusch, först skållhett och sedan iskallt, duschinspektion och därefter "ombyte till civila kläder". Så ser min gymnastikutbildning i allt väsentligt ut. Den pågår i sju år ända fram till den obligatoriska transporten in i lumpen där det stora allvaret kommer att ta vid. För det har Majoren redan berättat för oss.

Majoren är ofta ledig. Är han inte på repetitionsövningar i det militära så har han tagit ut några dagars semester för fältritter och skidåkning i fjällen. Eller kanske bara för att åka bort en vecka och träffa "galanta damer". Det är hans eget uttryck, han berättar gärna, och vi förstår vad han menar trots att vi annars förstår mycket lite av sådana saker. Hur som helst spelar det mindre roll eftersom han då kommer att ersättas av en något yngre förmåga, som visserligen bara är kapten, men i allt övrigt, intill förväxling, lik vår egen Major.

I efterhand har jag funderat mycket över gymnastiktimmarna i det Högre Allmänna Läroverket För Gossar, där jag gick. En riktig Läderbög från vår tid hade säkert betalat en förmögenhet för att få jobba gratis på ett sådant ställe. Där fanns alla tänkbara infernalia i form av läderklädda plintar, bord och bänkar, rep och ribbstolar. Tillika detta ständiga duschande med vidhängande sanitära inspektioner, plus alla dessa gossar i sina trånga kortbyxor och linnen, åtskilliga av dem mjuka i hullet, ljushyllta, vita i hyn, precis som vissa små gossar förväntas vara. Andra av oss smärta, viga, vältränade som små gossar också kan vara.

Det som bekymrar mig långt senare är att varken majoren eller hans ersättare av lägre rang verkade ha haft den läggningen. Jag har funderat åtskilligt på den saken. Jag tror att de bara var sådana, helt enkelt. Måna om vår fysiska fostran, med höga krav på disciplin, renlighet, rak rygg, magen in och bröstet ut, blåa ögon och ett fast handslag. Det låter naturligtvis minst sagt underligt men det är den bästa förklaringen som jag kan komma på. Inte att de skulle ha stått i den egna garderoben och hukat, i väntan på bättre tider.

Med mina akademiskt skolade lärare förhöll det sig på annat vis när det kom till deras insatser som fostrare och förebilder. En ganska vanlig typ var min första lärare i engelska, som enklast kan beskrivas som en excentrisk och välformulerad spratt av anglofilt snitt. För att komplicera det hela var han också bra på att förmedla kunskaper men det som gör att jag minns honom är hans förmåga att förvandla vanliga snorkråkor till något slags pedagogiskt riktade projektiler av närmast gummiliknande konsistens.

Vi hukar i våra bänkar medan vi böjer engelska verb, bekvämt tillbakalutad i sin karmstol bakom katedern sitter vår käre Magister och fiskar upp snorkråkor ur sin stora näsa. Granskar dem noga, nickar belåtet för sig själv när han dragit fram någon riktig feting. Sedan rullar han dem mellan höger tumme och pekfinger, förvandlar dem till små, runda kulor av snor som han sedan knäpper iväg ut i klassrummet. Företrädesvis i den riktning där det engelska uttalet har väckt hans misshag eller verbböjningen hakat upp sig.

På det stora hela en ganska oförarglig sort, inte minst jämfört med det övergrepp som en av hans kolleger utsätter en av mina klasskamrater för, när vi just återvänt efter sommarlovet och börjat i andra klass i realskolan.

När jag gick i läroverket förde man klassbok över det som hände i skolan. Det var en stor och tunn bok med hårda pärmar som rent praktiskt förvaltades av den som var utsedd till ordningsman i klassen. I klassboken förde man bland annat in alla elever som var frånvarande från lektionen, alla anmärkningar som delades ut eller allt annat som hände i samband med undervisningen och förtjänade att noteras i skrift. En lista på eleverna i klassen, namnen ordnade i bokstavsföljd efter efternamnet, en loggbok över vad vi hade för oss, helt enkelt. Överst på listan av elever i just den här klassen står namnet på min skolkamrat.

Han heter Rolf Andersson när vi slutar till sommaren, och när vi återvänder till höstterminen har han bytt namn till Rolf Askenstam. Han är en liten lintott, tyst och försynt. Ingen som gör något väsen av sig trots att han har en pappa som jobbar på Kungliga Slottet, som betjänt åt Hans Majestät Konungen, Gustaf VI Adolf. Kommen ur arbetarklassen, om man så vill, men långt ifrån någon vanlig arbetargrabb.

Nu sitter vi där i våra bänkar. Vår klassföreståndare ögnar snabbt igenom klassboken som vår ordningsman lagt fram. Hajar till redan på första raden. Höjer ögonbrynen, rynkar pannan, gör ett nummer av det han just har sett och redan nu har bestämt sig för att göra.

– Askenstam, säger han, och ger klassen en frågande blick. Vi har tydligen fått en ny elev här i klassen.

– Det är jag, svarar Askenstam och räcker upp handen.

– Jaha, ja, säger vår lärare. Märkligt, tillägger han och stryker sig över hakan. Askenstam är intill förväxling lik en annan liten lymmel som gick här förra terminen. Jag tror han hette Andersson.

– Ja, det är jag, svarar Askenstam. Vi har bytt namn. Min pappa har bytt namn, så nu heter vi inte Andersson längre.

– På det lilla viset. Så då är det Andersson i alla fall, då, konstaterar vår klassföreståndare.

Därefter tar han upp sin reservoarpenna ur innerfickan, stryker över "Askenstam", skriver dit "Andersson" istället. Så kommer det också att stå hela skolåret ut och när vi skall börja i tredje klass har Askenstam slutat. Om han slutade studera eller bara bytte skola vet jag inte.

I det ögonblicket som vår lärare stryker över hans namn förlorar han också sin heder. Inte bara hos mig som är klassens enda riktiga arbetarbarn, utan hos oss alla. Så gör man inte ens vid den här tiden och att han i dag hade åkt ut på ändan är inte ens särskilt intressant. Som förebild var han en mänsklig katastrof och illa nog att det är honom som jag minns bäst.

Jag hade nämligen ett flertal alldeles utmärkta lärare under mina sammanlagt åtta år som läroverkselev. Bland det jag minns bäst är deras respekt för oss som individer och att de nästan aldrig gjorde någon åtskillnad på oss beroende på vår bakgrund. Misshag och beröm fördelades i allt väsentligt efter förtjänst och väl inom ramarna för hur en anständig människa förväntades bete sig på ett ställe som var ägnat att göra oss till mer bildade och bättre människor.

Den gamla elitskolan Norra Real var med rätta känd för att ha landets bästa lärare. Aktningsvärda akademiker, framstående forskare, några av dem bildningsgiganter, både naturvetare och humanister, som var professorer och docenter vid universitetet men som valt att även dela med sig av sin lärdom till oss läroverksgossar.

De är alla män – undantaget några kvinnliga lärare i språk – men det är inte ens deras fel för det följer naturligt av tiden vi lever i. Två av dem minns jag särskilt och av högst personliga skäl och en av dem är till och med kvinna. Så småningom kommer hon också att bli den mest kända av alla de lärare som jag hade under min skoltid.

# 26.

### Somrarna på västkusten

Huset på landet ligger tre kilometer från riksvägen. Riksvägen leder till Norge, gränsen vid Svinesund och den höga bron över fjorden. Dit är det drygt en mil. Byn där huset ligger heter Hogdal. Där finns en vit kyrka i sten, en lanthandel med en bensinpump på framsidan, hundratalet hus och gårdar runt omkring där det bor folk som hör till trakten, fiskare och bönder, deras fruar och barn. Dessutom ett halvdussin hus som sommargästerna har tagit över. Ett av dem ägs numera av mina föräldrar.

Till huset där vi bor går en grusväg som letar sig fram längs fjorden mellan de bohuslänska bergknallarna och den vindpinade skogen. Sammanlagt tre hus längs vägen, med en kilometers mellanrum. Vårt hus ligger längst ut på udden där grusvägen tar slut och när jag cyklar på den vägen är jag nästan alltid på väg till eller från handelsboden nere i byn. Huset heter Apelviken, det är ett vackert namn. Postadressen där vi bor är "Apelviken, Hogdal, Strömstad, Sverige", och ibland får jag brev från mina kompisar som är kvar i staden eller på sina egna sommarställen.

Från min bäste kompis Uffe till exempel, som alltid tillbringar somrarna utanför Visby eftersom hans mamma är barnfödd på Gotland. Uffe kommer aldrig att besöka mig i huset i Hogdal. De första somrarna tröstar jag mig med att han väl har fullt upp med sitt på Gotland och när jag bytt skola och flyttat från Nävv Jorkk, så skiljs våra vägar.

Under de följande femtio åren har vi setts ett tiotal gånger. Alltid av en händelse och för att vi har sprungit på varandra i förbifarten. Senast det hände är för tjugo år sedan. Det är inte mer med det. Det är så livet ser ut för sådana som rör på sig och inte stannar kvar på samma ställe livet ut. Uffe lever sedan länge i mina minnen. Dessutom lever han på riktigt, för det har jag kollat, nämligen. Jag får också för mig att han lever ett liv som är hyggligt nog.

I huset i Hogdal finns även en telefon. Den har vi övertagit av förre ägaren, Gubben Corneliusson, som var goda nittio fyllda, när han tog upp årorna. Det är pappa som säger så: "Tog upp årorna." Dessutom måste det ha varit "rejält med krut i gubben", det är också pappas beskrivning, hur pappa nu kan veta det, för han hade ju aldrig träffat honom. Det måste bero på något som de haft gemensamt och han har förstått ändå, eller något som han hört andra berätta om.

Telefonen är inte på minsta vis lik den svarta bakelitapparaten med nummerskiva som står i kapprummet hemma på Tegeluddsvägen. Det här är en liten fernissad trälåda. Upptill sitter två hållare i metall där "luren" vilar. Luren är ett handtag i metall, i ena änden sitter hörluren i svart bakelit. Bortsett från färgen ser den ut som en mjukt avrundad kantarell som man böjt så att den skall ligga an mot örat när man lyfter handtaget och håller det som man gör när man skall prata i telefonen. I andra änden finns en taltratt, även den i svart bakelit och böjd så att den skall hamna framför munnen. I tratten finns också små hål som gör att man hörs bättre när man skall prata i den.

På framsidan av lådan sitter en prydlig liten mässingsskylt där det står "L M Ericsson". Enligt pappa var det Lars Magnus Ericsson som hittade på just den här telefonen. Ericsson var värmlänning. Han som uppfann själva sättet att prata med varandra i varsin lur med en lång sladd i mellan hette däremot Alexander Graham Bell. Bell var inte värmlänning utan skotte, för det har jag läst i konsulinnans uppslagsböcker och inte behövt fråga pappa om. Dessutom visste jag det långt innan vi hade köpt huset i Hogdal.

Det finns ingen nummerskiva på vår telefon på landet. På sidan sitter istället en liten vev i metall. Först lyfter man på luren och sätter den mot munnen och örat, därefter drar man några varv på veven. Sedan brukar det brusa och knastra lite innan den äldre damen som sitter på telefonstationen nere i Hogdal har tid att svara.
– Hogdal 29, säger den äldre damen i växeln. Vad kan jag hjälpa er med, Hogdal 29?

Hogdal 29 är vårt nummer. Det har vi också tagit över efter Gubben Corneliusson.
På vår telefon på landet kan man bara ringa mellan klockan åtta på morgonen och klockan fem på kvällen. Vill man ringa senare eller tidigare så måste det ha hänt något hemskt för annars kostar det extra. Mamma måste ha telefon ifall hon skulle bli allvarligt sjuk och jag måste ringa efter ambulansen från lasarettet i Strömstad. Fast då kostar det ingenting. Hemskt är gratis.
Pappa ringer varje lördag strax före fem. Snart skall han komma ner på sin semester och då ska han och jag åka ut och fiska tillsammans. Dessutom ser jag honom framför mig när han skall ringa till oss från lägenheten i staden. Först lyfter han på luren och trycker fast den mot örat med axeln. Sedan tar han en blyertspenna, som ligger på det lilla telefonbordet, och med hjälp av den slår han numret till telefonstationen i Hogdal. Pappas fingrar är för stora, de går inte ner i hålen på nummerskivan. Den som gjorde vår telefon hemma i staden måste ha haft mindre fingrar än pappa, tänker jag.

Jag kommer att tillbringa alla mina somrar från det jag fyllt åtta tills jag fyller femton på sommarstället i Hogdal. Hela sommarlovet och vid den här tiden är det oändligt långt. Tre månader, jag slutar skolan i början på juni och jag börjar först i september. Därefter kommer mina vistelser att bli kortare och kortare eftersom jag i snabbt växande omfattning kommer att ägna mig åt att sommarjobba. Inte för att mina föräldrar tvingat mig till det, även om min mamma ser en hel del ekonomiska fördelar med det arrangemanget, utan för att jag själv vill tjäna pengar. Pengar som jag behöver för att kunna möta mitt nya stora intresse i livet, att umgås med tjejer.

Pappas besök är kortare. Han kommer på sin semester, den är fjorton dagar, och han brukar dessutom unna sig en och annan extra vecka då det är lite att göra i byggsvängen eller då han jobbat in några dagar och fått tid över. När han anländer är bilen alltid fullastad med verktyg och redan den andra sommaren går huset i Hogdal inte längre att känna igen. Det yttre har han visserligen behållit, den vita färgen på husväggarna, de gröna fönsterkarmarna och husknutarna, nymålat, självfallet, fönstren bytta till nygjorda fast i samma stil med spröjsar och fyra rutor per fönster, så huset ger samma bild för ögat som på Gubben Corneliussons tid. De handslagna tegelpannorna finns också kvar trots att pappa lagt om hela taket, spikat ny tjärpapp under, bytt ut alla trasiga pannor, hängrännor och stuprör.

Det är inomhus som man märker de stora skillnaderna. Vi har ett modernt kök, precis som i lägenheten i staden fast mer än dubbelt så stort. Där finns en ny gasspis, diskbänk i rostfritt stål, rinnande varmt och kallt vatten. På samma sätt är det med de övriga fyra rummen. Golven slipade och fernissade, väggar, tak och lister nymålade. Allt som är alltför gammalt, slitet och rötet, är borttaget och ersatt med nytt som ändå ser ut som det gjorde förr. Den gamla järnkaminen som står i det stora rummet har pappa putsat upp och svärtat. Den står där i hörnet och skiner, blänkande svart med den stora glasluckan framtill. I den kan vi elda när det regnar och är kallt eller när vi bara vill skapa lite extra trevnad omkring oss. Då står den där och susar fridfullt i sitt hörn, husets bultande röda hjärta, doften av björkveden som pappa sågat upp, klyvt och lagt på tork redan året innan, vår egen björkved. Det finns hur mycket som helst och det är bara att gå ut i vedboden och hämta. Prydliga staplar längs väggarna, från golvet ända upp till taket.

De gamla uthusen är rivna, hela rasket från fårkätte, svinstia, hönshus, hölada, förråd, vedbod och utedass. Det nya uthuset är i samma faluröda färg och i ena änden finns även ett nytt dass, komplett med hjärta på dörren. Hållare för toapappersrullen samt en trave med gamla exemplar av tidskriften Det Bästa, för den som vill ta tid på sig och även tänka på annat när han går på dass.

När jag frågar pappa varför vi inte kan ha en vanlig vattentoalett inomhus, som vi har i lägenheten i staden, skakar han bestämt på huvudet, lägger till och med ifrån sig hammare och spik för att i lugn och ro kunna förklara varför. Man skall aldrig skita där man sitter och äter, säger pappa. Det gäller för övrigt även annat än sådant som har med utedass och vanliga toaletter att skaffa, men vad han menar med det går han aldrig in på. Att man ändå gör det i staden – skiter inomhus trots att det är där man bor – beror på att man inte har något val och svårare än så är det inte.

Jag får en våldsam fnissattack när jag ser det framför mig. Alla som bor i huset på Tegeluddsvägen, som kommer utrusande hela tiden, sätter sig och bajsar och ställer sig och kissar på gräsmattan framför huset.

– Det skulle se ut, det, säger pappa och skakar på huvudet.

Jag förstår precis vad han menar och på vintrarna bor vi ju ändå i staden. Då kan det nog ha sina sidor att sitta på pappas nybyggda dass, alldeles oavsett hur välisolerat och komfortabelt det än är.

Somrarna mellan åtta och femton år, somrarna i Hogdal som aldrig tar slut. De somrar som gör mig till en starkt troende naturromantiker, och där min tro på naturen och allt som den har att erbjuda börjar vackla först när jag funnit ett annat föremål för den låga som brinner i mitt inre.

## 27.

### Professor Wille Vingmutter blir naturromantiker

Första gången jag är på jakt har jag fått följa med pappa till Tjocka Släkten för att jaga älg. Jag är fem år gammal och jag har fått lova att vara tyst hela tiden för annars kommer pappa att omgående köra hem mig till moster Linnea och morbror Einar där vi äter och sover när vi inte sitter på pass ute i skogen. Eftersom jag är knäpptyst hela dagen, det är mest pappa som pratar trots att jag hyssjar åt honom, får jag förnyat förtroende. När vi köper huset i Hogdal några år senare har jag varit med pappa och jagat både skogsfågel och änder, hare, räv och älg. Jag har till och med skjutit en nötskrika och en koltrast alldeles själv med luftgeväret som pappa gett mig i födelsedagspresent när jag fyllde sju år.

I Hogdal kommer jag också att kunna jaga alldeles ensam. När inte pappa är på landet och trots att det är sommar och man inte skall jaga vid den tiden på året eftersom alla djuren har fått små barn och skall lämnas i fred. Det har pappa tidigt varit noga med att berätta för mig. Den dagen, den sorgen, tänker jag. Precis som Morfar brukar säga när han har något lurifax på gång, som han inte vill prata om. Och en och annan mås, koltrast eller ekorre är väl inte hela världen när man är åtta år.

Problemet är att jag är alldeles för klent beväpnad. Mitt luftgevär duger till koltrastar och mindre än så men när jag prövar på en gråtrut så flyger han bara vidare trots att jag är säker på att jag har träffat. Problemet kommer också att lösa sig fortare än vad jag ens kan ana.

När jag river runt bland alla grejor som blivit kvar efter Gubben Corneliusson hittar jag ett gammalt salongsgevär. Det ligger nere i sjöboden under en hög med bottengarn och hummertinor, i samma kartong som det måste ha legat i när han köpte det, och till sjöboden har pappa ännu inte hunnit i sin renoveringsiver. Det är en Remington som man bryter, laddar med ett skott och fäller ihop igen.

Det är precis som jag gör med mitt luftgevär, som heter Diana och är döpt efter jaktens gudinna. Sedan är det bara att spänna hanen, ta ett djupt andetag, andas ut, sikta noga och trycka av. En Remington biter bättre än min Diana. Med en sådan bössa kan man till och med skjuta en älg om man har förstånd att sätta kulan på rätt ställe. Det vet jag för det har alla Storjägarna i Tjocka Släkten berättat för mig.

Ammunition köper jag i lanthandeln nere i Hogdal. Handelsman lovar att ringa till järnaffären i Strömstad och be dem skicka över en kartong med bussen. Jag kan hämta dem nästa dag och en ask med femtio patroner kostar sex kronor. Jag köper hundra jämnt och får dem för en tia och han frågar inte ens om det är jag eller min pappa som skall ha dem. Det här är tidigt femtiotal och i husen nere i byn finns det hur mycket vapen som helst, älgstudsare, hagelgevär, salongsgevär, gamla pistoler och revolvrar. De hänger över kökssoffan, står bakom dörren i farstun när man stiger in, förvaras under sängen i sovrummet, i lådan i nattygsbordet eller uthusen runt omkring. Vapen skall man ha nära till för när man väl behöver dem kan det gå fort. Dessutom har de alltid funnits där och det är inget konstigt med det. Vapen är en del av det liv man lever. Precis som spade, spett och plog.

Den enda som inte delar den uppfattningen är en av grannkvinnorna som bor nere i byn. Mamma har berättat om henne. Hon har varit hemma hos oss och druckit kaffe. Hon gick med hjälp av två käppar men jag vågade inte fråga varför och dessutom vet jag ju att mamma kommer att berätta så fort vi blir ensamma igen.

En sommar tjugo år tidigare har hon varit på dans och när hon kommer hem på natten genar hon över grannens gårdsplan. Han har gillrat en hagelbössa med hjälp av en ståltråd och när hon passerar hönshuset får hon ena benet avskjutet jäms med knäet. Det hela kommer dock att ordna sig till det bästa. Hon klarar livhanken och medan hon ligger på lasarettet i Uddevalla provar man ut en protes som hon kan gå på. Riktigt bra till och med, för det har jag ju själv sett att hon kan. Hennes far och grannbonden gör upp i godo om det ekonomiska, och tar i hand på att allt är glömt och förlåtet. Själv bestämmer jag mig för att inte säga något till pappa om mitt nya salongsgevär. Att berätta det för mamma har jag inte en tanke på. Vad vet fruntimmer om vapen och dessutom skulle hon omgående skvallra för pappa.

Under somrarna som följer kommer jag att skjuta ett stort antal måsar, trutar, tärnor, trastar, skator och kråkor, några tiotal ekorrar och sex vildminkar nere vid bäcken som rinner förbi huset där vi bor. Dessutom skjuter jag en tjädertupp trots att det är sommar. Vad nu en sådan som han bryr sig om alla kycklingar som han satt till världen.

Tjädertuppen tillagar jag i hemlighet över öppen eld nere vid stranden och hur det smakade har jag faktiskt glömt. Det som det handlar om är något annat. Att på somrarna lever professor Wille Vingmutter ett helt annat liv än det han lever i staden. Han är jägare och fiskare, en man från Vildmarken som överlever med hjälp av sin kära bössa, sin kniv och sina fiskedon. Läser gör han på kvällar och nätter, i skenet från sin ficklampa, när han ligger på sitt rum uppe på vinden. Han är trygg och tillfreds med det liv han lever och salongsgeväret förvarar han under sängen, nära till hands, utifall att.

Mest ägnar jag mig dock åt att fiska. Varje dag är jag ute med båten. Lägger bottengarn och vanliga nät, metar och dörjar efter makrill. När jag metar blir det mest vitling och torsk, en och annan spätta om jag metar nära botten. I näten får jag nästan bara flatfisk, rödspotta och skäddor. Mamma, min lillasyster och jag äter fisk hela tiden. Jag ger bort fisk till grannarna och som betalning får jag plocka körsbär, hallon och jordgubbar i deras trädgård. Ibland får jag så bra fångst att jag kan cykla ner till Handlaren och göra affär i reda pengar och kontanter. Så köper han bete åt mig också, råräkor och skarpsill som kommer med bussen från Strömstad och räknas av mot det han redan är skyldig mig.

Mamma berättar för mig att det var så Morfar började med sina affärer. Han sålde saltsill och strömming hela vägen från Gävle och långt upp i Dalarna. Det var så han tjänade sina första pengar. Folk hade det svårt på den tiden men för Morfar gick det bra, säger mamma. Morfar har alltid haft "födgeni" till skillnad från min pappa, säger mamma, men då låtsas jag som om jag inte hör. Jag tycker inte om när mamma pratar på det där viset om min pappa.

Ibland får jag storfångst i näten. Några gånger varje sommar fångar jag en havsöring och åtminstone varje vecka är det en och annan hummer som har fastnat i bottengarnen. Pappa har sagt åt mig att jag skall kasta tillbaks dem i sjön för annars kan jag hamna i finkan. Man får inte fiska hummer på sommaren utan först på hösten när vi redan åkt hem för att jag måste börja skolan igen. När pappa har åkt hem från semestern säger mamma åt mig att jag inte skall kasta tillbaka humrarna. Det är rena dumheter som pappa slagit i mig. Istället skall jag klämma dem på skalet och först om skalen är väldigt mjuka kan jag kasta tillbaka dem. Om skalen är hårda skall jag ta med dem och ge dem till mamma så att hon kan koka dem.

Hummer är nyttig mat, förklarar hon. Bra för hennes mage och dessutom blir hon inte tjock av den. Hennes doktor har sagt åt henne att hon skall försöka äta mycket hummer, krabbor och räkor. Ål och lax, både kokt och stekt, rökt, rimmad och gravad, är också bra för mammas mage, det är "dietmat". När hon kokat hummer gör hon hemlagad majonnäs som man skall doppa hummern i, och även jag och min lillasyster får smaka, trots att ingen av oss måste banta eller ens "föra diet" som doktorn har sagt åt mamma att hon måste.

Mitt i sommaren kommer makrillen in från havet. Väldiga stim som får fjordens vatten att koka. Skarpsill och småfisk jagas upp till ytan. Skränande flockar av måsar visar var stimmen drar fram. Då blir det bråttom. Snabbt ner till sjöboden, dörjar, meten och bete finns redan på plats. En dag fångar jag mängder med makrill. Grov och fet är den också och när det till sist är över, och stimmen vänt åter ut mot havet, har jag fångat fyra tjog. Mamma nickar belåtet. Pakethållaren på cykeln är fullastad när jag cyklar ner till handelsboden. Handlaren berättar historier om Gubben Corneliusson och själv har jag just sålt tjugo kilo makrill och fått tjugo kronor i kontant betalning. Fast först har vi "ackorderat" om priset, för det skall man alltid göra, och sedan har vi gått "halva vägen var" och avslutat med att "ta i hand på affären", för det skall man också göra. Professor Wille Vingmutter är inte bara jägare och fiskare. Han har födgeni också.

Mamma har fått en frysbox av pappa. Den är jättestor och skulle jag råka skjuta en älg så vet jag precis var vi kan lägga den. Mamma ägnar flera timmar varje dag åt att stoppa ner mat i frysen. Fisk, bär, svamp, allt vi äter skall först passera frysen, och när det är dags att åka hem efter sommaren är den fylld till brädden. Pappa muttrar och skakar på huvudet. Han tycker inte om svamp, hallon skall ätas färska och skall han äta fisk så vill han ha inlagd sill, och om det skall vara på det här viset blir han snart tvungen att köpa en släpkärra om vi skall kunna ta oss hem till staden igen.

Mamma mår tydligen bättre när hon bor på landet. Hon har visserligen "de vanliga krämporna", som hon ju alltid har tvingats leva med, men hon får inga attacker längre, och jag behöver inte ringa efter ambulansen en enda gång trots att det är gratis.

Hon klarar sig med provinsialläkaren och sjuksköterskan nere i Hogdal. Alla mediciner som hon måste äta kommer med bussen så jag kan hämta dem nere hos handlaren i byn. Så fort vi kommit tillbaka till staden blir hon tyvärr sämre igen. Det måste vara "något med luften", säger mamma. Eller "med maten", eller kanske med "något annat", som ingen vet vad det är men som tydligen är alltför allvarligt för att mamma skall kunna förklara vad hon menar för mig som bara är ett barn.

En morgon på landet så vaknar jag med Ståfräs. Jag vet att det heter så, men jag vet inte vad jag skall göra med den och jag har ingen aning om att barndomens somrar snart är över.

# 28.

### Om blommor och bin, ståndare och pistiller
### och en doublé på räv

Under de tolv år jag gick i skolan hade jag sexualundervisning två gånger. Första gången var det alldeles för tidigt och den andra gången var det redan för sent. Den första gången var på hösten när jag just börjat realskolan. Jag var elva år gammal och det skulle dröja två år innan jag kom i puberteten.

Vår biologilärare heter Magister Hedberg men han kallas bara för Storjägaren eftersom jakt är det enda han pratar om på sina lektioner i biologi. Mest pratar han om alla djur som han själv har skjutit och när det väl ringer ut, och dagens hare just har stupat för ännu en välriktad salva från Storjägarens trogna gamla Huskvarna, brukar han snabbt avsluta med att tala om vilka sidor i läroboken som vi skall läsa till nästa vecka. Mer än så blir det heller aldrig utom den där gången då jag och mina klasskamrater får vår första sexualundervisning.

Normalt brukar Storjägaren klara sig med en plansch under en lektionstimme. Innan lektionen börjar får klassens ordningsman gå ner till vaktmästaren och kvittera ut den plansch som föreställer det djur som Storjägaren avser att nedlägga under dagens undervisning. Fast inte den här gången för nu hänger det plötsligt två planscher framme vid tavlan.

På den ena finns en blomma och under den två bilder på en ståndare och en pistill. Detta har vi pratat om tidigare, av en helt annan anledning som vi uppfattade det och utan att vi förstod särskilt mycket den gången heller. Den andra planschen föreställler det i sammanhanget tydligen obligatoriska biet, och vad det nu har med saken att göra har vi heller inte klart för oss. Att det är något lurt i görningen, det har vi fattat, men hur det nu skulle ha med oss att skaffa har vi inte en aning om.

Storjägaren inleder med att förklara att det där med blommor och bin gäller även för oss människor. Dessutom är det allvarliga saker. Sexualitet är inte att leka med och själv erinrar han sig osökt den gången då han sköt sin första doublé på räv. Detta i vanliga fall mycket listiga djur, nog så svårjagat även för en man av Storjägarens kaliber, men nu var det december och parningstid och rävens vanliga vaksamhet var plötsligt som bortblåst.

Först kommer rävtiken, strax bakom henne hannen, som bara har en tanke i huvudet, som inte handlar om Storjägaren trots att han har ställt sig på det gamla generalpasset ovanför rävgrytet så fort hans trogna gamla Hamiltonstövare Klang hade rivit i uppe på skogen och Storjägaren fattade att nu var det räv som han drev.

– December är löptid, konstaterar Magister Hedberg med allvarsmättad stämma, nickar och ser på oss. När fruntimren söker en så kan det gå alldeles åt helvete om man inte passar sig. Det ska ni tänka på, pojkar, säger han.

Sedan ringer det ut till rast och när jag står i korridoren så fattar jag om möjligt ännu mindre än förr. Om man inte passar sig för fruntimmer kan man tydligen bli skjuten också. Att det är något skumt som våra föräldrar och andra vuxna håller på med, i största hemlighet dessutom, så mycket har jag fattat, men i övrigt är det alldeles blankt i huvudet på mig. Ungefär samma känsla som Ture Sventon måste ha fått den första gången som han såg ett par spetsiga skor sticka fram bakom ett draperi.

När jag kommer hem och träffar pappa på kvällen så berättar jag för honom att vi har haft sexualundervisning i skolan. Pappa säger inget. Han nöjer sig med att nicka och själv får jag riktigt ta sats för att kunna fortsätta. Jag berättar om rävarna, om min lärare Magister Hedberg som skjutit två rävar på samma pass med bara en sekunds mellanrum. Om de varningsord som han också har gett oss på vägen.

– Folk pratar så mycket skit, säger pappa och suckar. Det kan vi prata om den dagen du träffat någon flicka som du gillar.

– Den dagen, den sorgen, tillägger han och plötsligt låter han precis som Morfar. Sedan rufsar han mig i håret och säger att det är hög tid att vi får lite mat i magen. Och mer än så kommer han aldrig att säga.

# 29.

Bör pungen införas vid samlag?


Andra gången, den sista gången som jag har sexualundervisning, går jag i sista klassen i realskolan, och då är det redan för sent. Vår biologilärare heter Magister Ödman, kallas givetvis för Ödlan utan att vara det minsta lik en sådan. Tvärtom är han en fridfull själ, odlar bin på sin fritid och är stark motståndare till jakt, bland annat. Han verkar mest intresserad av att vi samlar växter under sommarloven som vi pressar mellan läskpapper tills de torkat och vi kan sätta in dem i den pärm där vi förvarar vårt eget herbarium.

Ödlan är humanist, en bildad karl och han reder sig utan planscher. Eftersom vi skall prata om känsliga saker, sådant som det kan vara svårt att prata öppet om, inleder han också lektionen med att ge oss tio minuter i enskildhet. Om vi har några frågor om detta känsliga ämne så vill han att vi skriver ner dem på en lapp som vi kan lägga i den lilla skål som han just av det skälet ställt fram på katedern. Vi behöver inte skriva våra namn på lappen och vi kan fråga om precis vad som helst. Sedan lämnar han klassrummet och så fort han stängt dörren bakom sig tar klassens ledande lymlar över, tvillingbröderna Per och Ove och deras ständige väpnare Tobbe. Alla skall skriva ner samma fråga på lappen. Vill man inte skriva någon lapp så är det fullt okej. Men annars är det samma fråga som gäller. Om inte, så blir det däng, rejält med däng den här gången.

Vi är ett halvdussin som skriver lappar, knappt hälften av dem som går i klassen, och eftersom jag redan är den jag är, är jag givetvis noga med att både förvränga min handstil och inte lämna några svettiga fingrar efter mig. Man vet ju aldrig. Ödlan kanske blir helt galen när han blir klar över de avgrunder som ryms i våra huvuden, och säker nog kan man aldrig vara.

Sedan är det dags och förväntan lyser ur ögonen på samtliga i klassen, även de som inte haft någon fråga att ställa. Ödlan tar upp den första lappen, läser, suckar. Lägger den ifrån sig, tar nästa och läser den. Suckar på nytt, läser den tredje lappen, nu skakar han sorgset på huvudet och vi kan se en lätt rodnad på hans kinder. Sedan skjuter han skålen med de obesvarade frågorna åt sidan. Han tar alla våra lappar, kastar dem i papperskorgen, även dem som han inte har öppnat.

– Jag är orolig för er pojkar, säger Ödlan, suckar och tittar i taket.

Sedan får vår ordningsman gå ner i kartrummet och hämta en plansch som han hänger upp framme vid tavlan. Den föreställer "det manliga och det kvinnliga könsorganet", för säkerhets skull även i genomskärning, och i den meningen har vi nu tagit ett långt steg från alla blommor och bin.

Sedan berättar Ödlan om de olika fysiologiska reaktioner som bland annat leder till att man i puberteten kan få både en djupare röst, finnar i ansiktet, hårväxt på nya ställen och dessutom "erektion". Ordet "ståfräs" använder han givetvis inte, men vi förstår ändå vad han menar.

Däremot undviker han nogsamt att säga ett enda ord om all den lust och längtan, all den sorg och saknad, som skänker innehåll åt vår sexualitet och faktiskt beskriver det som även rör sig i våra huvuden, trots att vi inte vågar säga ett ord om just det. Allt detta som också är oupplösligen, oupphörligen och obönhörligen förknippat med det som vi kallar för Ståfräs. Den som skall vara vår partner nämns heller inte, hon eller han förbigås med fullständig tystnad, och sedan är lektionen över.

När vi kommit ut på rast och står inne på toaletten och tjuvröker så är stämningen god och i stort sett alla i klassen har slutit upp trots att flertalet av oss inte röker.

– Jag tolkar Ödlans tystnad som att pungen bör införas under samlag, säger Per. Den som tiger, han tycker som jag. Eller vad säger ni, grabbar?

Alla skrattar, högst skrattar de som inte ens vågat skriva någon fråga. Även jag skrattar.

## 30.

### En tickande bomb av manliga hormoner

Norra Real – det Högre Allmänna Läroverk För Gossar där jag går i skolan – är en tickande bomb, sprängfylld av manliga hormoner som skapar stark drift, osedliga fantasier, förälskelser, kanske till och med vanlig kärlek. Allt detta har man stängt in för att därefter skruva på locket så hårt man orkat.

Skolan är en förvaringsanstalt för ett halvt tusen "gossar" mellan tio och tjugo år gamla och vi som går där har tre sätt att lindra vår sexuella nöd, vi knuffas och bråkar med varandra, busar med våra lärare eller ägnar oss åt intensiva studier. De presumtiva Nobelpristagarna, och där finns det åtskilliga som känner sig kallade, utgör majoriteten av den senare gruppen. De kommer att lämna skolan med höga studentbetyg och utan att ens ha pussat en flicka på kinden. De kanske inte ens har tänkt tanken tack vare sin framgångsrika sublimering av annars störande drifter.

De är långt ifrån ensamma vad gäller det senare. Läroverkspojkar från den här tiden brukade vara oskulder tills de hamnade på universitetet och träffade den första kvinnan i sitt liv. Samma kvinna som de ofta nog även gifte sig med. Jag vet inte om jag är alltför präglad av mitt lantliga ursprung men jag tyckte tidigt att det var en förskräcklig ordning och att den ställt till mycket känslomässigt elände har jag alltid varit övertygad om.

Som alltid fanns det också en liten grupp av oppositionella. Kanske tio procent av oss där intresset för tjejer var alltför starkt för att kunna kontrolleras med de vedertagna medlen. Själv kommer jag att ha börjat i gymnasiet innan jag blir fullvärdig medlem av det sällskapet, men fram till det sista året i realskolan får jag reda mig som de flesta andra. Det finns givetvis ett fjärde sätt att lätta på det inre trycket men det kommer att dröja ett bra tag innan jag vet hur man gör och det är jag heller inte ensam om.

## 31.

### Jag börjar på Holger Rosenquists Dansinstitut och hamnar bak och fram på en häst

De sista åren på realskolan är en tid av brånad. Brånad är ett bra ord, tillika ett vackert ord. Den brytningstid då mitt inre tas över av en oförklarlig och oförlöst längtan och utan att jag själv förstår ett dugg av orsakerna till det som händer. Allra minst att det skulle vara några mystiska "hormoner" som vållar oredan i mitt huvud och min kropp.

Det händer många underliga saker i mitt liv vid den här tiden. Med min röst, till exempel, som på en sekund kan förvandlas från en späd gossopran till en rosslande fyllebas. Jag sjunger i skolans gosskör, jag och mina små kamrater står längst fram. Längst bak står de elever som skall börja i sista ring och snart ta studenten. De är halvmetern längre än vad vi är, och de har alla oproportionerligt långa halsar. Det kommer att ta ett par år innan jag fattar varför. Varför de som stod längst bak hade så långa halsar, alltså. Det där med kroppslängden tänker jag inte ens på. Vi växer ju alla så att det knakar, hela tiden. De har haft längre tid på sig att växa än vad jag har haft, och svårare än så kan det ju inte vara.

Skolans gosskör repeterar inför sommaravslutningen. Nationalsången, Kungssången, de gamla vanliga sommarpsalmerna, givetvis också vårt Paradnummer, den lika obligatoriska hyllningssången till Norra Real. Norra Real... du avhållna skola... som oss glädje och mödor berett. Text och musik av vår egen musiklärare, Sångis.

Uppe på podiet sitter Sångis och hamrar på flygeln. Han har ett grubblande, inåtvänt uttryck, kupar vänsterhanden bakom örat och lutar sig mot kören så att han nästan håller på att trilla av stolen där han sitter. Plötsligt slutar han spela. Störtar upp, rusar fram till mig, tar mig i armen. Leder mig mot dörren.
– Där är du ju, skriker han. Försvinn, ut, ut, ut!
Han viftar och domderar, precis som om han vore en världsberömd dirigent på Operan i Stockholm, som jag just har läst om i tidningen.

Jag har hamnat i målbrottet. Jag har ingen aning om varför men jag tar inte illa upp. Ser det nästan som en belöning eftersom de värsta lymlarna i klassen inte missar något tillfälle att retas med alla som sjunger i kören bara för att de ännu inte "fått hår på pitten". Jag förstår inte vad de menar, men jag är nöjd ändå. Alla finnar som kommer och går bekymrar mig inte heller. Det finns ju zinksalva redan på min tid. Jag plågas inte ens av mina första tecken på besvärande hårväxt, även om den kliar och dyker upp på de mest förvånande ställen.

Min mamma löser mina problem på sitt sätt. Till hösten ser hon till att jag skrivs in på Holger Rosenquists Dansinstitut. En kväll i veckan sätter jag på mig grå flanellbyxor, blå klubbkavaj, vit skjorta och slips, vattenkammar håret och promenerar ner till dansinstitutet på Humlegårdsgatan. Där är det Holger som regerar. En helt osannolik praktfikus som får de manliga delarna av juryn i dagens Let's dance att framstå som två råbarkade sällar.

Jag förstår mig inte på Holger. Inte ens hans yttre framtoning och varför han pratar och rör sig så konstigt? Jag får för mig att det är en roll som han spelar. Kanske huvudrollen i något av Molière som jag hört på Radioteatern, där folk kan bete sig hur underligt som helst. Holger har tre medarbetare. Ett magert och förskrämt fruntimmer som spelar piano samt två yngre assistenter som kunde vara enäggstvillingar trots att en av dem är kvinna och en är man. Ser ut, pratar och rör sig som Holger gör de också, fast de bara är tredjedelen så gamla.

Jag får lära mig vanlig vals och wienervals, foxtrot, tango och rumba, two-step och quick-step, och allt möjligt annat också. Viktigast av allt är hållningen och avståndet till den partner som man dansar med. Dans är en konstart, inte någon suspekt förevändning för mänsklig kontakt till musik, och med vanligt hångel har den ingenting som helst att skaffa. Glöm aldrig, aldrig bort den saken, säger Holger och hytter med pekfingret.

Holger börjar med att visa hur man gör. Han far runt som ett jehu på det välpolerade parkettgolvet med den kvinnliga assistenten i sina armar. Ett välordnat jehu, han är rak som en eldgaffel i ryggen och håller henne han dansar med så långt bort som hans armar förmår att sträcka sig. Han är inte det minsta lik de dansbanekungar som jag har studerat i folkparken hemma hos mormor.

Sedan är det elevernas tur. Bocka och bjuda upp, rak i ryggen, sträckt hals, jag håller min partner så långt bort som mina korta armar tillåter och redan innan den stackars pianisten slagit an de första ackorden rinner svetten utefter ryggen på mig. Jag har nämligen träffat min första kärlek utan att förstå att det är det som hon är. Jag använder all den list jag är mäktig för att få bjuda upp henne, bara henne, alltid hon. Jag har inte minsta lust att retas med henne och att mula henne med snö när vi går hem i kvällsmörkret har jag inte en tanke på. Jag följer henne hem till hennes port, bockar och tar i hand. Det är allt jag gör trots att mitt hjärta bultar och bankar så att det hotar att hoppa ur kroppen på mig.

Hon tackar mig för sällskapet, ler mot mig, ett blygt leende, huvudet sänkt, lite på sned, hon undviker ögonkontakt. Sedan försvinner hon in i huset där hon bor. Hon fattar lika lite som jag vad det är som händer och det är först till våren som jag tar mod till mig och bjuder ut henne. Frågar om hon vill följa med mig på cirkus eftersom hon berättat för mig att hästar och gymnastik är hennes stora fritidsintressen. I det ögonblicket hon tackar ja är jag en dömd man och inom mindre än en vecka kommer jag att hamna bak och fram på ryggen på en häst.

Vad är det som gör att privata pinsamheter kan fastna i ens huvud på ett sätt som bara privata pinsamheter kan, klistriga, påträngande skitsaker? Att just den här kan dyka upp när som helst, mer än femtio år senare, och fortfarande duger mer än väl till att göra mig generad på mina egna vägnar. Ett tag trodde jag till och med att det fanns någon mystisk psykoanalytisk förklaring som spelade mig ett spratt. Att det hade med mitt första cirkusbesök att göra, då Sune retade mig för att jag inte fattade att gubben som trillade av åsnan jobbade på cirkusen. Inte att han var pappa till någon olycklig stackare som jag.

Själva föreställningen avlöper utan missöden. Jag sitter där och kramar mina egna svettiga händer och har inte en aning om vad som händer nere i manegen. Den första kvinnan i mitt liv tycks ha det betydligt bättre. Hon ger hela tiden uttryck för sin förtjusning med små suckar och tillrop, trots att även hon är noga med att hålla händerna i styr.

Föreställningen är slut. Utanför tältet står en riktig Cowboy och håller i en sadlad häst. För fem kronor kan man få sitta upp på hästen och bli fotograferad. Det är en gigantisk summa men som Gentleman och Lebeman har jag inget val. Min förälskelse hoppar upp på hästryggen, kameran blixtrar till, hon får beröm för sin vackra sits och en utsträckt hand för att hjälpa henne ner. Nu ser jag det också tydligt. Att det inte är någon riktig Cowboy utan bara en vanlig Cirkusskummis som har mage att flirta med min tjej trots att han kunde vara hennes farfar. Luktar sprit gör han också trots att det är en vanlig söndageftermiddag.

Så är det då min tur.

– Jag brukar rida en del på landet, säger jag. Mest barbacka, faktiskt, samtidigt som jag försöker härma John Waynes leende, för honom har jag ju ändå sett på bio.

Det andra är däremot inte sant. Det är rent ljug. Jag har aldrig suttit på en häst i hela mitt liv och jag har inte minsta problem med att sätta fel fot i stigbygeln, svinga mig upp och hamna bakfram på hästryggen.

På danslektionen veckan därpå dansar hon redan med en annan.

# 32.

Jag lärde mig runka på fysiklektionerna i Norra Real

Jag lärde mig runka på fysiklektionerna i Norra Real och om jag skall tro på min lärare i fysik och kemi, Molekylen, var det egentligen Michael Faradays förtjänst. Faraday var engelsman, född i slutet på sjuttonhundratalet, självlärd fysiker och mest intresserad av att experimentera med elektricitet och magnetism. Ett experiment som Faraday hade hittat på – och som vi elever fick upprepa drygt hundra år senare – gick ut på att alstra statisk elektricitet genom att vi gned en glasstav med en bit sämskskinn. När man hade gnidit en stund kunde man sätta nageln mot glasstaven, få en lätt elektrisk stöt och till och med se gnistan som hoppade från staven till fingret.

Allt enligt vår lärare Molekylen och själv hade jag inga invändningar mot den historieskrivningen trots att jag faktiskt visste bättre. Redan de gamla grekerna hade lyckats med samma sak genom att gnida en bit bärnsten mot en linneduk. Det hade jag läst i uppslagsboken som fanns i skolans bibliotek och utan att jag ens behövde följa med mamma när hon skulle hem till konsulinnan för att städa. Vem som nu brydde sig om sådana bagateller och Molekylen var dessutom en av mina absoluta favoriter bland alla lärare som jag hade.

Jag måste få berätta om Molekylen. Jag minns honom med glädje och Charles Dickens skulle ha älskat honom. Kanske till och med hittat på honom om han nu inte hade funnits i verkligheten. Molekylen var liten och rund, rödbrusig med skallig hjässa, kransad med spretande vitt hår som stod rakt ut. Han var ständigt iförd en vit laboratorierock som var nerfläckad av giftiga kemikalier och diverse explosiva ämnen. Alla nödvändiga för hans undervisning. Han brukade rusa runt i lektionssalen medan han i sina "kemisthänder" bar de ångande glaskärl där han förvarade sin senaste djävulsbrygd. Ofta bestående av ämnen som inte kom så bra överens med varandra, vilket var själva poängen med att föra dem samman, enligt Molekylen. Fysik och kemi var nämligen inte att leka med, allra minst på ett ställe som Norra Real.

Precis som de molekyler som han så gärna berättade om rörde han sig också hela tiden av och an i rummet och ju mer det rök och ångade om det han bar i sina händer, desto fortare gick det. Precis som med vanliga molekyler – ju varmare i rummet, desto snabbare rörde de sig – och stor tur för oss alla att han hade sina kemisthänder. De enda händer som dög till att hantera de företeelser och ämnen som var av en så avgörande betydelse, både för mänsklighetens goda växt och hans elevers bildning, händer härdade mot såväl hetta som köld. Kemisthänder.

Dags för Faradays experiment. Molekylen har delat ut glasstavar och sämskskinn till samtliga gossar i klassen. Nu står han framme vid katedern och visar. Han lyfter upp glasstaven i vänster hand, håller sämskskinnet i den högra, gnider glasstaven med kraftfulla tag, ner och upp, ner och upp. Så slutar han gnida. Sätter försiktigt högerhandens lillfingernagel mot glasstaven och även de som sitter längst bak kan se den lilla gnistan hoppa från glasstaven till lillfingret på hans högra hand.

– Var så goda, mina herrar, säger Molekylen. Upprepa experimentet. Ett tjugotal kraftfulla drag bör räcka. När man handskas med elektricitet måste man vara försiktig.

Alla gör som Molekylen just har visat. Med tre undantag som sitter allra längst bak i klassrummet, klassens lymlar Per och Ove, som är två år äldre än oss andra, samt deras väpnare Tobbe, som bara är ett år äldre. De använder en helt annan teknik för att alstra statisk elektricitet än den som rekommenderas av både Michael Faraday och Molekylen.

De sätter sina glasstavar mellan benen, trycker dem mot skrevet, hukar sig framåt, gnider som galningar samtidigt som de stönar lätt och himlar med ögonen. När det är dags att släppa lös gnistan så stönar de ännu högre och visar ögonvitorna. Molekylen varken ser eller hör. Han är fullt upptagen med att förbereda nästa experiment.

– Jävlar i havet, säger Per, när det ringer ut till rast och vi är på väg ut ur klassrummet. Den där Faraday visste vad han gjorde. Jag fick ju Ståfräs på kuppen. Nu måste jag kila ner på muggen.

Ett par månader senare står jag själv på toaletten inne i lägenheten där vi bor. Jag har gått dit för att pinka men redan innan jag hunnit öppna gylfen så har jag fått en sådan Ståfräs att pinka inte längre är att tänka på.
Utan att riktigt fatta hur det går till börjar jag istället upprepa Faradays experiment. Jag lutar mig framåt, tar stöd med vänsterhanden mot väggen ovanför handfatet, tjugo kraftfulla tag med den högra, gnistan som plötsligt slår till så att det blir alldeles ljust i huvudet på mig, all den vita säden som sprutar ur mig, stöt efter stöt som går från skrevet hela vägen ner i mina skakiga ben, musklerna i armar och överkropp som knyter sig, medan allt det vita hamnar på spegeln ovanför handfatet.

Om det är känslan "utlevelse och upplevelse av lycka" som vi talar om har jag just upplevt den mäktigaste känslan, hittills, i hela mitt unga liv. Jag talar inte om sorg, för sorgen går inåt och är den stor nog kan den kväva dig. Det är sorgens motsats som jag talar om. Kanske också om hur vi söker den första för att orka leva med den andra.

Jag kan dansa, jag har just lärt mig att runka, jag kan visserligen inte rida men i allt väsentligt är jag redo att möta livet. Hög tid, för om drygt ett år skall jag börja på gymnasiet.

# IV
## TONÅR, GYMNASIUM, LUMPEN

## 33.

### Egna hormoner

Om jag hade fötts som eunuck hade jag i en vetenskaplig och karriärmässig mening kunnat gå precis hur långt som helst. Jag håller inte ens för uteslutet att jag hade kunnat erövra Nobelpriset i både fysik, kemi och medicin och därmed garanterat Norra Reals särställning bland världens alla läroverk för evinnerliga tider, samtidigt som jag gett såväl Madame Curie som Linus Pauling, John Bardeen och Frederick Sanger en rejäl knäpp på näsan.

En eunuck skulle aldrig ens tänka på det viset men jag gör det fortfarande. Ännu efter uppnådd pensionsålder och trots att min halt av testosteron är ett problem som stadigt har minskat på senare år. För femtio år sedan var däremot min situation en helt annan.

Om jag skall peka på en enskild faktor som mer än någon annan har styrt mitt liv, under långt mer än halva min tid på jorden, så är det mina manliga hormoner och en bidragande orsak till detta är säkert min helt problemfria sexuella debut. Ett stort steg i varje ung människas liv, ett nytt och avgörande steg och som alla sådana mänskliga rörelser även omgärdat av ansenliga förbehåll och hinder. Enklaste sättet att klara sig över dem är helt säkert att man inte hinner tänka på dem innan. Att det bara händer något helt oväntat och att själva situationen man hamnar i tar över utan att man ens behöver tänka på den. Så var det i mitt fall.

Det är sommar. Till hösten skall jag börja på gymnasiet. Sedan ett par år tillbaka vet jag hur jag själv skall förlösa spänningen i mitt inre. Det har jag lärt mig på fysiklektionerna. Jag arbetar på hotellet tvärs över gatan där jag bor och just den här dagen skall jag jobba dubbla skift med att bära upp gästernas väskor på deras rum. Ute är det svensk högsommar, det är varmt, mycket varmt. Jag lånar ett rum som står tomt för att få sova några timmar innan det är dags att börja jobba igen.

Jag tar av mig kläderna. Lägger mig i sängen och min ständige följeslagare Ståfräs är redan på plats. Så fort jag tänker på honom inställer han sig omedelbart. Lyhörd är han också. Det räcker med att bara tänka lite i största allmänhet så kommer han omgående. Dessutom kan han dyka upp när som helst och utan att jag ägnat honom minsta tanke, tillika vid de mest olämpliga tillfällen.

Först tar jag alltså hand om Ståfräs, två gånger för säkerhets skull, vilket är avklarat på mindre än tio minuter med rast för återhämtning i mellan. Därefter somnar jag omedelbart. Allt är precis som vanligt, vid den här tiden.

Jag har en kvinnlig arbetskamrat som jobbar som städerska på hotellet. Hon är ett par år äldre än jag, går i skolan som jag och sommarjobbar som jag. Hon tycker om mig. Det kan jag se i hennes ögon när jag träffar henne och en av hennes arbetskamrater har berättat det för mig. I förtroende, och jag har fått lova att inte säga något.

Jag vaknar av att hon satt sig på sängkanten bredvid mig. Hon har blött en handduk med kallt vatten och torkar svetten från mitt ansikte. Det finns sämre sätt att vakna på och Ståfräs är redan på plats.

– Hoppsan, säger min arbetskamrat. Ler och nickar mot honom. Om du vill kan jag hjälpa dig, tillägger hon.

Jag säger inget, nickar bara, och i det ögonblicket vet jag att en annan hand än min kommer att ta hand om min ständige följeslagare. Men så blir det inte. Istället reser hon på sig, drar upp städrocken halvvägs på låren, böjer sig fram, sticker in händerna under rockens linning och drar av sig trosorna, vita trosor i bomull. Sedan drar hon upp kjolen till midjan, sätter sig grensle över min följeslagare och ett par minuter senare har hon klarat av min sexuella debut åt mig. Sättet som hon gör det på kommer att påverka mig starkt. Jag talar inte om styrkan i den orgasm som hon just har gett mig utan om det faktum att hon löst ett problem åt mig som handlar om mitt framtida förhållningssätt till kvinnor.

När jag börjar i gymnasiet får vi flickor i skolan och Norra Real bryter därmed en nästan hundraårig tradition. Fast det kommer inga flickor till min klass för jag går på reallinjen där man skall bli ingenjör, läkare eller möjligen ekonom, och sådant förväntas inte blivande studentskor hålla på med. De går på den allmänna linjen där man läser språk och annan humaniora. Texten på fasaden – Högre Allmänt Läroverk För Gossar – kommer också att stå kvar flera år efter det att jag tagit studenten.

Jag minns dagen då de första flickorna kom till Norra Real. En liten förskrämd skara, kanske ett tjugotal flickor och unga kvinnor, omgivna av hundratals gossar som bara står och glor på dem. Jag minns poängbedömningen enligt den tiogradiga skalan som omedelbart tar fart bland alla utom de som redan gått förlorade i jakten på ett Nobelpris. Jag minns diskussionerna i samband med att vi sätter våra poäng som redan under den första veckan kommer att utlösa ett flertal slagsmål bland domarna. Ingen tiopoängare, inte ens en nia, för vem hade kunnat hoppas på det? Sådana finns ju knappt ens på danspalatset Nalens söndagsmatinéer och de enstaka gånger som det dykt upp någon är hon alltid från södra förorterna och det är inte grabbarna från läroverket som fått henne att åka in till staden och gå på Nalen.

Drygt ett år senare kommer jag att bli kär i en av flickorna som börjat i Norra Real. Min första stora kärlek trots att jag redan är en erfaren ung man mätt med de mått som gäller bland de kompisar som jag umgås med. Enligt mina skolkamrater är hon en sjua, "möjligen en sjua". Själv vet jag bättre. För mig är hon en tiopoängare trots att sådana ju egentligen inte finns. Om någon hävdar något annat – så jag hör det – löper han också en påtaglig risk att åka på däng. Jag är sjutton år gammal. Skönheten bor i mitt öga, och det har den gjort i hela mitt liv, men numera har jag också nära till nävarna och hur det plötsligt kommer sig har jag inte ens funderat över.

## 34.

### Diskplockare, Smugglarkung och Gustavs grabb

Mina hormoner kommer även att styra mitt arbetsliv. Det är inte så att jag jobbar på sommarlovet, och andra lov med för den delen, för att mina föräldrar kräver det av mig. Min mamma stöder det – det är bra att jag kan tjäna egna pengar – men hon tvingar mig inte att göra det. Pappa tycker av någon anledning att jag borde passa på att vara på landet. Jag har ju sommarlov, jag kan vila upp mig, fiska och bada. Så mycket som jag läser när jag går i skolan hemma i staden. Då borde jag väl passa på att ta det lite lugnt.

Den här gången lyssnar jag inte på min pappa. Jag behöver nämligen pengar till fiskegrejor, kläder, nöjen och tjejer, och svårare än så är det inte. Det är dyrt att träffa tjejer, inte minst. Första gången betalade jag sammanlagt tjugo kronor för att hamna baklänges på en häst, vilket var en ren förmögenhet i slutet på femtiotalet. Jag talar således av egen erfarenhet och att jag inte lärde mig något av den jag just har nämnt, är något helt annat.

Under de åtta år som jag går i realskolan och gymnasiet så kommer jag att jobba under fem sommarlov, fem lov av sju möjliga. Den första sommaren blir det en månad, under de två sista jobbar jag hela sommarlovet. Vid den tiden har jag även börjat arbeta på de kortare loven, på friluftsdagar och helger, och ibland har jag till och med skolkat för att kunna jobba istället.

Under den här tiden har jag många olika jobb och jag börjar

inom hotell- och restaurangbranschen vid fjorton års ålder. Där kommer jag att arbeta under tre somrar, först som diskplockare, sedan som diskare och därefter som piccolo. Jag tar hand om hotellgästernas bagage, bär deras väskor, helt enkelt, och när jag slutar den tredje sommaren så har jag till och med avancerat till chef för mina tre arbetskamrater i väskbärarbranschen och fått titeln vaktmästare. Anledningen till att jag slutar är för övrigt att jag får sparken, men mer om detta strax.

Istället börjar jag som grovarbetare i byggsvängen, hos pappa Gustav, och där arbetar jag de sista två sommarloven. Jag är "Gustavs grabb" och pappa ordnar allt det praktiska i samband med anställningen redan dagen efter att jag ställt frågan. Inga som helst problem med den saken när man är Gustavs grabb, för bättre rekommendationer än så finns inte hos Aktiebolaget Vägförbättringar, där pappa arbetar sedan mer än tjugo år tillbaka.

Ingenjören från min barndom finns kvar på mitt nya jobb. Han är lika spenslig, välklädd och prydlig som jag minns honom från drygt tio år tidigare när jag var barn och fick följa med min pappa till jobbet. När han hälsar mig välkommen kallar han mig vid förnamn. "Du ska känna dig hjärtligt välkommen hit, Leif", säger han, ler vänligt och handhälsar. Fattas bara, jag går ju på gymnasiet och skall snart ta studenten vilket är en aktningsvärd merit vid den här tiden. Pappa får däremot fortfarande heta Persson, vilket är lite konstigt eftersom Ingenjören samtidigt kallar mig för Gustavs grabb när han talar om mig med de andra som finns på arbetsplatsen. Inte helt logiskt, och ingen stor sak i det, men det är sådant som man minns.

Jag är Gustavs grabb och med facit i hand, och femtio år senare, är det nog den finaste titel jag haft i hela mitt liv. Jag behöver inte ens förklara varför.

På de kortare loven tar jag andra jobb, tillfälliga "påhugg", för att lindra mina mer akuta ekonomiska problem. Jag jobbar som hamnarbetare, som truckförare på Münchenbryggeriet på Söder.

Så fort jag har fått körkort får jag också jobb som chaufför. Jag kör ut livsmedel åt Hemköp som vid den här tiden ligger i Älvsjö ett par mil söder om staden. Totalt har jag under mina ungdomsår sju olika jobb.

Mitt första sommarjobb, den sommaren då jag fyllt fjorton år, är som sagt på studenthotellet Domus som ligger tvärs över gatan från huset där vi bor. Höst, vinter och vår så fungerar det som studenthem men till sommaren åker studenterna hem och huset förvandlas till hotell. Det är inget märkvärdigt ställe. Gästerna kommer från USA, England, Tyskland och södra Europa. Till hotellet kommer de i regel med buss och de har åkt till Sverige för att besöka "Midnattssolens Land", medelklass, lägre medelklass. Sättet att färdas ett annat än i dag och resans mål ligger närmare av enbart det skälet. Det är Reso, den folkrörelseägda Kooperationens egen resebyrå, som har hand om verksamheten.

Den första sommaren jobbar jag med att plocka disk och diska på hotellets restaurang. Först plockar jag disk för en lön av två kronor och tjugofem öre i timmen men sedan blir jag flyttad till disken inne i köket och får lönen höjd till tre kronor. Ett påslag som heter duga vid den här tiden då det kostar en krona att gå på bio eller fotboll. Under den månad som jag jobbar kommer jag att tjäna hundrafemtio kronor. Jag kommer inte att betala någon skatt på det jag tjänar för det behöver man inte om man tjänar så lite som jag.

Jag får behålla hälften själv och ger resten till mamma som skall ha pengarna som bidrag till min försörjning. Sjuttiofem kronor är en stor summa. Jag använder fyrtio kronor till att köpa en ny spinnrulle men när pappa och jag sätter oss i bilen för att åka ner till huset i Hogdal – nu skall vi ju båda åka på semester från jobbet – så har jag trettiofem kronor på fickan. Mer än vad jag någonsin tidigare har haft. När vi rastar utanför Örebro för att tanka och fika så bjuder jag pappa på kaffe och wienerbröd och själv köper jag en Coca-Cola. Första gången som jag får bjuda pappa, hela notan går på en krona och femtio öre, och jag är nästan lika rik när vi kör vidare.

Sommaren därpå är jag tillbaka på hotellet men nu bär jag gästernas väskor och eftersom hotellet där jag arbetar är det största i Stockholm vid den här tiden, vad gäller antalet rum och gäster, så finns det hur mycket arbete som helst. Jag jobbar som piccolo men då det handlar om ett enklare ställe så slipper jag den fåniga lilla kapsylen på huvudet som mina kolleger på de finare hotellen tvingas ha på sig.

Min grundlön är ungefär densamma som när jag diskade men dessutom får jag ofta dricks och en särskild ackordsersättning beroende på hur många väskor som jag och mina arbetskamrater har tagit hand om.

Viktigast av allt är att jag plötsligt börjar tjäna pengar på brottslig verksamhet. Chaufförerna som kör bussarna norrut upp till Midnattssolens Land har också smugglat in ansenliga mängder sprit och cigaretter. Lätt nog att dölja bland det bagage som femtiotalet passagerare i bussen för med sig.

Ett paket cigaretter kostar vid den här tiden några kronor i Sverige, en flaska fin whisky drygt trettio på Systembolaget. Nere i Europa kostar det bara tiondelen så mycket. Omfattningen av mina affärer växer snabbt. Redan första veckan köper jag tiotalet limpor med cigaretter och lika många flaskor sprit. Kunder finns det hur många som helst, alla röker, alla dricker, kan man göra det till halva priset är det rena förtjänsten. Plötsligt tjänar jag mer pengar än vad min pappa gör och nu är det tystnad som gäller för annars kan jag hamna i finkan istället för att återvända till läroverket.

I slutet av den tredje sommaren får jag plötsligt sparken. Då har man kommit på vad jag håller på med vid sidan om, men man gör ingen anmälan från hotellet. När jag frågar Hotelldirektören varför jag måste sluta omgående får jag inget klart svar. Det borde jag väl kunna räkna ut själv, säger han. Dessutom handlar det inte om mig utan om hotellets goda rykte och om han hade varit i min situation, vilket Gud förbjude, så skulle han åtminstone haft vett att visa lite tacksamhet för att han hade kommit så lindrigt undan.

Själv rycker jag på axlarna och går därifrån. Om en vecka skall jag ändå tillbaka till skolan för att börja i andra ring på gymnasiet. Mamma har fått sina pengar. Jag har spenderat åtskilligt på kläder och nöjen under sommaren. Levt ett liv i överflöd och redan grundlagt de krogvanor som kommer att följa mig livet ut. Trots det har jag kunnat stoppa undan ett par tusen kronor. Mer än vad min pappa har fått ut efter skatt på sitt arbete under samma sommar.

I efterhand, som brottsforskare, har jag roat mig med att försöka räkna ut konsekvenserna av den första allvarliga brottslighet som jag ägnat mig åt under mitt unga liv. Enligt då gällande lagstiftning och rättspraxis från tiden, givet att tullen eller polisen hade kunnat reda ut den fulla omfattningen av det som jag hållit på med, hade jag knappast kommit undan med vare sig böter, villkorlig dom eller skyddstillsyn trots att jag tidigare var helt ostraffad. Under de två somrar som det handlar om har jag sålt några hundra flaskor sprit och kanske hundratusen cigaretter, femhundra "limpor" och vid den här tidpunkten fullt tillräckligt för att jag ska hamna på ungdomsvårdsskola, eller kanske till och med i ungdomsfängelse.

Jag har haft en medbrottsling också, men det är jag som varit den drivande i hanteringen och möjligen är det förklaringen till att inte han också får sparken. Direktören har inte ens ett enskilt samtal med honom. Han är för övrigt en alldeles utmärkt kamrat som jobbar på samma hotell. Han är tystlåten, lojal och trevlig att umgås med. Han delar samma intressen som jag, tjejer och krogen och att läsa bra böcker. Dessutom blir även han professor vid universitetet och vad han heter kan göra detsamma. Allt man haft för sig behöver inte stå i ens cv och vill han berätta om den tiden så är det upp till honom. Skriva kan han, jag har läst flera av hans böcker med stor behållning.

Senare i mitt liv har jag också funderat över varför jag tar så lätt på det som hände. Att jag avfärdar det med en axelryckning och inte ens oroar mig det minsta för att polisen plötsligt skall knacka på dörren där jag bor. De brott som jag och min kamrat ägnat oss åt har ju inte "drabbat någon fattig". De är inte problematiska i den meningen, snarare tvärtom. Min pappa är en hederlig och rättskaffens karl men de gånger som han själv tar en sup kommer han gärna in på det djupt orättvisa i det förhållandet att en vanlig, hederlig arbetare skall behöva "betala halva åldringsvården bara för att han vill ta en liten nubbe till maten".

Hans egen son har försökt åtgärda den biten. Han har till och med gett sin pappa både whisky, vodka och konjak i present. Jag berättar aldrig för mina föräldrar om mitt extraknäck. Det har de säkert räknat ut ändå. Omfattningen av det är de däremot inte klara över. Då skulle de båda ha sagt åt mig att sluta omgående med dessa dumheter. Som det nu är så tackar pappa och tar emot. Det är väl inte hela världen bara jag ser till att vara försiktig.

– Jo, jag tackar, jag, säger pappa och ler, varje gång jag räcker över en presentbutelj. Jag hoppas att du inte behövt smita in på Systemet för min skull. Det skulle se ut det.

Pappa är inte ensam om att tycka på det viset. Alla vuxna i min omgivning tycker likadant, mina farbröder, alla Storjägarna i tjocka släkten. Min Morfar hade jag inte ens behövt fråga. Han betraktar alla former av skatt, och annan byråkratisk inblandning i hederliga människors liv som rena "Hitlerfasoner" och moraliska grubblerier lämnar honom kall. Låt var och en bli salig på sin fason, är den devis som han lever efter, och det enda undantaget från den inställningen är att "den som inte arbetar skall heller inte äta". Det har till och med den där olyckan Marx fattat, trots att han fått allt annat om bakfoten, men arbetets karaktär går han aldrig in på. Arbete handlar om att tjäna pengar. Låt var och en bli salig på sin fason. Punkt. Och någon kännare av Karl Marx är han inte.

Så långt om den moraliska grunden för min inställning då det hände. Lägg till detta den omständigheten att jag mätt med mina mått faktiskt blivit ekonomiskt oberoende. För de pengar som jag gömt undan kan jag i värsta fall fly till USA. Ta flyget från Bromma om det kniper och leva livets glada dagar i New York när jag väl har landat; oklara budskap från vuxenvärlden, ungdomligt övermod, kanske både och. Vem bryr sig om lagen om varusmuggling när han är sexton år och plötsligt har mer pengar på fickan än alla andra som han känner och umgås med?

De sista två somrarna, när jag är Gustavs grabb, är de bästa i mitt unga arbetsliv. Den första sommaren håller vi mest på med vägarbeten. Bland mycket annat asfalterar pappa och jag uppfarten till USA:s ambassad ute på Djurgården. Vi gör ett första klassens jobb, ackordet är bra och dessutom får jag en historia på köpet som jag några år senare gärna berättar för alla mina radikala överklasskamrater på universitetet. En historia som knappast kan bli bättre för den som vill jävlas med borgarbarnen och sann är den också.

Arbetargrabben som jämnade vägen för de amerikanska Imperialisterna och själv skulle jag aldrig drömma om att sätta på mig en randig murarskjorta när jag skall gå på mina föreläsningar. En Riktig Karl klär aldrig ut sig och jag har alltid tackat nej till att gå på maskerad.

Den sista sommaren är den allra bästa. Pappa ligger ute på jobb norr om staden. Spikar på det nya miljonprogrammet och själv hamnar jag på bolagets anläggning ute i Hagaparken. Där finns både stenkross, grustag och soptipp, bygglager och verkstäder. En jätteanläggning som bara ligger några hundra meter från Haga slott. Först jobbar jag på stenkrossen. Dirigerar lastbilarna som kommer med sprängsten som skall tippas i krossen och förvandlas till stenskärv, grus och makadam som skall användas som underlag vid alla de vägbyggen som är företagets mest lönsamma verksamhet.

Efter en månad, när mina arbetskamrater går på sin vanliga semester i juli, blir jag ensam kvar för att titta till anläggningen och ta hand om de ströjobb som dyker upp trots att det är sommar och semester. Någon som behöver hämta ett lass med grus. Någon annan som behöver tippa ett lass med sten. Redan första dagen som jag sitter där i min vaktkur hamnar jag på nytt på brottets bana, inte på grund av sprit och cigaretter den här gången, utan i en moraliskt mycket mer tveksam kombination av miljöbrott och ekonomiska oegentligheter.

Den första bilen som dyker upp har flaket rågat med rivningsavfall, gamla kylskåp, badkar, handfat, toaletter, trasiga rör och spretiga elledningar. Sådant får man inte längre tippa ute i Haga. Det är numera absolut förbjudet. Kommunen har fått en ny och strängare miljölagstiftning och allt sådant avfall skall köras till en soptipp som ligger ute i Botkyrka tre mil söder om staden. Där det är rena landet, mest bönder som bor där och vem bryr sig, och att åka ända dit är givetvis otänkbart för varje åkare som får betalt per ton som han kör och vet att tid är pengar.

Chauffören vevar ner rutan till sin stora Scania-Vabis. Sticker ut huvudet, ler vänligt och nickar.

– Läget, säger han. Vill du ha Renat eller stålar?

– Den där skiten får du inte tippa här, svarar jag. Det måste du väl ändå fatta?

– Du är ny här, va, svarar han. Skakar på huvudet, lägger i växeln, kör rakt upp på krönet av tippen och tömmer flaket.

På vägen tillbaka stannar han till. Flinar, räcker över en flaska Renat och far vidare. Den förste av ett hundratal som jag kommer att göra affärer med under den månad som jag är tippansvarig. Eftersom jag lämnat den illegala handeln med alkohol bakom mig, varje förbrytare med självbevarelsedriften i behåll passar sig för att vandra i gamla fotspår, gör jag också tidigt klart för mina kunder att det är kontanter som gäller. Tjugo kronor för annars kommer jag att fälla bommen vid grinden rakt över kylaren på dem. Har man andra önskemål än att bli av med gamla kylskåp och all annan mög som man släpat med sig får vi förhandla särskilt om den saken.

Ingen har några invändningar, affärerna går strålande och hälften av mina kunder vill att jag skall hälsa så gott "till farsan min". "Gustavs grabb", och tur för dem att det inte är min pappa som sitter i kuren till tippen. Då hade det blivit Kalla Handen, och större händer än så finns inte. Lag är lag, enligt pappa, och skulle det vara så illa att den går ut över ackordet får man ta den biten med hjälp av facket. Det är så man gör om man bor i Sverige.

Själv ägnar jag en timme varje kväll innan jag går hem åt att sitta på bandtraktorn och ploga grus över dagens skuldbörda. Hade jag varit som Morfar fullt ut, hade jag naturligtvis lejt in en dräng för den delen av verksamheten och sett till att han fått göra rätt för sig mot en rimlig penning.

Om framtida arkeologer skulle komma på tanken att gräva ut den vackra, skogsklädda kullen som ligger vid utfarten på E4:an, strax norr om grindarna in till Haga slott, så kan de ägna mig en tanke. En god del av alla sönderrostade kylskåp och annan skit som ligger där och läcker freon och tungmetaller är minnen efter mig från min sommar på Haga. Man gjorde så på den tiden, nämligen, och ju svartare rök som vällde ut ur skorstenarna på massafabriken hemma hos Tjocka Släkten, desto bättre tider var det.

Lämningar efter professor Wille Vingmutter, som den här sommaren var framgångsrik entreprenör i byggsvängen och drev sin rörelse i krokarna kring Haga slott. Andra må ha andra minnen från det stället men hans öron står i vart fall inte ut lika mycket som de gjorde när han var barn. Det hjälpte tydligen att knyta en våt handduk runt dem.

Jag minns mina olika sommarjobb. Jag minns mina kompisar. Jag minns min första stora kärlek, och några andra tjejer med för den delen. Det är nästan alltid bra minnen, åtminstone som jag kommer ihåg dem.

Det som jag minns bäst när jag gick på gymnasiet är allt det som skilde mig från mina skolkamrater i en social mening. Minnen som inte är lika goda.

## 35.

### Jag bor på fel sida av Odengatan

Kunskaper om klasskillnader kan man läsa sig till. Man kan också uppleva dem av egen erfarenhet. Det senare biter bättre än det förra – jag lovar och försäkrar för jag har prövat båda – och i mitt fall blir jag väl medveten om dem så fort jag börjat på läroverket. Innan dess har jag inte ägnat en tanke åt den saken.

Under min barndom var jag den enda riktiga arbetarungen i huset på Tegeluddsvägen där vi bodde. Mina kompisars pappor jobbade som vaktmästare, verkmästare, expediter, och lägre tjänstemän på kontor, i ett fall som taxichaufför och egen åkare, i ett annat som så kallad Hermodsingenjör, som tagit sin examen på korrespondens. Vi bodde alla i likadana lägenheter, lika stora och möblerade på samma sätt och hade ungefär lika mycket pengar att leva på. Inte ens Uffes pappa, som ju ändå hade tryckta visitkort med titeln försäljningschef, var särskilt märkvärdig. På firman där han jobbade fanns bara dussinet anställda.

Den enda överklasspersonen i hela huset var farbror Bertil som var ungkarl och precis som vilken vanlig och hygglig människa som helst, enligt pappa. Dessutom min favorit trots att han inte hade några egna barn som jag kunde leka med.

I huset på Tegeluddsvägen saknades helt enkelt känslomässiga och materiella grunder för klassmotsättningar. Ville man leta efter sådana fick man gå tvärs över gatan och sätta sig på de gamla utedassen bakom järnvägsarbetarnas bostäder. Vad man nu skulle göra det för, eftersom även de som bodde där, som Sune och hans morsa, kom att få både badrum och vattentoalett i huset där de bodde redan när jag började i småskolan. Låt vara att de låg i källaren och delades av alla som bodde i huset.

När vi flyttar till lägenheten i Vasastaden kommer detta att ändras och jag blir tidigt medveten om det när en av mina klasskamrater i realskolan upplyser mig om att jag bor på fel sida av Odengatan. Själv bor han på rätt sida, i Lärkstaden. Hans pappa är kirurg och överläkare, hans mamma privatpraktiserande läkare, de har hembiträde och våningen som de bor i är på sju rum och kök. Till ytan tre gånger så stor som den trea med jungfrukammare där jag, min mamma, pappa och lillasyster bor, och skillnaderna i bohag, alla äkta mattor, kristallkronor, bokhyllor, tavlor och antika möbler, helt lämnade därhän.

Odengatan utgör en social gränslinje vid den här tiden. Norr om Odengatan ligger Vasastaden, längst upp i öster mot Roslagstull, det gamla arbetarkvarteret Sibirien där jag och min familj bor. Arbetare, en och annan lägre tjänsteman, men dessutom, och till skillnad från i huset på Tegeluddsvägen, finns åtskilliga som har det svårt ekonomiskt och socialt. Där finns många äldre och ensamma, pensionärer, sjukpensionärer, arbetslösa, alkoholister och familjer med sociala problem.

Då och då kommer polisen till huset där vi bor. En kvinna i gårdshuset har brutit ihop, skriker hysteriskt i en halvtimme innan polisen anländer och hämtar henne. En av hennes grannar har fyllnat till rejält, börjar slå hustrun och barnen. En radiobil med två poliser är på plats inom fem minuter. Jag minns att han bars ut sprattlande med händerna bojade på ryggen. Portvakten i huset har supit skallen av sig. Skitit ner sig och somnat i porten. Strax anländer ett par stadiga konstaplar som leder ner honom till fyllefinkan på polisstationen nere på Surbrunnsgatan. Det är ingen slump att vi har en egen polisstation alldeles i närheten, av någon anledning ligger den granne med renhållningsverkets lokaler.

Själv har jag blivit en av "grabbarna från Sibirien" och av alla grabbar som bor där är det bara ett halvdussin som lyckats ta sig över gatan för att börja i det Högre Allmänna Läroverket För Gossar. På andra sidan Odengatan – Lärkstaden, Östermalm, och ända ut på Djurgården – bor De Rika och deras söner utgör en majoritet av alla eleverna i Norra Real. På gymnasiet är den klassgränsen så tydlig att du kan se den med blotta ögat, höra den när någon säger något, dra in doften av den i dina näsborrar, till och med ta på den och känna skillnaden mellan en grabb från Sibirien och en gosse från Östermalm.

Jämför bilden av mig själv med bilden av Carl Bildt så förstår alla som hört och sett oss på TV vad jag menar, och det faktum att han är några år yngre än jag och gick på Östra Real på Karlavägen, inte i Norra Real på Roslagsgatan, är fullkomligt ointressant i det sammanhanget. Det är också nu som jag på fullt allvar börjar få knepigt med min identitet. Jag färdas i ett främmande land, jag är inte särskilt lik de som jag reser med, och hur löser jag nu det problemet?

Min mamma har redan försökt. Hon köper nytillverkade antika möbler, tavlor och antikviteter av högst tveksamt värde. Hon skickar iväg sin son till Holger Rosenquists Dansinstitut, börjar prenumerera på både Dagens Nyheter, Svensk Damtidning och Det Bästa. För varje försök hon gör att stilla den längtan efter materiell rikedom som vi båda delar så gör hon bara skillnaderna tydligare mellan oss som bor på fel sida av Odengatan och alla mina kamrater som lever på den rätta sidan. Själv gör jag precis som hon, med de medel som jag förfogar över.

Pengarna som jag tjänar på mina ständiga extrajobb, när jag istället borde studera, spenderar jag på kläder, nöjen, kompisar och tjejer. Jag gör det med runda händer och där finns också en skillnad mellan oss. Mamma är mycket försiktig med pengar, det är hon som sköter familjens ekonomi och hon räknar våra pengar ner till sista öret. Hela tiden noga med att vi skall ha mer med oss när hon går till sängs än när hon vaknade på morgonen. Trots att hon under dagen har betalat både handpenning på en gustaviansk sekretär och prenumerationen på damtidningen. Hennes egen pappa lever starkt i hennes inre. Mamma är inte bara min mamma och min pappas lagvigda hustru. Hon är också sin fars enda dotter, Morfars duktiga flicka.

Varken pappa eller jag är funtade på det viset. Pappa har med varm hand överlåtit allt det ekonomiska till mamma. Så länge det inte går ut över hans behov av nya verktyg, byggmaterial, plantor och frön till hans kolonilott eller bensin till hans älskade bil, så bryr han sig inte.

– Den saken ordnar Margit. Det har hon alltid gjort.

Med mig är det ännu värre. Till skillnad från både min mamma och min pappa ägnar jag mig ständigt åt ekonomiska dagdrömmar. Den dagen då jag äntligen skall bli lika rik som mina kamrater och hur jag och min familj omgående skall flytta till rätt sida av Odengatan. I mitt huvud har jag redan möblerat vår nya våning ända in i minsta inredningsdetalj. Jag läser taxeringskalendern och Bukowskis auktionskataloger, vet på kronan vad både våningen och det nya bohaget kostar och hur mycket jag måste betala för den Liljefors med både räv och hare som skall hänga ovanför soffan i vårt vardagsrum.

Min lillasyster har fått svarta lackskor och en ny röd klänning, mamma går i dräkt och hatt även till vardags och jag har till och med bestämt färgen på pappas nya Mercedes. Det enda som hedrar mig är att jag tydligen tänker ta dem med mig på resan till mitt Nya Förlovade Land trots att de i allt övrigt är som de alltid har varit. Förmodligen har jag inte ens tänkt på hur vi skulle te oss i en sådan miljö.

De pengar som jag behöver för att ta mig över gatan har jag vunnit på premielotteriet, på vanliga lotter, genom att fylla i den enda rätta raden på stryktipset eller till och med genom att spela på hästar. Drömmar som heter duga, då jag varken har några obligationer eller ägnar mig åt att spela. Men eftersom ingen seriös Dagdrömmare tror på Mirakel så får jag förlita mig på sådant som ändå finns, som lotto, tipset och V5. Hur som helst, det kommer att ordna sig och en dag skall jag vandra genom den Pärleport som Mammon ställt upp i hörnet av Odengatan och Valhallavägen medan guldpengarna bara regnar över mitt huvud från en klarblå himmel som plötsligt står på vid gavel.

Mina välbeställda skolkamrater har satt idéer i huvudet på mig. Äntligen skall jag kunna bjuda hem dem på lika villkor, på föräldrafria partyn där vårt nya hembiträde tar hand om det praktiska, där byffén står uppdukad i matsalen och min egen mamma till och med har köpt hem rödvin åt oss till maten.

De starkvaror som jag och mina törstiga kamrater i övrigt behöver kan vi alltid nalla i pappas nya barskåp och vi skall dansa hela natten till de allra senaste låtarna som hamnat på Tio i Topp, som jag givetvis köpt dagen innan för min nya veckopeng.

Vi skall dansa hela natten och hångla hela natten med alla tjejerna som jag bjudit in. Tjejerna som ser ut som fågelholkar i ansiktet redan när de kliver in i hallen och ser hur fint jag bor. Det antika paraplystället – i form av en stor kinesisk urna – står till vänster innanför dörren, den gamla riddarrustningen har jag ställt rakt fram, bredvid den öppna spisen mellan dörrarna till matsalen och biblioteket.

Problemet är jag själv. Alla ungdomsfinnar som har satt sig inne i huvudet på mig och i den här meningen suttit där sedan den dag som jag föddes. Som fritt flygande klassresenär är jag lika dömd till undergång som en gång Ikaros var trots att det ungdomliga övermodet är mitt minsta problem. Mina vingar som jag försöker fästa med bivax vid min kropp, dessa vingar som ständigt trillar av så fort jag tar fart, sträcker ut dem, försöker svinga mig upp och iväg. Hur jag gör bort mig hela tiden så fort jag försöker vara en annan än den jag har fötts som.

Jag är bjuden på söndagsmiddag hemma hos en skolkamrat. Hans mor och far, det är så han kallar dem, och hans tre yngre syskon. Ingen låter maten tysta mun, alla babblar oavbrutet om allt mellan himmel och jord. Till förrätt äter vi skaldjur och själv dricker jag ur sköljkoppen som står bredvid mitt kuvert. Trots att rosenbladen och citronklyftan som flyter på sköljvattnet borde ha fått även mig att förstå. Min kamrats lillasyster fnissar hysteriskt åt mig, ger mig också en väg ut genom att jag låtsas att jag bara skojade med henne.

Jag är bjuden på julbyffé hemma hos en annan kamrat. Hela hans tjocka släkt är där och den allra tjockaste är inte fetare än den magraste medlemmen av min egen släkt. Jag lägger för mig rikligt med godsaker på min kuverttallrik. Lätt roade miner, blickar med budskap, får mig att förstå att något är fel. Min kamrat himlar med ögonen och deras hembiträde löser problemet genom att ge mig en ny tallrik.

Jag är bjuden på studentmiddag hemma hos en av mina kvinnliga skolkamrater. Hon är kär i mig, vilket jag inte har fattat, och jag får värdinnan till bordet. Att jag förväntas tacka för maten och göra det till desserten har jag förstått. Egen smoking har jag också. Den har jag köpt för alla pengar som jag snott åt mig genom mina ständiga jobb och svarta affärer och så långt har jag klarat mig hyggligt. Inga armbågar på bordet, inte stoppat kniven i mun, konverserat med både min bordsdam och hon som sitter på min andra sida. Så långt sticker jag i vart fall inte ut från det övriga sällskapet.

Men trots alla timmarna på Holger Rosenquists Dansinstitut har jag missat att jag också skall bjuda upp henne till den första dansen. En kamrat löser till sist den detaljen. Han är född på den rätta sidan av gatan. Själv skyller jag på att jag gjort mig illa i benet – när jag fattat vad jag gjort – och jag gör inte saken bättre när jag försöker bjuda upp henne till nästa dans.

Om och om igen så hamnar jag baklänges på hästryggen, varje gång som jag försöker svinga mig upp i sadeln.

Jag minns middagarna hemma i köket där jag bor. Mamma som står vid spisen och lagar mat. Vi andra som redan har börjat äta innan hon själv ens har fått tid att slå sig ner vid bordet. Pappa som har kommit hem från sitt arbete med en kropp som vibrerar av trötthet och värk. Hur jag kan känna den strömma ut från hans kropp, så stark att den går att ta på. Hur hans enda tanke är att så fort han har ätit skall han få sträcka ut sig på sängen och vila. Bara vila en liten stund, så han orkar lyssna på nyheterna på radio, innan han somnar på riktigt, för natten.

Bäst minns jag tystnaden. Frågorna som jag aldrig fick och aldrig kunde ställa eftersom mina föräldrar varken hade frågor eller svar att ge mig. Frågorna och svaren som handlade om allt mellan himmel och jord, som jag hade lärt mig i skolan, pratat om med mina kamrater, läst om i böcker och tidningar eller hört på radion. Frågor och svar som jag aldrig kan köpa mig till, ännu mindre ge till mina föräldrar, medan vi verkligen behöver dem, oavsett om jag nu skulle vinna högsta vinsten på lotto.

Vad jag kan göra är att fly. Fly från tystnaden med hjälp av mina dagdrömmar, mina böcker, mina kompisar, tjejer, förälskelser, med de pengar som jag ändå kan tjäna. Det som jag inte kan fly från, får jag försöka undvika att tänka på, förneka eller i värsta fall ljuga mig bort ifrån.

Jag undviker att tala om min familj, att ta hem mina kamrater, att tala om min pappas jobb. Detta är det som jag minns bäst, det som jag skäms mest för, det som jag fortfarande skäms för. Jag förnekar inte bara mig själv. Det värsta är att jag förnekar honom också trots att han är villig att göra allt för mig och faktiskt gör det, hela tiden.

# 36.

Ett skrin för mina hemligheter

Julen efter den andra sommaren då jag jobbat – den sommar då jag börjat smuggla sprit och cigaretter och tjäna pengar på allvar – får jag ett kassaskrin i julklapp av min mamma. Det är nästan som om hon hade anat någonting. Det är en rejäl historia i tjock grönlackerad plåt och med ett ordentligt lås. Inget som man bara stoppar i fickan och bär iväg med. Skall man flytta på det får man ta i med båda händerna, det är snarare en liten kista än ett skrin.

Mamma låter faktiskt lite högtidlig när hon lämnar över sin gåva. I skrinet kan jag förvara de pengar som jag tjänat och alla andra hemligheter som alla unga människor har, det vet väl hon – om någon – att det är på det viset. I skrinet kan jag ha mina egna pengar, kanske min dagbok om jag nu skriver en sådan, och allt annat som bara är mitt och ingen annans, allt som inte ens mina föräldrar har något att göra med.

Det hade varit Morfars första kassaskrin och han hade haft det i många år när han var ung och innan han köpte ett riktigt kassaskåp från Rosengrens i Göteborg. Vem vet, snart nog kanske jag kommer att få ta över det också eftersom Morfar har varit krasslig på sistone. Mamma hade fått skrinet av Morfar på sin femtonårsdag och nu är det alltså jag som skall föra den traditionen vidare.

Till skrinet finns två nycklar och det är viktigt att jag håller reda på dem. Det är de enda nycklarna som finns, nämligen, och skulle jag slarva bort dem finns inget annat att göra än att pappa får bryta upp det och det är inget som ens han klarar av i rappet.

Mamma föreslår att jag bär den ena nyckeln på min egen nyckelknippa och att jag gömmer reservnyckeln på det hemliga ställe som hon förutsätter att jag också har skaffat mig. Hur hon nu räknat ut det, tänker jag och bestämmer mig omgående för att skaffa ett nytt, samtidigt som jag flyttar både sprit, cigaretter och alla andra hemligheter som jag har, till skrinet som jag just har fått.

Redan på annandagen klarar jag av det praktiska. Mamma, pappa och min lillasyster är bortbjudna och själv har jag krånglat mig ur ännu en jullunch hos mina fastrar och farbröder ute i Sundbyberg genom att hänvisa till det specialarbete i kristendomskunskap som för närvarande upptar all min lediga tid.

– Det är bra att du läser, säger mamma. Men du måste lova mig att tänka på ögonen. Lova att säga till i god tid om du märker att du behöver glasögon. Jag vet minsann hur det känns när man får svårt att se.

Hon blir nästan lite tårögd på kuppen trots att hon har åtskilliga par glasögon för de mest skiftande ändamål, från läsning och sömnad, till matlagning och vanliga promenader. Plus sådana som hon måste ha när hon vistas ute i solen eller bara åker bil för att skydda ögonen om det nu skulle inträffa en olycka.

Själv har jag inte tid för dåligt samvete utan mer trängande göromål att ta hand om. Först kånkar jag in skrinet i min garderob, därefter drar jag en järnkedja genom handtagen som sitter på sidan av skrinet innan jag förankrar det vid det tjocka vattenröret som löper längs väggen, med hjälp av ett hänglås. Därefter tömmer jag alla mina hemliga ställen på sprit, cigaretter, dagboksanteckningar och alla andra privata funderingar som jag satt på pränt. Till och med några kärleksbrev som jag sparat, samt viktigast av allt mitt hemliga kapital. Prydligt sorterat i buntar, hopfästade med gem och i olika valörer, tior, femmor, femtiolappar, till och med några hundralappar och en femtiodollarsedel som jag växlat till mig från en av turisterna på hotellet. Sammanlagt har jag drygt tusen kronor som bara är mina, som ingen annan vet om och som numera är i säkrare förvar än någonsin.

I själva verket har jag tidigare haft flera stycken hemliga ställen vilket till och med min mamma tycks ha missat. Nu kan jag klara mig med mitt nya skrin och slipper ränna runt som en röd räv varje gång jag skall ta fram eller gömma undan någon av mina hemligheter.

Återstår endast en detalj i hemlighållandets praktik. Resten av eftermiddagen ägnar jag åt att fundera ut ett nytt hemligt ställe där jag kan stoppa undan reservnyckeln och nyckeln till hänglåset. Lätt nog eftersom de är så små. Jag lossar försiktigt på golvlisten bakom sängen, släpper ner dem bakom listen, knackar tillbaka spikarna, kontrollerar noga att det inte finns minsta märke på listen och att den inte buktar ut från väggen.

Jag har gjort ett utmärkt jobb, jag är nöjd med mig själv, och när den övriga familjen återvänder från sin lunch sitter jag djupt försjunken i en tjock bok om Uppsala domkyrka som jag slagit upp så fort jag hört nyckeln sättas i låset.

Det enda som jag inte har fattat är att min mamma är betydligt slugare än jag. Det kommer att dröja närmare ett halvår innan jag blir klar över den saken.

Eftersom jag ligger efter kraftigt med mina sociala åtaganden – ännu ingen våning på rätt sida av gatan – bestämmer jag mig för att bjuda ett par av mina mest generösa kompisar på en rejäl krogsväng. Först några groggar på Peter Myndes krog nere vid Brunkebergs torg, där man inte har några problem med att servera sprit till minderåriga så länge de kan betala för sig. Sedan middag och dags för kvällens höjdpunkt.

Jag har nämligen beställt bord på Cecil på Biblioteksgatan. Det är den här tidens innekrog och anledningen till att de öppnat portarna för tre sjuttonåringar är att jag känner en hovmästare som jobbar där. Under sommaren har jag sålt åtskilligt med sprit och cigaretter till honom.

När vi anländer vid åttatiden är vi visserligen redan salongsberusade men ingen kan klaga på vårt yttre. Kostym med väst, slips och vit skjorta, höga styvstärkta kragar, blankputsade svarta skor. Vi får ett bord en trappa upp, beställer in löjrom, öl och nubbe till förrätt, oxfilé och en flaska rödtjut, kaffe och konjak... groggarnas glada afton... kvällen blir dimmigare och dimmigare. Jag minns att jag skiljs från en av mina kamrater utanför huset på Östermalmsgatan där han bor, hur jag vinglar hem till fel sida av gatan, spyr på vägen hem, spyr ner handfatet och goda delar av badrummet hemma i lägenheten, somnar med skorna på.

Nästa förmiddag är det räfst och rättarting. Min pappa är rejält förbannad. Mer förbannad än vad han någonsin har varit på mig. Om man är så full som jag kan vad som helst hända. Ska det vara så svårt att fatta?

– Tänker du ta livet av mig, frågar pappa och först förstår jag inte vad han menar.

– Nej, svarar jag, och trots att jag är sjutton år är det nära att jag tar till lipen. Nu, när jag insett vad han försöker säga.

– Se då till att bete dig som folk. Så du inte gör oss alla olyckliga.

Sedan går han bara ut. Jag hör ytterdörren slå igen. När han kommer tillbaka är det redan kväll och det kommer att dröja ytterligare ett par dagar innan han pratar som vanligt med mig.

Min mamma är mer praktiskt lagd. Först har hon gått igenom mina fickor och kartlagt vad jag haft för mig under kvällen. Är jag medveten om att jag tydligen har gjort av med närmare trehundra kronor? På två krogbesök samma kväll, vilket enligt mamma är mer än vad hon och pappa spenderar på sådant under ett helt år.

Därefter har hon gjort husrannsakan i skrinet som hon gett mig. Inget större problem eftersom hon hela tiden behållit den tredje nyckeln. Av omtanke om mig, givetvis, och eftersom hon redan från början har anat att något sådant här skulle hända förr eller senare. Sprit, cigaretter och pengar är numera tagna i beslag.

Pengarna skall hon sätta in på min bankbok och om jag sköter mig kommer hon att ge mig en lämplig summa varje vecka. Spriten och cigaretterna kan jag få tillbaka när jag blivit myndig. Dit är det fyra år.

Mina mest privata funderingar är noga genomlästa. Jag har redan bestämt mig för att bränna hela rasket.

Jag har inga invändningar. Inga frågor. Om drygt en månad skall jag börja jobba igen. Då kan jag tjäna nya pengar, behöver inte ens hyra ett rum på staden eftersom jag vet att både hon och min lillasyster kommer att åka ner till landet så fort skollovet börjar. Jag har bara en tanke i huvudet. Jag känner ett mycket starkt hat. Min egen mamma har lurat mig och svikit mig på ett sätt som jag aldrig tidigare råkat ut för under hela mitt liv, aldrig ens varit i närheten av.

Jag ska döda dig, din jävla kärring, tänker jag.

Fram till sommarlovet lever jag med andra dagdrömmar än de som handlar om hur fint jag snart skall bo. Att hitta något lämpligt gift som jag kan krydda lilla mammas mediciner med. Det får inte vara något vanligt råttgift heller, definitivt inte någon av de gamla klassikerna arsenik eller cyankalium, för sådant upptäcker även blinda detektiver.

Istället börjar jag experimentera med nikotin, extraherar det dödliga giftet ur vanliga cigarrer, smaklöst, luktlöst, svårt att spåra, dödande och på ett sätt som stämmer väl med min mammas sjukdomshistoria och hennes sviktande hjärta. Till sist får jag fram tillräckligt mycket nikotin i kristallform för att ta livet av en hel hoper mödrar som svikit sina söner.

Sedan släpper jag hela idén och den som räddar livet på min mamma är faktiskt min lillasyster. Hon är tio år gammal, omöjligare än någonsin, och vem skall ta hand om henne om mamma dör? Pappa Gustav lär väl knappast ha tid och själv har jag ingen tanke på att göra det. Att låta min lillasyster göra min mamma sällskap verkar heller inte rätt och rimligt. Mycket har hon hittat på, och hon gör det hela tiden, men så vitt jag vet har hon aldrig snokat bland mina saker.

Mamma får leva och för att inte frestas i onödan, vissa dagar trotsar min lillasyster all beskrivning, spolar jag ner mitt dödliga gift i toaletten.

Några dagar innan mamma åker ner till landet får jag tillbaka mitt skrin, mina mest privata funderingar, den tredje nyckeln, samt en längre moralpredikan som en liten bonus lagd på toppen. Mamma har bestämt sig för att förlåta mig, stryka över och gå vidare.

Pengarna, spriten och cigaretterna kommer jag aldrig att få tillbaka. Att förlåta, stryka över och gå vidare har jag heller ingen tanke på. Att jag ändå håller god min beror enbart på att jag avser att använda mitt skrin ännu en gång för att låta henne smaka på samma svek som hon utsatt mig för.

"Svek föder svek. Glöm aldrig det. Svek föder alltid svek, enbart svek, aldrig något annat än svek. Glöm aldrig det och gör du det ändå så är du förlorad."

Jag skriver ner det på en lapp som jag lägger ner i skrinet för mina hemligheter. Att mamma redan har försett sig med en fjärde nyckel är jag övertygad om – inte minsta tvekan på den punkten – men nu gäller det att se till att hålla hennes intresse vid liv tills det är dags att sätta in den avslutande stöten. Det är också nu som jag börjar klistra hårstrån på skrinet. Ett klassiskt knep för att ta reda på hur ofta hon är där och snokar.

Det nappar redan efter ett par dygn. Hårstrået som jag blött och klistrat över locket är borta. Någon annan än jag har öppnat skrinet. Att det är mamma kan jag se i hennes ögon. Hon verkar orolig, nervös och har inte drabbats av minsta åkomma som hon måste prata om.

– Du måste lova att vara rädd om dig, mamma, säger jag när

vi tar farväl. Jag ger henne till och med en liten kram innan hon sätter sig i bilen. Den tycks inte göra henne gladare, tvärtom.

Min mamma och min lillasyster har åkt ner till huset i Hogdal. Min pappa har åkt ut till skärgården över helgen för att hjälpa en av sina jobbarkompisar att snickra på hans nya veranda. Själv har jag avsatt en hel dag för att göra en ordentlig husrannsakan i lägenheten där vi bor och leta upp min mammas alla hemligheter.

En husrannsakan är inget man slarvar med. Då kan man lika gärna låta bli. Senare i livet kommer jag att delta i ett flertal tillsammans med en eller flera poliser. Som mest tillsammans med ett tjugotal när jag är med vid ett tillslag mot ledningscentralen till ett av landets största privata säkerhetsföretag i mitten på sjuttiotalet. Min första Husis gör jag däremot helt ensam och bättre än den gången kan en sådan undersökning inte göras.

Jag börjar med att söka igenom vårt vindskontor och källarförråd. Hittar inget av intresse vilket stämmer väl med min bild av min mamma. Hennes starka kontrollbehov kräver en rent fysisk närhet till de hemligheter hon vaktar över.

Därefter söker jag igenom kapprummet, hallen, toaletten, badrummet, köket och jungfrukammaren där min syster bor. Hittar inget av värde. Min stackars lillasyster har tydligen tagit med sig både sin dagbok och sin lilla hemliga låda till landet och med tanke på hennes ressällskap är det bara att hoppas att hon har förstånd att bära dem på sig även när hon badar.

För säkerhets skull letar jag därefter igenom mitt eget rum. Utifall att om min mamma nu skulle ha haft ett inspirerat ögonblick och hittat på något nytt och oväntat. Det har hon inte. Mamma är förutsägbar, alldeles för rädd för att ta sådana risker.

Vardagsrummet tar en god stund. Åtskilliga låsta lådor som måste öppnas innan jag kan gå igenom dem och först måste jag hitta nycklarna. Det tar flera timmar, ger ingenting särskilt av intresse förutom ett par kondomförpackningar (av märket Tapto) som, av för mig okända skäl, förvaras i den gustavianska sekretären. Pappa kan inte ha det lätt, tänker jag. Jag bryter för en smörgås och en pilsner ute i köket. En riktig Husis är inget man gör på fastande mage och så fort blodsockret sjunker finns det risk för att man börjar slarva.

Återstår mina föräldrars sovrum, två större garderober av den gamla inbyggda modellen samt gången mellan sovrummet och hallen. På golvet i den vänstra garderoben står mammas eget kassaskåp. En mindre historia av golvmodell. Det vet jag redan eftersom jag några år tidigare har hjälpt min pappa att bulta fast det i golvet. Nu står det där, längst in i garderoben, dolt bakom en massa kartonger, mammas skohylla och en hängare med alla hennes klänningar, dräkter och kappor.

Mest för den goda sakens skull känner jag på vredet. Skåpet är låst, mamma är sig lik. Innan hon lämnar lägenheten för att gå till speceriaffären ett kvarter upp på gatan brukar hon för säkerhets skull känna på dörrvredet ett flertal gånger.

Nyckeln hittar jag på första försöket. Så typiskt min lilla mamma, tänker jag. Nyckeln är fäst vid en liten fastskruvad magnet under skivan till hennes nattygsbord, bakom listen till den översta lådan. Till och med Ville Vesslas mest korkade medhjälpare, Frans Briljant och Tomten Larsson, hade hittat den inom en kvart och förstånd att klistra hårstrå på kassaskåpsdörren har hon heller inte. Än mindre lägga dit den där lilla förargliga skvallerlappen – mindre än min systers lillfingernagel – som trillar ner så fort man öppnar skåpdörren.

Jag har lyft in en stol i garderoben, ordnat med bra belysning, avser att ta god tid på mig medan jag steg för steg avtäcker hennes hemligheter. Det är en mäktig känsla som tagit plats i mitt bröst när jag vrider om nyckeln i låset, trycker ner vredet och öppnar dörren till skåpet.

Jag måste ha underskattat henne, tänker jag. Det enda som finns där är två bankböcker från Vette Sparbank i Strömstad.

En som är skriven på mig, den andra på min syster, min mamma som har rätt att göra insättningar och uttag på båda. Våra konton har hon öppnat samma sommar som vi köpte huset i Hogdal. Behållningen är densamma, drygt hundra kronor med upplupen ränta. Dessutom finns ett kuvert med premieobligationer. Det totala beloppet tvåtusen kronor.

Det är något som inte stämmer, tänker jag. Existensen av ett bankfack vill jag inte tänka på. Dels är det inte mammas grej, dels gäller det att gilla läget. Du måste sätta dig i hennes ställe, tänker jag. Hur skulle du göra om du vore som hon?

Min mamma pratar om tre saker. Mer än hälften av allt som hon över huvud taget säger så fort hon öppnar munnen handlar om sjukdomar, mest hennes egna. Den tid som återstår ägnar hon dels åt alla de människor som hon av olika skäl tycker illa om, dels till att tala om pengar. Om vikten av att vi måste spara och hålla igen, om den ständiga nödvändigheten av att planera för en sämre framtid, om hur vi skall klara oss om pappa blir arbetslös. Pengar, pengar, pengar, och så pratar ingen vars samlade tillgångar består av ett par tusen i premieobligationer och två bankböcker med sammanlagt ett par hundra kronor, insatta på hennes barns konton, dessutom.

Framför mig ser jag redan Morfars plånbok, tjock som en liten julgris, och i samma ögonblick förstår jag också meningen med mammas kassaskåp. Om nu det värsta skulle hända och rånarna skulle dyka upp mitt i natten och överrumpla både henne och pappa, så skall innehållet i kassaskåpet föreställa deras byte.

Jag ägnar halva natten att gå igenom allt annat som finns i mammas och pappas garderober och först frampå morgonkulan är jag klar. Då har jag hittat ett tiotal bankböcker, ett depåbevis som gäller en aktiedepå i mammas namn vid Stockholms Enskilda Bank samt en försvarlig bunt med premieobligationer, gömda mellan hopvikta handdukar och servetter, bakom taklisten, längst ner i lådor med gamla handskar och skor, precis som det brukar se ut när en riktig guldhamster har varit i farten.

Det sammanlagda beloppet uppgår till närmare etthundrafyrtiotusen kronor och eftersom just denna husrannsakan äger rum i början på sextiotalet så motsvarar det likvida tillgångar på närmare tre miljoner kronor i dagens penningvärde. Visserligen mindre än hälften av vad jag behöver för att kunna realisera mina dagdrömmar och flytta till rätt sida av Odengatan, men ändå en bra bit på väg.

Min mamma har ännu en gång fört mig bakom ljuset.

Huvuddelen av pengarna tycks tillhöra min Morfar. Ett halvdussin bankböcker fördelade över olika sparbanker från norra Dalarna och Bergslagen, hela vägen ner till Stockholm. Beloppen varierar mellan fem- och femtontusen kronor men sammanlagt blir det närmare hundratusen. I varje bankbok som tillhör min Morfar ligger en prydlig handskriven fullmakt som han undertecknat. Där ger han mamma full dispositionsrätt över kontot och det är tydligen på Morfars konto på Stockholms sparbank som rovet från hennes husrannsakan i sonens skrin har hamnat. Insättningen som hon gjort på måndagen veckan därpå stämmer på kronan med de pengar jag numera saknar och så full blir jag aldrig att jag glömmer sådant.

Själv är jag fattig som en kyrkråtta. Samlade tillgångar på drygt hundra kronor i Vette Sparbank trots Morfars alla bidrag till mina studier. Jag är lika illa ute som min sju år yngre syster och min egen pappa tycks heller inte ha det så muntert trots att han aldrig bekymrar sig om familjens ekonomi. Ynka femtusen på en enda sparbanksbok. Morfar och mamma, däremot, är lika rika som två bergtroll och deras spritsmugglande ättelägg är långt ifrån den grövsta ekonomiska brottslingen i den familjen.

"Misstro föder ännu mer misstro. Glöm aldrig det. Misstro föder alltid misstro, enbart misstro, aldrig något annat än misstro. Glöm aldrig det och gör du det ändå så kommer du att bli lurad", skriver jag på lappen som jag lägger i skrinet för mina hemligheter.

Här gäller det att samla på sig i god tid till dess mamma återvänder från sin semester.

Därför bifogar jag också några ytterst svårtolkade sidor med anteckningar om utfallet av min lilla husrannsakan. Försöker till och med ge ett intryck av att hon kan ha glömt något på sin egen tillgångssida. Så att min lilla mamma verkligen skall ha något att bekymra sig över tills Det Stora Allvaret tar vid.

## 37.

Mamma är sjuk?

Misstro föder misstro. Redan när jag kommer in i de tidiga tonåren har jag börjat fundera mer och mer på mammas ständiga sjukdomar. Historien med skrinet ställer den frågan på sin spets. Om hon nu kan ljuga på det viset för mig och om vår ekonomi, vad är hon då kapabel att hitta på när det kommer till hennes egen hälsa, det problem som dessutom tycks uppta huvuddelen av hennes vakna tid? Kan hon ha hittat på det också? Kanske hon i själva verket är frisk som en nötkärna? Något slags kvinnlig motsvarighet till både Ingemar Johansson och Sixten Jernberg? Kan det vara så att hon bara använder alla sina krämpor och sjukdomar som ett sätt att få oss andra i familjen att göra som hon vill?

Samtidigt värjer jag mig mot den tanken. Alla hennes mediciner som fyller både vårt badrumsskåp och står staplade på hennes eget nattygsbord. Dessa ständiga läkarbesök och hela tiden nya mediciner. I vart fall hennes läkare tycks ju tro på henne.

Under hela min uppväxt och ända tills jag flyttar hemifrån lever jag och familjen med den dagliga dramatik som betingas av min mammas dåliga hälsa. Hur vi kastas mellan migrän och astmaattacker, akuta gallstensanfall och tarmvred. Hur det samtidigt finns ett mer utdraget lidande i skepnad av den cancer som hon ständigt återkommer till, den som förtär henne inifrån, medan psoriasis, allehanda allergier och vanliga eksem knaprar på hennes yttre. Detta modershjärta som vägrar ge upp, som likt en flämtande låga pressar hennes utmärglade blodkroppar genom hopplöst förtvinade och förkalkade kärl medan hennes lungor, lever och njurar ständigt sviktar.

Innerst inne har jag svårt att tro att hon skulle hitta på allt detta. Att hon ens skulle kunna drömma om att oroa oss på det viset om det nu inte fanns någon grund för det.

Men misstro föder misstro, det är ju så det är. Min mamma och min syster har återvänt från landet. Mamma är fortfarande reserverad. Hennes oro och misstankar mot mig syns tydligt i hennes ögon och själv har jag redan börjat klistra nya hårstrån på det skrin där jag förvarar mina hemliga funderingar.

Jag har en skolkamrat vars pappa är känd psykiatriker. Han tycks gilla mig och när jag är hemma hos min kamrat tar han ofta tillfället att prata med oss om allt mellan himmel och jord. Han verkar uppriktigt intresserad av de liv som vi lever och mest av det som rör sig i våra huvuden. Han är inte nyfiken på det där viset som vuxna brukar vara.

Redan första veckan på höstterminen tar jag mod till mig, utber mig om ett enskilt samtal med min kamrats far, berättar för honom om min mammas dåliga hälsa och utan att på minsta vis ge uttryck för de tvivel som numera plågar mig. Jag får raka svar, systematiskt ordnade, och trots att han är "hjärnskrynklare", professor dessutom, verkar han lika praktiskt inriktad, välordnad och strukturerad som min egen pappa när han skall sätta igång med något nytt byggprojekt och börjar med att göra en lista på allt han behöver.

Enligt honom finns det tre tänkbara förklaringar till mammas sjukdom. Den mest sannolika är att hon faktiskt har dålig hälsa, det finns många som har det, och med sjukdomar är det tyvärr så att vissa besvär lätt kan utlösa andra.

Den andra möjligheten består i olika varianter av inbillningssjuka, hypokondri, och även den åkomman är mer komplicerad än vad de flesta lekmän kan föreställa sig. Med många hypokondriker är det så att de kan ta sin inbillning på så stort allvar att de faktiskt får fysiska problem, i värsta fall blir just så sjuka som de inbillat sig att de är.

Återstår den tredje förklaringen. Att man använder sina hävdade sjukdomar som ett sätt att kontrollera sin omgivning. Att få sin omgivning att göra som man vill helt enkelt, med hjälp av argument som ju egentligen inte har med saken att skaffa.

Som introduktionsföreläsning är det hela föredömligt, dessutom avklarat på tio minuter och vill jag veta mer så har han själv några frågor som han måste ställa. Jag har inga invändningar. Nöjer mig med att nicka. Noga räknat har han tre frågor, den första förvånar mig, den andra oroar mig, den tredje alarmerar mig.

Brukar min mamma vara lika bekymrad för min och min systers hälsa som för sin egen? Hur ofta brukar hon ta med oss till doktorn för att bli undersökta? Kort och sammanfattningsvis: Pjoskar hon med oss hela tiden?

Jag svarar spontant och helt ärligt. Mamma är inte det minsta pjoskig, snarast tvärtom. Jag berättar om den gången då jag var elva år, vaknade upp på morgonen med en fruktansvärd värk i magen. Hur hon ändå skickade iväg mig till skolan, hur jag svimmade på lektionen, kördes i ambulans till Karolinska sjukhuset och vaknade först dagen därpå. Opererad för brusten blindtarm och med en bukhinneinflammation som gjorde att jag fick ligga där i tre veckor innan man skickade hem mig.

Mamma är inte det minsta pjoskig och om han vill kan han få fler exempel. Hur många som helst faktiskt. Som den gången jag cyklade omkull, trillade med huvudet före rakt ner i gatan och fick hjärnskakning, eller den gången som min syster...

Det vill han inte. Inte nu, i vart fall. Istället ger han mig en ny fråga. Har min mamma någon gång försökt att uppsåtligen skada mig eller min syster? För att klargöra vad han menar så avser han inte den barnuppfostran som tyvärr alltför många föräldrar, enligt hans uppfattning, ägnar sig åt.

Aldrig, jag säger det utan minsta tvekan och är helt ärlig. Och vad barnagan beträffar, och som jag minns det, så inskränker den sig till att hon luggat och ruskat oss några gånger. Det värsta som jag kan komma på är den avbasning som hon gav min syster när hon slog en sten i huvudet på mig.

– Aldrig, upprepar jag för säkerhets skull. Det är inte så att hon slår oss, däremot blir hon ofta sjuk när det har hänt något.

Den tredje frågan är egentligen ingen fråga, mer ett erbjudande, men det är samtidigt det som gör mig orolig på allvar. Jag skall få hans visitkort med hans telefonnummer. Om det skulle hända något allvarligt, något akut med min mamma, och med det menar han inte att hon skulle drabbas av någon av sina vanliga sjukdomar utan att hon plötsligt skulle börja bete sig underligt, bli frånvarande, svår att nå. I så fall vill han att jag ringer till honom. Omgående och oavsett tid på dygnet.

Nu är vi två som undrar, tänker jag när jag har lämnat min kamrat och promenerar hem till fel sida av Odengatan. Sen kväll, mörkt, hösten har kommit och trots att det bara är i början av september sliter den redan löven från träden längs Karlavägen, löv som inte ens hunnit gulna än.

Dags för handling. Dags att få svar. Och med vissa svar är det tyvärr så illa att man bara kan ljuga sig fram till sanningen. Jag funderar halva natten och på morgonen innan jag går till skolan bestämmer jag mig för att på nytt börja skriva dagbok.

Ny sida, dagens datum.

*Jag var hemma hos Simon i går kväll. Pratade med hans pappa som är professor i medicin. Berättade om min oro över mammas dåliga hälsa och hennes problem med att hitta en bra läkare. Frågade om han kände någon som kunde hjälpa mamma. Han lovade tänka på saken. Bad att jag skulle påminna honom så att han inte glömde bort det.*

Jag lägger dagboken i mitt skrin, klistrar på ett nytt hårstrå, och går till skolan. När jag återvänder på eftermiddagen är hårstrået borta. Mamma verkar gladare också. Frågar om jag vill ha en smörgås och kanske en kopp te, medan jag läser mina läxor. Jag tackar för erbjudandet, men svarar att jag väntar till middagen.

Efter middagen drabbas mamma av ett plötsligt yrselanfall och eftersom pappa inte är hemma får jag hjälpa henne att gå och lägga sig. När pappa kommer hem sover jag och när jag vaknar har han redan hunnit gå till jobbet. Mamma är uppe, hon går omkring i morgonrock men säger att hon mår lite bättre. Dessutom skall hon ringa sin husläkare så fort hans mottagning öppnar och jag måste skynda mig så att jag inte kommer för sent till skolan. Klistrar nytt hårstrå innan jag går. Det är borta när jag kommer hem och den rutinen upprepas under de följande fjorton dagarna till det är dags för en ny dagboksanteckning och mitt andra försök att nå sanningen med hjälp av lögnen.

Ny sida. Överst datum.

*Var hemma hos Simon och fikade efter skrivningen i matte. Vi var färdiga ungefär samtidigt trots att jag nog har dubbelt så många rätt som han. Simons pappa var hemma från jobbet. Satt och läste en avhandling som någon av hans studenter skulle doktorera på. Innan han gick frågade han mig om mammas sjukdomar och om jag visste vilka mediciner mamma brukade ta. Han behövde visst veta det för att kunna rekommendera rätt doktor. Jag berättade så gott jag kunde. Att det var allt möjligt. Både mediciner och sjukdomar. Han lovade tänka på saken. Skulle återkomma.*

Det jag skrivit är ett rent påhitt. I själva verket sitter jag hela dagen och tragglar med sista talet i min provräkning. Sedan går jag hem, inget hårstrå. Ingen ny yrselattack heller, men misstänksamheten i min mammas ögon är tillbaka.

På det här viset håller jag på hela hösten. För varje notering i dagboken som handlar om Simon skriver jag tiotals som handlar om annat och det dröjer sex veckor innan jag på nytt nämner hans pappa. Min mamma är med mig hela tiden. Omedveten deltagare i ett ställningskrig där hon själv har frånhänt sig alla sina vapen. Att klistra hårstrån är numera en del av min dagliga rutin.

*Var hemma hos Simon och fikade efter bion på filmklubben. Måste vara minst tredje gången som jag ser* Tredje mannen. *Bra! Ruskigt bra. Träffade Simons pappa som frågade hur mamma mådde. Jag berättade att det verkade som mamma mått bättre på sista tiden. Han bad om ursäkt för att han inte hade rekommenderat någon läkare till mig som kan hjälpa mamma. Han hade tydligen haft mycket att göra. Helt enkelt glömt bort det. Lovade att bättra sig. Simons pappa är en trevlig karl. Verkar fullt normal trots att han tydligen är hjärnskrynklare och inte någon vanlig läkare.*

Mamma verkar må bättre. Dessutom pratar hon mycket mindre om sin hälsa än vad hon gjorde när hon kom hem från landet. Misstänksamheten i hennes ögon tycks däremot ha återvänt för att stanna, och strax före jul tar det hela plötsligt en ny vändning.

När jag kommer hem på kvällen några dagar efter jul sitter mamma i vardagsrummet och tittar på TV. Det är ett program som handlar om sambandet mellan fysisk och psykisk hälsa och gäst i programmet är tydligen Simons pappa. Reportern behandlar honom med all den högaktning som hör till tiden, det är professorn hit, och professorn dit, och en hel evighet kvar till den första skjutjärnsjournalistiken. Min mamma verkar däremot inte lika förtjust. Hon är vass på ögonen, nickar mot TV:n.

– Är inte det där din klasskamrats pappa? Den där Simons pappa?

– Skolkamrat, rättar jag. Simon går i min parallellklass. Fast samma linje.

– Judar, fnyser mamma. Vad ska de hit och göra?

Innan jag somnar bestämmer jag mig för att dra åt skruven ett varv till och en vecka in på vårterminen skrider jag till handling.

Ny sida i dagboken. Överst dagens datum. Nu ska vi se hur mycket kallt stål som lilla mamma tål, tänker jag innan jag börjar skriva.

*Var hemma hos Simon och åt middag. Efter maten frågade hans pappa om han kunde få prata med mig mellan fyra ögon. Frågade hur min mamma mådde. Jag berättade att mamma verkade må bättre. Bättre än i höstas i varje fall. Sedan frågade han om mamma brukade bete sig konstigt. Om mamma varit frånvarande på sista tiden, svår att nå. Jag fattade inte vad han menade och det sa jag till honom också. Sedan blev han jävligt konstig. Satt där och nickade bara. Sedan frågade han om mamma försökt skada mig eller min syster. Om hon brukade ge oss av sina mediciner eller sådana saker. Det blev jävligt kuslig stämning plötsligt. Jag sa som det var. Att frånsett en och annan huvudvärkstablett så hade mamma inte gett oss några tabletter. Mer än så blev det inte. Vad fan är han ute efter?*

Misstänksamheten i mammas ögon har ersatts av vaksamhet, rädsla till och med. Hennes ögon är mycket vaksamma med en tydlig oro på botten. Numera behåller hon sina sjukdomar för sig själv, i vart fall pratar hon inte med mig om dem längre. Hon tycks också ha blivit betydligt friskare. På det här viset håller vi också på till dess att jag flyttar hemifrån. Att jag sårat henne djupt kan jag se i hennes ögon. Det lämnar mig kall. Jag har bara gett henne vad hon så innerligt väl förtjänat. Tillika bevisat att man kan ljuga sig fram till sanningen och när jag väl har flyttat försöker jag skjuta min mamma och alla hennes sjukdomar ifrån mig. Intalar mig att det inte längre är mitt problem utan min pappas och min systers. På den punkten får jag tyvärr rätt.

Det kommer att gå närmare femtio år från det att jag flyttar hemifrån till dess att min mamma dör, vid nittiotvå års ålder. Under den tiden kommer jag att träffa henne vid ett hundratal tillfällen och nästan alltid av de skälen att jag får henne på köpet när jag bara vill träffa min pappa, eller att mina fruar tycker att jag måste ställa upp, hon är ju ändå min mamma, eller att mina barn vill träffa sin farmor.

När min pappa dör ringer jag upp henne dagen efter begravningen och förklarar att hon numera är ett avslutat kapitel vad mig beträffar, att jag till och med släppt tanken på att stämma henne för leveransvägran, med tanke på hennes under hela mitt liv utlovade, men aldrig infriade löfte om sin snara hädanfärd, att jag inte avser att prata med henne mer, än mindre träffa henne, så länge hon lever. Det är ett löfte som jag håller trots att hon kommer att leva i åtta år efter det att min pappa har dött.

Sista gången vi ses ligger hon i sin kista. Min lillasyster är helt översiggiven och gråter sig genom hela begravningen. Själv är jag klar som kristall i skallen, fullkomligt oberörd, känner över huvud taget ingenting, det är som om jag stod utanför mig själv. Bara skalet som omger mig, som sitter där på bänken inne i kyrkan, och hur jag och min egen mamma hamnat i detta avsked skall jag återkomma till. Det är så obegripligt sorgesamt att just nu orkar jag inte ens tänka på det.

Just nu väljer jag att fly till andra minnen. Minnen av min pappa som alltid ställer ner brännvinsflaskan på golvet när han hällt upp en sup till maten. Något år efter det att jag somnat med skorna på i min egen säng så bjuder min pappa mig för första gången på en snaps. Det är söndagsmiddag hemma i Sibirien, jag har just fyllt arton år.

Mamma har lagt in sill till förrätt, pappa verkar piggare än på länge, går ut i köket, hämtar en flaska Løitens Linie Akvavit ur kylskåpet. Återvänder med den och två glas. Ställer det ena glaset framför mig, häller upp till kanten som han alltid gör, först till mig, sedan till sig själv. Sedan skruvar han på kapsylen, ställer flaskan på golvet bredvid stolen. Nickar och ler. Höjer sitt glas.

– Skål, Leif, säger han. Jag hoppas att du är rädd om dig.
– Skål, pappa, säger jag.

Mamma säger ingenting. Hon skakar på huvudet men hon säger ingenting, gör inte ens en min av det som just händer. Möjligen har hon förstått att det inte längre handlar om henne.

Pappa som alltid ställer brännvinsbuteljen på golvet när han hällt upp en sup. Varför är det till det minnet som jag flyr? Det är helt obegripligt.

# 38.

Jag träffar en ny Uffe

När jag går i andra ring så träffar jag en ny Uffe. Han heter Rickard fast han kallas för Ricke. Vi har träffat varandra på någon av alla dessa fester som pågår hela tiden och som är det enklaste sättet för mig att fly till den rätta sidan av gatan och någon som är bättre än Ricke hade jag svårligen kunnat hitta.

Ricke bor inte bara på den rätta sidan av Odengatan. Han bor till och med i det enda rätta huset, Bünsowska huset, mitt på Strandvägen. Samme arkitekt har ritat Nordiska museet och Ricke bor i en gigantisk paradvåning som han delar med sina två bröder, sin yngre syster och sina ständigt frånvarande föräldrar.

I brist på sådana får barnen i huset klara sig med en betjänt, hushållerska och ett äldre fruntimmer som går runt i städrock och dammvippa. Rickes föräldrar äger nöjesfältet ute på Djurgården samt all annan livets nödtorft, från hyresfastigheter i innerstaden till egna skärgårdsöar. Hans pappa åker runt i en Bentley med chaufför och hans mamma har en krämlacksblank sportbil där hon alltid glömmer nycklarna i tändningslåset vilket är praktiskt och bra eftersom både Ricke och jag just har tagit körkort.

För säkerhets skull – vem vet, det kan ju bli dåliga tider – har Rickes mamma och pappa också ohyggligt mycket mer pengar än vad som framgår av uppgifterna i taxeringskalendern och hur det nu kommer sig behöver man inte vara i nöjesbranschen för att begripa. Det vet alla.

Min nye bäste kompis är något av en tänkare. Han har tagit

konsekvenserna av sin bakgrund, dragit sig tillbaka från skolan och det ständiga jagandet efter vind, för att istället lyfta skrot och fundera över de djupare existentiella frågorna. Vi finner varandra omedelbart och vad klasstillhörigheten anbelangar är det till och med så märkligt att vi avger samma doft.

Vi inrättar våra liv för att på bästa vis kunna utforska meningen med det. Ständiga kalas, tjejer, krogen. Söker ofta den sanning som endast står att finna på botten av buteljen men aldrig i böcker, hur tjocka och väl skrivna de än är.

Hur som helst är det inte hela världen för livet leker och vi har redan stambord nere på Teatergrillen på Nybrogatan. Vi brukar alltid inleda våra sittningar med en tallrik lyxcanapéer; rökt lax, räkor med ägg och majonnäs, löjrom, grönmögelost. Den kostar två och tjugofem vid den här tiden. Med två supar, starköl, en flaska vin till varmrätten, kaffe och konjak efter maten, så brukar notan landa på dryga hundralappen. Ingen stor sak i det, vi har så vi reder oss.

Samtidigt är det något som inte stämmer med mina minnen av Ricke och de två första åren av vår samvaro. I tiden sammanfaller detta med mitt livs första stora kärlek men trots det så förekommer hon sällan i handlingen. Var det så illa att det var jag som förde henne bakom ljuset eller är det mina minnen som lurar mig? Kanske att jag levde två olika liv. Det glada, oreflekterade livet tillsammans med Ricke och ett betydligt mer komplicerat liv tillsammans med henne.

Oavsett vilket så måste åtminstone min bäste vän och jag ha betett oss hyggligt i vissa sammanhang. När jag återvänder till vår gamla stamkrog drygt trettio år senare för att äta middag med min andra fru så håller källarmästaren nästan på att slå knut på sig själv när han skall välkomna oss. Det är professorn hit och professorskan dit.

På Rickes och min tid var han smörgåsnisse på samma ställe, så även han måste ha gjort en resa. Han leder oss direkt till mitt gamla bord. Jag noterar att han åldrats sedan han serverade mig och Ricke men att hans minne inte tycks ha tagit alltför mycket stryk av den bransch han jobbar i. Det är glädjande, praktiskt, inte minst för en välbärgad skitstövel som jag själv har blivit vid den här tiden.

Det var jag nämligen inte på Rickes och min tid, och bäst var det på somrarna när vi kunde sitta på bryggan ute i skärgården, flexa med våra brunbrända tår, diskutera livets mening och dricka svalkande groggar mellan våra försök att lösa de stora frågorna. Om det är bra uppträdanden inne på Grönan åker vi in till staden, sitter i orkesterdiket framme vid scenen och lögar våra själar till toner från både Beatles och Elton John. Däremot får vi aldrig tillfälle att lyssna till Rolling Stones. De är nämligen höga som hus redan när de kliver av planet ute på Arlanda och när de väl bärs in i artistlogen på Gröna Lund återstår bara att ställa in kvällens framträdande.

Ricke och jag är rörande överens. Det är för sorgligt med alla dessa drogmissbrukande artister. Att de aldrig kan sköta sig.

En kväll håller det dessutom på att gå alldeles åt helvete trots att kvällens stjärna är en mycket känd svensk trubadur som varken har rökt på, knaprat eller silat. Han har alltid varit trogen sitt svenska brännvin och just den här kvällen har han varit så trogen att han står på öronen rakt ner i orkesterdiket eftersom han missar att hugga tag i mikrofonen när han skall kliva in på scenen och hälsa publiken välkommen. Istället ramlar han rakt ner i knäet på Ricke, och hade han inte varit så full att han var fullkomligt lealös kunde det ha slutat riktigt illa.

Ricke och jag är rörande överens. Det är inte bara sorgligt, det är rent ut sagt upprörande. Tänk om han hade landat i huvudet på oss. Vi kunde ju ha dött.

På det här viset lever vi våra liv medan jag avslutar mina gymnasiestudier, och Ricke kämpar vidare med skivstänger, hantlar och de stora frågorna. Även det livet har ett slut. När jag återvänder efter min korta tid i det militära har vi redan bestigit Ungdomens Berg och allt som nu återstår är det sansade återtåget tillbaka till det vanliga livet, det som gäller för alla vuxna och ansvarstagande människor.

Det fattar även vi, ingen av oss är dum i huvudet på det viset. Vi skaffar fruar och barn, ungefär samtidigt, jag pluggar på universitetet och försöker försörja min växande familj. Ricke har lämnat de stora frågorna för ett jobb inom familjeföretaget. Han åker runt i världen för att pröva alla dessa nya attraktioner som får folk att stå dubbelvikta över en papperskorg så fort de fått chansen att sätta fötterna på fast mark igen. Som testpilot finns inte bättre att uppleta än min vän Ricke. Utmärkt fysik, fjärde generationen i samma bransch, den vanliga tregenerationsproblematiken avklarad. Bara att tuta och köra, Ricke vet hur han skall dra i spakarna.

Efter ytterligare några år slutar vi att träffas. Våra vägar skiljs åt, helt enkelt, som det alltid blir när folk rör på sig. Kvar finns minnena av den Storm och Längtan som vi levde med under sextiotalet. Ett av dem kommer jag också att bära med mig under återstoden av mitt liv. Den osannolika lycka som följer av att få bygga en barnkarusell och de ohyggliga vedermödor som följer när du väl konfronteras med de små barn som skall åka på den.

Året efter det att jag krånglat mig ur det militära frågar Ricke om jag har lust att hänga med till Köpenhamn och montera ihop en barnkarusell som hans föräldrar arrenderat ut till Tivoli i Köpenhamn. Bra betalt, bra hotell och mer smörrebröd, pilsner och brännvin än vi orkar stoppa i oss.

Inga problem. Vad väntar vi på? Vi packar våra väskor med lika mycket verktyg som min pappa brukar bära med sig när han skall ut på jobb och redan dagen därpå är vi på plats och i full färd med att resa karusellen.

Det är ett arbete som kräver sin man. Enbart bäraxeln som

håller den väger ett par hundra kilo men vi är lika starka som två tama björnar, så jobbet är klart redan samma kväll och innan solen hunnit sjunka över den danska huvudstaden. Att få bygga upp något med sina egna händer, börja med några lådor med helt obegripliga delar som ligger där, huller om buller. Sätta ihop dem till ett helt som både fungerar och är en fröjd för ögat. Det är lycka, Gustavslycka, och jag har åtminstone förstått vad det är som ytterst driver min pappa.

Återstår att köra in vårt Verk, att göra de avslutande finjusteringarna som gör karusellresenärerna nöjda och glada och det är nu som Det Stora Allvaret tar vid. Problemet är att våra kunder är mellan tre och sex år gamla och att det kommer att dröja ett par dagar innan den ordinarie karusellpersonalen kan ta över.

Karusellen är av den vanliga typen, dryga tjugotalet hästar och ett träskepp med kommandobrygga, affärsidén enkel och självklar. En unge på varje häst, två på bryggan, starta maskinen, köra runt glinen i två minuter, lagom fort så inte alltför många börjar kräkas, se till att inte någon trillar av och hamnar mellan bottenplattan, sargen och drivaxeln, bromsa in mjukt och fint, lyfta av de små krabaterna och ersätta dem med nya.

En krona per åktur och unge, femton turer per timme och en förskräcklig massa enkronor blir det. Speciellt på den här tiden då de är värda en tia i dagens pengar. Det där med biljetter har vi också rationaliserat bort. Ricke sköter det mekaniska, sätter på grammofon och högtalare med lite trevlig tivolimusik, jag baxar upp ungarna och ser till att de lever även när de snurrat färdigt.

Problemet är de små danska barnen. De är inte som svenska barn. Inte ens som Sune var på den tid som det begav sig och Sune var som värst. De här barnen är små och runda i kroppen, blanka som Havartiostar, hala och svåra att få tag i, de kramar sina enkronor i sina svettiga små nypor, vägrar släppa taget om färdlegan om man inte bryter fingrarna av dem. Hur man nu skall kunna göra det då deras mammor står och hökar bara några meter bort för att försäkra sig om att ingen gör "Mors ejen lille elsklingsgris" något ont.

Samtidigt är inte detta det stora problemet. Det uppstår nämligen så fort man lyfter bort repet vid entrén till karusellen.

– Mor, mor, jej vill rejse i skibet, skriker samtliga ungar och rusar dit så snabbt som deras knubbiga små ben förmår bära dem.

Det börjar alltid på det viset. En hög med ungar som skall sorteras, flera slagsmål som redan har brutit ut, någon som spytt ner sig, en annan som har kissat på sig. Snart måste man skilja på dem, sätta dem på varsin häst, placera deras egen Sune på kommandobryggan, ta ifrån dem deras pengar och återbörda dem med mer akuta problem till sina mammor.

Det är fantastiskt med barn. Särskilt danska barn. Varje gång som jag landar på Kastrup kan jag höra deras välkomstrop.

– Mor, mor, jej vill rejse i skibet.

# 39.
Lära för livet

Det som jag minns minst av från min uppväxt är faktiskt sådant som handlar om mina studier. Till en början är det mycket enkelt. När jag går i folkskolan och realskolan är jag bäst i klassen, bäst i skolan också om man skall vara noga, och åt den saken ägnar jag inte en tanke. Det är inget konstigt med det. I gymnasiet blir det plötsligt betydligt mer komplicerat genom att mina hormoner stökar till det hela för mig. Samtidigt vet jag ju att detta är ett övergående problem. Återstår allt det andra som handlar om min klassresa och att hitta ett nytt ställe där jag kan leva ett bättre liv.

Jag och min familj saknar helt intellektuella traditioner. Den släkting som tagit sig längst i den meningen, vid den tiden då jag tar studenten, är folkskollärare i Ockelbo. Det är en begåvad och högt bildad man som bara råkat växa upp i fel tid, innan arbetarklassens barn kan ge sig ut på den resa som jag får möjlighet att göra i hägnet av efterkrigstidens socialdemokrati.

Jag har en pappa som tagit hand om det ekonomiska åtagandet men mer än så kan han inte ge mig. Hur skulle han kunna det? Hans egen pappa var också arbetare, dessutom dog han redan när pappa var barn. Pappas farfar slutar sina dagar som pråmskeppare i USA men när han lämnar Sverige på 1880-talet är också han en vanlig brukspojke från Bergslagen, en av de första ekonomiska flyktingarna från Sverige, och att han hamnar i Mellanvästern, strax norr om Chicago, är ingen tillfällighet. Det är så nära sitt hemland som han kan ta sig om han samtidigt vill komma sig upp.

Mina studier kommer att styras av annat än den bildningstradition som medelklass och överklass bygger upp inom släkten och familjen över flera generationer. Därför blir det också mina egna intressen som helt får råda över det som jag läser och lär mig. Min pappa vet att han inte har något att tillföra så därför lägger han sig heller inte i det som jag gör. Jag skall komma mig upp, få det bättre än pappa i ekonomisk mening och utan att jag behöver slita ut min kropp. I den värld där han lever betyder det att jag skall bli ingenjör men om det nu är så att jag hittar något som är ännu bättre är han den förste att gratulera mig.

Om jag betraktar mig själv utifrån enbart dessa utgångspunkter är jag en mycket avundsvärd människa, en fri och obunden intellektuell redan från första början och utan att ens ha ägnat en tanke åt saken. Problemen är andra. Mina udda intressen, vem skulle ens komma på tanken att bli Mästerdetektiv för att komma sig upp? Mitt lustfyllda beroende till det jag vill läsa och lära mig. Mitt impressionistiska förhållningssätt till hur jag skall gå till väga.

Mitt intresse för kemi utgör ett bra exempel. Det handlar om att kunna tillverka sprängämnen och blanda ihop olika gifter, plus sådant som naturligt följer av detta om man vill kunna skruva ihop en fungerande djävulsmaskin, eller blanda till motsvarande brygd, men i stort sett inget utöver det. Ett intresse som har föga gemensamt med det som jag förväntas lära mig på kemiundervisningen i skolan.

Konsekvenserna av detta förhållningssätt blir tydliga när jag börjar i gymnasiet, konflikterna med den studieplan som jag skall följa ännu tydligare. Med de ämnen som intresserar mig är det på det viset att jag styckevis, eller till och med i väsentliga delar, vet mer än mina lärare. Det motsatta gäller givetvis också. Om det skulle vara något som inte intresserar mig löser jag det på enklaste vis genom att skolka från lektionerna. Jag har heller inga problem med att säga vad jag tycker. Vare sig om det som står på schemat eller mina skolkamraters och lärares bildning och mentala kapacitet. Detta leder naturligtvis till ständiga och onödiga konflikter och att de ytterst bottnar i en klassmotsättning mellan mig och min omgivning är ointressant. Jag saknar helt enkelt den hyfs som naturligt följer av de intellektuella traditioner och den borgerliga uppfostran som jag också saknar.

Att mina lärare trots allt låter mig hållas tror jag också i hög grad beror på att de i sin tur är fångna i sina egna och traditionsstyrda intellektuella mönster. Jag blir tidigt kändis i skolan på grund av mina kunskaper och under hela min gymnasietid ingår jag i skolans tremannalag i Vi som vet mest. På den gamla elitskolans tid är det landets mest prestigefyllda kunskapstävling bland gymnasister. Jag ges vida ramar och varje gång som min elokvens överflyglar mitt förstånd bemöts jag med ett stort mått av överseende. Jag blir vissa lärares favorit och med de andra är det ofta så att de väljer att tiga och lida istället för att säga ifrån och när de sänker mina betyg får de i vart fall sitta i fred på den egna kammaren.

Under hela min tid vid läroverket kan jag bara erinra mig ett undantag från detta mönster. Det är den lärare i svenska och historia som jag har i realskolan och även de två första åren i gymnasiet. Han heter Rune i förnamn. I klassrummet tilltalas han givetvis magistern men när vi, hans elever, pratar om honom i hans frånvaro kallas han fortfarande Rune. Inget öknamn den här gången och med detta är det så enkelt att det från början bottnar i den ömsesidiga respekt som kommer sig av en upplevd gemenskap. Aldrig uttalad men den finns där hela tiden. Rune är son till en småbrukare från Sörmland, han är bara sjutton år äldre än jag och han verkar gilla samma författare som jag.

Vi saknar således de vanliga klass- och generationsmotsättningarna och har en stark intressegemenskap, förutsättningarna för att jag skall få en fungerande relation till en av mina lärare verkar för en gångs skull vara goda. Istället blir det tvärtom. Rune kör omgående den språkvårdande saxen i mina skoluppsatser, använder lika mycket rött bläck för att få ordning på min grammatik och mitt språk som jag själv behöver blått för att ge utlopp för min fantasi, mina tankar och reflektioner.

Det är ohyggligt frustrerande och allra värst är det att tvingas lyssna till allt beröm som han öser över vissa av mina klasskamrater, små vattenkammade fäsörer från den övre medelklassen, utan minsta tillstymmelse till litterär begåvning. Redan efter en termin har jag bestämt mig för att karlen måste vara mindre vetande och att han i en snar framtid – när den dagen väl kommer – skall få röna samma välförtjänta behandling som den Strindberg en gång gav Geijerstam. Och hur i helvete kan han ha missat att Min Eld brinner starkast i hela Norra Real?

Nu blir det inte på det viset. Redan ett år efter det att våra vägar har skilts åt, när jag går i sista ring, inser jag plötsligt att Rune har lärt mig att skriva en både begriplig och fungerande svenska och att det enda skälet till att han jävlades med mig var att han verkligen brydde sig om min andliga utveckling och var villig att ta åtskilligt med besvär för den sakens skull. Det är en skakande upptäckt, jag överdriver inte. Grunden för självrannsakan och avbön blir sällan tydlig på det viset och det kommer att dröja närmare fyrtio år innan jag får chansen att ställa saken till rätta.

Då springer vi plötsligt på varandra på en visning på Bukowskis auktioner. Jag är där för att fylla igen den sista lediga väggytan i biblioteket i min stora våning på rätt sida av Odengatan. Rune är där för att titta på god konst och även i övrigt är han exakt densamme som när vi skildes åt i gymnasiet. Sedan dess träffas vi regelbundet. Jag brukar bjuda honom på krogen varje höst och vår och överräcka min senaste roman "från Vännen/Författaren", medan Rune ständigt lyckas ge mig bra böcker som jag ännu inte har läst. Sedan sitter vi där och bara trivs, dricker goda viner och pratar om alla icke närvarande idioter från vår gemensamma tid i Norra Real. Ett halvsekel senare och livet kan knappast bli bättre än så. Nog är det bra märkvärdigt att två människor kan återfinna varandra på det viset. Numera är vi dessutom lika gamla och han betydligt piggare än jag.

Nog om detta, åter till skoltiden. När jag redan hunnit börja i tredje ring byter jag plötsligt linje på gymnasiet, från reallinjen till den allmänna linjen, och anledningen till att jag gör det är att jag plötsligt har insett att jag redan kan allt som jag behöver kunna för att ta studenten på den allmänna linjen. Jag behöver således inte slösa bort en minut på hemläxor och annat trams under de två år som jag har kvar fram till min examen. Dessutom kommer jag att hamna i en klass där mer än hälften av mina klasskamrater är tjejer. Sagt och gjort, hög tid att jag ägnar mig åt det som jag upplever som väsentligt i mitt liv, och den studieplan som jag följer är helt och hållet min egen.

Med facit i hand visar det sig också att det är mitt mest korkade beslut under hela min tid i läroverket. För det första förlorar jag Rune strax innan jag inser att han egentligen bara försökt få lite ordning i de språkligt orienterade delarna av mitt huvud. För det andra träffar jag Min Första Stora Kärlek. Hon går en klass under mig på reallinjen och första gången jag ser henne släpper jag varje tanke på att göra något mer handfast åt mina nya kvinnliga klasskamrater.

Så fort jag har tagit studenten inser jag också att om det inte är jurist, språklärare, psykolog, eller kanske flygvärdinna, som jag vill bli, så får jag nog se till att utvidga min kompetens med de hårdare varor som en Mästerdetektiv behöver för sin livsresa. Redan samma sommar som jag tagit studenten börjar jag därför komplettera min examen med studentbetyg i matematik och andra naturvetenskapliga ämnen och eftersom det då är ett beslut som jag själv har fattat så klarar jag av den detaljen redan under mitt första år på universitetet.

I näst sista ring på gymnasiet – när jag just skakat av mig Rune – får jag istället träffa min fröken från första klass igen, drygt tio år senare. Inte samma person men samma slags människa fast i en annan kropp. Vad hon heter kan göra detsamma. Eftersom jag har henne i svenska, skriftlig och muntlig framställning samt litteraturhistoria, döper jag omgående om henne till Linnea Sillkvist i enlighet med den tradition Strindberg gav uttryck för i *Svarta fanor* där Ellen Key dyker upp i skepnad av Hanna Paj.

Sillkvist är en märklig människa. Trots att det är mer än ett halvt decennium kvar till de första studentrevolterna går hon redan omkring i Mao Tse-tung-kavaj och blommiga puffbyxor. Hon är tjock och rödflammig och bär håret flätat i en piska i nacken. Hon lägger omgående bort titlarna med sina elever och ägnar första veckan åt att förklara vilken God Människa hon är. Hon berättar om sina föräldrar, som är framstående akademiker vid Lunds universitet, om sin man, som både är berömd författare och medarbetare på Dagens Nyheters kulturredaktion, om hur radikal och medveten hon är. Mest av allt tjatar hon om det Kina som under den Store Rorsmannens ledning förvandlats till Paradiset på Jorden.

Själv envisas jag med att kalla henne Magistern, medan jag väntar på ett bra tillfälle att på det minst skonsamma viset berätta om hur pappa och jag under mitt sommarjobb asfalterat uppfarten till USA:s ambassad. Kort sagt så börjar vårt förhållande mindre bra och det blir inte bättre när jag upptäcker att jag har fått en krematorieföreståndare till lärare i svenska språket och litteraturen.

Om man skall okväda någon ett halvsekel senare så skall man vara noga med vilka ord man väljer. Det vore således helt missvisande att likna Magister Sillkvist vid en vanlig begravningsentreprenör som bara vårdar sig om sina egna lik. Sillkvist har ett annat och betydligt viktigare uppdrag i livet, nämligen att förvandla varje fungerande litterär text till aska. Att bränna ner varje känsla, tanke, mening och ord, till stoff som bara rinner mellan fingrarna på dig hur hårt du än knyter din hand.

Allt jag läser och gillar har jag missförstått, enligt Sillkvist. Jag har helt missat den djupare symboliska innebörden i det jag har läst och med den symboliken är det dessutom så praktiskt ordnat att den enda sanningen är den som ryms i hennes eget huvud. Eftersom jag tyvärr envisas med att käfta emot så sänker hon givetvis omgående mina betyg.

Att detta bara skulle vara ett uttryck för den vanliga motsättningen mellan en Salongskommunist med Borgerlig Bakgrund och en Arbetargrabb med sina rötter i Socialdemokratin är heller inte sant. Poängen är inte att jag är en ständig påminnelse om hennes sanna tillhörighet och den klass som hon svikit. Förklaringen finns djupare än så, i den dogmatism som sitter i märgen på henne. I det klassrum där Sillkvist regerar gör man som Rorsmannen säger och svårare än så är det inte.

Sillkvist kommer senare i livet att bli den mest kända kulturbärare som jag haft som lärare under hela min gymnasietid. Hon är sedan länge hyllad och prisbelönt bortom allt mänskligt förstånd. Det är snart femtio år sedan vi gick skilda vägar, mycket kan hända med en människa på den tiden, och för att försäkra mig om att inte begå ett allvarligt misstag så bestämmer jag mig för att läsa hennes senaste och mest omtalade litterära verk, innan jag berättar om hur jag upplevde henne som lärare.

Är hon en annan i dag? Tyvärr, hon är samma gamla krematorieföreståndare, nu som då, och därför kan det också göra detsamma vad hon heter. Senast jag såg henne var för övrigt på Bonniers förlagsfest och det kan knappast ha varit någon slump att hon stod och viskade med den svenske författare som redan för många år sedan skänkte Brunkräm på Burk sitt eget ansikte.

Vad de pratade om vet jag inte. Jag bryr mig heller inte. Jag noterade dock att de båda hade vikt sina huvuden på sned. Åt samma håll faktiskt men eftersom de stod vända mot varandra, som man ju vanligen gör när man pratar med någon, såg det faktiskt lite kusligt ut. Det är inte så jag föreställer mig den läsupplevelse som kan skänka innehåll och mening åt mitt liv.

Istället går mina tankar femtio år tillbaka i tiden, från den stora villan ute på Djurgården till läroverket på Roslagsgatan där jag tjafsar med magister Sillkvist om Erik Lindegrens Ikarosdikt. Säger att jag hör vad hon säger. Att jag trots det tycker att den handlar mer om mig – om en sådan som jag – än om Ikaros som ju ändå hade en pappa som var berömd konstnär och arkitekt.

Det borde hon väl ändå förstå? Med tanke på hur hon klär sig, med tanke på den hon säger sig vara, borde väl just hon förstå det bättre än alla andra lärare som jag har. Fast det sista säger jag inte. Det tänker jag bara.

Jag gör ett försök till. Berätta för mig, Magistern, varför jag fortfarande envisas med att tycka att denna dikt mer handlar om sådana som jag än om sådana som Ikaros. Berätta varför sådana som jag envisas med att flyga mot Solen trots att vi egentligen inte har där att göra. Berätta för mig.

## 40.

Min Första Stora Kärlek

Med Den Stora Kärleken är det i ett avseende mycket enkelt. All den lust och längtan som den skänkt dig skall du på den yttersta dagen betala tillbaka med samma mått av sorg och saknad.

Att Kärleken skulle vara starkare än Döden är heller inte sant. Döden tar alltid hem det sista sticket och skall du lura honom på det måste du följa Din Älskade i samma ögonblick som hon lämnar dig. Om du bara ger Döden en minut där emellan så kommer han att kräva sin fulla tribut åter.

En dag skall jag skriva Den Stora Romanen om den jordiska kärleken men ännu är jag inte mogen det uppdraget. Trots att jag funderat mer på Kärleken än på något annat har jag ännu inte förstått vad som hände med mig den där första gången för snart femtio år sedan.

Hur just hon kunde röra vid mitt hjärta på ett sätt som inget eller ingen gjort före henne. Ännu underligare, hur andra kvinnor än hon kunde påverka mig lika starkt långt senare i livet.

Det är inte många som har gjort det men det är fler än en och i den meningen tycks det mig som om Den Stora Kärleken i vart fall kan övervinna sig själv.

Men än är jag inte redo. Jag får tala om annat istället. Om sådant som är lättare att tala om men ändå ligger nära det som är alltför svårt. Om min syn på kvinnor, till exempel. Den kan jag tala om. Hur jag har fått den kvinnosyn som jag burit med mig genom livet. Jag har träffat åtskilliga, nämligen, men bara ett fåtal som avsatt spår i min själ som jag kommer att leva med livet ut.

På den tiden då jag var en liten gosse fanns det flera kvinnor i min närhet som till det yttre kom urmodern nära. Jag lärde mig också tidigt vissa tricks. Om jag var riktigt trilsk och jävlig så var ändå det troliga slutresultatet att jag fick sitta i knäet på någon av alla dessa urmödrar med lintotten lutad mot ett par runda bröst och en nybakad bulle i handen.

Undantaget är min egen mamma. Hon är ofta sjuk och vill ogärna kännas vid kroppslig beröring. Samtidigt gör det mindre för när jag är barn finns det andra kvinnor som kan fylla saknaden efter henne. Min älskade mormor, mostrar, fastrar och äldre kvinnliga kusiner. Det går verkligen ingen nöd på mig.

Den vuxne mannens bild av kvinnan präglas tidigt. För män ur fyrtiotalsgenerationen, och speciellt för oss pojkar som kommer från arbetarklassen, kommer denna inlärning också att få en mycket tydlig innebörd. Tillika konsekvenser som i avgörande stycken rimmar illa med det i dag förespråkade idealet om hur män och kvinnor skall vara och hur de bör förhålla sig till varandra.

Min barndoms kvinnor är husmödrar, hemmafruar. De står vid spisen i rent bokstavlig mening och ofta nog medan mannen och barnen redan sitter vid bordet och äter. I hemmet är det kvinnorna som är ständigt närvarande medan männen tittar in för att äta och sova men i övrigt finns någon annanstans. I sin egen slutna och spännande värld, den värld som för den uppväxande gossen snart kommer att te sig oemotståndligt lockande. Det är ju där man "blir stor", det är där som det händer saker.

Bilen, som visserligen bara pappa kan köra, men själv får jag ju ändå sitta fram till skillnad från min lillasyster. De bullrande maskinerna på pappas jobb, en älg som plötsligt visar sig i skogsbrynet en tidig höstmorgon, det bultande ögonblicket av lycka då en liten pojke för första gången får hålla om bösspipans kalla stål.

Vad mer kan en riktig man begära än att själv få välja sitt liv? Att mina iakttagelser som barn ofta är förenklade, idealiserade eller rent fel i sak är inte intressant. Det är entydigheten, förenklingen, som fostrar mig och om hur det verkligen var bakom det som jag tyckte mig se och höra vet jag kanske föga. Vill inte veta heller, för den delen.

Min kvinnosyn får tidigt en mycket klar och rent utvändig innebörd. Kvinnor är mindre än män, de kan med fördel vara små, runda, mjuka, smala på mitten. Gärna ha lika stora bröst som de som skänkte mig livet under min första tid på jorden. Kvinnor luktar gott, kvinnor har en liten grop i nacken, mitt i sina smala nackar där hårfästet börjar och deras hud är som tunnast. Just där kan jag sätta min tumme, röra den försiktigt upp och ner, medan jag vilar tätt intill och andas mot deras hud. Det är sådana som kvinnorna i mitt liv förväntas vara.

Överklassens kvinnor skrämmer mig. De är ofta magra som jakthundar, alltför ofta lika skälliga och oberäkneliga. De gör och säger saker som jag inte ser och hör hos vanliga kvinnor, och deras döttrar är fnittriga, överlägsna och allmänt obegripliga. Självfallet ouppnåeliga och därför lockande. Åtminstone ibland, kanske alltför ofta.

Först vid vuxen ålder upptäcker jag att kvinnor i min egen ålder också kan tänka och tala. Det är en omtumlande upplevelse, skrämmande och upphetsande på samma gång, svår att komma över och mitt liv är alldeles för kort för att jag skall göra det helt och fullt. Men varför måste jag göra mig till en annan än den jag är? Tidigt har jag lärt mig vissa knep och med hjälp av dem har jag ofta rett mig gott nog. Åren rundar dessutom av även den som från början varit mycket fyrkantig, kan till och med stöta kanterna av honom när inget annat hjälper.

Som vuxen klarar jag av att tala med kvinnor om många saker, allmänna saker, väder och vind, praktiska åtaganden, intellektuella problem och känslor i allmänhet. Men sällan om mina egna känslor, om det som är kärnan i mitt inre. Om sådant vill jag inte tala med någon och skulle jag göra det ändå så beror det bara på att jag är svag just då. Som de gånger då Den Stora Kärleken har rört vid mitt hjärta. Med den har jag kunnat tala om allt.

Jag lovar. Om jag bara själv får leva, om jag inte måste följa kvinnan som jag älskar i samma ögonblick som hon lämnar mig, om jag bara fattar vad det var som hände med mig de få gånger som det har hänt, då lovar jag att en dag skriva Den Stora Romanen om den jordiska kärleken.

## 41.

Det stärkande livet i det militära

Jag tar studenten på en torsdag i mitten av april. Det regnar. Jag festar hårt hela veckan. Jag får låna ett rum av en äldre kamrat på studenthemmet tvärs över gatan. Jag går hem och plockar ihop det nödvändiga för att aldrig mer återvända till mitt föräldrahem annat än som tillfällig gäst. Min lillasyster är glad. Nu kan hon flytta ut ur jungfrukammaren och in i mitt gamla rum mot gården.

Drygt en månad efter min studentexamen rycker jag in i lumpen. Åker tåg mer än hundra mil rakt norrut. I Stockholm är det redan sommar men när jag kommer fram ligger snön fotsdjup utanför stationsbyggnaden. Jag kvitterar ut alla grejor som jag behöver för mitt nya liv nu när Det Stora Allvaret tar sin början. Dessutom ett par träskidor med stavar, ett par extra kängor och två burkar med skidvalla. Vintern har varit ovanligt hård det här året även för att vara här uppe, och om ryssen kommer så gäller det att ha bra glid under fötterna. Allt är på pricken likt det som min gamle gymnastiklärare Majoren lovade mig redan när jag gick i realskolan.

Jag vantrivs något alldeles förskräckligt. Kvar i Stockholm finns min första stora kärlek och de brev som vi skriver till varandra gör bara att jag mår ännu sämre. I slutet av sommaren får jag flytta söderut till Umeå för att genomgå en gemensam stabsutbildning för landets jägarförband. Jag har tagit mig fyrtio mil söderut men har fortfarande det dubbla avståndet kvar till

Stockholm och kärleken. Dessutom skriver hon inte lika ofta som hon gjorde i början.

Jag ljuger mig loss. Berättar för mitt befäl att jag bestämt mig för att bli läkare och därmed har rätt att få skjuta på värnplikten till dess att jag åtminstone lärt mig skilja vanlig hosta från lunginflammation och tbc. Alldeles oavsett om jag sedan väljer att kalla samtliga mina patienter för hypokondriker och simulanter. Den sista månaden är bara en väntan på beskedet att jag skall få åka hem.

# 42.

Två bort och en hem

Veckan innan jag hemförlovas har jag och en kamrat som ligger vid samma kompani som jag fått ut ett par dagars extra permission. Kamraten bor utanför Umeå men han har släktingar uppe i Kiruna som har hört av sig och berättat att tillgången på både hare och skogsfågel är god den här hösten. Vill jag följa med så är jag välkommen och allt jag behöver, från mössa och bössa till rock och kängor, kan jag få låna. Jag tackar ja. Om inte annat för att tiden skall gå fortare.

En tidig höstmorgon står vi på tågstationen i Vännäs. Min kamrat köper biljetter. Han är på gott humör. Snart skall vi få komma ut i markerna, släppa hunden, steka falukorv och ta en slaktsup till kvällen. Har vi tur kanske vi också kan få skjuta ett och annat, men oavsett vilket finns det ingen som kan ta allt det andra ifrån oss.

– Kiruna, säger han. Vi ska ha två bort och två hem.

– Till Stockholm, säger expeditören med tydlig förvåning i rösten och av någon anledning ger han just mig en frågande blick.

– Är du tokig, säger kamraten. Vad fan har man i Stockholm att göra? Vi ska ha två tur och retur, Kiruna, Vännäs, och vi ska hem på söndag.

Två bort och en hem, tänker jag. För själv skall jag resa vidare.

# V
## PÅ VÄG, BARNAFAR, BROTTSFORSKARE

## 43.

### Om faderskapets kval och lycka

Jag föds, jag lever, en dag skall jag dö. Under min livsresa föds mina barn, vägvisare i det liv som jag lever. Ibland pekar de åt ett annat håll än dit jag varit på väg. Jag minns inte hur det var när jag själv föddes.

Vissa säger sig göra det, men jag gör det alltså inte. Däremot kommer jag ihåg andra födelser. Noga räknat två, tre eller fyra, beroende på vilka krav man ställer på iakttagelsen. Jag skall återkomma till detta och förklara vad jag menar.

Vid min första förlossning var den blivande modern en sugga. Själv var jag cirka fem år och ett för tiden vanligt gossebarn som återkommande förpassades till olika släktingar på landet, oftast min mormor. Jag hade lintottshår, utstående öron, kortbyxor och skrapiga knän. Jag hade tjatat mig med för nu skulle suggan grisa och jag var intensivt närvarande. Sannolikt en idealisk observatör trots att mina kinder blossade och mitt hjärta bultade.

Nu vilar suggan tryggt på sidan. Fridfullt grymtande klämmer hon ur sig en oändlig rad av smågrisar, darrande, pipande, rödrandiga av blod och obetydligt större än min egen spargris. Samtidigt, och i allt övrigt är de dock påtagligt grislika och när det hela är över får jag hålla i en av dem. Det är en märklig och mäktig känsla. Jag löser upp den genom att pussa kultingen på trynet.

Drygt tjugo år senare berättar jag om denna händelse för min äldsta dotter. Hon är vid tillfället fem år och lika intresserad som en gång iakttagaren – berättaren. Mest vill hon veta om själva framfödandet.

– Dom liksom ploppade ut, förklarar jag pedagogiskt. Det var jättemånga, lika många som alla barnen på dagis. Dom bara ploppade ut ur magen på mamman.

Min dotter ser förvånat på mig och skakar avvärjande på huvudet.

– Ur stjärten, rättar hon. Barn ploppar ut ur stjärten på mamman. Fast först bor de i magen.

Jag nickar vagt instämmande men utan att säga något. Vi tillhör olika generationer och jag är ju ändå hennes pappa.

– Var du med när jag föddes, frågar hon.

Jag nickar igen.

– Hmmrh, säger jag.

– Berätta, säger hon.

Jag har sex barn, fyra egna och två bonusbarn som jag får sent i livet, och jag var med när två av mina egna barn föddes, min äldsta och min yngsta dotter. Förklaringen till detta är följande:

Min äldste son är resultatet av det som man nu åter igen, i den nya skoningslöshetens tidevarv, börjat kalla en tillfällig förbindelse.

Hans mor och jag var mycket unga när han föddes. Vi levde aldrig ihop. Vi träffades en sommar och när han föddes sommaren därpå fick jag veta det på telefon nästa dag. Och han var drygt en vecka gammal när jag såg honom för första gången.

Det ursprunget har också präglat vår relation under hela hans liv och hela mitt vuxna liv. Icke på något omvälvande, dramatiskt, eller ens i den konkreta situationen upprörande sätt, utan helt enkelt på det viset att vi fortfarande inte kan prata om något väsentligt som har med vår gemensamma historia att göra.

Vi klarar således inte ens av att bråka med varandra. Däremot kan vi analysera vår situation och skillnaderna mellan våra respektive personligheter (och vara överens även i detaljer om man nu skall tro på vad vi säger). Vi kan till och med ha stort nöje av att umgås trots att vi ännu väntar på att den andre skall ta första steget och komma in på det som det egentligen handlar om.

Men aldrig att vi ens petar i våra illa hopläkta ärr och det har gått månader och år utan att vi över huvud taget haft någon kontakt annat än genom media, hörsägen eller ombud. Förvisso är detta den sorgligaste av historier eftersom vi båda tycks ha förlikat oss med den, trots att den sannolikt aldrig kommer att avslutas så länge någon av oss lever.

Min näst äldsta dotter är adopterad. Hon kom till Sverige när hon var några veckor gammal, en höstdag för trettiosju år sedan. Hon anlände i en vit vadderad sovpåse av siden och när jag bar henne genom tullen på Arlanda var hon det minsta mänskliga liv som jag hållit i mina händer. Jag bär henne genom den suddiga anonyma massan av alla andra runt omkring oss, jag bär henne, på väg bort eller hem, och hon är så liten att jag inte ens vågar krama henne. Men hon vilar mot min arm med slutna ögon och som födelse är det så nära livet som någon människa har rätt att begära.

Några år senare är hon klar över att hon aldrig har bott i sin mammas mage, och en tid i hennes liv återkommer hon ofta till det, men det är först långt senare som hon frågar mig om sin riktiga pappa. Du föddes den första gång jag såg dig, tänker jag. Men jag säger det inte.

– Jag har alltid varit din riktiga pappa, svarar jag.

Om en mänsklig förlossning är en fråga om ett bestämt, strikt avgränsat fysiskt skeende, och om jag talar om mina barn, så har jag varit med två gånger. I allt övrigt och i allt som egentligen räknas, är det tre gånger, tre gånger, och en gång oförlöst. Sent i livet har jag blivit delaktig i ytterligare två födslar fast de inte handlade om mig – i den mening som jag här talar om – utan om andra och de liv som de levde före mig. Min tredje hustru och de två barn som hon skänkte mig.

Min äldsta dotter föds nio månader och en vecka efter bröllopet. Ett förhållande som sedermera och återkommande har gjorts till föremål för ironiska betraktelser bland de närmast berörda. Året är 1969 och jag är med på förlossningen men eftersom det hela leds och övervakas av en mycket gammaldags barnmorska som inte är i fas med Den Nya Tiden blir jag helt enkelt utkörd ur rummet när det är dags för själva finalen.

– Det är dags för herr Persson att gå ut nu, konstaterar barnmorskan och ger den tjugofyraårige blivande barnafadern en blick som inte tål några motsägelser.

– Varför det, undrar jag. Fåraktig och spak.

– Därför att det är de regler vi har, svarar barnmorskan och föser mig mot dörren. Det är inte nyttigt för papporna att vara med.

Jag söker stöd med blicken hos min unga hustru (som ju ändå är sjuksköterska och till och med Sophiasyster) men då hon tycks ha annat att tänka på får vi aldrig någon riktig kontakt.

Den närmaste kvarten tillbringar jag på fel sida av dörren till förlossningsrummet och jag har redan hunnit bli medelålders när min väntan bryts av späda och ilskna skrik. Jag slår världsrekord i stående höjdhopp och ytterligare en kvart senare står jag lutad över en liten låda i plywood som innehåller min förstfödda dotter. Hon är invirad i ett vitt tygstycke med landstingets dekal och det är bara ansiktet som tittar fram. Litet, tjockt och rött och dessutom verkar hon förbannad. Sannolikt beroende på att hon undrar vart hennes pappa tog vägen.

Medan barnmorskan rabblar basdata i bakgrunden inser jag att hon i lådan är det vackraste som jag hittills har sett. Kön, vikt, tio fingrar och tio tår, lika fördelade på vardera två extremiteter och i övrigt helt frisk som det verkar.

Därefter får jag träffa barnets mamma i två minuter innan jag får en tidslapp i handen där jag erbjuds att återkomma på eftermiddagen tio timmar senare. En möjlighet som jag för övrigt utnyttjar.

Ni är ju fan ta mig inte riktigt kloka på det här stället, tänker jag när jag vandrar ut genom sjukhusporten i den fasta förvissningen om att jag skall åka direkt hem och skriva en upprörd, upprörande och principiellt avgörande kulturartikel om Den Ansiktslöse Fadern och Orättvisorna i Det Kapitalistiska Förlossningssystemet.

Istället hamnar jag hemma hos en kamrat. Dels bor han i närheten, dels är han medicine kandidat och dels måste jag prata av mig. Vi delar på en flaska whisky och några burköl, utbringar ett större antal skålar för barnet och hennes moder och beslutar att vända oss direkt till Medicinalstyrelsen med en formell anmälan. Sedan åker jag hem och sover. Numera Man, Make och Far. Bara Far hade jag ju varit långt innan dess.

Möjligen är det också det faktum att jag blev bestulen på själva framfödandet av min äldsta dotter som kan förklara varför jag i detalj minns allt annat som händer före, efter och runt omkring förlossningen. Till exempel det sociala sammanhang som jag då lever i.

Ett typiskt studentäktenskap där jag själv läser vid universitetet, varvat med extraknäck som skrivningsvakt, amanuens och kortare lärarvikariat. Min hustru arbetar som sjuksköterska och vi bor i en mindre tjänstebostad i Bromma, i anslutning till sjukhuset där hon jobbar. Det är knapert men samtidigt bekymmersfritt och långt senare slås jag av att såväl sorger som glädjeämnen i mitt liv vid den här tiden tycks ha ringa eller inget samband alls med mina materiella omständigheter.

Det senare är svårförklarligt med tanke på att just drömmen om, och kampen för, materiell framgång, har varit en så viktig drivkraft i mitt liv. Den har också påverkat mig och förhållandet till mina närmaste på ett mycket påtagligt sätt.

Den dagen som jag flyttar ihop med min dåvarande hustru lovar jag mig själv att jag varje år skall ta henne till en bostad som är ett rum större än den som vi för tillfället bor i. På sju år och fem flyttlass för jag så henne och min växande familj från en etta med kokskåp i Hässelby till en jättevilla i Djursholm, och sannolikt är det också i den rörelsen som vårt förhållande slås i kras.

Jag är ett arbetarbarn på klassresa, och det var inte så att jag svalt när jag steg på tåget, men genom realskola och gymnasium och samvaron med ekonomiskt bättre ställda kamrater har jag tidigt bestämt mig för att jag som vuxen inte vill leva det liv som mina föräldrar levde. Det är också det beslutet som redan i en tidig medelålder både har gjort mig ekonomiskt oberoende och förpassat mig till en inre exil utan hemortskänsla vare sig där uppe eller där nere. Men vid tiden för min äldsta dotters födelse tycks konsekvenserna av mitt val ännu inte ha börjat styra mitt liv.

På natten innan min äldsta dotter föds går fostervattnet för min hustru och eftersom hon är sjuksköterska så vet hon att nu är det dags och också hur lång tid som är kvar. Då vi inte har några pengar så tar vi buss och tunnelbana från hemmet till sjukhuset. Resan tar en timme, vädret är knackigt. Det jag minns är vår glädje och förväntan inför det kommande barnet, ingen oro, ingen förbannelse över små och vrånga ekonomiska omständigheter.

Det har sagts mig att den avgörande skillnaden mellan kvinnor och män skulle vara att medan de förra betraktar livet som en fråga om relationer så spaltar de senare upp det i ett antal större och mindre projekt, typ Leif GW Perssons plan för utveckling av familjens boende.

Om det nu är på det viset – rimligen borde det ju vara mer komplicerat än så – ter sig livet högst orättvist mot varje man med min bakgrund och min läggning. Vad är det för karl som inte kan förverkliga sin dröm om framgång? Vad är det för karl som inte kan försörja sin familj?

– Varför pratar du alltid om pengar, pappa, frågar min yngsta dotter.

För att jag inte levt som du, för att jag aldrig hade några när jag var lika gammal som du, tänker jag. Men det säger jag inte.

I de ögonblick av revision som präglar varje manlig medelålder är det en typ av minnesbilder som plågar mig mer än andra. Sammanfattningsvis kan man säga att de handlar om huruvida jag varit en bra eller en dålig far.

När det gäller min äldste son är frågan enkel att besvara och det är väl därför jag så sällan funderat på just den saken. Jag har i allt väsentligt varit en frånvarande far, och om felet är mitt eller någon annans är ointressant eftersom det i vart fall inte beror på min son. Det var inte hans beslut och hans handlingar som satte honom till världen. Jag tänker på honom varje dag. Om det beror på dåligt samvete eller omsorg om hans liv vet jag däremot inte. Det är väl en blandning av bådadera.

Med mina döttrar är det svårare. Vad gäller de båda äldsta var jag säkert hemma ganska mycket när de var små. Samtidigt andligen frånvarande, upptagen med annat än mina tankar om dem, min hustru, vår familj. Dessutom skiljs jag från deras mamma när de ännu är små och jag flyttar till en annan stad och en annan kvinna.

Vi talar ofta om Den Gode Fadern i termer av frekvens och kvalitet och om bara frekvensen i umgänget är hög så kommer kvaliteten också att bli det. Hur ofta umgås han med sin familj och vad gör han när han gör det?

Jag minns min egen barndom. Min pappa Gustav, grovarbetare och timmerman, min mamma Margit, ständigt extrajobbande hemmafru, dessutom min yngre syster. Jag minns att vi träffades i stort sett hela tiden fram till mina tonår.

Jag minns middagarna i mitt barndomshem, jag kan inte släppa dem. Jag återkommer ständigt till dem och i olika sammanhang. Hur jag, min mamma, pappa och lillasyster åt närmare trehundrasextiofem middagar tillsammans per år, av trehundrasextiofem möjliga, högsta poäng på frekvensskalan. Jag minns mamma som lagade maten. Pappa som kom hem från sitt arbete med en kropp som vibrerade av arbete, trötthet och värk. Jag minns hur vi åt under tystnad och när mina föräldrar någon gång talade med varandra vid matbordet så var det nästan alltid om materiella bekymmer. Om vad det och det kostade, om hur de skulle klara den eller den nödvändiga utgiften, om hur länge min pappa skulle ha arbete.

Inte ofta, de gjorde det utan större åthävor, aldrig gräl, aldrig gråt. Det var tystnaden som jag inte klarade. Det var den som fick mig att förstå att detta liv ville jag inte leva. Det var det beslutet som jag då tog som långt senare fjärmade mig från min egen familj. Trots att min avsikt var den rakt motsatta. Jag blev "välfärdsfrånvarande"; jag valde att tänka, läsa, skriva böcker, tjäna pengar, åka på konferens, vara med på TV.

– Jag tänkte att du skulle sitta fem minuter i pappas knä varje dag, säger jag till min yngsta dotter. Hon är bara tre år men kan redan skaka på huvudet.

– Jag vill inte, säger hon. Jag vill leka.

– Pappa är inget bra på att leka, förklarar jag. Kan vi inte bara sitta här och gosa?

– Du kan väl läsa dina böcker, säger hon. Så kan jag leka.

Mor och dotter, frånvarande fader, och högst märkligt med tanke på att under de första åren av min tredje dotters liv går jag ytterst sällan utanför huset. Jag träffas nästan alltid på mitt arbetsrum med avbrott för måltider och sömn.

En kväll skall barnets mamma gå på middag med sina väninnor. Barnet är ungefär tre år, avskedet mellan dem hjärtslitande. Det tar en timme och när mamma väl har åkt iväg sitter hennes dotter ännu en halvtimme på det nedersta trappsteget till villan och gråter övergivet. Jag försöker krama henne, trösta henne och försäkra henne att mamma snart är hemma igen, men när hon väl slutar gråta är det av ren utmattning. Jag bär upp henne på hennes rum och läser två sagor. Vad skall jag göra? Jag kan ju inte gärna börja gråta själv.

– Gick det bra, undrar hennes mamma när hon kommit hem.

– Vi läste två sagor, svarar jag.

Min äldsta dotter är stor nu. För alla utom mig, och möjligen sin mor, är hon stor nu. Hon är själv mamma till tre döttrar och alla som känner oss väl påstår dessutom att hon alltid varit sin pappas dotter. Pappas duktiga flicka, som de säger när de vill rikta udden mot både henne och mig. Det borde vara riskfritt att fråga just henne, tänker jag.

– Det är en sak som jag har funderat över, säger jag. Hur var jag som pappa när du växte upp?

Min äldsta dotter ser mig rakt i ögonen och ler svagt.

– Du är världens bästa pappa, svarar hon. Du var det då och du är det nu.

– Men jag var ju aldrig hemma, invänder jag.

– Du är världens bästa pappa, upprepar hon. Fråga mig inte varför. För mig är du världens bästa pappa. Okej?

Världens bästa pappa, tänker jag. Jag har aldrig slagit något av mina barn. Sällan ens höjt rösten mot dem. Jag har tänkt på dem hela tiden. Jag har gett dem allt de har pekat på och ofta har de inte ens hunnit peka. Gåvan är givarens glädje och det är förmodligen så enkelt att jag bara har försökt veva min egen film baklänges. Och att själva vevandet har tagit det mesta av min tid.

Världens bästa pappa?

Nu skall jag berätta hur det gick till när min yngsta dotter föddes. I en strikt formell mening är det nämligen den enda födelse där jag varit med hela tiden. Den här gången blir jag nämligen inte utkörd ur rummet och hade någon försökt sig på något så fullkomligt sanslöst hade det blivit mycket tråkigt för den personen.

När min yngsta dotter föds är jag trettiofem år gammal och i en materiell mening råder jag själv över mitt liv. Jag är vad man brukar kalla för ekonomiskt oberoende. Samtidigt är jag känslomässigt ockuperad av den blivande modern, min nya hustru. Jag bor i en ny stad femtio mil från mitt tidigare liv. Året före och åren efter min yngsta dotters födelse tillbringar jag i det tidigare nämnda arbetsrummet och med de tidigare nämnda avbrotten för mat, sömn samt övriga privata och offentliga aktiviteter. De senare är för övrigt inte särskilt många. Detta ger mig bland annat möjlighet att följa hela det nya, progressiva och jämlika graviditetsprogrammet som blivande föräldrar förväntas delta i. Den ansiktslöse fadern kan äntligen få kasta masken.

Tillsammans med tiotalet andra blivande föräldrapar (samtliga yngre eller medelålders akademiker) deltar jag således i den veckovisa graviditetsträningen, lätt gymnastik, andningsövningar, avslappning, samtal.

Att föda barn är lätt som en plätt, försäkrar den kvinnliga kursledaren. Det känns knappt bara man lärt sig andas på rätt sätt. Själv är jag kursens bäste elev och faller till exempel omgående i sömn under avslappningsövningen. Givetvis är jag också med på de återkommande kontrollerna hos läkare och barnmorska. Jag nickar förnumstigt inför obegripliga ultraljudsbilder, känner på magen och lyssnar på hjärtljud i stetoskopet. Oklart vad jag sett och vad jag hört, men med är jag.

Mitt i en iskall januarinatt så är det dags. Fostervattnet går och värkarna har börjat. Själv tar jag tre djupa andetag och en kvart senare sitter vi i bilen på väg till sjukhuset. Buss och tunnelbana hör till en annan tid och ett annat liv.

Så även den gamla barnmorskan. De kvinnor som nu möter oss är unga, vackra, vänliga, höggradigt professionella. Förlossningsarbetet tar sex timmar och efteråt bjuds det på champagne. Barn, moder och far bärs bildlikt och bokstavligt på lyfta händer. Allt detta är samtidigt detaljer. Det mesta jag minns handlar om smärtan. Denna obegripliga, obetvingliga smärta som i våg efter våg sköljer över kvinnan i mitt liv, och detta utan att jag kan göra ett enda förbannade dugg.

Visst, först försöker vi andas som vi lärt oss och efter en stund går jag på som om jag vore lagkapten i Tre Kronor i den avgörande matchen mot ryssen när det är två minuter kvar och oavgjort räcker. Men smärtan är obeveklig. Jag kan se den i hennes ansikte, jag kan höra den, jag kan själv känna den skära i kroppen, och pausen mellan vågorna av värk är bara till för att göra pinan värre,

längre, uthärdlig över gränsen för vad man egentligen orkar med.
– För helvete, säger jag uppgivet. Har ni inte uppfunnit narkos på det här stället?
– Det är snart klart nu, säger barnmorskan lugnande. Det här går jättebra. Ta lite lustgas. Så andas vi... så tar vi i igen... jääättebrraaa...
Du föds i smärta till ett bättre liv, tänker jag medan svetten rinner innanför skjortan. Men detta skulle jag, fan ta mig, aldrig gå med på.
– Nu ser du huvudet, säger barnmorskan och visar.
Huvudet, tänker jag förvirrat. Jag ser fan inget huvud.
– Åhej, sista gången, nu kommer hon.

Och plötsligt ploppar hon ut, bokstavligen ploppar ut. Röd, svullen, randig av blod, med ögonen hopknipta, förbannad är hon också, det hör jag på hennes skrik. Och hon är givetvis den vackraste som jag hittills har sett.
Den här gången slår jag inte världsrekord i stående höjdhopp, däremot i stående räkning. En flicka, ett huvud, en kropp, två armar, två ben, tio fingrar, tio tår.
Jag andas djupt tre gånger, man, make och far.
– Pappa, säger hon och lägger sitt treåriga, ljuslockiga huvud på sned. Var du med när jag föddes?
Jag tittar upp från mina papper.
– Hrrmmh, svarar jag och nickar svagt.
– Berätta, säger hon.
Frånvarande i tanke, ord och handling, tänker jag. I övrigt närvarande.
– Det är inte så lätt, säger jag. Pappa är inte så bra på att tala om sådant. Jag ska försöka skriva om det någon gång. Du kan väl fråga mamma, så länge.
Hon nickar men säger ingenting.
I redan etablerad medelålder får jag två bonusbarn av min tredje hustru. De är tretton och elva år första gången vi träffas

och det enkla skälet till det är att deras mamma är obetydligt äldre än min äldste son. Även som bonuspappa är jag långt ifrån idealisk i den djupare mänskliga meningen. Jag försöker vara snäll och vänlig och ge dem allt de pekar på innan de hunnit peka. Med barn är det ju också så enkelt att de är svaga för sådant. Ett beprövat knep som jag tidigt har lärt mig.

Som ett sätt att skapa den gemensamma historia som det ännu finns tid för är det naturligtvis inte lika bra. Trösten ges av Tiden. Samma tid som slipar bort skillnaden mellan egna barn och bonusbarn. Som gör dem alla till mina barn, helt enkelt. Tar vara på den historia som vi ändå har gemensamt, överlåter resten till det som de själva väljer att berätta för mig.

Patrick, Malin, Hedda, Julia, Klara och August. Vägvisare på min livsresa. Vägvisare som ibland har pekat i en annan riktning än den dit jag har varit på väg. Ordnade i åldersföljd om någon nu undrar.

# 44.

Mästerdetektiven lär sig gå och byter namn till GW

Jag hade aldrig en tanke på att bli läkare som jag sagt till min kompanichef när jag gjorde lumpen. Jag ljög för honom och hans chefer för att kunna krångla mig ur min värnpliktstjänstgöring, kunna lämna Norrland, komma hem till Stockholm och försöka vinna tillbaka den första stora kärleken i mitt liv.

Väl hemma är det för sent. Vi är redan på väg åt skilda håll och har hunnit alltför långt bort från varandra för att kunna förenas på nytt. När jag ett halvår senare lämnar hennes studentmiddag gör jag det tillsammans med en av hennes väninnor. I den meningen är jag därmed fri, även fri att på allvar ägna mig åt mitt stora intresse sedan min tidiga barndom. Den brottslighet som aldrig svikit mig, som redan i tonåren bidragit till min försörjning, till och med satt en liten guldkant på min tillvaro när jag jobbade som piccolo i hotellbranschen och grovarbetare i byggsvängen samtidigt som jag passade på att smuggla sprit och cigaretter och hjälpa till med att dumpa ett och annat gammalt kylskåp ute i naturen, trots att det säkert läckte freon.

Som vuxen människa och brottsforskare har jag aldrig ägnat mig åt sådana bisysslor. Mer än trettio år senare, efter de två somrarna som smugglarkung, kommer jag visserligen att skriva några vetenskapliga rapporter om varusmuggling men det är mest för att jag fått ett uppdrag från Brottsförebyggande rådet att närmare utreda de ekonomiska villkoren för den illegala handeln med sprit och cigaretter och hur priserna på den legala marknaden påverkar omfattningen av den illegala hanteringen.

Men närmare än så har jag aldrig kommit min ungdoms försyndelser trots den omfattande mytbildningen kring min person som tar fart så fort jag blivit känd nog. Att jag i min vilda ungdom skulle ha suttit flera år i fängelse för väpnade rån, för att inte tala om alla påståenden som man kan hitta på nätet om ännu värre saker som jag skulle ha gjort mig skyldig till.

Jag uppskattar visserligen den romantiska omtanken om min person men i saklig mening är det rena tramset. Tyvärr, jag är ledsen om jag gör någon besviken, men jag är inte brottsforskningens svar på The Marlboro Man. Han som kommer ridande i solnedgången för att hjälpa alla hyggliga medborgare i den lilla staden som busarna tagit över. Jag har heller inte det minsta gemensamt med den Storskurk som anför dem. Jag slutade till och med röka cigaretter långt innan jag tog studenten.

Bortsett från att jag fått böta för fortkörning vid totalt fyra tillfällen under de snart femtio år som jag haft körkort är jag helt ostraffad. Det är det hela. Skälet till detta är heller inte att mitt livslånga vetenskapliga studium av kriminaliteten gjort mig så enastående listig och förslagen att jag lyckats undgå att upptäckas. Det är mycket enklare än så. Under hela mitt vuxna liv, i allt väsentligt och i såväl stort som smått, har jag försökt att leva ett hederligt liv. Jag har inte ens behövt hamna i några moraliska grubblerier för den sakens skull trots en och annan älg som stupat på fel sida av rågången.

Jag är professor i kriminologi vid rikspolisstyrelsen, inte någon sentida motsvarighet till professor Moriarty, i Conans Doyles böcker om Sherlock Holmes. Att jag delar Moriartys intresse för matematik är inte ett uttryck för någon grundläggande brist i min personlighet. Jag har alltid gillat att räkna, helt enkelt, och under de första femton åren av min vetenskapliga karriär arbetar jag huvudsakligen med att utreda olika statistiska problem inom kriminologin. Det är också detta som min doktorsavhandling handlar om, mätproblem i samband med studiet av brott och brottslingar.

Sedan har jag bara fortsatt på den inslagna vägen. Jag har ägnat mig åt att granska persistenta lagöverträdare, sådana som ständigt återfaller i brott, kartlägga den organiserade och ekonomiska brottsligheten, studera polisiära problem och utredningsmetoder och under de senaste tjugofem åren i stort sett uteslutande sysslat med grova våldsbrott och de personer som begår sådana brott. Rent konkret gjort brottsanalyser och gärningsmannaprofiler som nästan alltid handlat om ouppklarade mord.

Under mina drygt fyrtio år som brottsforskare har jag skrivit ett hundratal vetenskapliga arbeten om brott och brottslingar; böcker, längre och kortare rapporter, uppsatser, interna utredningar och betraktelser som i vart fall hamnat på pränt. Jag har föreläst några tusen timmar, varit handledare för ett hundratal studenter och ett tiotal doktorander och gjort allt det där andra som en lärare vid universitetet förväntas göra under sitt yrkesliv. Som att sitta i betygsnämnder, vara opponent vid disputationer och medverka som expert och sakkunnig i olika statliga utredningar inom mitt ämnesområde. Jag har förvisso fyllt mitt vetenskapliga pensum på det sätt som en sådan som jag förväntas fylla det.

Vissa saker har jag däremot försökt undvika. Som att ränna på sammanträden, åka på onödiga konferenser och fullgöra olika akademiska hedersuppdrag. Jag har inte tid med sådant. Jag vill vara i fred med mina intressen och mina egna tankar. Inte förslösa mitt liv på en massa långrandiga kolleger vars högfärd alltför ofta bara står i paritet till deras enfald.

Svenska kriminologer är sällan några kärnfysiker och stor tur är det för då hade härdsmältor varit en del av vår vardag. Det finns visserligen några undantag men eftersom de redan tänker och tycker som jag kan jag för tids vinnande ofta ersätta umgänget med dem med den dialog som ständigt pågår i mitt inre.

Skall jag bara umgås och prata strunt om mitt jobb föredrar jag att göra det med alla gamla snutar som jag både känner och gillar. Personer som har något eget att tillföra och dessutom kan göra det på ett underhållande sätt. Detta till skillnad från alltför många av mina akademiska kolleger som bara kan erbjuda mig procentsatser om de tragiska självklarheter som de använder för att försöka beskriva brott och brottslingar samtidigt som de ordnar sin egen försörjning. Sådant kan jag räkna ut ändå. För det behövs ingen forskning.

När jag inleder mina akademiska studier finns inte kriminologi – vetenskapen om brott och brottslingar – som självständigt ämne vid universitetet. Sedan början av sextiotalet finns det visserligen en professur vid Stockholms universitet men det kommer att dröja fram till 1970 innan det blir ett universitetsämne, med en egen institution, kursplan, kurslitteratur, studenter och lärare.

Jag är således fri att välja det som jag anser att jag bäst behöver för mitt framtida arbete. Jag läser matematik och statistik, kriminalsociologi, socialekologi och annan beteendevetenskap, samt de delar av juridiken som är intressanta för en brottsforskare. Jag gör precis som min pappa Gustav som bara tar med sig de verktyg som han behöver när han skall genomföra något jobb som han åtagit sig. Jag undviker att släpa med mig allt annat som jag inte kommer att få någon användning av.

Som brottsforskare drivs jag också av samma motiv som alltid var min pappas ledstjärna i livet. Jag försöker beskriva och förklara brottsligheten utifrån de iakttagelser som jag kan hämta från verkligheten. Jag är en traditionell empiriker som grundar mina analyser och slutsatser på det som jag faktiskt kan iaktta. Jag försöker värdera det med hjälp av vanligt sunt förnuft och givetvis lämna utrymme för de tvivel som varje tänkande människa måste leva med. Jag gillar att slå i spik helt enkelt, se hur brädorna hamnar rätt och fäster ordentligt mot de regler som jag byggt upp i mitt huvud.

Det är en studiegång som fungerar och redan inom loppet av några år har jag fått jobb både som lärare vid universitetet, som metodkonsult vid Statistiska centralbyråns enhet för rättsstatistik och som expert på kriminologi och kriminalpolitik vid rikspolisstyrelsen. Det är också uppdraget vid rikspolisstyrelsen som ganska snart kommer att ta både mitt huvud, mitt hjärta och min tid i anspråk.

Det är vid den här tiden som jag ändrar mitt namn från Leif Persson till Leif GW Persson, genom att föra in mina mellaninitialer när jag skriver mitt namn, GW, som i Gustav Willy.

Jag har börjat medverka i tidningarna genom att skriva kultur- och debattartiklar om brottsligheten och kriminalpolitiken. Jag vill skilja ut mig från alla andra Leif Persson i min generation och undvika att förväxlas med någon annan som bara har samma namn som jag. Som den gången när jag skriver en debattartikel i en större morgontidning som man illustrerar med en bild på en känd tävlingsförare som kör motorcykel.

Säkert en utmärkt karl, jag har för mig att han till och med var världsmästare, men det var jag som hade skrivit artikeln och jag har aldrig haft några problem med att ta det fulla ansvaret för det jag har gjort.

Fem år senare har militären räknat ut vad jag håller på med och med tanke på den tid som sådant tycks ta dem får vi vara glada över att vi levt i fred med vår omvärld under snart tvåhundra år. Hur som helst, jag blir inkallad på nytt och eftersom jag inte längre är någon vanlig Basse, så hamnar jag på försvarsstaben i Stockholm för att hjälpa en överste att skriva hans licentiatavhandling. Det är en hygglig och resonabel karl. Jag får rätt att bo hemma, jobba på vanlig kontorstid, gå omkring i civila kläder. Dessutom signerar han ut en försvarlig bunt med permissionssedlar åt mig där jag själv kan fylla i tider och datum om jag har andra och viktigare ärenden att ta hand om.

Efter ett halvår är vi klara med varandra. Veckan innan jag blir hemförlovad blir jag tillfrågad vad jag vill ha för krigsplacering om det värsta nu skulle hända. Jag svarar att jag skulle kunna tänka mig att jobba som spion bakom fiendens linjer och efter det hör man aldrig av sig.

Om någon undrar hur det gick för översten och hans avhandling så gick det alldeles utmärkt. Han fick till och med bra betyg på den trots att han inte förstått den statistiska problematiken i samband med signifikansprövningar av naturligt sneda fördelningar. Jag löste det problemet åt honom i utbyte mot ett antal permissioner vilket väl inte är hela världen.

I och med detta har jag också fullgjort min militära plikt som svensk medborgare och man. Jag är fri att även i det avseendet gå vidare i livet. Dessutom har jag redan bestämt mig för vart jag skall ta vägen. Jag skall göra karriär inom polisen för något bättre ställe finns inte för den som vill förverkliga sin barndoms drömmar om att få bli en riktig Mästerdetektiv.

## 45.

Jag får ett återfall i konsten att färglägga en ko

I slutet på sextiotalet har jag fått in en fot på rikspolisstyrelsen. Snart nog är jag inne med hela kroppen och får ett eget tjänsterum i samma korridor som rikspolischefen Carl Persson. Jag håller till högst upp i huset mot Polhemsgatan och vid mina fötter ligger ett helt kvarter fullt med poliser.

Jag har egna nycklar och kan komma och gå som jag vill, prata med vem jag vill, fri att söka mig dit mitt arbete eller bara min nyfikenhet för mig. Jag kan sitta flera timmar i fikarummet på "Riksmord" eller på våldsroteln i Stockholm medan levande legender, som Lasse Kollander, "Mord-Otto" Andersson och Sven Thorander, berättar de gamla polishusklassikerna för mig. Hur det verkligen gick till den där gången som...

I källaren ligger centralarkivet, tusentals hyllmeter med tiotusentals pärmar om brott och brottslingar som bara väntar på att jag skall lägga vantarna på dem. Jag har givetvis nyckel dit också. Mästerdetektiven har äntligen kommit hem. Återstår att se till att det blir något gjort.

En fråga som man ständigt käbblar om när jag börjar på rikspolisstyrelsen handlar om rättsstatistiken. Sedan polisen blivit förstatligad några år tidigare har nämligen den anmälda brottsligheten ökat dramatiskt. Vid styrelsen har man – inte helt oväntat – den bestämda uppfattningen att detta beror på att den faktiska brottsligheten har ökat i motsvarande grad. Den uppfattningen delas inte av departementet – inte helt oväntat det heller – och ett par av mina kolleger vid universitetet har till och med skrivit debattartiklar där de hävdar att polisen fuskar med sin statistik för att få högre anslag.

– Kan du få någon ordning på det här så har du mitt fulla stöd, säger Carl Persson när han ger mig uppdraget.

Det får jag. Redan inom ett halvår är jag klar och kan presentera övertygande bevisning för att det för en gångs skull är så praktiskt att alla, oavsett vad de tycker, åtminstone delvis har rätt. Ungefär fyrtio procent av ökningen kan hänföras till att den statistiska redovisningen blivit bättre efter förstatligandet.

Anmälningar som polisen tidigare struntat i att redovisa beroende på att de lokala myndigheterna uppfattade dem som ogrundade, konstiga eller i vart fall omöjliga att utreda, kommer numera åtminstone med i statistiken. Statistiken har blivit bättre, helt enkelt, och på justitiedepartementet har man inga problem med den verklighetsbeskrivningen.

Samtidigt är det tyvärr så att många brott har ökat kraftigt, narkotikabrott, rån, misshandel och grova stölder, för att nu bara nämna de brott som oftast får genomslag i den offentliga debatten. Min nye arbetsgivare är mest nöjd av alla. Inte nog med att polisen inte längre slarvar bort folks brottsanmälningar. Man har också en oroande utveckling som man måste ta hand om med de krav på mer resurser som följer naturligt av detta.

Även jag själv är nöjd, som man ju lätt blir när man kunnat göra alla andra nöjda utan att behöva tumma på verkligheten. Min högste chef har börjat bjuda mig på ett glas sherry på fredagseftermiddagen för att vi efter veckans id och ävlan skall kunna prata förtroligt om frågor av gemensamt intresse.

Nästa fråga som jag tar mig an kommer att få en helt annan kriminalpolitisk sprängkraft än vad rättsstatistiken har. Under mina vandringar i polishuset, och speciellt när jag besökt de rotlar som sysslar med våldsbrott, narkotikabrott och grova stölder, har jag noterat att det hela tiden är samma personer som poliserna utreder. Vissa av dem kan dyka upp flera gånger under samma vecka beroende på att de är misstänkta för ständigt nya brott.

Bland de poliser som jobbar i huset är detta ingen nyhet. Det vet väl alla snutar värda namnet att det är på det viset. Att det är ett litet antal lagöverträdare som svarar för nästan alla brott.

Det här kommer naturligtvis inte som någon överraskning för mig heller. Inom den akademiska kriminologin är man sedan länge klar över att vissa kriminella har mycket hög återfallsbenägenhet. Sedan länge har man också intagit ett gärningsmannaorienterat synsätt. Dels har man försökt göra prognoser över risken för återfall för olika kategorier av brottslingar, dels studerat hur sannolikheten för återfall varierar beroende på vilken påföljd de får.

Jag bestämmer mig för att vända på steken och granska problemet utifrån en annan synvinkel. Att betrakta kriminaliteten ute i samhället som det samlade resultat av gärningsmännens insatser. Helt enkelt räkna ut hur stor andel av den totala brottsligheten som dessa ständigt återfallande, persistenta, brottslingar svarar för. Någon sådan studie har aldrig gjorts vid den här tiden och det finns ansenliga statistiska problem i sammanhanget.

Uppklaringen av de traditionella brott som det handlar om utgör bråkdelar av den anmälda brottsligheten. För bostadsinbrott och andra grova stölder ligger den exempelvis på fem procent och det finns flera statistiska problem som måste lösas innan man kan värdera den polisiära övertygelsen om hur det ligger till, "ständigt denne Ville Vessla", som Ture Sventon valde att uttrycka saken.

Samtidigt behöver det naturligtvis inte vara så att de brottslingar som hela tiden återkommer måste utgöra något enkelt slumpmässigt urval av samtliga för att den polisiära tesen skall hålla. Urvalsmetodiken kan vara betydligt mer komplicerad än så, vilket den också visar sig vara, men kan man väl bestämma den så är det ingen större konst att räkna ut hur stora andelar av den totala brottsligheten som olika befolkningsandelar svarar för.

De resultat som jag kommer fram till går helt på tvärs med den liberala kriminalpolitik som både justitieminister Lennart Geijer och flertalet av mina forskarkolleger förespråkar vid den här tiden. Det är till och med så trist att jag hamnar mycket nära den polisiära önskedrömmen om att en och samma brottsling svarar för samtliga brott och kan man bara sätta honom i finkan är problemet löst.

Riktigt så illa är det inte, men det är illa nog. När jag har räknat färdigt har jag lyckats visa att mer än åttio procent av samtliga grova traditionella brott – som narkotikabrott, rån, våldsbrott, grova stölder och enklare bedrägerier – begås av en grupp av persistenta lagöverträdare som bara utgör några promille av den manliga totalbefolkningen.

Jag minns fortfarande den krigsliknande rubriken på Svenska Dagbladets ledarsida den dagen då min rapport blev offentlig: "NÅGRA FÅ STJÄL ALLT". På justitiedepartementet kunde man hålla sig för skratt men på min egen arbetsplats tyckte man att, om det nu hade funnits ett Nobelpris i kriminologi, så hade man en given vinnare i huset.

Plötsligt finns det hur mycket som helst att göra och det är tydligen bara jag som klarar av att göra det. Problemet med de persistenta brottslingarna måste följas upp. Effekterna av påföljdsval, rymningar och permissionsmissbruk måste beräknas så att man kan låsa in de närmast sörjande på det mest effektiva sättet och enklast är väl att börja med att ge mig ett nytt utredningsuppdrag.

Brottslighetens konsekvenser för vanligt, hyggligt folk måste kartläggas och även de brott som inte anmäls skall givetvis tas med i ekvationen. Tillsammans med rikspolisstyrelsen bestämmer Statistiska centralbyrån att ge mig i uppdrag att genomföra den första offerundersökningen i landet.

Men det finns betydligt fler bollar än så som jag måste hålla i luften. Kritiken mot sexualbrottsutredningens förslag om att avkriminalisera eller lindra påföljderna för sexuella övergrepp måste hållas vid liv. Givetvis också frågan om prostitutionens omfattning och olika skadeverkningar, den ekonomiska och organiserade brottsligheten måste både utredas och åtgärdas... och så vidare, och så vidare.

I mitten av sjuttiotalet är jag sakkunnig och expert i ett halvdussin statliga utredningar samtidigt som jag leder flera större vetenskapliga undersökningar och får mer resurser än vad jag hinner göra av med. Jag har just fyllt trettio år, mina framgångar har tagit över mitt eget huvud och jag har inte ens funderat på att anledningen till att jag hela tiden kommer på alla dessa uppdrag, som bara jag kan klara av, beror på att jag har återfallit i Konsten att Färglägga en Ko. Ännu mindre ägnat en tanke åt att de idéer som styr mig är ännu tydligare än den färdigritade kossa som Mjölkcentralen stack åt mig när jag gick i första klass i småskolan.

Att umgås med min hustru och mina barn har jag givetvis inte tid med. Att bara träffa goda vänner och koppla av är helt otänkbart. Att hinna läsa bra böcker är uteslutet.

Däremot har vi just köpt ett stort hus i Djursholm och själv flyger jag rakt in i solen och den ende som fattar vad jag håller på med är poeten Erik Lindegren. Men med honom är det tyvärr så att han är död sedan många år och inte kan varna mig.

*en luftbubblas färd i havet mot den magnetiskt*
*hägrande ytan:*
*fosterhinnans sprängning, genomskinligt nära,*
*virveln av tecken, springflodsburna, rasande azur,*
*störtande murar, och redlöst ropet från andra sidan:*
*Verklighet störtad*
*utan Verklighet född!*

# VI
## VERKLIGHETEN STÖRTAD, RESAN AVBRUTEN

# 46.

Geijeraffären

En riktigt bra historia behöver ingen bakgrundsbeskrivning eller några övriga utläggningar. En riktigt bra historia står på egna ben och tål att berättas rakt av. I den meningen är Geijeraffären ingen bra historia. Det är en komplicerad historia som kräver både en bakgrund och en beskrivning av den tid i vilken den utspelas. Samtidigt är det en viktig historia – faktiskt en del av vår svenska samtidshistoria – så därför finns det ändå skäl att återge den.

År 1965 så förstatligades den svenska polisen. Det ekonomiska ansvaret för polisen hade tidigare legat på landets kommuner men nu fick vi en nationell polisorganisation med en rikspolisstyrelse som central myndighet och en rikspolischef som ledare för myndigheten. Det är rikspolisstyrelsen som kommer att ta över ansvaret för polisens ekonomi. Dessutom placeras både säkerhetspolisen och rikskriminalen under rikspolisstyrelsen.

Ansvaret för den operativa polisverksamheten inom varje kommun kommer visserligen att finnas kvar hos den kommunala polismyndigheten men det förhållandet att vi skapar en nationell polisorganisation kommer naturligtvis att leda till en betydande förskjutning av makten inom polisen, från den lokala till den centrala nivån. Det är ju på rikspolisstyrelsen som man sitter på pengarna och svårare än så är det inte.

Till landets förste rikspolischef utnämner regeringen den man som utrett förstatligandet av den svenska polisen. Han heter Carl

Persson. Han är fyrtiofem år gammal när han utnämns till rikspolischef och har tidigare arbetat som opolitisk statssekreterare vid inrikesdepartementet. I och med förstatligandet av polisen kommer även det politiska ansvaret att flyttas, från inrikes- till justitiedepartementet.

Centraliseringen av polisorganisationen kommer att kraftigt öka polisens inflytande över kriminalpolitiken och i en maktmässig mening har man därmed gjort klart beskrivningen av de två huvudrollerna i det kriminalpolitiska drama som skall inledas några år senare. Justitieministern som är den högste politiskt ansvarige och rikspolischefen som leder den utan jämförelse mäktigaste organisationen på det kriminalpolitiska fältet.

Under de första fyra åren efter att Carl Persson tillträtt råder lugnet. Polisen är fullt upptagen med att rusta upp rent materiellt – ständigt nya pengar till nya polishus, ny utbildning, nya fordon, nya uniformer, nya uppgifter – och man har varken intresse eller tid för några kriminalpolitiska utspel. Det har man heller inte vid justitiedepartementet. Justitieministern heter Herman Kling och skall man beskriva hans person och kriminalpolitiska insatser på ett enkelt och vänligt sätt kan man säga att Kling är en mycket trött man som bara vill vara i fred. Trött av den alltför vanliga orsaken bland många som han och att ta några egna kriminalpolitiska initiativ har han inte en tanke på. Än mindre att börja jävlas med Carl Persson.

Vi är nu framme vid 1969. Olof Palme har blivit ny statsminister efter Tage Erlander och han har utsett Lennart Geijer till sin justitieminister. Även inom det socialdemokratiska ledarskiktet har makten förskjutits och Erlander och det gamla gardet med finansminister Gunnar Sträng och inrikesminister Rune Johansson är på väg ut. Det är inte ointressant med tanke på det som kommer att hända eftersom det är bland dessa politiker i den äldre generationen som Carl Persson har haft sitt politiska stöd och sin förankring. Palme och Geijer representerar en ny generation trots att Geijer till och med är äldre än den justitieminister som han efterträder.

Lennart Geijer är född 1909. Han är tio år äldre än Persson, närmare tjugo år äldre än Palme, men i förhållande till den senare finns det andra omständigheter som väger betydligt tyngre. Precis som Palme har han en typisk överklassbakgrund med all den gemenskap som följer av att man tillhör just den klassen.

Geijer är släkt med den store författaren och historikern Erik Gustaf Geijer, jurist, själv historiskt intresserad, och bland annat känd för att ha skrivit släkten Geijers historia. Han sitter i riksdagen sedan några år tillbaka, har arbetat tre år som konsultativt statsråd under Kling. Innan dess har han varit jurist vid TCO, tillika personlig vän med ordföranden Lennart Bodström. Den nye justitieministern är en man som har betydligt närmare till den nya politiska makten än vad hans rikspolischef har.

Carl Persson däremot har gjort en klassresa och av egen kraft tagit sig fram till den maktposition som han uppnått. Han är son till en jordbruksarrendator från Skåne och har vuxit upp under knappa omständigheter sedan hans far gått i konkurs. Carl Persson och Lennart Geijer är olika varandra i allt – inga vanliga brister i personkemin för här rör vi oss på en helt annan nivå med från födseln givna motsättningar – och detta blir inte bättre av att Geijer utser Ebbe Carlsson till sin pressekreterare och närmast förtrogne.

Kampen mellan Geijer och Persson kan börja. Kampen mellan "den främste företrädaren för en liberal och humanitär kriminalpolitik" och "reaktionärerna på rikspolisstyrelsen med Carl Persson i spetsen" som Dagens Nyheter väljer att gång på gång presentera huvudaktörerna i det tysta drama som nu har inletts. Och själv har jag just fått in foten på scenen. På fel sida, om man nu skall tro på landets största morgontidning.

Det har redan börjat skära sig på åtskilliga punkter mellan justitiedepartementet och rikspolisstyrelsen, högt och lågt om vartannat, och oavsett om det handlar om den övergripande kriminalpolitiken, brottsutvecklingen eller rumsstandarden på våra kriminalvårdsanstalter.

Ebbe Carlsson har också för departementets räkning lyckats rekrytera en mullvad inom polisens egna led. Det är ingen dålig mullvad. Han heter Hans Holmér. Fram till 1976 är han chef för säkerhetspolisen, och direkt underställd Carl Persson, men sedan blir han polismästare i Stockholm, landets största polisdistrikt. Han är Ebbe Carlssons bäste vän, Geijers och Palmes förtrogne, och enligt hans egen beskrivning – han har själv sagt det till mig – "den enda högre polis i landet som Olof Palme litar på". Holmér är en man med ambitioner och det är nu det börjar dra ihop sig på allvar.

Den kriminalpolitiska arenan är stor. Precis som vid en vanlig friidrottslandskamp pågår det många aktiviteter samtidigt. När vi gräver efter rötterna till Geijeraffären är det samtidigt så praktiskt att några av dem är betydligt mer intressanta än andra. Vad det konkret handlar om är sexualbrotten: våldtäkt, otukt med barn, koppleri, prostitution och de rättsliga och sociala problem som följer av detta.

En av Geijers första åtgärder som ny justitieminister är att tillsätta en utredning som skall se över sjätte kapitlet i brottsbalken. Det kapitel som handlar om sedlighetsbrotten, som man säger vid den här tiden, det vill säga brott som våldtäkt, andra former av sexuellt tvång, otukt, incest och koppleri.

Sexualbrottsutredningen inleder sitt arbete 1971 och deras förslag kommer att läggas fram först fem år senare, 1976. Redan innan dess har dock kritiken mot utredningen tagit fart och när man väl presenterar sitt förslag till ny lagstiftning för sexualbrotten har den redan nått stormstyrka.

De direktiv som Geijer gett till utredningen är starkt präglade av det tidiga sextiotalets sexuella liberalism och i den generation och den klass som han kommer ifrån finns många socialliberaler som delar den uppfattning som direktiven och utredningen ger uttryck för. Den representerar även det radikala synsättet under det tidiga sextiotalet.

Problemet är att när man väl är klar med sitt förslag, femton år senare, är det helt andra ideologier som dominerar debatten och inte minst bland unga radikaler i allmänhet och kvinnor i synnerhet. För Lennart Geijer måste detta ha varit en drabbande iakttagelse. Att just de unga radikala människor som tidigare stött hans liberalt präglade kriminalpolitik nu vänder sig emot honom med ett sådant engagemang, en sådan upprördhet, en sådan hetta.

Utredningen föreslår strafflindringar och avkriminaliseringar för en mängd brott som våldtäkt, otukt, incest och koppleri. Läser man den i dag, jämför man den med dagens lagstiftning, den radikala debatt och de ideologiska strömningar som varit bärande under mer än trettio år i hela västvärlden, blir förslaget helt obegripligt. Betraktat med dagens ögon kan det bara uppfattas som en provokation med udden riktad mot kvinnor som blir våldtagna, barn som utsätts för sexuella övergrepp och kvinnor som går under i könshandeln.

Kritiken mot sexualbrottskommittén är naturligtvis inte en enskildhet. Den är ett uttryck för en bredare ideologisk strömning i mitten på sjuttiotalet. Det är därför den sammanfaller med medias intresse för just prostitution och sexuella övergrepp, att polisen plötsligt börjar prioritera sådana brott och att rikspolisstyrelsen inleder en nationell kartläggning av den organiserade och ekonomiska brottsligheten.

Det var jag som initierade det arbetet vid rikspolisstyrelsen och att min högste chef Carl Persson köpte mitt förslag och omgående såg till att det blev genomfört berodde naturligtvis på att han förstod det kriminalpolitiska värdet av det.

Inte för att han är opportunist, Carl Persson är visserligen väl förfaren i maktspelets strategi och taktik, men han är också en man med en gammaldags moral och utifrån den övertygelsen tycker han lika illa om – till exempel – både organiserad och ekonomisk brottslighet och sexualbrottsutredningens förslag, som jag gör. Våra motiv och utgångspunkter är ofta olika men det är ointressant eftersom vi nästan alltid kommer fram till samma slutsatser och i polisens värld är det viktigt att alla pekar med hela handen och i samma riktning. Bakom detta finns heller ingen dold agenda hos någon av oss. Det är för en gångs skull så enkelt att oavsett alla skillnader mellan oss – ålder, bakgrund, vår politiska grundsyn, den makt vi förfogar över – så tycker vi likadant om vissa saker.

Den 11 maj 1975 griper polisen i Stockholm bordellmamman Doris Hopp efter drygt ett år av omfattande spaningsarbete. I media kommer den här historien att sammanfattas som "bordellaffären" trots att det egentligen inte handlar om traditionell bordellverksamhet utan om att förmedla prostituerade på telefon. Doris Hopp har under många år drivit en callgirl-ring.

Inga vanliga prostituerade, inga vanliga torskar heller, för här handlar det om finare folk än så. Majoriteten av dem är affärsmän, krögare, läkare, journalister, skådespelare, men där finns även politiker, höga tjänstemän och jurister, en hög officer vid försvarsstaben och utländska diplomater. Bordellaffären innehåller alla de delar som skall till för att politiskt känsliga personer skall kunna betraktas som säkerhetsrisker.

Vad polisen i Stockholm inte vet om är att säkerhetspolisen under en längre tid har intresserat sig för samma verksamhet. En annan som inte vet något är Hans Holmér trots att han vid den här tiden är chef för säkerhetspolisen. Så fort Carl Persson är klar över vad Holmér håller på med bakom hans rygg ser han till att förvandla honom till en vanlig pappersvändare och alla känsliga ärenden sköts sedan flera år tillbaka av Olov Frånstedt, som är operativ chef vid Säpo, och bara pratar med Carl Persson.

Det är nu som den här kampen plötsligt tar en rent personlig vändning. Ryktesspridningen om hur högt uppsatta medborgare har utnyttjat prostituerade tar fart på allvar och en av dem som oftast pekas ut är landets egen justitieminister, Lennart Geijer.

# 47.

Verklighet störtad... utan verklighet född

Om man går in på Google och söker på Geijeraffären får man ungefär tiotusen träffar. Det har jag naturligtvis gjort och tyvärr kunnat konstatera att mycket av det som står där är fel. I stort såväl som smått och inte minst när det kommer till min roll i det som hände. Det senare gäller också oavsett om avsikten är att höja mig till skyarna som Den Store Avslöjaren – något slags svensk motsvarighet till den där figuren som Woodward och Bernstein brukade träffa i de underjordiska delarna av ett parkeringshus när de utredde Watergateskandalen – eller att bara trampa ner mig i dyn: lögnaren som grovt förtalade den gamle hedersmannen Lennart Geijer.

Att det som ofta står där är fel vet jag bättre än någon annan. Det handlar ju om mig och vad jag skulle ha gjort eller inte gjort. Till och med om de tankar som enbart kan ha rört sig i mitt huvud. Det är också just det som jag tänker berätta om. Hur jag tänkte, vad jag gjorde och med vilka jag gjorde det. Allt det andra, och alla andra, tänker jag lämna därhän. Det kan man läsa om via Google, och om det är sant eller falskt är inte mitt problem utan läsarens. Jag tänker varken ge tips eller råd eftersom det finns ett värde i att läsa om saker alldeles oavsett deras sanningshalt. Ibland är det till och med så märkligt att man bara kan hitta sanningen med hjälp av lögnen. Jag har sagt det tidigare. Det är värt att upprepa.

Min inblandning i Geijeraffären är lätt att avgränsa rent tidsmässigt och i allt väsentligt handlar det om åtta timmar mellan torsdag eftermiddag, den 17 november 1977, fram till strax före midnatt, samma dag. Under den tidsrymden har jag kontakt på telefon med tre journalister och mellan oss förs sammanlagt sju samtal: fem med Peter Bratt på Dagens Nyheter, ett med Erik Fichtelius på Dagens Eko och ett med Per Wendel på Expressen. Dessutom ringer jag upp Per Jermsten, som vid den här tiden är rättschef i justitiedepartementet. Totalt åtta telefonsamtal med fyra personer och längden på samtalen varierar mellan en halvtimme och tre minuter.

Utöver dessa telefonkontakter finns ytterligare fyra personer som jag pratar med mellan fyra, eller fler, ögon. Inte på telefon, vi träffas, sitter i samma rum och pratar, i olika rum i polishuset beroende på vem jag pratar med.

Min högste chef Carl Persson, min närmaste chef Esbjörn Esbjörnsson, som då är chef för den nationella kriminalpolisverksamheten och rikskriminalen, samt två kolleger till dem. Båda poliser som på ett eller annat sätt varit inblandade i utredningen av bordellmamman och andra koppleriärenden. Vilka de icke namngivna är kan göra detsamma. De tystnadslöften som vi utväxlade den gången gäller fortfarande.

Det är det hela, och jag skall strax berätta vad vi pratade om, men allt som händer efter det är ointressant eftersom det så gott som uteslutande handlar om mina försök att värja mig själv mot den "Geijeraffär" som jag plötsligt blivit indragen i. Mer än så är det inte och med tiden fram till torsdag eftermiddag den 17 november är det så enkelt och praktiskt att det inte har hänt något särskilt innan Peter Bratt dimper rakt ner i knäet på mig. Blåmärkena har jag fortfarande kvar och det är hög tid för en liten utvikning. Den första av tre.

Förutsättningen för det som nu händer, skall hända, är en promemoria som Carl Persson lät upprätta i augusti 1976, det vill säga femton månader innan det smäller. Promemorian är daterad den 20 augusti, men jag vet att man hade jobbat med den i flera veckor innan man var klar med sluttexten. Den handlar om sex olika politikers misstänkta samröre med prostituerade kvinnor och de säkerhetspolitiska konsekvenser som detta i värsta fall kan få.

Arbetet leds av en trojka med Carl Persson, hans närmaste förtrogne och gamle vän, dåvarande överdirektören vid rikspolisstyrelsen Åke Magnusson, samt Olof Frånstedt som är operativ chef vid Säpo. Under dem ett antal poliser som på olika sätt har bidragit med underlaget.

Själv är jag inte inblandad i det arbetet, vare sig med råd, dåd, eller min egen penna, men jag vet vad man håller på med och jag vet bättre än de flesta vad det hela handlar om. Det handlar om "Lennart Geijer och hans horkontakter" och att han fått sällskap av fem andra politiker är främst av taktiska och kosmetiska skäl.

När man är klar med sin promemoria den 20 augusti, fjorton dagar före valet, kontaktar Carl Persson statsrådsberedningen och två dagar senare träffar han och Åke Magnusson statsminister Olof Palme och hans statssekreterare Thage G. Peterson nere i kanslihuset i Gamla stan. Palme förklarar att han inte avser att göra något just nu. Först skall man klara av valet och när det är över kan man ta itu med frågan på högsta politiska nivå. Vad Lennart Geijer beträffar är det ju dessutom så praktiskt att han kommer att sluta och gå i pension alldeles oavsett valutgången.

Nu skall jag berätta vad som hände under den där torsdagen som förändrade mitt liv.

På förmiddagen är jag fullt upptagen med olika ärenden ute på stan och klockan har hunnit bli halv tre på eftermiddagen innan jag dyker upp på mitt kontor på rikspolisstyrelsen. På mitt skrivbord ligger två olika påminnelselappar från rikspolischefens sekreterare. Det är en journalist från Dagens Nyheter, Peter

Bratt, som jagar mig. Han har ringt tre gånger och är angelägen om att jag hör av mig så fort som möjligt.

Jag ringer upp Bratt och får tag i honom på första försöket. Efter det vanliga runt-omkring-snacket kommer han så till saken. Han har ett stort avslöjande på gång. Det är dessutom nära förestående.

Det handlar om före detta justitieministern Lennart Geijer, hans horaffärer, inblandning i bordellskandalen med Doris Hopp, hans samröre med henne och alla övriga turer i det sammanhanget. Han vet också att vi från rikspolisstyrelsens sida redan långt före valet, och medan Geijer fortfarande var minister, skulle ha kontaktat regeringen med anledning av detta. Och vad har jag nu för kommentarer till det?

Efter ytterligare ett par minuter av verbal rundgång från min sida bestämmer jag mig för att berätta hur det ligger till. Att Carl Persson har lämnat över en pm till statsminister Olof Palme om den saken och att det gjordes medan Geijer var minister. Svar, ja.

Peter Bratt frågar hur han kan få detta konfirmerat. Håller en längre utläggning om att i sådana här situationer är det av avgörande betydelse att han kan få saken bekräftad av "två av varandra helt oberoende källor".

– Det enklaste är väl att du ringer till Carl Persson och ställer en rak fråga, svarar jag. Hur man nu kan betrakta oss båda som två av varandra helt oberoende källor, tänker jag.

Därefter avslutar jag samtalet med den vanliga ursäkten om att jag har lite annat att ta itu med och går direkt in på Carl Perssons tjänsterum. För en gångs skull är det så praktiskt att han finns på plats och dessutom har sällskap av Esbjörn Esbjörnsson.

Jag berättar om mitt samtal med Bratt, vad han sagt till mig och vad jag sagt till honom.

Carl Persson blir inte glad. Han verkar närmast bestört. Den frid som härskat i huset i snart femton månader är tydligen på väg att ta slut omgående. Esbjörnssons reaktion är däremot en annan.

Han verkar snarast road. Han säger något om "att om det nu blir på det viset så lär väl Geijer få mest eld i brallorna". Ungefär där så ringer Carl Perssons telefon. Det är hans sekreterare. Det är en journalist som heter Peter Bratt och arbetar på Dagens Nyheter som är mycket angelägen om att få prata med rikspolischefen.

– Vad gör jag nu, frågar Carl Persson och av någon anledning är det mig han tittar på.

– Det enklaste är väl att du pratar med honom, svarar jag. Vad jag nu har med det att göra, tänker jag.

Dumt nog gör Carl Persson som jag säger. Samtalet med Bratt är över på två minuter och är nog ett av de märkligaste samtal som jag suttit med och lyssnat till.

Bratt förklarar sitt ärende. Säger att han vet om att Persson kontaktat statsministern med anledning av Geijers inblandning i bordellaffären.

Carl Persson låter väldigt pressad.

– Det måste du väl ändå förstå att det kan jag över huvud taget inte ens kommentera, svarar han.

Bratt framhärdar. En ännu mer pressad Carl Persson upprepar att han inte har några som helst kommentarer. Inga kommentarer över huvud taget, och nu måste han tyvärr sluta. Sedan avslutas samtalet med att Persson helt sonika lägger på luren.

– Vad gör vi nu, frågar Carl Persson och av någon anledning tittar han fortfarande mer på mig än på Esbjörnsson.

Eftersom ingen har något vettigt att säga så skiljs vi åt. Innan jag går ut säger Esbjörnsson att om Bratt ringer igen så kan jag väl försöka luska lite. Ta reda på vad Bratt egentligen vet om det han vill ha bekräftat.

Carl Persson däremot verkar närmast frånvarande.

– Bara han inte har kommit på det där andra också, säger Persson och skakar uppgivet på huvudet.

"Det där andra också" är det faktum att landets statsminister sedan fjorton månader tillbaka, Thorbjörn Fälldin, är en av de fem andra politiker som finns med i samma promemoria som Lennart Geijer.

Om detta har jag ingen aning vid den här tidpunkten.

När jag kliver in på mitt eget rum ringer redan telefonen. Det är Bratt. Vem annars?

– Jag pratade just med Carl Persson, han lät minst sagt konstig, säger Bratt.

– Jag vet, svarar jag.

Hur jag nu kan veta det, men eftersom Bratt är så inne i sig själv tycks han inte ens ha hört vad jag just har sagt. Istället upprepar han det samtal som jag själv suttit och lyssnat på en kvart tidigare och i allt väsentligt korrekt, som jag minns det.

Persson har visserligen inte bekräftat det som Bratt frågat honom om men sättet som han uttryckte sig på var så utomordentligt konstigt, enligt Bratt, att den enda rimliga tolkningen är att det ändå måste handla om en bekräftelse.

Eftersom jag är böjd att instämma med honom så nöjer jag mig med att humma och efter ytterligare fem minuter så avslutar vi vårt samtal. Ingenting av värde blir sagt och jag försöker inte ens ta reda på hur mycket Bratt egentligen vet om det som han tydligen står i begrepp att avslöja.

Istället ringer jag en av mina kontakter som arbetar i huset, frågar om han kan komma över och ta med sig lite papper som jag behöver. Det gör han i stort sett omgående och när Bratt ringer en halvtimme senare sitter vi fortfarande och pratar.

Bratt har några ytterligare frågor om den pm som vi tidigare diskuterat. Jag förklarar för honom att jag har lite svårt att prata om det just nu men om det är viktigt så kan han ringa mig i bostaden senare på kvällen. Det är jag som ger honom mitt hemnummer och eftersom det också står i telefonkatalogen så är det i sig ingen stor sak.

Jag pratar en stund till med min besökare. Låser in papperen som jag fått i mitt skåp. Så fort han gått ringer jag en av hans kolleger och frågar om jag kan komma förbi och prata med honom. Det går alldeles utmärkt. Efter dagens sista möte åker jag hem och äter en två timmar försenad middag. Andligen frånvarande. Rimligen måste jag ju ha pratat med min fru men vad vi i så fall pratade om minns jag inte ens dagen därpå. Minns inte ens om mina två döttrar var uppe eller redan hade gått och lagt sig.

Efter middagen stänger jag in mig på mitt arbetsrum och försöker få någon ordning på de tankar som far fram och tillbaka i mitt huvud. Det går inget vidare. Jag bestämmer mig för att ringa till Per Wendel på Expressen. Vi har inte bara yrkesmässiga kontakter. Vi är också goda vänner sedan flera år tillbaka och i bästa fall kanske jag kan byta till mig ett äpple mot ett päron.

Jag berättar om Bratts nära förestående avslöjande. Wendel låter tydligt förvånad.

– Om det är detta som Bratt ska skriva om Geijer och Hopp så kan det bara gå åt helvete för Bratt, konstaterar han.

– Det är väl inte hela världen. Han har ju suttit inne förr. När han skrev om IB, svarar jag.

Mycket mer än så blir inte sagt. Han har i vart fall inget äpple att ge mig.

Så fort jag lagt på luren ringer Bratt. Dels vill han berätta att han talat med sin chef och fått klartecken att publicera sin artikel, dels vill han läsa upp den för mig innan han lämnar den och avser därför att återkomma inom en timme. Jag säger att det går bra. Samtalet avslutas.

Jag börjar nu bli rejält orolig. Bland annat inser jag att min inblandning i den här historien kanske har tagit en vändning som kan få konsekvenser för mig rent personligen. Detta är säkert också det väsentliga skälet till att jag ringer Per Jermsten som är rättschef i justitiedepartementet. Jag vill varna honom, i bästa fall få veta något som han vet som kan lugna mig, säkert också återförsäkra mig själv ifall skiten nu skulle hamna i fläkten.

Jermstens och mitt samtal blir kort. Högst några minuter, det kortaste jag haft sedan historien rullade igång, och lugnad blir jag definitivt inte. Jermsten säger att det jag just berättat knappast kommer som någon överraskning för honom. Geijers "eskapader" är ju väl kända sedan länge. Avslutar med att säga att han tycker synd om honom.

– Det kan inte hjälpas, men jag tycker synd om Lennart, säger han. Och sedan är det samtalet över.

Drygt en timme senare ringer Peter Bratt. Han vill läsa upp "de delar av artikeln som är av intresse för mig". Det gör han också men nu ringer varningsklockorna för fullt i mitt huvud. Jag tycker att allt går för fort, att det är för slafsigt skött, sådant här är inget som man läser upp på telefon. Det är något som man sitter i lugn och ro och pratar om och med artikeln utskriven i klartext framför sig. Av främst det skälet har jag heller inga synpunkter. Jag vill få slut på samtalet så fort som möjligt. Frågar när han tänkt att detta skall publiceras.

– I morgon, svarar Bratt. Vi har det i tidningen i morgon.

Jag önskar honom lycka till och i och med det är vårt samtal slut.

Kvällens sista samtal. Jag bestämmer mig för att ringa Erik Fichtelius på Dagens Eko. Jag känner honom väl. Jag har haft nära kontakter med honom och hans kollega Sven Vrang sedan flera år tillbaka. "Figge" och jag umgås även privat.

Jag berättar för honom vad Peter Bratt håller på med. Berättar om mina egna bidrag. Berättar om ett par mindre sakfel i Bratts artikel som jag inte ens brytt mig om att rätta när han läst upp den för mig på telefon. Jag uttrycker också min oro. Säger till honom att jag har en känsla av att Bratts avslöjande "kan gå helt åt helvete".

Figge tackar för tipset. Svarar att "det ska nog lösa sig" och på hans röst förstår jag att han redan har tankarna på ett helt annat håll. Vårt samtal pågår i ungefär en kvart. Sedan går jag och lägger mig. Märkligt nog somnar jag omgående.

Nästa morgon går jag upp tidigt. Jag skall åka ner till Sörmland och jaga fasaner tillsammans med en god vän. Det är bestämt sedan en vecka tillbaka och jag har ingen tanke på att ändra på det.

Innan jag åker läser jag Dagens Nyheter, konstaterar att Bratt fått ett årtal om bakfoten samt även slirat på ett par detaljer. I övrigt har jag inga invändningar. Snarare tycker jag väl att det som står där är mer tillförlitligt än ett vanligt kriminalreportage. Det jag saknar är hans egna bidrag till sitt stora avslöjande. Förmodligen har han sparat det till nästa rond, tänker jag. Det är ju så alla riktiga journalister brukar göra. Det vet jag. Jag är ju kompis med flera av dem och har fått ta del av deras hjältehistorier vid åtskilliga tillfällen.

Senare på dagen lyssnar jag också på Ekot som toppar sin lunchsändning med samma nyhet som Dagens Nyheter fast med rätt årtal och övriga detaljer på plats. Jag känner mig betydligt lugnare nu.

Det är också hög tid för utvikning nummer två i min självupplevda berättelse.

Redan nästa dag kommer Olof Palme att kategoriskt dementera artikeln i Dagens Nyheter. Det är lögn och förtal. Från början till slut. Däremot säger han inte ett ord om inslaget i Dagens Eko. Låtsas inte om det trots att det i sak innehåller samma påståenden som Dagens Nyheters artikel.

Trots att jag inte är i bästa skick – och snart kommer jag att må ännu sämre – tycker jag redan nu att detta är mycket märkligt. Varför DN men inte Ekot? Ekot som till och med har fler lyssnare än vad DN har läsare, vid den här tiden.

Det kommer att dröja flera år innan jag får reda på orsaken. Ekot har nämligen en egen källa som med råge uppfyller de krav som Bratt tjatade om när vi hade vårt första samtal.

Mellan källan och mig finns heller inte minsta beroende. Vi känner visserligen varandra, och hälsar artigt när vi ses. Som källa går han – eller hon – heller inte av för hackor. Bland annat har Ekots källa under flera år suttit i samma regering som Lennart Geijer. Vad han – eller hon – heter kan göra detsamma. För ordningens skull vill jag även understryka att jag inte fått namnet från vare sig Fichtelius, hans kollega Sven Vrang, eller någon annan som jobbat på Ekot. Det är källan själv som har berättat det för mig långt senare.

När Figge och Sven berättar om Dagens Nyheters kommande avslöjande för sin chef, Arvid Lagercrantz, och uttrycker önskemål om att få haka på, så är Lagercrantz till en början mycket tveksam. Detta är något som man måste kolla in i minsta detalj. Det gör han också och efter att ha talat med sin egen källa lär han ha varit lika entusiastisk som sina både yngre medarbetare.

Det intressanta med den här historien är samtidigt inte detta, för det handlar bara om skillnaden mellan bra och dålig journalistik, utan Olof Palmes handlande. Varför dementerar han Dagens Nyheters artikel, dessutom slår den sönder och samman, samtidigt som han inte ens höjer lillfingret mot Ekot? Det beror naturligtvis inte på några ömma omsorger om vår statskontrollerade radio. Den enda rimliga tolkningen är att han redan samma dag som avslöjandet kommer måste veta att Ekot, till skillnad från DN, har torrt på fötterna och att han skall passa sig för att ge sig på dem.

Det är den mest sannolika och enda logiska förklaringen till Palmes handlande. Han vet något som hindrar honom från att även kasta sig över Dagens Eko. Hur han vet det har jag däremot ingen aning om. Det troliga måste väl ändå vara att någon har berättat något för honom, kanske till och med varnat honom. Kanske samma källa som pratar med mig flera år senare.

Det är också bra konstigt att inte fler journalister lägger märke till detta när det faktiskt händer. Några har gjort det, det vet jag eftersom jag pratat med dem och tidigt känner till att de dragit samma slutsatser som jag, men de utgör ett fåtal och de har alla det gemensamt att de redan håller på att gräva i den historia som Geijeraffären handlar om, långt innan Bratt kommer med sitt avslöjande.

Palmes dementi publiceras i Dagens Nyheter bara två dagar efter tidningens avslöjande, söndagen den 20 november. Den är skriven av Ebbe Carlsson och Hans Dahlgren, som är ännu en av Palmes pojkar från tiden i regeringskansliet, det är Hans Holmér som har hjälpt dem med underlaget och det är alltså Palme som skriver under.

Den står överst på löpsedeln och första sidan och upptar sex spalter i tidningen, den är mer exponerad och har fått betydligt större utrymme än tidningens eget avslöjande. För den som inte har den information som krävs för att kunna läsa mellan raderna är den förödande för tidningens trovärdighet och Dagens Nyheter kommer omgående att oförbehållsamt och utan reservationer be Lennart Geijer om ursäkt och frivilligt betala ut ett skadestånd på femtiotusen kronor. En förskräcklig massa pengar för trettio år sedan.

Det är ingen vanlig pudel som Dagens Nyheter gör. Inte en pudel där man bara lägger sig platt på rygg, viftar med tassarna och visar strupen för motståndaren. Den här jycken hugger sig själv i halsen, flera gånger till och med, biter så hårt han någonsin orkar, och vid det laget har även jag begripit att skiten har hamnat i fläkten.

# 48.

### När skiten hamnade i fläkten
### och jag själv blev var mans niding

Måndagen den 21 november 1977, tre dagar efter att Peter Bratt tömt tarmen i offentlighetens fläkt, så är det debatt på Publicistklubben i Stockholm. Det är fullt hus, ämnet är givet, huvudtalaren likaså, socialdemokraternas ledare, numera riksdagsledamoten Olof Palme. Segraren som just har tvingat landets största morgontidning till villkorslös kapitulation.

Enligt många av dem som var där och lyssnade lär han heller aldrig ha varit bättre rent polemiskt än vad han var den här kvällen på PK för snart trettiofem år sedan. Det var ju vid möten som detta som Palme var som allra bäst. När han fick vara som allra sämst. När han kunde bejaka sitt svarta hjärta och fritt och hämningslöst beljuga alla som stod i hans väg.

Palme dundrar mot falska rykten och grovt förtal, lägger ut texten om lögnens kolportörer, avslutar med att likna dem vid "kloakråttan med sina långa gula betar och sin nakna svans". Publiken jublar och Palme har i det ögonblicket gett den journalistiska lynchmobben fria händer att ta itu med orsaken till det som hänt. Inte Dagens Nyheter eller ens Peter Bratt, för dem har han själv klarat av, utan den numera riksbekanta "Läckan" som fört alla bakom ljuset. Lätt byte den här gången, eftersom alla i publiken redan vet vad han heter. Hög tid att stryka kopplet av hundarna och låta drevet gå.

Därefter gick alla journalisterna på krogen och söp till som seden bjuder när man träffats på PK och det är också på Operabaren som Jan Guillou får i uppdrag av Aftonbladet att avslöja läckan i det som man ännu på fjärde dygnet kallar för "DN-affären". Vid ett bord sitter Jan Guillou, som vid den här tiden jobbar som frilans, chefredaktören Gunnar Fredriksson och redaktionschefen Staffan Heimerson gav honom jobbet.

Jag vet det mesta om det som hände vid deras bord den här kvällen. Jag har pratat med både Guillou och Heimerson. Till och med fått dem att beskriva den stämning som de flesta försatts i efter Palmes tal. Det var inte bara Dagens Nyheter som blivit förda bakom ljuset av Läckan. Det hade drabbat hela journalistkåren och nu gällde det att återupprätta sin heder.

Jag behöver inte vara jägare för att förstå vad som nu kommer att hända. Redan börjat hända, om man skall vara noga. När jag på kvällen samma dag åker upp till rikspolisstyrelsen för att hämta en del papper som jag behöver så är det renstädat på mitt rum, inte ett papper, inget annat heller. Där finns ett tomt skrivbord, några tomma bokhyllor, en skrivbordsstol, lampan som står kvar på skrivbordet. Det är det hela. Till och med namnskylten bredvid dörren är borta.

Jag ringer Esbjörnsson som förklarar att "nu är det ligga lågt som gäller" och att det är han som sett till att städa mitt rum. Carl Persson har åkt på poliskonferens på andra sidan jordklotet och rådet till mig är att jag håller mig borta från jobbet, inte pratar med någon, helst går upp i rök eller åtminstone kryper ner i det djupaste hålet som jag kan hitta.

– Sådant här brukar ju blåsa över, säger Esbjörn tröstande. Förr eller senare så hittar de där jävla murvlarna någon annan hederlig människa som de kan ta heder och ära av. Förr eller senare så tröttnar de och lägger av.

– Jag hör vad du säger, svarar jag.

Sedan åker jag hem. Drar ur telefonjacket, går och lägger mig, försöker sova. Det går dåligt. Jag har svårt att somna. Tankarna som far som ljusblixtar genom huvudet på mig. Jag förstår ingenting. Palmes beskrivning mot mina egna iakttagelser och min egen upplevelse. Kan det vara så illa att jag har blivit tokig, helt enkelt?

"Förr eller senare lägger de av"? Fast än tycks ingen ha gjort det. Drevet går för fullt. Alla jagar mig, varenda dagstidning i landet tycks ha avsatt åtminstone en reporter, med vidhängande fotograf, som vill att jag skall träda fram och bekänna min skuld i just deras tidning. Med ett undantag, givetvis. Från Dagens Nyheter hör jag inte ett ljud.

Men alla de andra vet vad de vill ha. Jag måste förklara varför jag gjort som jag gjort. Först ljugit Peter Bratt full, lurat honom rakt av och fått Dagens Nyheter att skandalisera Lennart Geijer. Hade jag gjort det på uppdrag av min chef, Carl Persson? Hade han och jag försökt slå två flugor i en smäll genom att sätta dit IB-avslöjaren Peter Bratt på samma gång? På vad sätt är Esbjörnsson inblandad?

Jag försöker berätta hur det verkligen ligger till. Det är ingen som ens lyssnar på mig. Jag slutar prata med dem. Håller mig undan. Slutar prata i telefon. Jag lyckas inte så bra för drevet går utan mig om det kniper. Dessutom går det alltid att få tag i mig. Fjorton dagar efter mötet på PK dyker plötsligt Guillou och Heimerson upp på en föreläsning som jag håller i Uppsala. Hur de nu fått reda på det eftersom den handlar om helt andra saker. Tips förmodligen, från någon av alla dessa oskuldsfulla blivande jurister som sitter och lyssnar när jag försöker förklara hur antalsräkningen av brott styrs av straffrättens konkurrensregler. Om inte annat som ett sätt att hålla kvar de sista resterna av mitt förstånd.

Bortkastad möda, tydligen, för så fort föreläsningen är över och studenterna gått därifrån, så tar Guillou och Heimerson över. Först försöker jag förklara för dem också hur det ligger till. Ingen av dem lyssnar. De vill bara veta hur Carl Persson och Esbjörnsson är inblandade. Esbjörnsson tycks dessutom redan ha pratat med dem trots rådet som han gett mig. Jag förklarar att jag har pratat med Peter Bratt, vilket väl alla tycks känna till så här dags, och att allt som jag sagt till honom är sant. Att jag i övrigt inte har något mer att säga.

Två dagar senare har jag fått nog. Det får vi nästan alla förr eller senare oavsett hur många ben vi försöker fly på, och det visste redan Nietzsche.

Jag åker ner till min jaktstuga i Sörmland för att ta livet av mig. Det är kallt, lika kallt inne i huset som ute på backen. Jag sitter där i mitt utkylda kök och det är alldeles blankt i huvudet på mig trots att jag måste ha suttit där i mer än en timme.

Jag borde väl skriva något, tänker jag. Ifall folk undrar hur det kunde sluta på det här viset. Problemet är att jag inte kommer på något bra och eftersom ändå ingen tror på mig kan det vara detsamma, och bäst att få det överstökat.

Jag stoppar en patron i kammaren, fyller hela magasinet. Vad jag nu skall med dem till? Jag skjuter in en patron i loppet, hör klicket när jag fäller ner slutstycket. Sätter mig på golvet med uppdragna knän, bössan mellan benen, sticker pipan i munnen, håller den med vänster hand, hör knäppet när jag skjuter fram säkringen. Blundar. Djupandas.

Plötsligt börjar jag skaka i hela kroppen. Pipan som vispar och far runt inne i munnen på mig, kornet som skär mot tungan, jag rycker ut den, skyfflar den bara åt sidan. Sedan sitter jag där, framåtlutad, med huvudet mot knäna, armarna hårt runt benen. Bara sitter där. Du klarar inte av någonting längre, tänker jag. Inte ens att skjuta skallen av dig själv.

Jag måste ha suttit där i flera timmar för när jag kommer hem är det mitt i natten och alla sover. Bössan har jag lämnat kvar på köksgolvet för att inte falla för frestelsen när jag åker hem. Sedan måste jag ha somnat, för när jag vaknar är det redan förmiddag, dagen därpå.

## 49.

### En gammal hedersman från facket griper in

Drygt en vecka senare ringer Jan Guillou för att berätta att han avser att ringa mig, i morgon efter lunch, för att läsa upp sin artikel om Dagens Nyheters läcka i DN-affären. Han låter mycket korrekt, nästan lite högtidlig. Skulle lika gärna kunna jobba på en begravningsbyrå. Det där första samtalet där han försöker sälja in sina tjänster till en sörjande släkting som har en kär och nära anhörig som behöver förberedas inför den sista vilan. Precis så låter han, trots att han bara är ute efter att svepa liket och få det hela överstökat.

Själv lever jag det liv som man lever när man har slutat att bry sig. Jag svarar att det säkert skall gå bra. Nu för tiden är jag mest hemma, som det blir när man inte har något jobb som man behöver gå till, och skulle jag inte svara när han ringer så är jag säkert bara ute och rastar mina hundar och är snart hemma igen.

– Det är väl inte värre än att du ringer igen, säger jag.

Redan samma kväll så ringer det på min telefon. Men det är inte Guillou som ringer för att berätta att han blivit klar med sin artikel tidigare än vad han trodde. Det är istället ett av de konstigaste samtal som jag har fått under mitt liv och än i dag är jag långt ifrån klar över varför jag fick det.

Den som ringer heter Gösta Sandberg. Han är gammal journalist inom fackföreningsrörelsen och när han 1971 blir chefredaktör och ansvarig utgivare för Aftonbladet jobbar han som pressombudsman för LO.

Det enda jag vet om honom är att han i vart fall inte satt med på Operabaren den där kvällen då Guillou fick uppdraget att avslöja Läckan. Efter vad jag hört från andra är han definitivt inte den typen som sitter och super i sällskap med sådana som Fredriksson, Heimerson och Guillou. Tvärtom, alla hans medarbetare beskriver honom som en typisk fackpamp, en politruk, en sosse av den gamla stammen som kan vara enastående halsstarrig när han sätter den sidan till. Kort sagt som en utomordentligt sympatisk man med tanke på vad jag har lärt om i stort sett alla hans kolleger sedan några veckor tillbaka.

Sandberg inleder med att säga att han avser att fatta sig kort. Låter närmast barsk på rösten, definitivt inte som om han jobbade på någon begravningsbyrå. Han vill bara berätta för mig att under morgondagen kommer "den där Guillou" att ringa mig för att läsa upp en artikel som han skrivit och som han tror att han skall få in i tidningen.

På den punkten har han dock helt fel eftersom Gösta Sandberg inte har en tanke på att publicera den. Dessutom är det han som bestämmer så jag kan ta det lugnt. Inte hetsa upp mig i onödan. Enklast är väl att jag bara lägger på luren och drar ur jacket när Guillou nu ringer.

Jag svarar att jag inte har fått samma uppfattning när Heimerson och Guillou var på mig, och att mitt förtroende för journalister kunde ha varit större.

– Bry dig inte om Heimerson, det är en fjant som bara pratar en massa strunt, avbryter Sandberg. Lyssna på mig istället. Det är min tidning, artikeln kommer inte att tas in och så är det.

Jag minns väl hur samtalet slutade. Då blir nämligen Gösta Sandberg lite moraliserande, på ett närmast faderligt sätt. Hans tonfall har också ändrats, nu låter han närmast vänligt övertalande. "Och eftersom jag nu ändå har dig på tråden" vill han varna mig för att över huvud taget "ha något att göra med kommunister som Bratt och Guillou". Det borde jag väl ändå förstå. Om han är rätt underrättad så är vi ju till och med partikamrater, han och jag.

Jag bekräftar att så är fallet. Berättar till och med att jag tillhör samma partikrets som Olof Palme, Engelbrekts socialdemokratiska förening, där min egen pappa sett till att jag gick med så fort jag började sommarjobba i byggsvängen. Jag tror inte ens att jag försöker vara ironisk när jag säger det. Jag har bara slutat bry mig, och sant är det också.

Sandberg låter nöjd, som en vit man som just pratar med en annan vit man i en för övrigt svart värld, och hans avslutningsreplik minns jag ordagrant. Jag skriver nämligen upp den så fort jag lagt på luren.

– Geijer, fnyser Sandberg. Jag förstår inte varför han skulle vara så intressant. Han och alla hans fruntimmersaffärer som han har hållit på med hela tiden, ända sedan TCO-tiden. Det vet väl alla.

Kan man tänka sig, tänker jag. Fast tydligen inte min partikamrat i Engelbrekts socialdemokratiska förening. Han måste ha missat den biten. Om man nu skall tro på vad han själv säger.

Nästa dag ringer Guillou. Precis som han lovat och eftersom jag inte vill missa det samtalet för liv och kniv har jag tagit ut hundarna på långpromenad redan på förmiddagen så att jag säkert vet att jag är hemma.

Guillous röst är mättad av stundens allvar, som den ju skall vara när man talar med den vars begravning är omedelbart förestående. Han skall nu läsa upp den artikel som Aftonbladet kommer att publicera redan nästa dag.

– Jag lyssnar, svarar jag och att bandspelaren som jag har kopplat till telefonen fungerar har jag kollat redan innan jag lyfte på luren.

Guillou hummar, harklar sig, börjar läsa. Han har tydligen valt att inleda sin artikel med att berätta om mitt och Peter Bratts sista samtal på kvällen den 17 november och att räkna ut vem han haft som enda källa till den beskrivningen är ingen oöverstiglig analytisk uppgift.

Dessutom spelar det mindre roll eftersom det mest handlar om hur fint jag bor i min "stora sexrumsvilla i Djursholm", och att det anslaget inte kommer sig av att han i hemlighet vill bli arkitekt behöver man inte vara lektor vid journalisthögskolan för att räkna ut.

– Vänta nu, avbryter jag. Sex rum. Det stämmer inte. Jag tror faktiskt att det är åtminstone en femton rum i kåken. Om man inte räknar dem på vinden, vill säga.

Guillou har svårt att dölja sin förvåning. Inget vanligt intervjuoffer som bara förväntas godkänna sin egen undergång. Rena slaktlammet som själv lägger upp huvudet på huggkubben. Om det förhållandet att jag och min hustru köpt och delar huset med ett par goda vänner säger jag inte ett pip. Varför ta ifrån honom den poängen?

– Jag lyssnar, säger jag. Låter nästan lite uppfordrande på rösten.

Guillou tar ny sats och den här gången får han läsa till slut utan att jag har några invändningar. Överraskad är jag inte heller. Den historia som han valt att berätta handlar om hur jag medvetet för Peter Bratt och Dagens Nyheter bakom ljuset i avsikt att komma åt Lennart Geijer.

– Jaa? Guillou låter frågande på rösten.

– Jag hör vad du säger, svarar jag. I övrigt har jag inga kommentarer.

Tydligen inte Jan Guillou heller eftersom det kommer att dröja nästan ett år innan han ringer till mig igen.

Jag har bara pratat med Gösta Sandberg en gång i hela mitt liv. Efter mitt samtal med Guillou kommer han att sätta sig i ett möte med Aftonbladets redaktionsledning och till punkt och pricka uppfylla det löfte som han gett mig kvällen innan.

Jag har ofta tänkt på honom under de år som gått. Som "den där gamle hedersmannen från facket", som plötsligt satte ner foten och förklarade att nu fick det vara nog. Men varför han gjorde det har jag aldrig riktigt förstått. Därför har jag också bestämt mig för att han gjorde det för att han tyckte just så. Att nu fick det vara nog. Särskilt gammal var han heller inte, femtio år den enda gången som han ringde mig och hans motiv för att göra det har jag lagt åt sidan.

Inte så konstigt kanske. Ju sämre man mår, desto mer hopp om andra människor behöver man ha för att överleva.

## 50.

Avtagande vindstyrka, vindkantring, vinden vänder

Guillou har slutat ringa, inte bara han, förresten. Plötsligt har i stort sett alla slutat ringa till mig. Dåligt mår jag fortfarande. Riktigt uselt, om man skall vara noga, men eftersom jag mått ännu sämre alldeles nyligen så får jag ändå för mig att jag är på bättringsvägen.

Några dagar efter att jag pratat med Guillou hör Jan Mosander på Expressen av sig. Guillou har varit uppe på Expressen och försökt sälja den artikel som Aftonbladet har vägrat ta in. Själv har han undersökt Guillous konspirationsteorier och kommit fram till att de saknar grund och därmed är saken avslutad vad Expressen anbelangar. Dessutom vill han hälsa från sin chefredaktör. På Expressen sysslar man inte med att avslöja medias källor. Vare sig egna eller andras. Det är sådant som Aftonbladet kan hålla på med.

Erik Eriksson på Studio S hör av sig i mitten på januari. Han och Göran Elwin har bestämt sig för att berätta sanningen om Geijeraffären. Det måste ändå finnas gränser för vad sådana där som Palme och Geijer försöker slå i folk.

– Det behöver du inte säga till mig, svarar jag.

– Det är några saker som jag vill prata med dig om, fortsätter han.

– Självklart, säger jag. Det gör jag gärna.

Tänk vad lätt det är, tänker jag så fort jag lagt på luren. Tänk vad lätt det är när andras svek befriat dig från alla lojaliteter som du tidigare levde med.

I början på maj 1978 sänder Studio S sitt program "Papperen på bordet" där man ger sin beskrivning av sanningen i Geijeraffären. Om det som de säger är sant finns det fler än Lennart Geijer och Olof Palme som har anledning att hålla sig för skratt. Den politiska reaktionen låter heller inte vänta på sig. Redan veckan därpå, den 9 maj 1978, debatteras bordellaffären i riksdagen. Åhörarläktarna är fullsatta, till och med plenisalen för en gångs skull välbesatt med svenska folkets egna ombud. Den här gången är det allvar. Inget jubel från publiken trots att Palme går på som han gjort hela tiden.

Först dementerar han på nytt hela historien. Han har aldrig trott på den. Rikspolischefens promemoria är dåligt underbyggd. Det är också nu som han får oväntat stöd från den nye statsministern Thorbjörn Fälldin som kliver upp i talarstolen och berättar sin historia.

När han efterträtt Palme hade han även fått ta över Carl Perssons pm och när han väl fick tid att läsa den hade han "därvid upptäckt en direkt lögn", som visade att uppgifterna i den inte kunde vara sanna. Hans eget namn stod nämligen med på listan över de kunder som nämns i denna pm.

Palme är inte sen att gripa det tillfället i flykten. Nu följer en vältalig utläggning om hur det skulle ha sett ut om han själv i slutskedet av en valrörelse hade gått ut i debatten och påstått att hans motståndare hade kontakter med prostituerade. Det skulle ju ha varit förödande för Fälldin och naturligtvis otänkbart för Palme av ren omtanke om hans motståndare. Sådana metoder hör inte hemma i en valrörelse.

Därefter avrundar han sin beskrivning på sitt vanliga vis: "Snus är snus, och strunt är strunt, om än i polisiära promemorior", fast den här gången är det ingen som applåderar och den här gången har Olof Palme gått för långt.

Carl Persson har avgått som rikspolischef, han är numera landshövding i Halland, och så fort han lusläst protokollet från debatten i riksdagen och sett vad Palme har sagt så anmäler han sig själv till justitiekanslern, Ingvar Gullnäs.

Den granskningen är Gullnäs klar med redan till sommaren. Frånsett ett marginellt påpekande av formell karaktär är hans slutsatser klara och otvetydiga. Carl Persson har handlat helt rätt.

Palme är inte längre intresserad av att prata om Geijeraffären. Han tycker fortfarande som han tyckt hela tiden och Gullnäs är naturligtvis fri att tycka som han vill. Men nu är det hög tid att glömma, stryka över om man så önskar, i vart fall gå vidare. Det är också dags för min tredje utvikning i den här historien. På vilka grunder pekade man ut Thorbjörn Fälldin som kund hos bordellmamman Doris Hopp?

För en gångs skull är det mycket enkelt att svara på den frågan. Det fanns ingen som helt saklig grund för att göra det. Vad som fanns var en fantasifull polis som kokat ihop en egen soppa trots att han till och med saknade en spik.

När polisen i Stockholm ingriper mot bordellmamman Doris Hopp i maj 1975 häktas hon och fram till rättegången sitter hon i en cell på Kronoberg. På väggen i cellen har hon klistrat upp klipp ur olika tidningar som föreställer diverse kända personer. Politiker, artister, kändisar i största allmänhet, sådana som är i tidningen hela tiden.

Efter ett förhör frågar hennes förhörsledare varför hon har bilder av dem på väggen.

– Det är mina älsklingar, säger Doris och mer än så blir aldrig sagt.

Förhörsledaren däremot antecknar de personer han ur minnet tycker sig ha sett på bilderna och berättar även för sina chefer om saken. Om det skrivs några papper är däremot oklart. Jag har i vart fall inte lyckats hitta några. Jag borde ha gjort det om det nu hade funnits några. Jag är bra på sådant.

Den enda politiker som Doris Hopp över huvud taget har något att säga om är Lennart Geijer. Mellan två förhör frågar hennes förhörsledare om hon haft Lennart Geijer som kund.

– Du kan väl fråga honom om han fortfarande har hål på kalsongerna, svarar Hopp.

Mer än så blir heller aldrig sagt.

Den frågan kommer aldrig att ställas till Geijer. Han finns inte med bland de kunder som blivit hörda av polisen. Några skriftliga anteckningar om Hopps antydan tycks inte finnas. Heller inga noteringar i övrigt om att det skulle ha funnits sådana. Däremot har förhörsledaren berättat för flera av sina chefer vad hon har sagt.

Jag har också pratat med Doris Hopp om hennes kunder. Jag kände Doris Hopp och har träffat henne flera gånger, talat med henne på telefon åtskilligt fler. Dessutom hade vi gemensamma vänner på den här tiden. Nu är hon död sedan många år.

Jag gillade Doris Hopp av främst två skäl. Hon hade ett ansenligt underhållningsvärde i det privata sammanhanget och i vissa avseenden visste hon till och med mer om män än vad som var nyttigt för henne. För en gångs skull var det också så praktiskt att uppskattningen var ömsesidig. Ibland bjöd jag ut henne på krogen. Det hade hon ingenting emot. Fick hon välja föredrog hon Operabaren och om det nu var någon som kände igen henne och hennes sällskap – det fanns det alltid någon som gjorde — så var det bara en extra krydda.

Historien om Geijers trasiga kalsonger har jag frågat henne om. Enligt Doris var den i stort sett korrekt återgiven. Att hon uttryckt sig som hon hade gjort var mest för att retas med sin förhörsledare, med många karlar var det ju på det viset att de gick igång på just sådant, och speciellt poliser brukade göra det, enligt

Doris. Men eftersom det nu var jag som undrade så var det väl inte hela världen trots att hon i vanliga fall aldrig pratade om sina kunder. Jo, även Lennart Geijer hade ingått i hennes kundkrets. Ville jag veta mer än så ville hon först prata med de flickor som det gällde. Jag sa åt henne att hon i vart fall kunde ställa frågan, men eftersom det visade sig att ingen av dem ville prata med mig, i vart fall inte om den saken, så lät jag det hela bero.

I början på åttiotalet bjöd jag henne på lunch på hennes vanliga favoritställe, Operabaren, och eftersom det för en gångs skull var ganska tomt i lokalen så passade jag på att fråga henne om hon haft Thorbjörn Fälldin som kund.

Det hade hon inte. Det förnekade hon bestämt. Det var ju mest "affärsmän" som ingick i den kretsen och "bönder, som Fälldin" tillhörde definitivt inte hennes vanliga klientel. Hon hade aldrig träffat honom, eller ens pratat med honom på telefon, och skulle någon av hennes flickor ha gjort det så var hon övertygad om att hon hade fått reda på det. Hon hade givetvis sett honom på TV. Tyckte till och med att det verkade vara en trevlig karl, "en riktig karl", till skillnad från alltför många andra män, så hade han bara hört av sig hade det säkert gått att ordna.

Hon beklagade uppriktigt att han blivit indragen i hennes affärer och om det nu var så att han råkade finnas med på något av de tidningsklipp som hon satt upp på väggen i sin cell, så hade hon i vart fall inget minne av det. Hans namn var definitivt inget som hon hade nämnt, eller ens antytt, för de poliser som hörde henne när hon satt på häktet. Det var först när hon hörde på TV om bordelldebatten i riksdagen som hon förstod vad han råkat ut för.

– Så då ringde jag faktiskt till riksdagen och erbjöd mig att komma ner och vittna. Till hans förmån, då. Alltså. Hon ser på mig och nickar för att understryka det hon just har sagt.

– Jaha, sa jag. Det gjorde du? Jag lyssnar.

– Ja, sa Doris. Jag ringde redan dagen därpå, tror jag. Berättade vem jag var och så, och vad det gällde. Då fick jag prata med någon som jobbade på deras partikansli. Jag sa som det var. Att varken jag eller någon av flickorna hade haft honom som kund och jag erbjöd mig till och med att komma ner till riksdagen och vittna.

– Det gjorde du? Vad fan är det människan sitter och säger, tänkte jag.

– Ja, sa Doris. Fast sedan så hörde de aldrig av sig. Det är ju det som är så konstigt. Hade de bara hört av sig hade jag naturligtvis ställt upp.

Den politiska analysen var inte Doris Hopps starkaste sida men med vissa historier är det så enkelt att de bär sanningens eget sigill redan innan de lämnat munnen på sagesmannen. Det här är en sådan.

Något som talar för att Fälldin skulle ha varit inblandad i bordellaffären finns inte. Ingenting på de hundratals timmarna av bandinspelningar från telefonavlyssningen, inga spaningsfoton, inga iakttagelser som gjorts i samband med att polisen övervakade Doris Hopp, hennes sambo, flickorna som jobbade hos henne och vissa av hennes kunder. Det enda som finns är således att en av hennes förhörsledare tycker sig känna igen Thorbjörn Fälldin på de tidningsklipp som Doris Hopp hade på väggen i sin cell och meddelat den iakttagelsen till sina chefer.

Det är en mycket sorglig historia. Den handlar inte om Thorbjörn Fälldin. Den handlar om några poliser som på olika nivåer fått ge uttryck för sitt mycket dåliga omdöme. Detta har sedan drabbat en person som hade den bakgrund som krävdes för att ge ett intryck av objektivitet i en polisiär promemoria som i sak handlade om en justitieminister som också var det enda skälet till att man upprättade den.

Tyvärr blev utfallet något annat, oklart vad. Kanske rättvisa i harmoni med mandatfördelningen i riksdagen? Jag vet inte. Bäst hade varit om man gett mig i uppdrag att utreda även det sakliga underlaget till den promemoria som rikspolischefen lämnade till

Palme. Jag utredde ju redan allt annat mellan himmel och jord och vissa kor skulle jag aldrig drömma om att färglägga.

Någon kanske undrar hur det kommer sig att jag kände Doris? Jag lärde känna henne på det där vanliga viset. Vi hade en gemensam god vän. Det var han som ordnade så att jag fick träffa henne och eftersom vårt första möte föll väl ut så fortsatte vi göra det. Jag har däremot aldrig varit kund hos henne eller någon av hennes flickor trots att hon vid flera tillfällen erbjöd mig att skicka över en "blomsterbukett" – en "flicka" – eller kanske till och med en hel "blomsterkorg" – två eller flera "flickor" – om jag så önskade. Det var för övrigt de kodord som hon brukade använda när hon talade med sina kunder på telefon. Jag tackade alltid nej.

Däremot har jag haft ihop det med två av de kvinnor som jobbade åt henne. I kraft av det vanliga privata initiativet, som det säkert var jag som tog, utan kontanter och utan minsta vetskap om deras samröre med Doris Hopp.

Att de även hade "knäckt extra hos Dodo" var något som jag fick veta först senare. I en enkel materiell mening tycks heller ingen av dem ha gått under. Den ena av dem jobbar fortfarande som advokat. Den andra är bosatt utomlands sedan många år, gift med en mycket framgångsrik affärsman. Jag får för mig att det finns åtskilliga kvinnor i den branschen som har det betydligt sämre på betydligt mer hårdhänta grunder.

Jag tänker ibland på Thorbjörn Fälldin. Det är en bra karl, en hederlig karl. Han är ångermanlänning och jag har själv släkt som kommer från samma trakter som han. Thorbjörn har en son som är polis där uppe. Jag har hört att även han lär vara en bra människa, men honom har jag aldrig träffat. Gör jag det skall jag be att Thorbjörns grabb hälsar till sin pappa.

## 51.

Bokslut

Under de snart trettiofem år som har förflutit sedan den där torsdagen den 17 november 1977 har jag naturligtvis åtskilliga gånger funderat på vad som skulle ha hänt om jag aldrig ringt tillbaka till Peter Bratt för att fråga varför han ville prata med mig. Att personer med min läggning ägnar sig åt den typen av "om inte-grubblerier" är förvisso inte ovanligt och i just det här fallet tycker jag att analysen är enkel och att de flesta av svaren är givna.

Om jag aldrig hade ringt honom hade Dagens Nyheter aldrig gjort något Geijeravslöjande. Peter Bratt var en dålig journalist – våldsamt överskattad efter sin medverkan i IB-avslöjandet – och just den här gången hade han till och med sämre på fötterna än vad han brukade ha. Det som han visste om just detta, det som så småningom skulle kallas för Geijeraffären, bestod i allt väsentligt av de rykten som sedan ett par år tillbaka florerade bland journalister och andra initierade, om högt uppsatta politikers samröre med prostituerade kvinnor, och där justitieminister Lennart Geijer var den som oftast nämndes i sammanhanget.

Det som han faktiskt visste var inte mer än så. Att han sedan försökte ge mig ett intryck av att han satt på betydligt tyngre kunskaper kan dock inte anföras emot honom. Det är ett naturligt inslag i varje fiskeexpedition. Det vet alla och inte minst en sådan som jag.

Det är också här som jag begår ett misstag. Jag borde ha genomskådat honom, men istället så överskattar jag både hans person och hans kunskap om själva saken. Jag köper hans påståenden på telefon om att han snart kommer att göra Det Stora Avslöjandet om bland annat Geijer och hans horkontakter. Det är för övrigt just så han säger, "Geijer och hans horkontakter", och oavsett hans ordval så köper jag honom rakt av.

Det är ett betydande misstag från min sida. I mitt fall inget vanligt misstag. Vid den här tidpunkten har jag bara träffat Peter Bratt en gång i levande livet. Det var drygt ett halvår tidigare på en konferens för journalister om ekonomisk och organiserad brottslighet dit jag var inbjuden i min egenskap av rikspolisstyrelsens expert på sådana frågor. Vid det tillfället pratade jag inte mer med honom än med någon av hans journalistkolleger, snarare tvärtom eftersom jag sedan länge kände flera andra journalister som var där, men jag minns att han berättade för mig att han sedan en tid tillbaka hade fått Dagens Nyheters uppdrag att enbart ägna sig åt undersökande journalistik kring just de frågor som avhandlades på konferensen.

Under det följande halvåret hör han av sig på telefon vid några tillfällen. Det är alltid han som ringer mig och det är inga märkvärdigheter som avhandlas. Allmänna frågor som han vill ha svar på. Vilka utredningar som vi driver vid rikspolisstyrelsen med anledning av den organiserade och ekonomiska brottsligheten, vilka åtgärder som vi planerar. Den enda gången han är mer konkret än så handlar det om ett avslöjande som en annan journalist har gjort där han undrar om jag kan ge honom mer kött på benen. Om det är något som är värt att följa upp, reguljärt journalistiskt rutinarbete från hans sida och definitivt inga indiskretioner från min.

Ett skäl till det senare är att jag sedan länge har etablerat kontakter med andra journalister som går betydligt djupare än så. Som jag tidigare har sagt är den organiserade och ekonomiska brottsligheten, och inte minst den del som handlar om prostitution, den kriminalpolitiska fråga som står överst på medias agenda vid den här tiden och på rikspolisstyrelsen är vi givetvis mycket angelägna om att media hela tiden skall komma med nya avslöjanden. Det gagnar oss. Det ger oss mer pengar, större resurser, fler poliser, ytterligare argument för ny och hårdare lagstiftning. Betraktat med våra ögon är det hela enkelt och självklart.

Det finns också ett flertal journalister som har mycket goda kunskaper om just dessa frågor och som jag själv har återkommande samtal med av samma skäl som att de hela tiden pratar med mig, nämligen att de kan ge mig information som jag saknar. Vi byter äpplen mot päron, som en av dem, Jan Mosander, brukar beskriva det hela; Jan Mosander och Per Wendel på Expressen, Sten Nordin och Sverker Lindström på Aftonbladet, Erik Fichtelius och Sven Vrang vid radions Eko-redaktion och – inte minst när det gäller prostitutionsproblematiken – Erik Eriksson och Göran Elwin, som arbetar på redaktionen för Studio S vid Sveriges Television.

Med dessa journalister är det också på det viset att jag vid den här tiden med säkerhet vet att flera av dem redan gräver i just Lennart Geijers affärer. Det har de hållit på med sedan polisen grep bordellmamman, Doris Hopp, i maj 1975, och ryktesspridningen kring Geijer tog fart på allvar. Vid den tidpunkten som Peter Bratt kontaktar mig så har jag också fattat att ett journalistiskt avslöjande av Geijers affärer är nära förestående men att det är andra än Bratt som kommer att göra det.

Själv tror jag, vid den här tiden, att Eriksson och Elwin kommer att hinna först. Det finns flera skäl till detta. Bland annat vet jag att de redan känner till den promemoria som rikspolischefen lämnat över till Olof Palme och de har åtminstone en uppgiftslämnare, som de andra saknar, som kan antas ha en ingående kännedom om just Lennart Geijer. Att Erik Eriksson, flera månader innan riksdagsdebatten den 9 maj, har räknat ut att Thorbjörn Fälldin finns med i Perssons promemoria vet jag också med säkerhet.

Detta vet naturligtvis även Peter Bratt. Inte vad Studio S, och andra, känner till i någon konkret mening, men han vet i alla fall att många av hans kolleger och konkurrenter är ute efter att göra samma avslöjande som han själv. Jag tror också att detta är det avgörande skälet till att han får så förskräckligt bråttom så fort han lagt på luren efter vårt första samtal på torsdag eftermiddag den 17 november 1977. Plötsligt har han fått de avgörande delarna av historien om Lennart Geijer serverad på ett fat, nämligen att rikspolischefen Carl Persson bara fjorton dagar före valet 1976 överlämnat en pm till Geijers chef, statsminister Olof Palme, där rikspolisstyrelsen och säkerhetspolisen ger uttryck för sina farhågor att landets justitieminister utgör en säkerhetsrisk genom sina påstådda kontakter med prostituerade kvinnor.

Dagens Nyheters och Peter Bratts avslöjande får flera olyckliga konsekvenser och de enda som tjänar på det på kort sikt är Lennart Geijer själv och Olof Palme som träder in till hans försvar, kategoriskt dementerar Dagens Nyheters avslöjande, och slår Peter Bratts artikel sönder och samman. Vid den här tiden, som jag sagt tidigare, så talar man inte om Geijeraffären utan om DN-affären, eller till och med "DN-skandalen". Inte minst i andra media där man frossar i Dagens Nyheters misslyckande. Att landets största morgontidning har grovt förtalat en allmänt aktad och respekterad politiker. Säkert svär några också högt över att Dagens Nyheter snott dem på en bra historia och att man gjorde ett så uselt jobb när man väl fick chansen.

Samtidigt hade det varit en kort tid av lycka. Om till exempel Eriksson och Elwin hade fått hålla i yxan redan från början är jag övertygad om att det inte hade funnits utrymme för några dementier. Skandalen hade varit ett faktum och jag tror inte ens att diskussionerna hade behövt handla om det sakliga underlaget för den säkerhetspolitiska oro som rikspolischefen gett uttryck för i sin pm till Olof Palme. Jag är övertygad om att Eriksson och Elwin hade klarat av även den delen av resonemanget. Det fanns åtskilligt med dynga att sätta spaden i och beklagligtvis alldeles för mycket som styrkte att Lennart Geijer hade haft de kontakter som alla skvallrade om.

I det läget tror jag heller inte att Olof Palme hade trätt in på arenan för att försvara sin gamle justitieminister. I vart fall inte på det sättet som han gjorde. Man kan tycka vad man vill om Olof Palme men han var inte dum på det viset. Dessutom långt ifrån omedveten om Geijers privata preferenser när det kom till själva sakfrågan. Det hade flera personer i hans närmaste omgivning berättat för mig redan vid den här tiden. Även försökt att stryka under hur bekymrad Palme hade varit över "Geijers notoriska fruntimmersaffärer".

Vissa slutsatser är således både enkla och givna.

Lennart Geijer hade fått sköta sitt eget försvar.

Olof Palme hade lyst med sin frånvaro i åtminstone den här frågan.

Carl Persson hade suttit kvar som rikspolischef ytterligare några år. Hans förordnande skulle ha gått ut 1982 men nu väljer han att sluta redan på våren 1978, ett halvår efter Geijeraffären.

Erik Eriksson och Göran Elwin hade fått Stora Journalistpriset.

Dagens Nyheter hade sluppit att fastna med pitten i svängdörren och skägget i brevlådan samtidigt som man står där med rumpan bar och brallorna nerhasade till fotknölarna. "Man hade för Brattom", helt enkelt, som en av deras konkurrenter sammanfattade saken.

Om inte om hade varit. Om bara jag själv hade låtit bli att ringa tillbaka till Peter Bratt den där eftermiddagen i november 1977. Och eftersom jag ändå gjorde det... om jag inte hade låtit min käft springa före mitt förstånd. Om inte...

# 52.

Motivbilder

Istället blev det som det blev och under de snart trettiofem år som gått har jag givetvis haft all tid i världen att rannsaka mina motiv till det jag gjorde. Om jag skall beskriva dem med den terminologi som jag själv ibland använder när jag gör profiler på andra gärningsmän, så vill jag påstå att de var blandade. I och för sig inget märkvärdigt för motiv ser ofta ut på det viset.

Jag var kritisk till både Lennart Geijers allmänna kriminalpolitiska uppfattning och inte minst till hans syn på sexualbrotten. Den kritiken hade jag också gett offentligt uttryck för vid åtskilliga tillfällen och under flera år före Geijeraffären. Den var ingen hemlighet för någon, allra minst för Geijer själv.

Ryktena om att han skulle ha privata motiv för sin liberala syn på prostitutionen var jag också väl medveten om. Jag hade hört dem många gånger från poliser som hävdade att de hade observerat honom i samband med sin horspaning i diverse svårförklarliga eller till och med misstänkta sammanhang. Dessutom från flera prostituerade som påstod att de skulle ha haft sex med honom mot betalning. Det fanns till och med två som sagt det direkt till mig. Till saken hör samtidigt att jag vid den här tiden inte var övertygad om att dessa påståenden var sanna. I vart fall inte övertygad på det viset som man måste vara när det kommer till beskyllningar av den digniteten.

När saken fördes på tal på min arbetsplats, vilket hände vid flera tillfällen, minns jag att jag brukade invända att jag i vart fall inte hade stått vid sängkanten och tittat på medan det hände. Heller aldrig hört någon polis hävda att han eller hon hade gjort det. Att de prostituerade, som påstod att de skulle ha haft honom som kund, alltid tagit bladet från munnen när de själva befunnit sig i trångmål med polisen. Aldrig inställt sig frivilligt och erbjudit sig att vittna om saken trots att det funnits åtskilliga koppleriärenden där de skulle ha haft möjlighet att göra det. Om det som de påstod nu skulle vara sant.

I dag har jag släppt de tvivlen. Jag är numera övertygad om att det var så illa som man sa. Att Lennart Geijer vid många tillfällen köpt sexuella tjänster från ett flertal olika prostituerade kvinnor, att detta pågått under en lång följd av år och att han gjort det långt innan han blev justitieminister. Något som han förvisso inte var ensam om, ens bland politiker av hans dignitet, vid den här tiden.

Samtidigt är dessa senare insikter ointressanta. När jag pratar med Bratt så är jag också noga med att redovisa det rent sakliga underlaget för den pm som upprättats vid rikspolisstyrelsen. Att det faktiskt handlar om vad folk påstår. Inte att vi skulle sitta på några spaningsfoton eller avlyssningsband där vi tagit Geijer på bar gärning.

Man måste också vara klar över – när jag nu rannsakar mina egna motiv – att för trettiofem år sedan var Watergateskandalen ett levande politiskt faktum. Inte minst bland sådana som jag som arbetade i Maktens Serveringsrum. Jag ville inte bli indragen på fel sida i en offentlig skandal av den omfattningen, hellre då utnyttja det meddelarskydd som grundlagen gav mig och alldeles bortsett från de konsekvenser som det skulle få för den före detta justitieministern som under många år även hade varit min högste chef. Min högste chefs högste chef, om man nu skall vara noga.

Det jag sa när jag pratade med Peter Bratt var dessutom helt sant. Det var inte så att jag talade mot bättre vetande eller ens lät min fantasi fylla i några luckor i det jag sa. Jag bekräftade att rikspolischefen hade lämnat en pm till statsministern och beskrev kortfattat vad den handlade om. Att detta var sant visste jag med säkerhet trots att jag inte hade följt med Carl Persson när han lämnade sin pm till Olof Palme i slutet på augusti 1976. Ett par veckor före valet och mer än ett år före Dagens Nyheters avslöjande.

Så långt tycker jag nog också att mina motiv åtminstone var acceptabla i moralisk mening. Att samtidigt beskriva dem som ädla är jag däremot inte villig att göra. Jag var naturligtvis fullt medveten om vilka personliga konsekvenser detta skulle få för Lennart Geijer och eftersom jag fortfarande levde med mina tvivel fanns det även moraliska argument som talade mot det som jag gjorde. Skäl som jag inte enkelt kunde slingra mig ur genom att berätta för Peter Bratt att den sakliga halten i misstankarna mot Geijer var långt ifrån hundraprocentig.

Jag var inte naiv i den meningen. Tvärtom var jag mycket medveten om att det jag bekräftade väl uppfyllde kraven på ett journalistiskt avslöjande av första rangen och att det bara fanns två vägar ut. Antingen att det var så illa som rikspolischefen befarade, ajöss med Lennart Geijer, eller att samme rikspolischef bara försökt torgföra illa underbyggda fantasier i avsikt att komma åt en politisk motståndare, ajöss med Carl Persson. Oavsett vilket, så var det ett scoop av bästa märke.

Om jag hade varit jävlar i mig övertygad om att Lennart Geijer sprang hos horor, om jag hade kunnat visa detta bortom allt rimligt mänskligt tvivel, om jag hade erbjudit mig att låta Peter Bratt citera mig direkt på den punkten – något säger mig att både han och hans tidning skulle ha tagit det erbjudandet – då hade jag varit ädel. I den där gammaldags meningen som brukar vara det bärande budskapet i de riddarromaner som varje tänkande människa slutade läsa mer än hundra år innan Dagens Nyheter gav sig på Geijer.

Det finns även andra tveksamheter i min motivbild. Nämligen att min arbetsgivare rikspolisstyrelsen och jag själv sedan flera år tillbaka har varit inbegripna i en maktkamp med Geijer och justitiedepartementet. Att Dagens Nyheter och Peter Bratt plötsligt har gett mig chansen att dela ut en rejäl tjuvsmäll med hjälp av grundlagens meddelarskydd. Det är jag naturligtvis medveten om och det är inte det minsta ädelt. Dessutom var det helt opåkallat i en maktmässig mening. Geijer hade gått i pension. Den politik som han stod för tillhörde redan historien och det krig som jag och rikspolisstyrelsen en gång förde mot honom hade vi i allt väsentligt redan vunnit.

Inte bara en tjuvsmäll således, utan också en eftersläng mot en som redan hade vikt ner sig och mindre ädel än så kan man knappast vara ens i det rent pugilistiska sammanhanget.

Mitt rent personliga handlande, inte minst mot bakgrund av det jag sagt, tycker jag också visar på allvarliga brister rent förståndsmässigt. Det var naivt, enfaldigt och onödigt, och det enda jag kan säga till mitt försvar är att jag normalt aldrig beter mig på det viset. Jag är inte det minsta godtrogen, jag är långt ifrån dum i huvudet och jag är nästan alltid medveten om konsekvenserna av det jag väljer att göra eller avstår från att göra, på förhand och ofta nog in i minsta detalj.

Möjligen är det så enkelt att det har gått för bra för mig. Att jag drabbats av högmod, av övermod, precis som Ikaros den där gången då han flög för nära solen, tappade sina vingar och störtade i havet. Ungdomligt övermod, och om Bratt hade ringt mig i dag skulle jag med största sannolikhet bara ha skakat på huvudet och sagt att jag inte hade en aning om det som han pratade om.

Men inte den gången som det hände. Den gången hade jag blandade motiv och det finns ingen anledning för mig att vara vänligare än så mot mig själv.

# 53.

Efterbörd

Geijeraffären har också en efterbörd, inte minst en personlig efterbörd som handlar om mig. På min egen avräkningsnota finns många människor som förlorade sin heder den där gången. Inte bara hos mig, förresten, utan hos alla som har ett huvud att tänka med och ett hjärta att känna med.

Att rangordna skurkar efter grovheten i de övergrepp som de har begått är inget som jag normalt brukar ägna mig åt, det är sådant som FBI och rikskriminalen kan hålla på med, men den här gången är jag villig att göra ett undantag för några av dem.

En av dem är Peter Bratt. Det var inte så enkelt att han bara gjorde ett dåligt jobb som journalist. Det var långt värre än så. Redan inom loppet av ett dygn har han avslöjat sin grundlagsskyddade källa. Inte bara till flera av sina kolleger på Dagens Nyheter utan även till andra journalister som jobbar på andra redaktioner. Det vet jag helt säkert och jag vet det tidigt. Det vet också Peter Bratt att jag vet, och det är bland annat därför han nogsamt undviker att beröra det ämnet när han långt senare försöker vitmena sina insatser i den här sorgliga historien.

Så här dags – redan samma dag som Dagens Nyheter tar in hans artikel – har han också räknat ut att det håller på att gå alldeles åt helvete för honom och det är i det läget han börjar marknadsföra sin teori om att han själv, i egenskap av IB-avslöjare, fallit offer för en konspiration från min och rikspolischefens sida. Att jag medvetet, på min högste chefs uppdrag till och med, skulle ha gett honom falska uppgifter i avsikt att sätta dit honom.

Även som konspirationsteori är detta bland det mest enfaldiga som jag har hört och hans resonemang faller platt till marken redan från början. Det är ju han som jagar mig den där dagen, det är han som till varje pris vill ha tag i mig för att prata om Geijer och bordellaffären. Även Peter Bratt borde kunna begripa att om jag nu ville sätta dit honom så skulle väl jag vara den som tog den första kontakten.

Som om inte detta räckte och blev över inleder han redan efter en vecka ett samarbete med sin gamle medgärningsman från IB-affären, Jan Guillou, som fått Aftonbladets uppdrag att avslöja Dagens Nyheters källa. Därför ringer han hem till mig medan Jan Guillou sitter bredvid honom och bandspelaren snurrar.

Det blir ett minst sagt konstigt samtal där Bratt försöker få mig att berätta om vilka jag haft kontakt med när alltihopa hände, dessutom påstår han saker där jag inte ens trettiofem år senare kan förstå vad han är ute efter. Frånsett det helt uppenbara, att han försöker lägga orden i munnen på mig.

Som underlag för ett motiv till det brott mot källskyddet som han och Guillou håller på med är det minst sagt klent. Som en beskrivning av Bratts karaktär och moral är det däremot både uttömmande och rättvisande.

Peter Bratt är förvisso ingen vanlig skvallerbytta. Det är mycket enklare än så. Peter Bratt är en dålig människa. Han är faktiskt en av de allra sämsta människor som jag träffat under mina drygt fyrtio år som brottsforskare och högre vitsord än så kan jag inte ge honom med tanke på alla skurkar och vanliga skitstövlar som jag stött på under mitt rika yrkesliv.

Det finns tyvärr fler än Peter Bratt. Alla dessa Maktens Män, alla deras drängar, lakejer och vanliga skickebud, alla dessa opportunister, kappvändare, medlöpare och rena quislingar, som struntar blankt i sanningen så fort lögnen kan ge dem minsta personliga favör. Alla dessa vanliga människor som bara väljer att titta bort och slå dövörat till trots att de gräsligheter som de just bevittnat ytterst handlar om dem.

Två av dem förtjänar att betraktas särskilt och att nämnas vid namn. Hans Holmér – som är både herreman och dräng den här gången – och den enda statsminister som litade på honom, Olof Palme. En av Sveriges mest inflytelserika politiker under en period på trettio år och en man som även visste att missbruka sin makt.

Jag skall börja nerifrån. Börja med Hans Holmér, det är ju så man förväntas göra när man skall beskriva den moraliska misären och illustrera dess konsekvenser. Glöm aldrig att börja på botten.

Redan på förmiddagen den 18 november, samma dag som Dagens Nyheter publicerat sitt avslöjande, ringer polismästaren i Stockholm, Hans Holmér, till byråchefen vid rikspolisstyrelsen, Esbjörn Esbjörnsson.

Holmér är förbannad. Han "har fått Olof Palmes uppdrag att gå till botten med den här historien", men de poliser som han avdelat för uppdraget kan inte hitta Doris Hopps personakt nere i centralarkivet. Där finns inga papper över huvud taget om Hopp och hennes affärer. Enligt de anteckningar som hans medhjälpare hittat skulle handlingarna ha hamnat på rikspolisstyrelsen redan i början på sommaren året innan.

Esbjörnsson jävlas med Hans Holmér. Frågar honom om han har något ärende? Kanske till och med en anmälan med ett diarienummer från den målsägande som skulle ha drabbats av grovt förtal. Det skulle underlätta för honom, nämligen. Inte minst med tanke på hur sekretesslagen och det hävdade brottet ser ut.

Holmér blir ännu mer förbannad och på eftermiddagen får han sina papper. Prydligt sorterade och genomlästa en extra gång för säkerhets skull och Holmér kan äntligen ge det bidrag till Ebbe Carlsson och Hans Dahlgren som de behöver för sitt arbete med Olof Palmes dementi.

Holmér har mycket att stå i under det här dygnet. Han har redan avdelat folk för att spana på Peter Bratt för att med hjälp av honom ta reda på vem hans källa är. Eftersom Bratt är som han är har Holmér klarat av den detaljen redan på kvällen samma dag och när han omgående ger mitt namn till Palme, Carlsson och Dahlgren blir ingen av dem särskilt överraskad. Det är "den där andra Persson", Carl Persson, som man är mest intresserad av. Inte helt överraskande med tanke på det som hänt och vad han kan ställa till med när det kommer till den dementi som man just har börjat skriva på.

Om man skall vara gammaldags och formell så har Hans Holmér redan nu gjort sig skyldig till ett flertal brott mot de bestämmelser som reglerar tjänsteutövningen och sekretessen inom polisen. Vem som nu bryr sig? Skall Holmér och hans uppdragsgivare få någonting uträttat så duger det inte att de rantar omkring med en lagbok under armen. Det tycks alla de berörda ha fattat. Olof Palme borde ha gjort det, han är ju till och med juris kandidat med goda betyg. Kanske även Holmér borde ha förstått det trots att han inte var någon större tänkare. Han hade ju ändå klarat av att ta en halv juristexamen, åtminstone blivit godkänd som landsfiskal, varit chef för säkerhetspolisen och polismästare i landets största polisdistrikt.

Men ingen bryr sig. Inte ens jag gör det trots att jag i stort sett omgående känner till vad de håller på med. Jag har själv tummat på nåden vid flera tillfällen än ett, och jag vet av egen erfarenhet att i skarpt läge är det resultatet som räknas. Dessutom är jag redan då helt upptagen av att fundera på Olof Palme. Hur han tänkte? Vad det var som drev honom?

## 54.

Olof Palme och hans heder,
andras heder med för den delen

Varför gjorde Palme som han gjorde? Det hade väl inte varit någon konst att åstadkomma en dementi som både tog luften ur Dagens Nyheters illa underbyggda artikel och lämnade över det som återstod till den som orkade fundera över saken. Istället detta övervåld mot allt och alla som bara har råkat ställa en fullt berättigad fråga. Hur ligger det till med den här saken? Är det rena fantasier från en rikspolischef som i så fall skall ha ett annat jobb. Eller ligger det något i det han säger? Jag hade kunnat skriva en sådan på en timme åt honom utan att han på minsta vis hade behövt sätta sin egen heder i pant.

Istället blir det moraliska utfallet för hans vidkommande drabbande. Han använder sig av Hans Holmér och hans polisiära resurser på ett sätt som han inte har rätt till. Han måste ju också omgående ha förstått att Holmér gjort sig skyldig till rena lagbrott för att tillgodose hans önskemål.

Att han skulle gjort det i god tro, övertygad om Geijers oskuld, tror jag heller inte ett ögonblick på. Jag har hört alltför många vittnesmål om motsatsen, att han väl kände till vad Geijer hållit på med sedan länge, och att han till och med uttryckt bekymmer över den saken till personer i sin närmaste omgivning. Det är vad de har berättat för mig och vad gäller deras närhet till Palme finns det till och med papper på den saken.

Lägg till detta Palmes eget handlande. Om nu Geijer är så oskyldig som han säger sig tro, varför passar han då inte på att piska upp Dagens Eko på samma gång som han tar itu med Dagens Nyheter? Tvärtom så följer hans så kallade dementier mycket väl det mönster av lögn som går ut på att ge ett sken av fullständigt förnekande samtidigt som du noga undviker att säga något som kan motbevisas. Lögn genom förtigande, lögn genom att du anpassar dina egna lögner till vad din motståndare kan anföra mot dig. Sådana lögner har jag stött på hundratals gånger i mitt yrke. Vidtagit mina mått och steg för att kunna avslöja även det senast sagda, men i övrigt inte haft anledning att ta vid mig på minsta vis. En gång har en sådan lögn sånär tagit livet av mig. Det var den här gången.

Palmes hävdade omsorg om Fälldin är dessutom lika politiskt osmaklig som dess motsats. När Carl Persson och Åke Magnusson redovisar bakgrunden till den promemoria som de skrivit så blir de sittande i ett par timmar och pratar om underlaget till den. Palme vet mycket väl att detta inte handlar om Fälldin utan om hans egen justitieminister och detta är också det enda skälet till att han föser in Thorbjörn Fälldin på scenen. Han utnyttjar honom och sammantaget är detta ett uttryck för en betydande självöverskattning, motsvarande underskattning av alla andra tänkande människor, mest av allt för allvarliga brister i hans moral.

Jag tillhör inte Palmehatets vänner, tvärtom. Jag är inte på minsta vis kritisk till hans politiska engagemang och har inget särskilt att anföra mot hans politiska gärning. Jag har ägnat hundratals timmar av min tid åt att försöka få tag på den eller de personer som mördade honom. Vad beträffar hans privatliv har jag i vart fall aldrig hört något som skulle kunna anföras mot honom i någon väsentlig mening. Jag har inte anledning att tro något annat än att han var en bra make, en god far och sina vänners vän.

Att jag tycker illa om Olof Palme beror på rent personliga skäl, och det kan knappast vara någon slump att varje gång som jag tänker på honom tänker jag också på min gamle klassföreståndare från realskolan som med ett enkelt penndrag stryker över en av mina klasskamrater vars föräldrar har haft den dåliga smaken att byta namn för att ge sken av en annan och bättre bakgrund än den som de har.

Jag här uppe, han där nere.

Varför gjorde han som han gjorde, den där gången för snart trettiofem år sedan?

Palme var en överklassperson med all den självkänsla och bildning som följer av den bakgrunden. Dessutom var han en känslomänniska. Han var snabb i huvudet och bra på att formulera sig. En typisk polemiker och när han är som bäst är han både drabbande och underhållande. När han är som sämst har han gått i baklås av samma skäl. Det är då han kan sitta och tjafsa med rena idioter, på bästa TV-tid och trots att det bara harmar honom själv. Hans inblandning i bordellaffären är ett bra exempel på det senare. Han hade inte ens behövt lägga sig i den saken och om han nu ändå gjorde det kunde han ha gjort det på ett sådant sätt att han skilts från det med hedern i behåll.

Istället lever historien kvar även när det kommer till Olof Palme och sådant som händer långt senare. När han blir mördad så tar Holmér omgående över den operativa ledningen av utredningen. Det hade han naturligtvis aldrig gjort om det hade handlat om någon annan än just Olof Palme. Klart att han måste ställa upp. Han var ju den enda polis som mordoffret litade på.

Att påstå att det är därför som mordet på Palme fortfarande är ouppklarat är naturligtvis inte sant. Om man skall uttrycka sig mycket milt så bidrog Holmérs ledarskap inte till ett framgångsrikt utredningsresultat. Uppgiften hade varit svår nog utan Hans Holmér, men det som han tillförde utredningen var enbart till skada för den.

Även Ebbe Carlsson ställde givetvis upp och precis som alltid när han gjorde det, så lyckades han bara åstadkomma det vanliga statsrättsliga kaoset som alltid följde i hans spår. Med vänner som Hans Holmér och Ebbe Carlsson behöver man inga ovänner.

Allra minst när man själv har blivit ihjälskjuten på öppen gata och personer i den senare kretsen inte är intressanta på det viset längre. De har ju redan gjort sitt och nu gäller det att hitta dem.

Trettio år senare, tjugo år efter det att han blivit mördad, så pekas han själv ut som kund hos bordellmamman Doris Hopp. De anklagelser som riktas mot Palme är också betydligt allvarligare än de som tidigare drabbat de andra politiker som pekats ut. Palme skulle nämligen ha haft ihop det med de enda två minderåriga flickor som Doris Hopp hade i sitt stall, den ena av dem bara tretton år när det skulle ha hänt, och om detta nu hade varit sant så är det i en juridisk mening mycket allvarligt. Då handlar det om grova brott med fängelse i straffskalan redan vid den här tiden.

Mer än trettio år senare kommer också de flickor som det då handlade om att träda fram i media och vittna om att de haft Palme som kund. Jag tror inte att de gör detta mot bättre vetande. Samtidigt är jag övertygad om att de har misstagit sig och av någon anledning har de sällskap av samme polis som tidigare hade pekat ut Thorbjörn Fälldin.

Med den bevisning som talar mot Olof Palme är det till och med enklare än med Thorbjörn Fälldin. Den gången som det begav sig nämns han inte ens bland de personer som Doris Hopp skulle ha klistrat upp på väggen i sin cell. Palme förekommer över huvud taget inte i den här utredningen. Tanken att Carl Persson, denne utomordentligt försiktige man, skulle ha gått upp till Palme med sina papper, om han haft minsta misstanke om att även han var inblandad, är närmast grotesk.

Palme har naturligtvis aldrig varit kund hos Doris Hopp. Han existerar över huvud taget inte i den omfattande ryktesspridningen vid den här tiden, om politikers samröre med prostituerade, av det enda skälet att han inte höll på med sådant.

Det är värt att påpeka. Jag gjorde det redan för några år sedan då dessa påståenden stod överst på medias löpsedlar. Nu gör jag det igen, om inte annat för att rätt skall vara rätt, och att jag kan göra för honom vad han aldrig gjorde för mig.

Det finns andra i den här historien som jag slutat tänka på. Lennart Geijer är en av dem. Delar av det liv som han levt kom i kapp honom. Under återstoden av hans liv kastade det en skugga över allt annat som han också hade gjort. Även det som var bra och hedervärt. De prostituerade som jag talat med, som påstår att de skulle ha haft honom som kund, har aldrig haft något ont att säga om honom. Tvärtom beskriver de honom som en både vänlig, bildad och generös människa. Inte särskilt lik många av de andra högt uppsatta män som de tyvärr också råkade ut för.

Lennart Geijer som ett offer för den tid i vilken han levde, för sin bakgrund, sin övertygelse och sina tankar om livet. I dessa avseenden, alldeles för lik alldeles för många som var som han. Jag försöker inte släta över det han gjorde. Jag tycker det räcker med det som hände och hur det slog tillbaka mot honom medan han ännu levde. Jag tycker att det är nog nu. Att även detta måste få ett slut.

Carl Persson tänker jag däremot ofta på. Han är en av de bästa chefer som jag har haft. Dessutom en bra människa som jag alltid har tyckt om, även haft kontakt med långt senare i livet. Han har aldrig sagt ett ont ord till mig och jag har givetvis bett honom om ursäkt för min del i det hela, beklagat att det även drabbade honom.

Det hjälper inte. Tyvärr var det så illa att jag ställde till det rejält för honom. Jag gjorde det inte med vett och vilja. Jag klarade helt enkelt inte av att hantera den situation som jag åtminstone delvis hamnade i genom egen förskyllan. Jag har också mycket svårt att se mig själv som en hjälpare av samma slag som Hans Holmér och Ebbe Carlsson.

Jag är inte som de var, har aldrig varit, kommer aldrig att bli.

## 55.

Minnen från en ond tid

Minnen från tiden tränger upp till ytan av mitt medvetande och visar sig. Spelas upp som gamla repiga filmsnuttar i mitt huvud. Mina minnen, som jag minns dem. Det som gör att de både kan trösta mig och skrämma mig, oavsett vad det nu var som faktiskt hände den där gången som det hände. Jag tänker inte ens ta dem i tidsföljd. Jag tar dem som de kommer, det blir lättare då.

Bäst minns jag mötet med Olof Palme i lunchkön i riksdagshuset vid Sergels torg. Det är i början på sommaren, året efter Dagens Nyheters avslöjande, någon månad efter debatten om bordellaffären i riksdagen. Jag är där för att träffa Astrid Kristensson, moderat riksdagskvinna som då satt som ordförande i justitieutskottet. Jag känner Astrid. Hon gillar mig, vilket är ömsesidigt, och hon har inte några som helst problem med att jag skulle vara DN:s läcka i Geijeraffären. Hon har aldrig haft det. Hon har till och med ringt mig när det var som värst.

Ute skiner solen och jag är klart på bättringsvägen. Jag är till och med på god väg att bli en riktigt elak och förhärdad människa och om bara ett par månader kommer man att ge ut min roman *Grisfesten* som handlar om en justitieminister som springer hos horor.

Först sitter vi på hennes rum och pratar och sedan bjuder hon mig på lunch i husets restaurang. Jag står där i kön med min bricka, vanligt vatten och dagens rätt, när jag plötsligt får en obehaglig känsla och vänder mig om.

Bakom mig står riksdagsledamoten Olof Palme. Han är så förbannad att händerna skakar på honom, bestick och glas rattlar mot hans bricka.

Hoppas han försöker slå mig på käften, tänker jag, samtidigt som jag ställer ifrån mig min egen bricka.

Det gör han inte. Han vänder på klacken och går därifrån.

En kväll när jag har det som allra jävligast ringer Jan Myrdal. Han har hört att jag mår dåligt. Att jag smyger omkring i morgonrock bakom nerdragna gardiner och inte ens törs gå ut. Hög tid att jag rycker upp mig. Duschar, rakar mig, sätter på mig vanliga gångkläder. Sedan är jag välkommen hem till honom så skall han nog hjälpa mig att få ordning på både det ena och det andra.

Bratt och Guillou behöver jag över huvud taget inte bry mig om. De har alltid brustit i den grundläggande analysen eftersom de inte har huvuden som duger till sådant, dessutom har de missat något med anknytning till klasskampen, som jag tyvärr glömt vad det var. Hur som helst, varken han eller jag är skapta på det viset så den här saken skall vi säkert kunna reda ut tillsammans.

Jag tackar nej till hans inbjudan men lovar att ta hand om den hygieniska biten. Jag förstår också att Myrdal just har markerat sin vänskap och solidaritet. Under de former som gäller för Kamrater i den Gemensamma Kampen där vanliga Lipsillar inte har något att göra.

Det är på något sätt som om den här historien aldrig tar slut. Att den bara fortsätter och att den plötsligt kan ta ny fart igen trots att personerna som den handlar om ofta redan är döda eller i vart fall på god väg.

Det är en kväll sent på hösten 1989. Jag arbetar som sakkunnig i justitiedepartementet. Regeringen överväger att ge mig en personlig professur. Min gode vän Kjell Larsson, som är statssekreterare hos statsminister Ingvar Carlsson, berättar att planerna på detta tyvärr måste skrinläggas. Utbildningsminister

Lennart Bodström vägrar. Han tänker inte ge någon professur till den man som så grovt förtalat hans gamle vän och kollega Lennart Geijer tolv år tidigare. Det får i så fall bli över hans döda kropp.

Två år senare är Bodström borta ur politiken. Jag är professor, har blivit det på egna meriter som inte ens Lennart Bodström kan göra något åt. Lever gör han fortfarande. Jag hoppas att han har ett så gott liv som han har förtjänat.

Minnen från tiden tränger sig på och hur underligt det än kan låta har jag även goda minnen från samma tid. De handlar alltid om de av mina vänner som stod ut med att min nöd prövade även dem.

När du har det som allra sämst så kan du alltid trösta dig med det, att du aldrig haft ett bättre tillfälle att ta reda på vilka som är dina verkliga vänner. Vänner som stöttar mig, som ställer upp, som säger åt mig att det är hög tid att jag rycker upp mig.

Carl-Gunnar Jansson, min handledare och chef vid universitetet, som försöker förklara att det som nu har hänt i själva verket bara är ett alldeles utmärkt tillfälle för mig att återvända till det akademiska fadershuset och se till att jag äntligen får iväg min avhandling till tryckeriet. Den som bara har blivit liggande medan jag involverat mig med en massa underliga figurer på det straffrättsliga arbetsgolvet. Personer som uppenbarligen lider av allvarliga brister när det kommer till både begåvning, bildning och moral.

Alla dessa riktiga journalister som vägrar vika ner sig och inte har det minsta gemensamt med Peter Bratt och hans gelikar. Jan Mosander på Expressen, Erik Fichtelius och Sven Vrang vid Ekot, Erik Eriksson och Göran Elwin på Studio S. Sven Melander som jobbar på Aftonbladet, men är min vän av andra och rent privata skäl. Säkert också några som jag har glömt.

Ett par av er är döda nu. När vi ses igen på den andra sidan kan vi byta äpplen mot päron. Det ser jag fram emot. Ni andra lever och om ni själva skulle råka hamna framför fläkten så är det bara att ni hör av er. Bryr mig inte ens om vad ni skulle ha hittat på. I värsta fall är det väl inte värre än att jag sticker åt er ett falskt pass och en bunt av alla pengar som jag började tjäna så fort ni den gången fått ordning på den del av verklighetsbeskrivningen som till en början mest handlade om mig.

# 56.

Ständigt denne Jan Guillou

Den kameralt lagde läsaren har så här dags säkert hamnat i svårartade grubblerier vad gäller beskrivningen av Jan Guillou. Ni vet, den där typen av läsare som endast bekymrar sig om konsistensen och logiken i själva texten som hon eller han läser. Som ger fullkomligt faderulingen i språket, alla insikter som berättelsen förhoppningsvis ger, till och med underhållningsvärdet i den. Visst, texten brister av samma skäl som att verkligheten brister när det kommer till hur logik och konsistens fördelar sig över de liv som vi människor lever.

Svaret är enkelt. Jag har ändrat uppfattning om Jan Guillou. Förklaringen till att jag gjorde det är ännu enklare. Den består av tre delar som tagna i tidsföljd ser ut på följande vis. Först blev han klar över vad som var sant och falskt vad gällde min inblandning i Geijeraffären. Därefter ringde han upp mig och bad om ursäkt. Slutligen skrev han en längre artikel om hur det faktiskt låg till och, hunnen så långt, hade jag redan förlåtit honom.

Sedan dess har vi skrivit fyra böcker, drygt trettio timmar TV-manus och gjort ett TV-program tillsammans. Vi har jagat åtskilliga hundra dagar, dessutom ätit, druckit och umgåtts, utan jaktliga inslag, under ytterligare ett stort antal dagar.

Sedan drygt tjugo år tillbaka är Jan en av mina bästa vänner. Artikeln som han ringde och läste upp för mig för snart trettiofem år sedan är historia sedan nästan lika länge. Historia som helt saknar bäring för den tid som sedan följer och även Jan måste väl ha rätt att färglägga en och annan ko.

Fråga mig.

# VII
## PÅ VÄG, FÖRFATTAREN

## 57.
### Jag blev författare för att hämnas

Jul- och nyårshelgen efter Geijeraffären tillbringar jag den mesta tiden i min säng. Jag ligger där och betraktar sprickorna i mitt eget tak. Säkert funderar jag på vart jag skall ta vägen. Snart kommer jag bli tvungen att ta med mig familjen och flytta därifrån för att jag har fått sparken från rikspolisstyrelsen och numera inte har någon som helst möjlighet att klara av vare sig räntor eller amorteringar.

På den tredje dagen reser jag mig. Jag har bestämt mig för att skriva en roman. Inte för att jag vill bli författare utan för att jag vill hämnas. Kanske skriva en helt påhittad roman om en justitieminister som springer hos prostituerade och vilka risker för rikets säkerhet som sådana små privata hyss kan medföra. Och om någon nu skulle ta illa vid sig, kanske till och med känna igen sig, så är det inte mitt problem. Det kan ju rimligen inte vara mitt fel att någon enögd stackare känner sig träffad bara för att jag har skrivit en roman om en synål.

Jag blev skönlitterär författare för att jag ville hämnas. I bästa fall kanske tjäna en hacka på kuppen så jag kunde behålla huset och bo kvar. Se till att min familj fick mat och potatis varje dag och att mina två små flickor kanske kunde ha nystrukna kläder och en rosett i håret till helgen. Låter det konstigt?

Redan första veckan i januari är jag i full fart med min nya karriär som skönlitterär författare, låt vara i den något dubiösa genren nyckelromaner. Jag har också god hjälp av min gode vän

Sven Melander. Han är inte bara hejaklacksledare, han hjälper mig även att skriva. Enda problemet med det är att han skriver mer underhållande än jag och hela tiden vill läsa upp det han just har skrivit. Något stort problem är det inte, och det känns gott att jag har en riktig vän vid min sida. Det gör mig lugn.

Jag är på god väg att repa mig. Jag lever, jag har inte bara blivit starkare som Nietzsche lovat mig. Jag har till och med blivit elak och hämndlysten och den här gången tänker jag själv hålla i yxan. Inte lämna över den till någon darrig dilettant som Peter Bratt.

Tidningarna har slutat jaga mig. Alla vet visserligen att det är jag som är Läckan i Geijeraffären, men det har i vart fall inte stått i tidningen vilket möjligen kan tala för att saken är mer komplicerad än vad man från början har trott.

Till och med Guillou har lagt ner sina fruktlösa försök att avslöja mig. Aftonbladet, som gett honom uppdraget, ville inte ha hans artikel. De stack åt honom ett par tusenlappar, föreslog att han kanske kunde sälja den till någon annan tidning. Chefredaktören Fredriksson lär till och med ha önskat honom lycka till och det är faktiskt Jan själv som några år senare har berättat det för mig. Säkert i det ögonblick av svaghet som drabbar även starka män.

Trots Fredrikssons omtanke går det inget vidare för den undersökande reportern Jan Guillou. Först Expressen, sedan Göteborgs-Posten, sedan i stort sett alla andra som kanske kan erbjuda honom papper, trycksvärta, spaltutrymme, och en allt mindre penning, och det är först när även SAS månadsmagasin Upp & Ner ger honom kalla handen som han frivilligt avbryter sin självpåtagna Golgatavandring.

Själv kan jag följa honom i spåret hela tiden. Så fort han blivit visad på porten ringer nämligen chefredaktören upp mig, berättar om Guillous besök och att han själv, givetvis, aldrig skulle drömma om att bryta mot det heliga källskyddet och att han även upplyst Guillou om den saken.

Sedan har de ett erbjudande också. Alla har de samma erbjudande. Om jag däremot vill berätta "Sanningen om Geijeraffären" i just deras tidning så skall de både rensa första sidan och ge mig betydligt mer pengar än vad Guillou ville ha. Jag tackar nej till samtliga, och att något måste ha hänt har jag redan räknat ut av egen kraft.

Dessutom blir jag bara starkare. Jag har vågat mig ut bland människor igen. Kunnat uppsöka mitt eget Ground Zero och med egna ögon se vad som finns kvar efter katastrofen. Rikspolisstyrelsen är ett avslutat kapitel, och det kommer att dröja närmare femton år innan jag återvänder dit, men det andra finns kvar. Min fru, mina tre barn, mina riktiga vänner, till och med vårt nya hus i Djursholm finns kvar. Jag har mitt jobb på universitetet. Äntligen har jag tid att göra klar min avhandling som bara blivit liggande.

Jag har redan fått erbjudande om nya extraknäck och till och med mina uppdrag i Sexualbrottskommittén och Prostitutionsutredningen har jag fått behålla. Dessutom har jag skrivit färdigt min debutroman. Det tog bara sex veckor från det jag stuckit det första papperet i valsen på skrivmaskinen så svårighetsgraden i det uppdraget tycks i vart fall inte ha varit överväldigande. Att min förläggare inte är lika entusiastisk som jag kan jag dessutom leva med.

Han hade hoppats på en lärobok i kriminologi, stadiga inkomster, klassiska långsäljare och en växande marknad med ständigt fler universitetsstuderande. Romaner däremot är ett ekonomiskt vågspel, som bäst. Nästan alla romaner har det gemensamt att de inte säljer och med debutanter är det alltid på det viset. Undantaget Ulf Lundell, givetvis, men jag är tyvärr inte det minsta lik honom. Dessutom tycker han faktiskt att *Grisfesten* är en bra konstig titel på en bok. Det var illa nog med Jersilds *Grisjakten* men han var åtminstone en redan etablerad författare när han gav namn till sin bok.

Vi enas i trötthetens tecken, hans trötthet – inte min – för jag är numera både stark och förslagen och lyckas till och med prata upp förstaupplagan från fyra- till femtusen exemplar samtidigt som jag lurar till mig ett helt orealistiskt förskott. Och bara några månader senare, när *Grisfesten* kommit ut, så inser vi hur fel vi båda hade.

*Grisfesten* är fortfarande min mest sålda bok. Under de trettiotre år som gått har den kommit ut i ett tjugotal olika upplagor. Enbart i Sverige har den sålt i en miljon exemplar och den tickar fortfarande på. Filmen – *Mannen från Mallorca* – som Widerberg gjorde på samma roman, tycks i stort sett alla ha sett.

Hämnd är en rätt som skall avnjutas kall, enligt de sicilianare som bär den devisen genom livet. Själv vet jag bättre än så. Det är aldrig fel att skriva en bok om den innan man sätter sig till bords.

Professor Wille Vingmutter har blivit stor nu. Han har till och med kommit längre än Nietzsche. Han har lärt sig att leva enligt det råd som Winston Churchill ger till sina landsmän under inledningen av det stora kriget då allt handlar om att överleva från en dag till nästa. Vi är i krig nu, förklarar Churchill. Vi är goda människor, våra motståndare däremot är onda människor som hotar att förgöra oss. Om vi skall kunna besegra dem måste vi förhärda oss, till och med plocka fram det sämsta inom oss. Det rådet har Wille Vingmutter tagit till sig och inte ens hans öron sticker ut längre, inte det minsta lilla.

Jag har fortsatt med att skriva romaner. *Grisfesten* blev ingen engångsföreteelse annat än i den meningen att mitt enda motiv för att skriva den var att jag ville jävlas med dem som jävlats med mig. Efter min debut har jag haft mer blandade motiv och fram till dags dato har jag skrivit tio romaner om brott, varav nio som jag gett ut och en som jag bestämt mig för att inte ge ut för att den ligger alldeles för nära verkligheten. För att den förmodligen skulle ta livet av den som den handlar om trots att hon inte på minsta vis är inblandad i det brott som den också handlar om.

Dessutom har jag skrivit en dokumentär om Stureplansmorden, en roman som inte handlar om brott och en satirisk betraktelse över den svenska kriminalpolitiken, som jag heller inte avser att publicera av omsorg om både mig själv och mina läsare. Sådant är ganska enkelt att ta ställning till. Man låter bara boken ligga ett tag, behöver inte ens läsa den en gång till, du känner det redan på den doft som den ger ifrån sig.

Jag har också hunnit med att göra ett uppehåll på tjugo år i mitt romanskrivande och enda skälet till den parentesen var att jag inte kände för att skriva romaner under den tiden. Det fanns andra saker som jag hellre ville skriva om. Fritt skrivande, om man så vill, som låg vid sidan av min forskning och ofta handlat om helt andra saker än om brott. Ett fritt skrivande som nästan alltid har skänkt mig både lugn, nöje och lust. Till och med lyckats tränga undan min ångest.

Dessutom har det blivit en del sidor under dessa år. Sammanlagt ungefär tolvtusen, från kortare artiklar, kolumner, noveller... till film- och TV-manus... till ett tjugotal böcker som inte har handlat om forskning om brott.

Fritt skrivande, helt enkelt, och särskilt mycket tid har det heller inte tagit. I genomsnitt fem sidor om dagen, tolvtusen delat med fem blir tvåtusenfyra dagar, knappt sju år av mitt liv har jag ägnat åt fritt skrivande. Jag sitter ofta på det där viset och siffersätter min tillvaro. Det gör mig lugn, i vart fall lugnare, i och med att jag får för mig att jag åtminstone har kontroll över min tid, oavsett hur rörigt mitt liv nu kan te sig.

Knappt sju år, det är det hela och det har funnits gott om tid över för annat. Som att forska, vilket är enastående tidskrävande och räcker gott som enda förklaring till varför jag bara fått ur mig tretusen sidor under sammanlagt fyrtio år.

Bättre ändå, all tid som jag fått över till att läsa sådant som andra har skrivit och till och med få uppleva det där magiska ögonblicket då man tänker "att det här borde ju jag ha skrivit". Allra bäst de gånger som man inte ens förstår hur han eller hon burit sig åt för att kunna skriva på det viset.

Verklighet störtad... verklighet född... Bättre än så kan man väl inte sammanfatta skrivande när det är som bäst.

Jag har börjat skriva små lappar också. Tiden före Geijeraffären har jag inget behov av att göra det. Jag är forskare och det livet kan jag hantera med hjälp av mitt goda minne och en vanlig planeringskalender.

Efter Geijer blir jag även författare, snart kommer jag att tjäna en massa pengar och också bli investerare och entreprenör. För säkerhets skull även börja arbeta i regeringskansliet som sakkunnig åt totalt tre olika justitieministrar. I och med detta blir min tillvaro betydligt rörigare eftersom jag hela tiden måste hålla isär alla dessa olika personligheter för att de inte skall börja bråka med varandra.

Det är då som jag börjar skriva små lappar med allt som jag måste göra innan jag kan börja leva mitt liv på riktigt. Inte bara forska, skriva fritt, eller läsa mig fram Mellan Sommarens Längtan och Vinterns Köld.

Snart kan jag börja leva på riktigt, igen. Så fort jag strukit den sista punkten på den minneslapp som för tillfället råder över mitt liv.

"Skriva berättelsen om min klassresa."

## 58.

### Sommarvikarie på Expressens kulturredaktion


Sommaren 1980 arbetar jag som vikarie på Expressens kulturredaktion. Hunnen så långt i livet känns det som att det är det bästa jobb som jag har haft. Jag lever ensam i glappet mellan min första och min andra fru vilket bland annat för det goda med sig att jag inte behöver hålla på att småljuga för den människa som borde stå mig allra närmast i livet. Jag är fri att träffa den jag vill och det gör jag också. Dessutom har jag tagit steget in i en ny värld. Jag är inte bara forskare som jag varit de senaste tio åren. Jag har även blivit författare.

Jag minns mina arbetskamrater från den här tiden. Trettio år senare så räcker det med att jag tänker på dem för att jag skall bli på gott humör. Arne Ruth är nyutnämnd chef för Kulturen, en vänlig och bildad man som nästan aldrig befinner sig på sin arbetsplats. Den här sommaren är han i Västtyskland för att träffa intellektuella. Ibland ringer han för att fråga hur vi mår. Vi mår alltid bra.

Istället har Christel Persson tagit hand om det praktiska. Det är hon som är chef, om inte till namnet så till gagnet, och det är hon som ser till att vi kan få ihop ett par kultursidor varje dag trots att jag aldrig blir riktigt klar över vad vi som jobbar på redaktionen egentligen håller på med. Mer än att vi bara umgås, läser böcker, går på bio och lyssnar på musik.

Camilla Lundberg skriver om musik. Dessutom är hon redaktionens främsta fältagent när det kommer till att hantera särskilt känsliga uppdrag och personer. När något ljushuvud i högsta ledningen får för sig att skicka Lars Forssell till olympiaden i Moskva som sportreporter, så får Camilla åka med för att se till att han åtminstone kommer hem igen.

Det gör han och efter bara en vecka på det vanliga svenska hospitalet är han precis som vanligt. Vad han skrev om medan han ännu höll greppet om pennan där borta bland alla ryssar, är däremot oklart. Om det nu var diskus, boxning eller femkamp kan också göra detsamma, men jag minns texten han skrev och insikten bakom den och på den kulturredaktion där jag nu har fått sommarjobb bryr man sig föga om de mänskliga resultat som kan mätas i meter eller minuter, eller ens räknas i antalet näsor som slagits i blod. Där lever vi för De Stora och Eviga Frågorna.

Björn Nilsson är den av oss som jobbat längst på Kulturen och han har egentligen bara två problem i den värld där han vistas. Björn skriver om böcker och så fort han fattat kärlek till något han läst blir han fullkomligt hämningslöst och passionerat förtjust – bergtagen som Camilla skulle ha sagt – och skriver recensioner som är långt bättre och mer välskrivna än boken som de berör.

Sedan är det den där ständiga historien med hans före detta bäste vän, författaren Lars Gustafsson. En gång i veckan så ringer Gustafsson för att skälla på Björn. Då blir Björn ledsen. Vi andra hämnas på Gustafsson genom att ändra på hans kommatering i den artikel som han just har skickat, varpå Gustafsson blir tokig och ringer till Bosse Strömstedt för att se till att han ger oss sparken. Bosse är nybliven chef för hela tidningen och har definitivt inte tid för vare sig tyska intellektuella eller att göra sig av med vanligtvis fungerande medarbetare.

Istället talar han vänligt till oss. Förklarar att Gustafsson visserligen kan vara en enastående besvärlig människa men att han samtidigt är en stor författare. Sedan nickar han vänligt och återvänder till sitt rum, sätter sig vid sin lilla orgel och spelar gamla väckelsesånger. Där sitter han och snuttar på sin egen tröstefilt, berättar för oss, på andra sidan dörren till hans rum, att han just har hört om en Stad ovan Molnen. Som arbetsmiljö är det inte särskilt likt det polishus från vilket jag själv leddes ut i öronen ett par år tidigare.

Klas Östergren, Mårten Blomkvist och jag själv är sommarvikarier. Mårten är visserligen bara ett barn men han kan allt om film och dessutom har han ihop det med Bosse Widerbergs dotter. Samme Widerberg som lovat att han skall göra film av min roman, *Grisfesten*. Vi är precis som en liten familj och jag har redan fått ett specialuppdrag.

Eftersom jag inte bara är känd författare och kulturarbetare utan även filosofie doktor vid Stockholms universitet föreslår Björn att jag skall skriva de särskilt känsliga refuseringsbreven. Om inte annat för att Bosse skall slippa sitta i telefon hela tiden och förklara för alla sargade skönandar varför han inte tänker ge oss sparken trots allt som vi utsatt dem för.

Jag skriver mina refuseringsbrev på ett sätt som skulle ha hedrat vår ambassadör i Berlin under inledningen av det stora kriget och undertecknar givetvis med vänliga hälsningar och min fulla titel, Leif GW Persson, medarbetare vid Expressens kulturredaktion, Filosofie Doktor vid Stockholms universitet.

Björn är både stolt och glad. Den som fullgör samma uppdrag på Dagens Nyheter är bara en enkel filosofie licentiat. Björn verkar ha ett komplicerat förhållande till kollegerna på DN. Högt begåvad som han själv är, så kanske det inte är så konstigt.

Klas och jag knäpper i oss ett par supar till lunch. Mårten dricker mjölk och surar för att han inte får smaka. Klas får en idé. Vi skall utlysa en tävling bland läsarna där de får gissa vilken känd svensk författare som har skrivit den tidigare opublicerade dikt som vi nu tagit in i tidningen. För att göra det hela lite mer intressant skall det samtidigt vara vi som skriver dikterna,

Klas och jag alltså, inte Södergran eller Lindegren, Boye eller Gullberg.

Björn tycker att tanken är rent ut sagt fenomenal. Litterär Metafysik på högsta nivå, värdig landets främsta folkbildande organ, och skulle vi bara få minsta problem med rim, tonträff och valörer så är vi givetvis välkomna att höra av oss till honom.

En halvtimme och en halv flaska rödvin senare är jag klar med veckans bidrag. Tre korta verser på vardera fyra rimmade rader. Den sista versen minns jag fortfarande, trettio år senare. Den handlar om mig, nämligen.

*Livet som ett trassligt garn*
*Ingen början, ingen ände*
*Irrar vilset som ett barn*
*Säg, vad var det nu som hände?*

– Vad tror du om den här, frågar jag och skickar över lappen med texten till Klas.

– Ferlin, konstaterar han. Ge mig flaskan så ska du få en schysst Dagerman. Jag känner att det är stora saker på väg upp i mitt huvud.

Sommaren på Expressens kulturredaktion för mer än trettio år sedan. Hunnen så långt i livet det bästa jobb som jag hittills har haft, bäst av alla. Jag har överlevt Geijeraffären, jag är tillbaka och har hur mycket som helst att göra. Jag har också lovat mig själv – dyrt och heligt – att sluta med att färglägga kor. Ett löfte som jag också kommer att hålla. I värsta fall får jag väl skriva dikter och Nils Ferlin är säkert den som kan förlåta, även en sådan som jag, somliga rader.

# VIII
## ÅTTIOTAL OCH NITTIOTAL, MÅNGA ROLLER OCH RÖRIGA ÅR

## 59.

### Många roller, röriga år

Sent sjuttiotal, tidigt åttiotal. Jag har överlevt Geijeraffären. Jag har haft stor framgång med min skönlitterära debut. Jag har kvar mitt arbete på universitetet och mina utredningsuppdrag i departementet. Jag har visserligen fått sparken från polisen men jag har plötsligt mer pengar än vad jag ens kunde dagdrömma om på den tiden jag gick i läroverket och bara längtade till rätt sida av Odengatan. Mina rent materiella förutsättningar för att leva ett både privilegierat och välordnat liv är väl tillgodosedda.

Istället blir de följande tjugo åren de rörigaste i hela mitt liv och när jag äntligen får någon begriplig ordning på min tillvaro beror det inte på mig och de beslut jag fattar utan på att min dåliga hälsa plötsligt stakar ut gränserna åt mig. Det är mitt plötsliga överflöd, alla dessa möjligheter att välja, som stökar till det för mig. Jag är som en hetsätare som lämnats ensam vid Operakällarens julbord. En vuxen man som drabbats av en tjugo år försenad pubertet samtidigt som han får vara sin egen förälder och har hur mycket pengar som helst.

Tillika är det en röra som omfattar samtliga delar av mitt liv. Det privata likaväl som det offentliga, mina relationer till min familj och alla andra jag träffar, mina intellektuella intressen och mitt arbetsliv. Det är till och med så rörigt att när jag nu, många år senare, skall försöka ge ens en övergripande beskrivning av vad jag egentligen hållit på med under en tredjedel av mitt liv får jag stora problem med att åstadkomma en begriplig text.

Inte för att det finns saker som jag inte vill eller kan berätta om, inte för att jag under de här åren super skallen av mig så ofta att jag helt enkelt inte skulle komma ihåg vad jag höll på med. Så enkelt är det inte och vad gäller just den senare detaljen så är jag den där typen av missbrukare som i detalj kan erinra sig vad som hände innan han försvann rakt in i dimman. Så fort som jag kvicknar till igen så minns jag hela vägen fram till dess jag somnar med skorna på. Det är rörigt helt enkelt, förbannat rörigt, och det enda sättet att göra det någorlunda möjligt att begripa är väl att jag börjar med att redovisa mina bakomliggande inre drivkrafter och motiv till det liv jag plötsligt lever.

Jag är ekonomiskt oberoende för första gången i mitt liv och det innebär att jag i den meningen – när det kommer till nödvändiga förutsättningar – är fri att bejaka allt sådant som jag gillar och även om det bara råkar passera genom mitt huvud. Alldeles oavsett om det handlar om att arbeta eller umgås med familjen. Eller alla dessa detaljer som upptar så stor del av både den rikes och fattiges vardag. Som i mitt fall att inköpa Strindbergs samlade verk i halvfranska band för att under de följande veckorna ligga på soffan i mitt arbetsrum, läsa böcker som jag redan läst, för att till sist komma till den insikten att texten nog betyder mer än omslaget. Eller åka till Mongoliet under en månad för att jaga hjort och stenbock från hästryggen. Det är den ena sidan av saken och den tid som jag tidigare ägnat åt att jaga efter varor med röda prislappar i snabbköpet är numera historia.

Jag har också slutat med att färglägga kor, vilket både är klokt, moraliskt hedervärt och allmänt tidsbesparande. Det märkliga i samband med det är att jag plötsligt blir kontroversiell som brottsforskare och alldeles oavsett om jag studerat polisens effektivitet eller samhällets åtgärder mot ekonomiska brott. Kritiken riktar sig också lika ofta mot min person som mitt arbete och eftersom jag numera inte är någon vanlig komålare så finner jag givetvis stort nöje i att tala om för alla att jag skiter fullkomligt i vad de tycker om den saken och att det inte är mitt problem att de tydligen inte förstår bättre.

Jag behöver inte längre söka tröst i det faktum att i ett land som Sverige är det helt omöjligt att bli osams med samtliga av samma skäl, och vid en och samma tidpunkt.

Så långt är väl allt gott och väl – eller i vart fall tidsbesparande och uthärdligt – men sedan blir det inte lika enkelt genom att jag numera även är fri att släppa lös de mörka drivkrafterna i mitt inre. Mitt nymornade klasshat, min revanschism. Alla faktiska, eller blott upplevda orättvisor och vanliga oförrätter som jag burit med mig, som jag nu kan kvittera, utan att fundera allt för mycket över skuldfrågan och om den som det drabbar haft med saken att göra eller inte. Jag börjar be folk fara åt helvete i en omfattning som lyckligtvis inte är särskilt vanlig bland normala och hyggliga människor. Allra minst bland sådana som det har gått bra för.

Ett ytterligare skäl till detta handlar säkert om den ångest som jag fortfarande bär med mig. Tidigare har jag försökt hantera den genom att köra runt den i min själsliga torktumlare men nu är jag fri att lätta på mitt inre tryck på det enklaste vis som finns, nämligen genom att jag låter kapsylen flyga av mig. Jag är plötsligt fri att tycka illa om allt och alla som jag ogillar men jag är också fri att värna om dem som jag älskar, enligt samma principer som de som styr en siciliansk maffiaboss, familjefader och vanlig otrogen äkta man genom livet.

Så långt om mina motiv och inre drivkrafter och enklaste sättet att visa hur de återverkar på mitt liv är väl med hjälp av en enkel kronologisk beskrivning av vad jag håller på med under de här tjugo åren av mitt liv. Jag har åtminstone försökt att göra mitt bästa och den enda förklaringen till att beskrivningen ändå brister är säkert det förhållandet att föremålet för den är just obegripligt. Det hela blir skissartat, till delar är det också text skriven i tiden, en rörig tid.

Inom ett år efter Geijeraffären har mitt äktenskap gått i kras. Jag skall inte skylla på det tumultet, det var knepigt nog redan innan, men det blev inte bättre av den saken. Eftersom jag plötsligt fått en massa pengar är de praktiska problemen lätta att lösa. Min första hustru bor kvar i huset i Djursholm tillsammans med våra två döttrar. Själv köper jag en bostadsrätt alldeles i närheten. Försöker i vart fall klara av att göra det som man har rätt att förvänta sig av en nyskild man och pappa till två små tjejer på tio respektive fem år.

Kort och sammanfattningsvis så lyckas jag mindre väl. Jag har nämligen redan träffat en ny kvinna som är från Göteborg. Jag blir känslomässigt besatt av henne. Flyttar till Göteborg eftersom hon vägrar att flytta till Stockholm. Jag köper en ny villa i den göteborgska motsvarigheten till Djursholm, jag får min tredje dotter, vi gifter oss, jag längtar tillbaka till Stockholm hela tiden, har ingenting vettigt att göra men all tid i världen till att gräla med min nya fru och uppträda i rollen som andligen frånvarande fader till mitt yngsta barn.

Så långt om min privata tillvaro från slutet av sjuttiotalet till början av åttiotalet.

Under samma tidsperiod har jag blivit klar med min doktorsavhandling. Jag har fått mycket beröm, blivit docent, min akademiska karriär är spikrak, professuren en tidsfråga och själv löser jag den biten genom att sluta på universitetet. Slutar för att aldrig återvända. Vid samma tidpunkt har jag också tröttnat på att skriva succéromaner. Jag vill skriva annat istället, vad som helst men inte romaner, men allra helst vill jag sitta på krogen med alla författare och skådespelare som jag just lärt känna. Jag skriver inga romaner på tjugo år och varje gång jag får frågan är mitt svar givet. Ingen riktig pianist vill spela på ett självspelande piano. Det är för lätt helt enkelt.

Sanningen är naturligtvis mycket enklare än så. Det är mycket ensamt att skriva romaner. Det är ofta svårt, nästan alltid självutlämnande. Det är mycket roligare att gå på krogen. Äta, dricka, träffa nya kvinnor och umgås med alla konstnärskamrater. Så långt mitt öga kan se i vart fall inga glåmiga akademiker med enbart ungdomsfinnarna kvar och morgondagens huvudvärk och ruelse kan jag enkelt lösa genom att omgående starta på ny kula.

Ungefär samtidigt har också regeringskansliet hört av sig och frågat om jag vill börja jobba hos dem. Det hela är fullkomligt obegripligt. Inte ens Jaroslav Hašek skulle ha kommit på tanken. Vi har fått en ny regering, Olof Palme är tillbaka som statsminister. Regeringen tillsätter en kommission mot den ekonomiska brottsligheten. Fyra år efter Geijeraffären får jag frågan om jag vill bli sekreterare i kommissionen och ta hand om det praktiska utredningsarbetet och skriva kommissionens slutbetänkande. Inte ens Hašek skulle ha utsatt den tappre Svejk för ett sådant erbjudande.

Jag förstår ingenting. Har Palme och hela hans regering tappat närminnet? Och självfallet tackar jag ja. Jag inleder min karriär i kanslihuset, blir särskild sakkunnig åt sammanlagt tre justitieministrar, innan jag i början på nittiotalet utnämns till professor vid rikspolisstyrelsen och kan återvända till det polishus som man sparkade ut mig ifrån femton år tidigare. Om Sverige nu är "en demokrati där makten präglas av en repressiv tolerans" är det samtidigt totalt ointressant eftersom samma makt helt tycks ha tappat minnet.

Åren som går, allt som bara rullar på, medan jag delar min tid mellan den krympande andel som har med mitt jobb att göra, min växande privata affärsverksamhet där jag investerar i allt mellan himmel och jord som är tillräckligt lönsamt och helst nöjsamt. När jag inte sitter på krogen och träffar nya kvinnor och super med mina kompisar, förstås. Det hela är – som sagt – lite rörigt.

I en rent saklig mening är det också komplett obegripligt och det enda som vittnar om någon form av rationellt övervägande från min sida – tillika grundat på ett moraliskt ställningstagande med tanke på det liv som jag lever – är att jag till sist har skilt mig från min andra hustru och flyttat tillbaka till Stockholm. Ett vägande skäl var säkert att jag ville ha närmare till Operabaren och min nye bäste kompis som jag träffat några år tidigare.

Första gången han och jag träffades var för övrigt på krogen. Anledningen var att vi skulle diskutera olika affärer av gemensamt intresse. Vad de närmare handlade om har jag glömt men jag minns att vi avslutade kvällen på Operabaren. Där kommer vi också att tillbringa åtskilliga tusen timmar under de följande femton åren innan min självförvållat dåliga hälsa slår mig till marken, erbjuder mig ett begripligt liv med döden som alternativ, gör mig till en bättre människa som enda alternativ, skänker mig min tredje och sista hustru som en gåva från livet som jag inte har gjort mig förtjänt av.

Vad var det nu som hände? Jag minns att det var en rörig tid. Allt det andra förstår jag inte. Det som måste ha hänt med mig. Det måste jag fundera mera på. Återstår den skissartade beskrivningen. Den klarar jag.

# 60.

### Tredje gången gillt

Det finns två Kim i mitt liv. Min hustru och den bäste vän som jag haft under den längsta perioden av mitt liv om det nu är den typen av vänskap som vi pratar om. Han heter egentligen Joakim men alla kallar honom för Kim. Även jag gör det utom de gånger som jag upplever ett starkt behov av att han för en gångs skull lyssnar på mig. Då får det bli Joakim... Men för helvete, Joakim, försök höra vad jag säger... Det fungerar sällan. Han och jag är alltför lika för det. Vi turas om att sluta lyssna, rycka på axlarna, gå därifrån. Utan att ens bli osams för den sakens skull.

Jag har haft tre bästa vänner i mitt liv. Jag talar om den bästa kompisen, den manliga vännen, inte någon av dessa kvinnor där sexualiteten hela tiden komplicerar vänskapen. Vänskapen mellan pojkar och män, och under mitt liv har de varit tre. Först Uffe när jag var barn, sedan Ricke när jag var tonåring och ung man. Slutligen Kim som jag träffar först i mitten på åttiotalet när jag fyllt fyrtio år.

Det är alldeles uppenbart att det finns ett starkt samband mellan det liv man lever och valet av ens bäste vän. Uffe och jag bodde i samma hus redan från födseln, vilket var praktiskt och bra, inte minst med tanke på vår begränsade rörlighet. Skiljs gör vi för att våra vägar skiljs. Inte för att vi blir osams. Uffe är fortfarande min bäste vän i den mening som vänskap handlar om. Enda skillnaden är att vi inte träffats sedan drygt femtio år. Riktig vänskap överlever sådant.

På samma sätt är det med Ricke. Vi möts på ett av dessa ständiga tonårspartyn. Håller i gång så länge våra liv gör det möjligt för oss. Blir vuxna män, skiljs åt av livet och det faktum att vi fortsätter på olika vägar. Om jag hade hamnat i nöjesbranschen, eller Ricke blivit brottsforskare, så skulle vi naturligtvis fortfarande vara bästa vänner.

Under början på åttiotalet kommer jag så att tjäna en hel del pengar på mina böcker och filmer. Jag förvaltar själv mitt kapital, mest genom att handla med aktier och andra finansiella instrument, och tjänar på det viset ännu mer pengar. Jag blir ekonomiskt oberoende i den meningen att jag har råd att be folk fara åt helvete om det är något hos dem som jag inte gillar.

Jag har råd att välja, råd att enbart ägna mig åt det som intresserar mig. Tänka, läsa, skriva, gärna om brott, att färglägga kor har jag som sagt slutat med. Det är vid den här tiden som jag träffar Kim, eller Joakim och anledningen är den vanliga, den logiska och självklara. Den verklighet som vi lever i för oss samman. Kim är läkare, entreprenör och mycket framgångsrik affärsman. Det är affärer som för oss samman men till skillnad från alla vanliga räknenissar som jag möter under de här åren finns det också något annat och betydligt starkare som kommer att förena oss. Göra oss till bästa vänner, inte bara två medelålders män som har affärer ihop och gillar varandra.

Kim och jag är mycket lika. Vi tänker på samma sätt, känner på samma sätt, läser till och med samma böcker, som vi gillar eller ogillar av samma skäl. Det finns givetvis saker som skiljer oss åt. Ointressanta detaljer som att Kim röker cigaretter medan jag snusar. Att Kim är ointresserad av mat medan jag äter alldeles för mycket. I allt väsentligt är vi lika. Vi är också svårt begivna på alkohol. Sitter hellre på krogen än på kontoret, även om vi skall göra affärer. Vi träffar kvinnor, ljuger för våra fruar, gör nya affärer, skämmer bort våra barn.

Vi lever samma slags liv, drivs av samma motiv, vandrar på samma väg och när vi skiljs åt, tjugo år senare, beror det inte på att vi plötsligt tagit av åt olika håll, utan på att vår verklighet plötsligt hinner i kapp oss, drabbar oss båda, drabbar oss samtidigt och av samma skäl. Men fram till dess så lever vi som de vi är.

På somrarna tar vi med oss våra fruar och alla våra barn och åker iväg till något ställe som ligger tillräckligt långt borta för att vi inte skall riskera att springa på en massa andra, vanliga profitlystna räknenissar, hela tiden. Tråkiga typer som bara tjatar om pengar. Vem vill träffa sådana på sin semester? Då skall man ju umgås med familjen.

För nu är det sommar och andra värden som skall räknas hem och hög tid att vi kompenserar alla nära och kära för de tio månaderna av Faderlig Frånvaro under ännu ett år som har gått.

Jag skall visa en skiss skriven i tiden som åtminstone illustrerar vad jag menar. Ett år som alla andra vid den här tiden och just den här sommaren i slutet på åttiotalet har Kim hyrt en villa åt oss i Montauk på nordspetsen av Long Island. Tjugo mils resa från Manhattan om man åker bil eller tar tåget men bara en kvart om man fixar en helikopter som kan flyga tvärs över Long Island-sundet och landa vid Rockefeller Center.

Villan är både rymlig och komfortabel. Solen skiner dag efter dag från en molnfri himmel. Lokalbefolkningen tycks vara vänligt sinnad. Sandstränderna är oändliga, Atlanten glittrar i blått och hajarna håller sig borta så att de små barnen kan bada i havet och inte behöver sitta i swimmingpoolen utanför huset, plaska runt, visa hur duktiga de har blivit på att simma och störa sina pappor.

Medan våra respektive hustrur och barn – och diverse vänner, bekanta och kamrater till dem – ägnar sig åt att bada, sola och köpa saker sitter jag och Kim och diskuterar hur vi genom olika finter och knep (samt en del pengar som vi avser att låna) skall kunna ta kontrollen över Volvo. Slakta företaget, stycka upp det, sälja delarna, tjäna en rejäl hacka på vägen. Det åttiotal då alla vet att detta är det enda sättet att verkligen förädla ett företag och ta fram dess dolda resurser. Att äntligen befria det från de former i vilka det stelnat, äntligen kunna sticka ner sina egna fingrar i alla undangömda syltburkar. Dansa i takt med tidens musik.

Med hjälp av den moderna telekommunikationsteknikens alla hjälpmedel ser vi också till att våra börsmäklare hemma i Sverige fortlöpande förser oss med nödvändigt underlag för de olika strategier och vanliga bakhåll som vi för tillfället diskuterar. Det rings och faxas oavbrutet och oavsett tid på dygnet och hade vi haft tillgång till dagens informationsteknologi hade vi fått läggas in på psyket redan efter de första dygnen. Det här är det liv vi lever och hur konstigt det än kan låta handlar det egentligen inte om affärer eller ens om pengar.

Bortsett från det familjära inslaget är det med andra ord precis som vanligt. Ungefär som ett krigsspel fast med en intressant lönsamhetsaspekt i slutändan som ju vanliga krig i så påfallande hög grad saknar.

Nåväl. Den trägne arbetaren har förtjänat sin vila och kvart i tolv så tar vi vår dagliga promenad till det närmast belägna lunchstället. Det är bara en kort bit att gå, nämligen, och ingen normal människa börjar supa före klockan tolv på dagen. På den punkten är vi rörande eniga trots att våra dagar efter klockan tolv ofta nog tar slut först i gryningen nästa dag.

Vårt favoritställe är en gammal manskapsvagn i trä där innehavaren tagit bort övre halvan av ena långväggen. Den närmast kunden belägna halvan är omgjord till bar och bakom den ligger köket. Runt om har vår restauratör ställt upp några bord, stolar och parasoll till skydd mot solen. Frånsett allt detta är det precis som när jag jobbade i byggsvängen tillsammans med pappa Gustav och hans jobbarkompisar.

Då gick vi alltid in i vår manskapsvagn när vi skulle äta oavsett hur mycket solen än sken från en klarblå himmel. Ställde våra matlådor med fläsk och bruna bönor i värmeskåpet och drog en spader medan vi väntade på att innehållet i våra lådor skulle bli varmt nog så att vi kunde sitta där inne i mörkret och låta maten tysta mun. Trettio år senare är det andra tider, andra villkor, efter en lång resa. Men i allt som egentligen räknas är allt sig likt.

Nu sitter vi visserligen ute i det fria men i övrigt är likheterna med till exempel Ritz uteservering i Paris inte direkt slående. Det gäller att hålla fast vid sina rötter. Det vet både jag och Kim av personlig erfarenhet och det är också därför vi valt ett etablissemang som står bara tio meter från motorvägen till Montauk (mellan stranden och strandskogen bakom ryggen på oss, om någon nu undrar). Det är inget dåligt ställe, ett bra och klargörande namn har det också, BEACH BAR, enligt den handtextade skylten som innehavaren har spikat upp på kortsidan av vagnen.

Lokaliteterna medger naturligtvis inget överdåd. Tallrikar, glas och bestick är av plast. Isen förvaras i en vanlig hink och mat och dryck har inskränkts till det absolut nödvändiga: gin, vodka, whisky, öl och soft drinks, samt olika varianter av sea food.

Där sitter vi uppspetade dag efter dag så fort klockan slagit tolv. Bakom ryggen på oss dånar en aldrig sinande ström av bilplåt förbi och eftersom det inte är maten på stället som avgjort vårt val så överser vi även med stanken från köket som angriper oss framifrån.

Det är kort sagt ett trevligt litet hak. En sådan där liten pärla som man bara kan hitta utanför guideböckerna. Innehavaren heter Ross och ser ut som om han legat i marinad en tid innan han somnade i solen. Han är ganska lik sina gäster, faktiskt. I det bakre finns en anställd som genomgående tilltalas med vrål och kallas för "Cook". Till och från kan vi också skymta ett förskrämt fruntimmer mellan spisen och stekoset. Ross berättar i förtroende för oss att det är hans fästmö, Janice.

Vi brukar öppna lite löst med några gin och tonic och när vi känner att de börjar fastna så byter vi till vodka lime. Vissa dagar stöter det till några lokala förmågor plus en och annan vanlig turist och då kan det bli ganska förvirrat eftersom vi turas om med att bjuda varandra, inklusive Ross, som dessutom blir närmast exalterad så fort han får mer än två gäster samtidigt.

Mot slutet av fjärde veckan får jag en obehaglig känsla av att plåtströmmen bakom ryggen hela tiden tätnar och lukten från köket börjar kännas riktigt stygg. Sentimentalitetens varma hand kramar mitt hjärta. Jag minns min ungdom, tiden innan jag anträdde min långa resa, plötsligt längtar jag efter den mörka byggfutt där som tonåring jag satt.

– Du, Kim, säger jag. Varför sitter vi egentligen på det här stället? Nere i Montokken finns det ju fullt normala ställen. Med fem stjärnor och luftkonditionering och bartendrar som inte petar sig i näsan, skriker åt sina fruar och snor gästernas slattar?

– Har du inte fattat det? Kim ger mig ett trött ögonkast och eftersom det inte finns någon på denna jord som kan se så trött ut som han så finns det tyngd bakom orden.

– Näej, svarar jag. Jag fattar inte ett pillekvitt. Berätta.

– Vi sitter här för att vi inte kan komma längre ner än så här. Högtidligt uttryckt kan man säga att vi sitter här av socialpedagogiska skäl. Djupare än så här kan vi förhoppningsvis inte sjunka.

Jag smälter detta under tystnad. Så måste det ju vara, tänker jag. Djupare än så här kan ingen av oss sjunka. Och på den punkten kommer vi båda ha så fel som man nu kan ha när man har fel. Skissen kan läggas åt sidan. Den förklarar i vart fall delar av det som sedan händer.

Det kommer således att dröja ytterligare några år innan våra liv lär oss hur fel vi hade. Då har den verklighet som vi lever i till sist hunnit ikapp oss. I början av 1998 måste Kim genomgå en hjärtoperation, tobak och sprit i förening har kört slut på hans hjärta. Kranskärlen måste bytas ut och en del annat måste läggas till. Under operationen får han en hjärnblödning och när han vaknar är han en annan än den han var dagen innan.

Det blir en svår tid. Den blir inte bättre av att jag själv slås ut vid samma tidpunkt. Sjukdomar, olyckshändelser, livet som plötsligt skall levas från en dag till nästa, all vår kraft som går åt till att vi skall klara livhanken var för sig.

Sista gången vi ses och pratar med varandra är på mitt sextioårskalas. Jag har gett mig själv dispens från min schemalagda nykterhet. Jag är full, ledsen, utslagen. Kim är nykter eftersom han inte ens kan dricka längre, i övrigt mår han precis som jag, för så har det ju alltid varit. Vi levde samma liv fram till slutet. Nu är det ingen av oss som orkar längre. Det var vår allt omfattande gemenskap som särade på oss. Men nu är det slut. Allt är över.

Min andra Kim finns kvar. Hon som kommer att bli min tredje och sista hustru. Hon som inte kan bytas ut eller ersättas eftersom det är hon som håller mig kvar i livet. Hon som faktiskt redan har räddat livet på mig på det där konkreta viset som följer av att jag annars skulle ha dött. Jag kommer till det.

## 61.

Gustaf upp i dagen?

– Han är Gustaf upp i dagen.

Det är alltid min mamma som säger det. Det är alltid min pappa som hon säger det till trots att det inte är honom som hon avser utan sin egen far, Anders Gustaf, som alla som känner honom alltid har kallat för Gustaf.

Det hon menar är säkert flera saker. Att jag är lik min Morfar i många avseenden. Som att jag lever mitt liv på det sätt som jag själv väljer att leva det. Till och med kan avsluta en samvaro eller ett samtal genom att bara gå därifrån. Precis som Morfar kunde göra när något inte passade honom, bara muttra något, skaka på huvudet och gå därifrån. Det är ett skäl. Det finns flera än så.

Säkert handlar det också om de affärer som jag börjar göra under åttiotalet, som hon till och med kan läsa om i tidningarna och sällan i några smickrande sammanhang. Morfar höll ju med affärer, handlade med allt mellan himmel och jord trots att det var snickare som han sade sig vara. Precis som en brottsforskare och sakkunnig i justitiedepartementet som samtidigt äger både hyreshus och kontorsfastigheter. "En direktör i kanslihuset", som Aftonbladet sammanfattar sin syn på en sak som de helt uppenbart ogillar.

Att Morfar sålt salt sill och strömming i sin ungdom var mest en anekdot. Att han även handlat med skrot och metaller under andra världskriget talade man tyst om. Hamnade i tidningen gjorde han heller inte. Inte ens i taxeringskalendern uppe i

Dalarna där han bodde. Säkert var han listigare än sin dotterson. Det förstår jag mellan raderna i det som min mamma säger. Det finns ofta en udd i det min mamma säger. Ett annat skäl till att hon påstår att jag är så lik hennes far är säkert att hon alltid väljer att säga det till min egen far. Pappa skall inte tro att allt är hans förtjänst, att han har en son som redan är både rik, berömd och ökänd.

Min pappa är mer jordnära och inte minst när det kommer till hans egen svärfar. Pappa och Morfar blir aldrig "kontanta", men med mig är det så enkelt att jag "är god nog" oavsett vad som nu står i tidningen. God nog för min pappa i vart fall. Förställning och dubbla budskap är inte något som min pappa ägnar sig åt. Det närmaste han kommer är att han ibland kan ge uttryck för sina funderingar på ett indirekt sätt. Som när jag frågar honom om min Morfars förhållningssätt till skatter och andra pålagor. Det förhållandet att Morfars plånbok var så mycket tjockare än alla hans deklarationer tillsammans.

– Undrar just hur mycket brännvin han hällde i den där Strömberg genom åren, säger pappa och skakar på huvudet. Strömberg var ordförande i taxeringsnämnden på orten där Morfar var skriven under de sista femtio åren av sitt liv.

Mina minnen av min Morfar är mest från min barndom och från den tiden minns jag honom med barnets förtjusning. Bland annat för att han talade till mig som han talade till alla andra. Ett slags monolog, förklädd till samtal, där han i förbifarten låter meddela sådant som han för stunden finner värt att delge sin omgivning och alldeles oavsett att den i det här fallet endast består av en gosse som ännu inte börjat småskolan.

Vad nu sådant spelar för roll för Morfar? Han skall gå på krogen och äta lunch och han vill ha lite sällskap när han äter. Uppskattar det tycks han ju också göra. Jag får både köttbullar och glass med chokladsås och på vägen dit och hem får jag hålla honom i handen trots att han är så gammal att han till och med hade kunnat vara morfar till min egen mamma. Det har hon själv berättat för mig och inte ens då förstod jag varför.

Mina senare minnen av Morfar är få. Jag minns att jag besökte honom vid några tillfällen när jag gick i läroverket. Minns det stora huset uppe i Dalarna där han levde ensam under de sista femtio åren av sitt liv. Han hade en hushållerska som såg till honom och han verkade trivas gott med det liv han valt. Jag minns lukten av hans cigarrer och hans aktningsvärda ålder, det gröna kassaskåpet som stod bredvid sängen i hans sovrum.

Jag minns också att han prenumererade på både Dala-Demokraten och Falu Kuriren. Jag minns att jag frågade honom om detta och jag minns till och med vad han svarade.

– Det ska du tänka på, Leif, svarade han. Sådana där ska man alltid hålla ögonen på. Politiken här uppe är rena getingboet. Spelar ingen roll vad de nu kallar sig. Ljuger gör de också så till den milda grad att det inte ens hjälper att skura dem med grönsåpa i truten.

Remmen som han spände runt sin stora plånbok hade inte hamnat där av en slump och särskilt politiskt intresserad var han inte. Morfar var en person som omgivningen förhöll sig till utan att han behövde göra något åt den saken, och det är först långt senare som det börjar bli intressant även för mig vad beträffar eventuella likheter mellan honom och mig. Ända fram till dess har jag mest ryckt på axlarna åt min mammas beskrivning.

## 62.

Gustaf upp i dagen

Min mammas beskrivning av "Gustaf upp i dagen". Det finns ett skäl till som jag först långt senare tar till mig. Att hon faktiskt tycker att jag påminner om hennes egen far, att hennes beskrivning inte är dubbel i den meningen.

I en roman som min äldsta dotter har skrivit förekommer även den kvinnliga huvudpersonens far. Min dotter har jag inga problem med att känna igen, hon är ju till och med advokat som hjältinnan i hennes bok, men var hon hämtat huvudpersonens pappa förstår jag faktiskt inte.

Han är inte det minsta lik mig. Det är en person vars mest framträdande egenskap är att hela hans omgivning "förhåller sig" till honom, gör det hela tiden. Vissa är till och med villiga att slå knut på sig själva för att vara till lags, inte väcka hans misshag och reta upp honom i onödan. Seglar gör han också. Hans stora intresse, som det verkar, och i mitt fall är det mer än fyrtio år sedan jag senast satte foten på en segelbåt.

Jag pratar om detta med min fru. Var har min dotter hämtat en sådan figur ifrån? Han är ju inte det minsta lik hennes riktiga pappa. Den ende som jag kan tänka mig är min egen Morfar trots att han aldrig seglade i hela sitt liv och redan var död sedan flera år när min äldsta dotter föddes. Jag berättar även historien för henne om att jag skulle ha varit Gustaf upp i dagen.

– Kan man tänka sig, säger min fru. Det är ju du på pricken.

En sådan där som alla måste förhålla sig till. Det måste du väl ändå fatta?

– Jag hör vad du säger, svarar jag. Fast han söp inte som jag, tänker jag.

# IX
MEDELÅLDER

## 63.

### Jag blir medelålders sent i livet

Jag blir medelålders sent i livet. Jag har haft för mycket att göra helt enkelt, inte hunnit tänka på den saken. Jag har jobbat med allt mellan himmel och jord, mest av allt har jag vårdslösat min hälsa genom att festa hela tiden. Jag har bränt mitt ljus i bägge ändar, för säkerhets skull även eldat det på mitten. På hösten 1996 hinner livet som jag lever ifatt mig. Hugger mig i nacken och sliter omkull mig. Jag svimmar på jobbet ute på Polishögskolan, fraktas iväg till Karolinska och kvicknar till först när jag ligger på akuten.

Det är första gången som jag ligger på sjukhus sedan jag gick på läroverket. Då hamnade jag där två gånger och vid båda dessa tillfällen hade jag heller inget val. Först brusten blindtarm och bukhinneinflammation när jag gick i realskolan. Några år senare i gymnasiet då jag slitit av mig ledbandet i samband med att jag spelade handboll. Eller om det var fotboll, jag minns inte. När jag hamnar där för tredje gången har det gått närmare fyrtio år.

Min mamma och hennes ständiga döende har uppenbarligen gjort ett djupt intryck på mig trots att jag bara pratar med henne när jag skall träffa pappa. När jag får henne på köpet, så att säga, för att jag inte har något val. På det viset har det varit sedan jag tog studenten och flyttade hemifrån. Jag vägrar att tänka på sjukdomar eftersom det får mig att tänka på min mamma. Vad skall en sådan som jag med läkare till, förresten? Jag är ju odödlig.

På den punkten har jag tyvärr fel enligt de vitrockar som plötsligt står lutade över min säng och skakar på sina trötta huvuden. Jag har trettio kilos övervikt, allvarliga problem med hjärtat och blodtrycket, levervärden som en A-lagare, betydligt sämre kondition än en A-lagare, och en massa annat med, för den delen, som man av praktiska skäl valt att tills vidare lämna därhän. Kort och sammanfattningsvis är jag ett medicinskt mysterium. Mätt med de mått som de använder i detta sammanhang, och enligt deras samlade bedömning, borde jag nämligen vara död.

Jag bestämmer mig för att rycka upp mig. Under det dryga halvår som jag är sjukskriven försöker jag att åtminstone leva som jag gjort tjugo år tidigare. Jag slutar dricka, äter som vanliga människor, tränar dagligen och redan till sommaren är jag pigg som en ärta, trettio kilo lättare och nästan död av leda. En för mig tidigare obekant dödsorsak.

Jag friskförklarar mig själv, slutar äta mina mediciner, börjar leva som folk igen och efter bara ett par månader är allt som vanligt. Men lever, det gör jag. Lever i stort sett samma liv som jag gör i dag, femton år senare. Lever med hjälp av djupa pendelslag där det som följer får kompensera för slaget innan.

# 64.

### Elände på flera plan

På hösten 1997, drygt ett år senare, är allt som vanligt igen. Mot min läkares bestämda inrådan har jag slutat att äta mina mediciner. Det är mest betablockerare som påstås sänka mitt blodtryck, stabilisera mitt hjärta, lindra min ständiga huvudvärk och dämpa min ångest. Själv tycker jag att de bara ger mig mardrömmar och sätter ner min sexuella förmåga. Det räcker för mig och min läkares prioriteringar i den delen av mitt liv ger jag fullkomligt fan i. Så fort jag slutat får jag tillbaka min vanliga goda aptit. Jag ökar stadigt i vikt, slutar drömma, vaknar med ståfräs och försöker motionera så lite som möjligt. Kort sagt, jag mår som en pärla i guld och att jag även har lite svårt att andas ibland, att mitt huvud värker till och från, att det stramar över hjärtat, har jag numera lärt mig att leva med.

Problemet är alla olyckor som plötsligt har börjat drabba mig. På hösten året efter är jag ute i ytterskärgården för att jaga. Jag halkar på en vanlig stenhäll, kilar fast foten i en spricka i berget medan resten av kroppen fortsätter varvet runt. Nu är det plötsligt illa på riktigt.

Benpiporna i vänster ben sticker ut i stövelskaftet, blodet pumpar ut i stöveln som lyckligtvis är hel, jag snör åt så hårt jag orkar om skaftet, får tag i mobiltelefonen och ringer till larmcentralen och får prata med en fullt fungerande larmoperatör. Förklarar min situation, på vilken ö jag befinner mig och kopplas direkt till ambulanshelikoptern.

En halvtimme senare hovrar helikoptern över mitt huvud. Jag får morfin och fem minuter senare ligger jag på en bår i helikoptern på väg till lasarettet i Norrtälje eftersom man inte vill frakta mig till Karolinska och riskera att jag kvitterar livet på vägen dit.

Om det gjorde ont? Ja, det gjorde faktiskt så ont att jag inte ens tänker berätta hur ont det gjorde.

När jag vaknar nästa morgon ligger jag i en säng på lasarettet och kikar på mitt ben som man spikat ihop under natten. Jag har fått en egen påse med smärtstillande som hänger över sängen och en praktisk liten dosa så att jag vid behov kan medicinera mig själv. Jag har verkligen ingen anledning att klaga på den vård som jag hittills har kommit i åtnjutande av.

Två dagar senare har jag piggnat till så pass att jag kan krångla mig ur sängen, sätta mig i rullstolen och gå på toaletten som vanligt folk. Jag är redan utled på att ligga på sjukhuset. Dagen därpå skriver jag ut mig själv, beställer en taxi som kör hem mig till gården utanför Knutby där jag bor. Lämnar över det praktiska till Kim, min hushållerska och den jägare som jag också har anställd. Mitt liv har i stort sett återgått till det normala med den skillnaden att jag kommer att sitta i rullstol i fyra månader innan jag kan börja hoppa omkring på mina kryckor.

Jag har återvänt till Efterlyst. Åker taxi dit och hem igen. Min rullstol har också lärt mig något väsentligt om livet. Snart kan jag lämna den. Gå på kryckor istället och till sommaren kan jag gå ungefär som vanligt. Detta till skillnad från många andra som kommer att sitta där livet ut. Det finns åtskilligt i mitt liv som jag har anledning att vara tacksam för och ibland behöver jag tyvärr hjälp med att tänka på den saken. Som lyckan över att jag kan stå och gå på egna ben, till exempel.

På det här viset har det hållit på sedan dess. Jag voltar med bilen, åker rakt ut i naturen, avverkar en del träd på vägen dit, avslutar med att skrota bilen. Men jag kan ändå lämna akuten på eftermiddagen samma dag. Givetvis skriver jag ut mig själv.

Min tax driver rådjur på vintern, går ner i en vak, och när hans husse skall dra upp honom håller han på att dränka sig själv medan hans trogna hund – som redan krånglat sig upp av egen kraft – står på fast is och tittar på. Han verkar bekymrad, han har lagt huvudet på sned, öronen slokar.

Jag har trampat in en sticka i foten. Såret blir inflammerat, varar, foten svullnar kraftigt, jag får svårt att gå. Jag opererar mig själv för att slippa ifrån ett helt onödigt sjukhusbesök. Gör det med framgång, det läker ihop bra och till och med ärret blir snyggt. Jag stärks i min övertygelse om att jag reder mig utan den traditionella läkekonsten.

Med vikten är det som vanligt. Efter jul och nyår väger jag trettio kilo mer än vad jag gör till sommaren då jag har hållit mig spik nykter i ett halvår, ätit som folk medan jag ränner runt som en skållad råtta och jobbar häcken av mig. Sedan är det äntligen tid att börja leva, leva det goda livet. Pendeln är på väg upp igen och livet leker.

På våren 2001 dör min pappa. Det kommer inte som någon överraskning, för han har varit sjuk länge, men jag inser att vissa saker kan man inte förbereda sig inför. Min pappas död skär rakt in i märgen på mig. Mitt liv börjar lida brist på argument. Skälen att leva vidare blir färre och färre, som jag ser det.

På hösten 2001 har min blivande hustru Kim fått nog och lämnar mig. Läs innantill så förstår ni varför. Det är också nu som jag vaknar till och bestämmer mig. Eftersom jag ändå lever och älskar just henne så är det hög tid att jag gör något åt saken. Att jag omgående rycker upp mig och slutar supa, till exempel, trots att det är tre månader kvar till den nyårsdag där jag i vanliga fall inleder den fasen i mitt liv.

Kärleken är stark, inte starkare än döden, men i mitt fall tillräckligt stark för att jag skall sköta mig i två år trots att jag vunnit henne tillbaka redan efter några månader. Kärleken är till och med så stark att jag blir medlem av viktväktarna i Hallstavik i norra Roslagen och om jag någon gång skulle hamna i ett upprymt tillstånd under en längre tid så lovar jag att skriva en roman om min tid som Viktväktare. Skall man skriva en riktig pikaresk från inledningen av det nya millenniet ges det inte bättre underlag än så när det gäller att spegla tiden och människorna som lever i den. Det är bara rätt sinnesstämning som jag fortfarande väntar på.

Trettondagsafton 2004. Sedan ett par år tillbaka ser allt mycket bättre ut. Ett halvår tidigare har jag gift mig med Kim, jag dricker mindre, äter mindre och betydligt nyttigare mat. Vikten håller jag kring dryga nittio kilo, långt från de hundrafyrtiosex som jag vägde på hösten tre år tidigare.

Jag har gått och lagt mig tidigt. Kim är uppe, sitter och tittar på TV. Jag tycker jag mår ganska bra, att jag åtminstone inte mår sämre än vanligt. Jag somnar och vaknar först dagen därpå. Då ligger jag på intensiven på Karolinska med slangar och rör instoppade i alla vanliga öppningar som man normalt har i kroppen. Dessutom diverse trådar och tunnare slangar som leder till de nya hål som man har tagit upp under natten.

Sent på kvällen har jag fått en blodpropp i skallen. Jag blir medvetslös och slutar andas. Kim får liv i mig, fråga mig inte hur, och ambulansen kommer inom några minuter. De första minnesbilderna jag har är på vägen till sjukhuset, när jag ligger i ambulansen och när jag förs in på akuten. De är oordnade och fragmentariska men jag minns att det var ett väldigt springande runt båren där jag ligger. Precis som i de där dokumentärprogrammen som man kan se på TV hela tiden.

Dagen därpå har jag en huvudvärk som får mig att tänka på min pappa och den gången som han vaknade upp efter att ha fått en sprängsten i skallen. Sjuksköterskan lånar ut en spegel till mig. Hela ansiktet hänger på trekvart och jag har små punktformiga strypningsfläckar på ögonlocken och under ögonen. Sådana har jag sett förr på andra än mig själv. Skillnaden mellan dem och mig är att jag lever.

Det finns även andra fördelar med den här upplevelsen. Jag börjar äta de mediciner som läkarna skrivit ut åt mig sedan flera år tillbaka och som jag slutat ta så fort de lämnat mig i fred.

– Det hela är mycket enkelt, förklarar den neurolog som till sist övertygar mig. Om du inte äter dina mediciner så kommer du att dö. Svårare än så är det inte och det avgör du själv, som sagt.

– Jag hör vad du säger, svarar jag, och för en gångs skull gör jag faktiskt det. Det är heller inte så att mina läkare till sist har vunnit över mig. Det var bara jag som förlorade.

Sjuttio tabletter i veckan, mest blodtryckssänkande och blodförtunnande, men även diverse annat för att sätta en liten guldkant på tillvaron. Slutar jag ta dem så dör jag, det är inget att hymla med, men har jag inte lyckats med något annat så har jag i vart fall lyckats bättre än min mamma. Jag har blivit lika dålig som hon under hela livet påstod att hon var och jag har verkligen fått ligga i för att ta mig dit.

Vem vet. Jag kanske till och med hinner fylla nittiotre innan det är dags. Inte som min mamma som bara blev nittiotvå trots att hon hade varit döende ända sedan jag föddes. Själv mådde jag alldeles utmärkt fram till fyrtiofem, åtminstone i en rent fysisk mening.

# 65.

Missbruk är ett missbrukat ord
och själv är jag bara en ovanlig alkoholist

Jag letar alltid efter orsaker till sådant som jag inte förstår. När jag väl hittar dem blir jag åtminstone lugn för tillfället, och det handlar om det mesta i mitt liv. Från min egen hälsa till mitt yrkesliv och alla mordoffer som blir ihjälslagna av den som älskade dem mest. I mitt fall är orsakerna lätta nog, speciellt när jag försöker spåra de som betingat min dåliga hälsa.

I det sista ledet beror den på mitt missbruk, främst av mat och alkohol. Hur jag äter för att trösta mig själv, dricker för att få tyst i mitt huvud. Detta följer av den ångest som jag försöker hantera på det viset, samma ångest som gripit efter mig sedan jag var en liten pojke, och varför det nu blev så tror jag också att jag till sist har förstått. Jag skall komma till det. Men låt mig ta det i tur och ordning. Även det lugnar, nämligen. Precis som andras ritualer kan lugna dig trots att du inte ens delar den övertygelse som är deras orsak.

Jag är missbrukare. Jag har missbrukat alkohol, mat, känslor, ord... Till och med mina egna tankar och min förmåga att tänka, bland annat genom att färglägga alldeles för många kor. Det är nog detta som är det mest allvarliga i en moralisk mening. Alla gånger som jag har missbrukat min förmåga att tänka.

På vägen dit har jag ljugit en hel del. Självfallet mest vita lögner, för så är det alltid. Men nu är det ju inte färgen i sig som jag traktat efter, och mina motiv har oftast handlat om att underlätta för mig själv, sällan om att skona andra. I massan av vita lögner finns också en och annan riktigt svart som rest med samma sällskap.

Samtidigt har jag blivit bättre i det här avseendet. Tidigare ljög jag bara när det var absolut nödvändigt och risken att avslöjas var obefintlig, jag talar alltså om svarta lögner, och jag gjorde det nästan aldrig för någon annans räkning. I dag har jag dessutom kommit till den insikten att det ytterst sällan är nödvändigt och i mitt fall alldeles oavsett om det handlar om det mest privata eller omsorgen om rikets säkerhet.

Om det nu beror på att jag blivit en bättre människa, eller att jag lever ett annat liv sedan länge, vill jag däremot lämna osagt. Förmodligen handlar det om bådadera. När det kommer till det missbruk som harmat min fysik är det mycket enklare för där handlar det om för mycket mat och för mycket sprit.

Däremot har jag aldrig missbrukat narkotika. Jag har visserligen prövat det mesta, från heroin och kokain hela vägen ner till cannabis och indisk hampa, under mina år som brottsforskare. Jag har sniffat lösningsmedel, rökt torkad flugsvamp och blandat huvudvärkstabletter med vanlig pilsner, som ett uttryck för ungdomlig experimentlusta och medan jag ännu gick i läroverket, men oavsett vad jag har svalt, andats in, eller till och med sprutat in i mina vener, så har det aldrig väckt något begär hos mig, inte ens en tillfällig lust att fortsätta, att åtminstone pröva en gång till. Antingen har jag blivit dåsig och frånvarande, som av cannabis, eller alltför rörig i huvudet, som när jag provat olika centralstimulerande medel. Det har inte varit något för mig, helt enkelt.

Skälet till att jag vid vuxen ålder prövat olika narkotiska preparat beror istället på mitt arbete som brottsforskare. En önskan om att veta vad jag pratar om utifrån egna erfarenheter och inte bara vad jag kunnat läsa mig till eller andra har berättat för mig. Allt annat hade varit försumligt, snudd på tjänstefel av en sådan som jag.

Spelmissbruk? Det har jag heller aldrig hållit på med. Människor med min läggning lämnar inte över sina liv till slumpen och de få gånger jag har spelat har jag för övrigt alltid vunnit pengar på att göra det. Som när jag spelat på hästar, till exempel, och utnyttjat det faktum att jag inte vet ett dugg om hästar men en hel del om spelteori och sannolikhetskalkyler och att det tydligen finns helt öppna lopp trots att få riktiga spelare tycks ha fattat det.

Den sentida diskussionen om sexmissbruk lämnar mig också kall. Sådant missbruk kan väl knappast vara en enkel funktion av antalet partner som du haft i ditt liv? Man skall vara försiktig med ordet missbruk och använt på det här viset är både jag och många av de kvinnor jag träffat i så fall sexmissbrukare. Problemet är att ingen av de kvinnor som jag varit med, och som har haft den bakgrunden, har gjort mig något ont, tvärtom. Missbruket följer istället av att du använder din sexualitet till att skada andra eller dig själv. Så måste det ju rimligen vara.

Att detta främst skulle betingas av att du har haft ett stort antal sexualpartners är naturligtvis heller inte sant. Motsatsen är säkert minst lika vanlig. Många av de allra värsta sexualbrottslingarna som jag stött på i mitt yrkesliv har tillhört den senare kategorin. Inte den först nämnda, och att lagom alltid skulle vara bäst är väl ett mycket tveksamt påstående som står och faller med det som det handlar om.

Mat och sprit. Det är det som mitt missbruk i allt väsentligt handlar om. Jag äter för mycket. Visserligen måste jag äta för att överleva men jag äter betydligt mer än så. Inte minst till tröst som sagt och i regel är det så illa att sådant som smakar bättre och skänker mig mer tröst också skadar mig mer. Jag försöker sköta mig. Lyckas ofta en tid. Blir så glad av detta att jag omgående återfaller i mina gamla vanor. Jag kämpar vidare. Lever med pendeln som slår med djupa slag.

Mitt största problem handlar om alkohol. Jag är alkoholist. Jag är inte ens nykter alkoholist. Möjligen är jag en kontrollerad dipsoman, en på förhand schemalagd periodsupare som håller mig spik nykter under första halvan av året och dricker alldeles för mycket under den andra. Den vita veckan är för veklingar och i mitt fall krävs starkare don.

Grunden till mitt alkoholmissbruk lade jag tidigt. Första gången jag blev plakatfull var jag fjorton år och ju äldre jag blev, desto oftare brukade jag försöka supa skallen av mig. Efter Geijeraffären blev det så småningom alldeles för ofta. I början på nittiotalet var det riktigt illa men i dag är det länge sedan det var så illa.

Tipset om hur jag kunde få ordning på mitt problem fick jag av Dean Martin, den amerikanske skådespelaren, som i sin krafts dagar var känd som USA:s eget riks- och trivselfyllo. I en berömd TV-intervju fick han frågan om det verkligen var sant att han söp under årets samtliga dagar? Det förnekade han. Han söp bara alla dagar utom en, nämligen på nyårsafton då han var spik nykter. En man med hans resning och rykte skulle aldrig ens drömma om att delta i det som var Amatörernas Afton.

Hans beskrivning är säkert inte sann, underhållningsvärdet är tveksamt, oavsett sanningshalten. Icke förty har jag tagit den till mig sedan mer än tjugo år tillbaka och dessutom sträckt ut den tillräckligt länge i tiden för att den skall få goda effekter för min hälsa. Så fort vi ringer in det nya året kliver jag ut ur dimman och in i nykterheten. Håller ut fram till maj, åtminstone, ibland till midsommar, och den hösten som min nuvarande hustru lämnade mig höll jag mig faktiskt nykter i ett och ett halvt år. Jag har aldrig haft några problem med att sluta. Inte ens någon abstinens som är värd att tala om. Kanske är det för att jag vet att jag snart skall börja igen.

Anledningen till att jag dricker är för att jag måste få tyst i huvudet. Det blir alldeles för rörigt annars. I mina försök att ersätta den alkohol som gör mig lugn med annat finns det också en betydande risk för att jag jobbar ihjäl mig. Under de arton månader då jag var nykter hela tiden så skrev jag två romaner på tillsammans närmare tolvhundra sidor, fyra vetenskapliga rapporter på närmare tvåhundra sidor, tolv timmar film- och tv-manus och ett femtiotal kortare artiklar och kolumner på tillsammans drygt tusen sidor.

Totalt tvåtusenfyrahundra sidor på femhundrafyrtio dagar vilket gör fem sidor per dag. Till sist dånar det i skallen på mig så att jag håller på att bli tokig. Återstår att ta vägen ut för att överleva, samma väg som jag alltid sökt mig till när inget annat återstår. Dit hittar jag, oavsett hur nattsvart det är omkring mig.

Jag har förstått att det finns författare som dricker för att få tankar och idéer, kunna befria sig själva och samtidigt göra det i de former som skaparkraften kräver. Sådan är inte jag. Jag kan visserligen skriva även när jag har druckit, skriva i en rent bokstavlig mening. Problemet är att det krävs mycket lite för att det jag skrivit skall bli helt obegripligt. Skall jag skriva något som är värt att läsa eller ens går att förstå måste jag vara nykter när jag gör det. Dricker gör jag för att få tyst i huvudet och när jag inte orkar skriva längre.

Jag är snart där nu.

# 66.

Drömmer, faller fritt, svävar högt över jorden

I min krafts dagar har jag inget behov av drömmar. Jag har förhärdat mig, till och med plockat fram det sämsta inom mig själv. Jag har vunnit all den yttre framgång som jag behöver för att kunna bestämma de materiella villkoren för det liv jag lever. Inte bara för mig, utan för andra med, för den delen. Vad skall jag med drömmar till?

Sedan blir jag sjuk och ju sjukare jag blir desto mer drömmer jag. När det är som värst rids jag av maran varje natt, utlämnad till min ångest och enkom till den. Ända tills den blir så stark att den väcker mig och jag kan vingla ut i badrummet, stoppa i mig en av de små vita tabletterna som gör att det som händer med mig i vart fall inte handlar om mig längre. Ställa mig under duschen, bara låta det varma vattnet rinna tills jag är på väg bort igen. Snart vågar jag gå och lägga mig. Då kan jag somna om, sova utan drömmar, och förhoppningsvis lever jag fortfarande när jag vaknar.

Det är en dröm som ständigt återkommer. En dröm där jag faller fritt. Virvlar rakt ner bara, faller handlöst rakt ner i ett svart hål som aldrig tar slut, försöker skrika men rösten bär inte, inte ett ljud som kommer över mina läppar hur högt jag än skriker, jag fäktar med armarna, griper kring mig med händerna men där finns inget som jag kan få tag i, bara det svarta hålet, och när jag vaknar sitter jag redan käpprak i sängen med muskler som stramar som rep kring nacke och armar och utan att jag har en aning om jag lever eller redan är död.

I mina försök att återvinna kontrollen över mitt liv, även i de drömmar som jag inte kan styra över, försöker jag hitta en förklaring till dem. Något som jag faktiskt har upplevt som kan förklara drömmen för mig.

Jag hittar ett tidigt barndomsminne. Jag måste vara ungefär sex år gammal. Jag minns i vart fall att jag ännu inte har fått någon lillasyster. Min mamma och hennes läkare bestämmer att jag skall ta bort halsmandlarna. Så måste det vara, tänker jag. Jag övertygar mig själv om att den dröm där jag faller fritt, måste jag ha hämtat ur det liv som jag har levt. På det viset kan jag kanske göra den begriplig, ofarlig för mig, så att jag slutar falla fritt så fort jag somnat och inte längre kan värja mig.

Enligt mamma är jag ofta sjuk. Förkyld och hostar och med henne är det tyvärr ännu värre. Hon plågas i stort sett hela tiden av sina ständiga förkylningar och en skrällande hosta som vägrar att ge med sig. Säkert måste det finnas ett samband mellan detta och mitt eget ständiga snorande och med vuxna är det ju tyvärr så att de kan vara särskilt känsliga för just de sjukdomar som barnen drar hem. Ta de vanliga barnsjukdomarna till exempel. Skulle mamma drabbas av vattkoppor, scharlakansfeber, mässlingen eller röda hund, så kan hon ju faktiskt dö på kuppen trots att jag var uppe och hoppade efter bara ett par dagar.

Eftersom mamma redan har bokat tid hos sin egen läkare bestämmer hon att jag skall följa med så att han får tillfälle att även titta i halsen på mig, trots att jag varken hostat eller snorat på flera veckor, inte hostat en enda gång faktiskt.

Först får jag sträcka ut tungan och gapa stort medan farbror doktorn stoppar ner en lång träbit i halsen på mig. Sedan klämmer han med fingrarna under min haka.

– Halsmandlarna, säger han och nickar. Jag tror det blir bäst att vi tar bort halsmandlarna på Leif. De känns lite svullna, lite infekterade faktiskt. Har han hostat mycket på senaste tiden?

– Han går väl jämt omkring och hostar, svarar mamma trots att jag vet att det inte är sant.

När vi går hem från doktorn mår jag inte så bra. Jag har faktiskt fått ont i halsen. Precis där farbror doktorn klämde på mig.

– Mamma, säger jag. Jag vill inte ta bort halsmandlarna. Det gör säkert jätteont.

– Sjåpa dig inte, svarar mamma. Det känns inte alls. Du får sova medan farbror doktorn gör det, så du kommer inte att känna ett dugg.

En vecka senare är det dags. Tyvärr har mamma fått känningar av gallan på natten så hon kan inte följa med mig trots att hon har lovat. Fast det gör inget. Pappa tar ledigt från jobbet och vi åker bil till doktorn. Jag får sitta fram och slipper åka både buss och spårvagn med mamma. Pappa håller mig i handen när vi går in på mottagningen fast när jag kommer in till farbror doktorn så måste pappa gå ut.

Jag får ta av mig alla kläderna och sätta på mig en vit nattskjorta. Sedan får jag sitta i en vanlig stol som ser ut precis som den som tandläkaren har. Det är en sjuksyster som hjälper mig. Hon verkar ganska snäll trots att hon sätter på sig en vit mask för munnen så man bara kan se ögonen på henne.

– Säg till om jag drar åt alltför hårt, säger hon när hon spänner fast mina armar och ben med läderremmar. Varför det, tänker jag. Det gör aldrig tandläkaren trots att det kan göra jätteont när man är hos henne.

Jag nickar bara. Försöker tänka på pappa. Han står säkert utanför dörren, tänker jag.

Sedan kommer doktorn in. Han har också en vit mask för ansiktet.

– Eter, syster, säger doktorn. Sedan tar han tag i huvudet på mig, böjer det bakåt.

– Andas in ordentligt. Sedan vill jag att du räknar till tio, säger han.

Sedan håller systern en trasa över ansiktet på mig. Pressar den hårt mot min näsa och mun och trots att jag försöker vrida undan huvudet så går det inte. Jag förstår att de tänker kväva mig, att jag inte alls skall få sova som mamma lovat. Den starka lukten som sticker i näsborrarna och redan svider som eld i halsen. Mycket starkare än både bensin, dieselolja eller klor, som det luktar i ladugården hemma hos mormor på landet.

Hur jag kämpar för att få luft. Hur det svartnar för ögonen, hur det börjar tjuta i mitt huvud, hur doktorn säger åt mig att jag skall räkna till tio trots att det väsnas så högt i huvudet på mig att jag knappt hör vad han säger, hur allt omkring mig börjar snurra, snurrar fortare och fortare, hur jag faller handlöst rakt ner i mörkret, slutar räkna. Sedan måste jag ha somnat. Precis som mamma har lovat.

Jag minns att pappa bar ut mig i bilen, jag fick sitta fram ifall jag behövde kräkas. Sedan kommer jag hem och pappa stoppar mig i säng. Mamma mår bättre. Hon går omkring i morgonrock som vanligt när hon är sjuk. Hon frågar om allt gått bra.
– Det löser sig, säger pappa. Det löser sig.

Jag minns att min pappa åkte upp till KorvLarsson och köpte glass åt mig. För att glass både kylde och lenade i halsen så att det inte skulle göra så ont längre. Jag minns att han lovade att jag skulle få glass hela veckan tills jag blev pigg som en nötskrika igen. Så måste det vara, tänker jag. Det är därför som jag fortfarande faller fritt som i en dröm. För att jag fick lära mig det av livet som jag levt.

När jag mår bättre drömmer jag sällan. I bästa fall sover jag helt utan drömmar eller i vart fall utan att jag minns om jag har drömt, när jag väl vaknar. När jag mår som allra bäst drömmer jag min lyckodröm. Den där jag svävar fritt högt över jorden och människorna där nere.

I den drömmen är det alltid sommar. Sol, blå himmel, vindstilla, möjligen en svag bris som smeker kinder och panna. Jag står ute på gräsmattan utanför huset där jag bor. Tydligen har jag gäster också. Folk har glas i händerna, de är sommarklädda, vita kläder, sommarglada. De pratar och skrattar. Jag ser att de pratar men jag hör inte vad de säger för trots att jag är värd på kalaset står jag en bit ifrån dem. Det gör ingenting. Jag böjer på knäna, hoppar rakt upp i luften på stället där jag står, säkert ett par meter rakt upp, fyller lungorna med så mycket luft som jag orkar dra in, sträcker ut mina armar, rätar ut kroppen, svävar fritt, högre och högre, behöver knappt röra armar och händer för att göra det.

Mina gäster har slutat prata. De står där nere på marken. Bara står där och tittar på mig medan jag svävar ovanför deras huvuden, tjugo, trettio, fyrtio, kanske femtio meter ovanför deras huvuden. Jag kretsar sakta fram och tillbaka trots att jag inte ens har några vingar på kroppen. Jag tycks reda mig gott med mina egna armar och händer och har inte en tanke på att sträcka ut, ta sats och flyga rakt in i solen. Jag är som Ikaros, fast utan övermod, som en Ikaros som har fullständig kontroll över varje rörelse.

Sedan brukar jag vakna. Jag minns aldrig att jag landar. I drömmen där jag svävar fritt så landar jag aldrig eftersom den drömmen uttrycker min önskan om hur mitt liv borde ha varit. Säkert fick jag den till skänks genom de drömmar jag levt med när jag varit vaken. Innan jag förhärdade mig själv.

# X
## MED FACIT I HAND

# 67.

### På återbesök i Det Förlovade Landet

Jag kan inte återvända till min barndom annat än i mina minnen men det finns inget som hindrar mig från att besöka de kvarter där jag växte upp. Försommarsolen lyser från en blå himmel, och jag blir på ett utmärkt humör så fort jag har bestämt mig. Jag sätter mig i min mycket dyra bil, som min klassresa också har skänkt mig, trycker på startknappen och glider iväg. Precis som KorvLarsson brukade göra innan han slogs till marken och den vita Mercedesen togs ifrån honom. Men inte i mitt fall, för min bil är svart och ännu dyrare än hans.

Som så ofta förr när jag är på det här viset får jag också storslagna idéer, gränslösa såväl till sitt innehåll som till sina konsekvenser. Den första får jag redan i backen uppför Värtavägen där KorvLarsson drev sin rörelse när jag var barn. På krönet av backen låg den kiosk som fick lämna plats för Sveriges första Trattoria när Ikaros övermod fördunklade KorvLarssons förmåga att räkna hem en affär.

Trattorian finns inte kvar. Den revs för ett halvt sekel sedan för att ge plats åt tunnelbanan och nya bostadshus. Där finns inte ens minsta skylt som kan påminna en sentida betraktare om det kulturarv som grävskopor och schaktmaskiner en gång röjde undan. Hög tid att förverkliga den idé som jag just har fått, att flytta Ikarosstatyn nere vid Karlaplan till den plats där KorvLarsson reste sitt Kulinariska Tempel.

Ingen stor sak i den rent praktiska delen av detta projekt, det finns ju maskiner för sådant sedan länge, och man kan till och med behålla de två inskriptionerna som redan står på den svarta granitsockeln. På den högra sidan – statyn betraktad framifrån – "Nu efter döden ditt manliga mod/ Eggar oss andra/ som ännu vandrar på jorden". På den vänstra, "Skaparekraft och dåd/ dig hjälpt att svinga/ Högt över jorden", och vad kan bättre beskriva en svensk entreprenör vars visioner låg så långt före marknadens förväntningar och behov, som KorvLarssons gjorde?

Allt som behövs är att man kompletterar det hela med en enkel skylt framför statyn, kanske i koppar eller något annat mer beständigt material, och givetvis kan jag tänka mig att själv stå för fiolerna för att yngre människor, i den tid i vilken vi numera lever, skall få sammanhanget klart för sig. Inskriptionen finns redan färdig i mitt huvud. "Till minnet av KorvLarsson/ som led en förtida död/ i jakten på något bättre än/ en vanlig kokt med bröd."

Innan jag reser vidare mot Barndomens Land gör jag de nödvändiga noteringarna om detta. Den planering och de kommunalpolitiska påtryckningar som måste till, alla praktiska mått och steg som skall tas. Eftersom jag är den jag är, sammansatt och ofta svårt ångestriden, bestämmer jag mig också för att undersöka hur det faktiskt gick för KorvLarsson. Att på det där kamerala svenska viset verkligen försäkra mig om att han blev ruinerad och dog en för tidig död. Av samma skäl kommer jag också att glömma bort det så fort jag börjar oroa mig tillräckligt mycket för något helt annat.

Jag parkerar bilen vid huset på Tegeluddsvägen. Ställer den på samma plats där kommissarien parkerade sin svarta Citroën sextio år tidigare. Bara några minuter innan han lurar upp en liten femårig flicka på vinden och vill att hon skall ta på hans snopp. På den tiden var det vänstertrafik och han hade kylaren vänd i motsatt riktning, mot Värtavägen och vidare in mot staden. Den givna flyktvägen om han nu skulle behöva en sådan.

Filmen i mitt huvud vevas på nytt. Hans bil stod tjugo meter från husknuten. Jag stegar upp avståndet, två gånger för säkerhets skull. Allt stämmer. Mästerdetektiven hade gott om tid för att kunna göra de iakttagelser som han gjorde.

– Du hade tur, tänker jag. Hade det hänt tjugo år senare hade jag sett till att du hamnat i finkan.

Huset på Tegeluddsvägen finns kvar. Numera är det bostadsrättsförening och det är till och med prydligare än på pappas tid. Klippiga Bergen finns också kvar. Det hisnande stupet från Furusundsgatan ovanför, ner till gräsmattan utanför porten till huset där jag bodde, och där kvarterets alla ungar brukade åka byxkana på vintrarna.

Vintertid är vi alla ordentligt påpälsade. Närmast kroppen bär vi rejäla underkläder. Långkalsonger, långstrumpor, livstycken, raggsockor och hemstickade tröjor som kliar. Sedan tjocka overaller, skinnfodrade stövlar och skinnmössor med öronlappar, tumvantar i läder. Så galonbyxor för att skydda kläder och kropp och ett alldeles utmärkt plagg för den som vill "slå en byxkana".

Vi tar sats uppe vid Sandhamnsgatan. Slänger oss på rumpan utför stupet till Klippiga Bergen och kanan blir bara bättre och bättre ju fler barnstjärtar som passerar. När den förvandlats till blankis hamnar man långt ut på gårdsplanen innan man stannar upp. Och den där gången då Sune hade släpat upp en kälke på krönet for han halvvägs ut på Tegeluddsvägen och höll på att bli överkörd av en lastbil från Kol och Koks som skulle ner till Frihamnen för att hämta ett nytt lass.

Klippiga Bergen finns kvar men inte som jag minns dem. En slänt på kanske tjugofem meters längd, och sju–åtta meters fall ner till gräsmattan där kanan tar slut. En väl avrundad berghäll mitt i backen som ger en extra skjuts på vägen ner. Det är det hela betraktat med ögon som blivit sextio år äldre. Galonbyxor, inga runda plåtbrickor som mina äldsta barn brukade sitta på när de åkte kana och som kallades för Tefat. Vanliga galonbyxor, inte det minsta lika de små ergonomiskt utformade plastkälkar som mina yngsta barn åkte på.

Konditoriet som drevs av tant Eleonora och låg i grannhuset finns kvar. Det heter fortfarande Eleonoras Konditori. Eleonora var snäll mot oss barn, känd för sina wienerbröd med sylt, gul vaniljkräm och vit sockerglasyr. När hon bakat färdigt brukade hon ställa ut de svarta bakplåtarna i fönstret för att svalna och kvar på dem fanns åtskilligt med godis som vi ungar kunde skrapa loss och stoppa i oss. Eleonoras Konditori finns kvar men doften av wienerbröd är borta. Borta är också de röda trälängorna där järnvägsarbetare bodde. Borta är Sune och hans mamma. Det har jag numera tagit reda på. Sune dog först, just fyllda trettio, hans mamma dog året efter. Då var hon femtiotvå.

Borta är alla trädgårdar och alla andra hus från artonhundratalet och ibland äldre ändå, istället moderna kontorsfastigheter, Svenska Handelsbanken, Förvaltningsrätten, TV4 och Länsförsäkringar. Friskis och Svettis har givetvis ett gym i ett av husen där alla räknenissor och räknenissar kan trötta ut sig rent fysiskt när de inte längre orkar med att bara räkna, picka på datorn, tala i mobilen eller dricka olika italienska kaffeblandningar. Det är andra tider nu.

Jag promenerar runt i kvarteret där jag växte upp. Vet sedan länge att det uttalas Njuuu Jork, behöver inte ens truta med munnen när jag uttalar namnet på staden, och under de år som passerat har jag besökt det riktiga stället vid tiotals tillfällen. Jag har sammantaget tillbringat flera månader där, i olika omgångar, mest på besök hos den lokala polisen.

Kvarteret Nävv Jorkk har jag bara passerat på väg någon annanstans. Men inte i dag när jag har tagit mig tid. Det jag saknar mest är dofterna. Sune förstås, kanske till och med hans mamma trots att hon kunde vara enastående besvärlig när hon satte den sidan till.

Jag återvänder till min bil. Hög tid för Frihamnen, tänker jag. Mot Frihamnen, mot Äventyrslandet!

Först stannar jag utanför Banankompaniets hus. Det är sig likt i en rent yttre mening och som jag minns det. Däremot luktar det inte bananer längre. Jag trycker näsan mot ett fönster och ser staplarna med prydliga vita kartonger på andra sidan glaset. Förhoppningsvis är det kartongernas fel, inte bananernas, tänker jag medan jag vädrar med näsan mot vinden, precis som min stövare brukar göra när jag är ute i markerna för att jaga hare och räv. Men inga dofter, inte ens en förnimmelse av en doft av banan.

Det kanske är för att det inte finns några bananstockar längre, vart de nu tog vägen, tänker jag. De stora, nästan manshöga, gula tallkottarna – det var så de såg ut – som sjåarna brukade kånka in i Kompaniets hus och i vilka livsfarliga bananormar ibland hade gömt sig, för att fångas in först på andra sidan havet, och väl där punktligt hamna i tidningen med bild och allt.

Dagens Frihamn har inget gemensamt med barndomens Äventyrsland. Inga båtar längre som färdats över fjärran hav med last av kaffe, apelsiner och hudar. Bara färjor, flytande hotell- och konferensanläggningar som far fram och tillbaka över Östersjön. Precis som om man hade dragit dem dit bort och hit igen med hjälp av osynliga vajrar fästade under deras platta kölar.

Inga magasin där man staplade alla mänskliga behov i prydliga högar och rader. Husen finns kvar men i dem finns bara konstgallerier, PR-byråer och mediaföretag. Kajerna ligger tomma och övergivna, några rader med vitmålade containrar, det är det hela, och som vittnesbörd om en förlorad tid skänker de ingen tröst. Vad hände med bergen av kol och koks? Med bergen av virke och doften av det Sverige där jag och min släkt har haft våra rötter sedan tidernas begynnelse.

Dessa berg av virke täckta av väldiga presenningar, som bildade håligheter och grottor mellan staplarna av bräder och plank. Berg av virke med ständigt nya och hemliga rum där man kunde klättra och smyga och gömma sig undan för de vuxnas ögon. En sommar när regnet hade vräkt ner hade vi till och med haft en egen bassäng på toppen av vårt berg av trä. Den var fylld med solljummet vatten och hade en mjukt buktande botten av halt grått tyg.

Hög tid att jag rycker upp mig, tänker jag. Skall jag leva som romantiker vid min ålder får det ske med sans och måtta och allt som försvunnit är inte värt att sakna. Dessutom har jag en bok som jag måste skriva och ingen tid över att dränka mig i mina minnen från barndomen. Var det förresten så mycket bättre då? Mina intryck var starkare, de fäste bättre än nu, inte minst i min näsa. Mitt liv var helt säkert enklare att leva, och hög tid att vända den svarta kylaren – på den mycket dyra bil som min klassresa också skänkte mig och låt oss inte glömma bort den detaljen – mot den tid och de trakter där jag numera lever.

På vägen hem passerar jag ännu en gång förbi mitt minne av KorvLarsson. Balzac skulle ha älskat KorvLarsson, tänker jag. Han skulle ha älskat dem alla, förresten. *Tjuven i Damaskus*, min bäste kompis Uffe, trots att han senare skulle förneka att han tappat mössan i Björngropen, Sune och hans omöjliga morsa. Han skulle ha älskat dem alla. Till och med den stackars gubben som trillade av åsnan på cirkusen så att man såg hans randiga långkalsonger.

# 68.

### Dödstädning

Pratar med en god vän om boken jag skriver. Det är några sakuppgifter som jag vill kontrollera. Jag berättar om ett av de minnen som plågar mig mest och som jag har fått för mig att han kanske kan hjälpa mig med. Vi har ungefär samma bakgrund. Han har tjänat betydligt mer pengar än jag. Allt talar också för att han, till skillnad från mig, funnit sig väl till rätta med det liv han numera lever. Resan dit verkar inte bekymra honom och han tycks trivas gott där han har hamnat.

– Vad är det för slags bok, frågar han. Är det rena påhitt, eller är det något slags memoarer?

– Jag vet faktiskt inte, svarar jag. Det är bland annat därför som jag ringer till dig.

– På mig låter det nästan som om du håller på att dödstäda, säger han.

Dödstäda är ett lantligt uttryck. Att man i god tid ser till att städa undan allt sådant som kan störa alla nära och käras goda minne av den som snart skall avsluta sin tid på jorden. Alla dessa dagböcker, kalendrar, brev och anteckningar som kan vittna om allt från små privata pinsamheter till mer betydande oegentligheter som även kan ha harmat andra. Hela vägen fram till de livslögner som den som det ytterst handlar om levde med. Givetvis också att man tar tillfället att ge sin syn på saken, medan man ännu har chansen, för att till sist kunna andas ut i förtröstan på den fördragsamhet från omgivningen som endast kommer de döda till del.

– Det tror jag faktiskt inte, svarar jag. Mest är det väl för att mina barn har en massa frågor hela tiden och då tycker jag att det är bättre om man satt ner det på papper innan. Så man inte säger olika saker till dem. Förvirrar dem i onödan, så att säga.

– Det låter som du, säger han. Vet du vad? tillägger han.

– Nej, jag lyssnar.

– Om jag vore som du skulle jag ge fan i det, säger han. Du kommer inte att må bättre av det, inte det minsta, tvärtom, om du frågar mig. Dessutom, du ska väl inte dö?

– Nej, det är i vart fall inget som är planerat, svarar jag.

– Då är det nog hög tid att du rycker upp dig, konstaterar han.

Sedan lägger vi på. Avslutar samtalet, frågorna har jag kvar, men jag har inte fått några svar, inte på mina frågor i varje fall.

# 69.

### Arbetsrum vid klassresans slut

Sedan några år tillbaka bor jag på en gård i Sörmland och av alla landets författare har jag det vackraste arbetsrum som finns på denna jord. Oavsett hur illa jag skriver kan jag i vart fall inte skylla på rummet där jag sitter.

Högst upp i ett hus med halvmetertjocka väggar av murad sten har jag mitt rum med öppen spis, väggfasta bokhyllor, dator, skrivare, stereo, soffa, karmstol, gustavianskt skrivbord, en antik matta från Kina, tavlor, teckningar, mina jakttroféer plus alla andra föremål som rör vid mitt hjärta och sinne.

På den breda fönsterbänken står ett rejält batteri med buteljer som jag i skarpt läge kan förskansa mig bakom så fort verkligheten tränger mig och skapar oreda i mitt huvud. Fast inte nu, just nu är jag lugn. Jag har inget behov av ett stort glas vodka, en stadig konjak, inte ens ett glas rödvin. Än mindre av det lilla vita pillret som fjärmar mig och för mig i säkerhet. Förvandlar mig till betraktare av något som egentligen inte handlar om mig. Men inte nu, för nu är jag lugn och jag reder mig gott med utsikten från mitt fönster: så här års gröna ängar och blått vatten, sjön Lockvattnet tvåhundra meter bort, skimrande i solljuset.

Utsikten från mitt fönster, föremål som skänker trygghet, livets ankarlinor som ger mig arbetsro och håller mig kvar i min historia. På väggen bland alla tavlorna en inramad deklaration från 1928. Min Morfar snickaren Anders Gustaf Löfgren, född 1875, som det året tjänade 710 kronor och samma år betalade 37 kronor och 74 öre i skatt.

Knappt ett sekel senare, åttiotre år senare om jag nu skall vara noga, sitter jag på mitt arbetsrum och skriver denna bok. Under det här året kommer jag också att tjäna mer pengar än vad min Morfar tjänade under sina tjugo bästa år. Mer än vad han någonsin kunde föreställa sig trots sin näsa för affärer och sin aktningsvärda flit. Jag kan riktigt se hur belåten min Morfar är över hur väl alla blanka tvåkronor, som han gav mig när jag var barn, har förräntat sig. Över den långa resan som jag gjort, långt längre än vad ens han kunde drömma om, hela vägen till regnbågens slut där det som bekant står en potta rågad med guld för den som orkar ta sig ända fram.

Jag kan också tänka mig hur han skulle reagera om jag nu berättade för honom att alla pengar som jag tjänat har jag också tagit upp till beskattning. Att jag har betalat skatt på vartenda öre. Då skulle Morfar Gustaf förmodligen tro att jag blivit galen, återkräva sitt satsade kapital med ränta på pengarna, och att han skulle ge mig ett kvitto på den affären kan jag bara glömma.

Undrar vad min pappa Gustav tänker om samma resa?

Under det här året kommer jag att tjäna mer pengar än vad min far gjorde under ett helt arbetsliv på närmare sextio år. Ojämförligt mycket mer än min pappa Gustav trots att det var hans idé från första början.

Så fort min pappa slutar skolan så börjar han som trädgårdsdräng på bruket hemma i Ramnäs. Hans egen far, min farfar, har dött ett år tidigare. Pappa har sex syskon i ungefär samma ålder som han själv och för hans mor, min farmor, är det hela mycket enkelt. Det handlar om att överleva, om att skaffa mat för dagen.

När pappa blivit myndig och träffat min mamma så lämnar han bruket. De flyttar till Stockholm och pappa får jobb inom den snabbt växande byggbranschen. Där kommer han att stanna i närmare femtio år, hela arbetslivet ut, för att i tur och ordning berika ägarna av Aktiebolaget Vägförbättringar, Skånska Cementgjuteriet och NCC.

När han slutar vid lagstadgad pensionsålder är han fysiskt utsliten och om han fick någon kristallvas när han gick minns jag inte. Däremot minns jag glimten i hans öga när han efter sin pension kommer in i huset i Djursholm som jag och min första hustru just har köpt. Hur han kramar min skuldra med sin stora hand.

– Här du, Lejfen, säger han. Här finns precis hur mycket som helst att göra för en sådan som jag.

Hans stora händer som hela tiden griper efter nytt arbete. Trots att han borde låta bli av omsorg om den hälsa som han trots allt har kvar och om det nu inte vore för att en riktig karl alltid måste ha något för händerna.

Min pappa var stolt över mig och inte minst över mina yttre framgångar. Det vet jag med säkerhet eftersom det är många som har berättat det för mig. Att "det är min grabb som är på TV", att "det är min grabb som skrivit den där boken".

Det där med alla tiotals miljoner som jag lämnat ifrån mig i skatt skulle heller inte ha stört honom det minsta. Tvärtom, eftersom en riktig karl gör rätt för sig. Han tar inte bara hand om hustrun och barnen utan "alla andra med för den delen som kan behöva lite hjälp". En riktig karl gör rätt för sig, svårare än så är det inte och att det i sådana lägen ytterst handlar om pengar behöver man inte ens ha någon utbildning för att förstå.

Pappa är stolt över mig, men också lite orolig för det har han alltid varit för min skull och särskilt när jag färdats i för honom okända marker.

– Jag hoppas att du mår bra och har hälsan, säger pappa. Det är roligt att det går bra för dig, tillägger han snabbt eftersom det han just har sagt annars kanske kan missförstås.

– Borta är väl bra, men hemma är ändå bäst, säger pappa och nickar åt mig. Mest för sig själv som det verkar.

## 70.

Kvällen då min pappa dog

Min pappa Gustav dör på våren strax innan han skall fylla åttioåtta år. Samma kväll som han gör det sitter jag på Caviar House i Paris och äter middag tillsammans med kvinnan som jag älskar och som två år senare skall bli min tredje hustru. Dagen före, innan vi lämnade Stockholm, besökte jag pappa på sjukhuset där han ligger i sin säng och väntar ut sin cancer. Själv har jag sedan länge rest färdigt, i en ekonomisk mening har jag klivit av vid resans mål, och den enda, förutom jag själv, som har anledning att bekymra sig över den inre exil där jag har vistats sedan barndomen är min blivande hustru.

– Om du vill stannar jag hemma, säger jag.

– Åk du, säger pappa Gustav. Än tänker jag inte ta upp årorna.

Sedan tar vi i hand på saken. Pappa som numera väger hälften av vad jag gör, hans händer som fortfarande är dubbelt så stora som mina.

Kvällen därpå, när jag och min kvinna lämnat restaurangen och kommit hem till hotellet, ringer min äldste son och berättar att Gustav släppt taget och kvitterat det jordiska.

– Han lovade faktiskt, säger jag och det svarta hålet som plötsligt öppnar sig i mitt bröst är lika djupt som den där dagen för fyrtiofem år sedan då jag står i kapprummet hemma på Tegeluddsvägen och tittar på byltet med hans blodiga kläder som ligger på golvet.

– Klart han gjorde, säger min son. Han ville väl spara dig. Det var ju sådan han var.

Det svarta hålet i mitt bröst finns kvar. Förhoppningsvis kommer det att dö med mig så att mina barn slipper ifrån det och försvinna för gott den dagen då pappa Gustav och jag träffas igen.

## 71.

Det svarta hålet

När det svarta hålet i mitt bröst öppnar sig så sker det alltid utan förvarning. Det är ju då man faller handlöst. Inte ens hinner tänka på att försöka ta emot sig.

På hösten, året efter min fars död, är jag i England och jagar fasaner. Efter middagen sitter vi i jaktvärdens bibliotek. Enligt engelsk standard är vår värd en finare människa än nästan alla andra på vår jord. Hans högadliga pappa är "Keeper of the Purse". Drottningens egen finansminister som följer med henne när hon är ute och shoppar och tar fram plånboken så fort hon handlar ett halvdussin linnenäsdukar som hon skall ha för att snyta sig i. Prinsen av Wales är gudfar till hans två barn, enligt den engelska skvallerpressen är han till och med mer än så, och för varje uppkomling värd namnet måste väl ändå detta vara den fullkomnade klassresans mål. Eftersom jag själv är på gott humör och känner mig komfortabel med sällskapet kommer jag in på pappa Gustav.

– Låter som en enkel och hygglig karl, säger sällskapets svenske baron. Vem kunde tro att professorn är släkt med en sådan?

I samma ögonblick som han sagt det öppnar sig det svarta hålet i mitt bröst. Jag reser mig, griper honom runt skjortbröstet med händer som plötsligt är lika stora som min pappas och erbjuder honom att följa med ut på gårdsplanen så att jag kan bryta vartenda ben i hans kropp.

Klassresa? Du lämnar något som du inte längre vill eller kanske inte ens vågar kännas vid. Lämnar några som du inte längre känner och som kanske inte ens vill känna dig. För att istället hamna på ett ställe där hjärtat i ditt bröst plötsligt kan ersättas av ett svart hål där du när som helst kan falla handlöst och huvudstupa rakt ner.

## 72.

En uppkomlings arvedel

Verklighet störtad... utan Verklighet född.

Alla människor föds med en verklighet, så även jag. Problemet är att den verklighet som jag föds med är en annan än den som jag kommer att leva med under huvuddelen av mitt liv. Detta är en erfarenhet som jag delar med många sådana som jag. Vi som har gjort en klassresa och i den meningen fötts utan den verklighet som vi kommer att hamna i. Detta är också ytterligare en orsak till att den verklighet i vilken vi lever – lika väl som den som vi föddes till – ibland kan störta samman.

Min pappa Gustav dör på våren 2001, ett par månader innan han skall fylla åttioåtta år. Min mamma Margit dör åtta år senare, vid nittiotvå års ålder, och hade hon bara låtit bli att proppa i sig några hundra kilo mediciner på vägen dit hade hon helt säkert fortfarande levt och jag själv hade i vart fall fått vänta med att skriva den här boken.

En uppkomlings arvedel? När något är svårt att prata om brukar jag i vanliga fall försöka lösa det genom att först prata om sådant som det egentligen inte handlar om. Sådant som är mindre viktigt. Rensa bordet, så att säga, så att det enda som till sist finns kvar är det som jag har svårt att prata om. Det som det verkligen handlar om. Den här gången tänker jag göra tvärtom.

Det som allt handlar om är att min mor vägrade att låta mig begrava min far. Det är det värsta som har hänt mig under hela mitt liv. Värre än den där gången då min pappa fick en sprängsten i huvudet, värre än den Geijeraffär som jag hamnade i, långt värre än de gånger då jag själv bara har varit nära att dö.

När min far dör är jag som sagt i Paris med min hustru. Innan jag reser iväg frågar jag om han vill att jag skall stanna hos honom. Han säger åt mig att åka. Att han inte har en tanke på att dö medan jag är på semester. Det skulle se ut det.

Nu gör han det ändå och känslan av att jag svikit honom har aldrig varit så stark som då. Jag minns den barndom då jag behövde honom hela tiden och han såg till mig varje dag. Jag minns hans ålderdom när han behövde mig och jag träffade honom alldeles för sällan.

Allt som återstår, allt som jag nu kan göra, är att begrava honom så att vi åtminstone har ett ställe där vi kan träffas och prata med varandra sedan han dött och medan jag ännu lever. Under den tid som återstår för mig innan vi kan ses på nytt.

Jag ringer min mamma för att ordna med det praktiska. Det är första gången på mer än tjugo år som jag ringer till min mamma för att prata med just henne. Jag förklarar att jag vill ordna allt så enkelt och bra som möjligt. Att jag givetvis skall följa hennes önskemål om var pappa skall begravas. Att jag självfallet tar hand om allt det ekonomiska, ser till att hon aldrig ens behöver tänka på den saken.

Min mamma svarar att den biten behöver jag inte bekymra mig om. Hon har redan bestämt att min pappa skall brännas och att hans aska skall strös för vinden. Det blir bäst för henne. Dessutom var det så min pappa ville ha det. Han har till och med skrivit ett papper om att det är så han vill ha det, och som så ofta förr så ljuger hon mig rakt i ansiktet.

När jag kräver att få se detta papper förvandlas det till ett muntligt önskemål som han skulle ha uttryckt till henne när de pratade om saken. När jag säger att det min pappa sagt till mig är att han vill bli begravd, så får jag svaret att det i vart fall inte stämmer med vad han har sagt till henne, och att det hur som helst är ointressant eftersom det är hon som bestämmer. Det är också så det blir. Min mamma låter kremera min pappa, strör hans aska för vinden, var får jag inte veta, och det enda som jag kan göra åt saken är att jag aldrig – så länge jag lever och andas – kommer att förlåta henne.

Min pappa och jag pratade om hans begravning vid flera tillfällen under de två sista åren av hans liv. Det är alltid han som tar upp ämnet och det är alltid jag som försöker få slut på samtalet eftersom jag helt enkelt inte klarar av att prata om det, inte just då, senare kanske, en annan gång, men inte nu.
Min pappa har två önskemål. För det första att jag inte skall "slänga bort en massa pengar i onödan" på hans begravning. Det han säger är att det räcker så bra med det vanliga och att han säger det beror på att han är den som han alltid har varit. Det andra är att han vill att jag skall försöka hålla fred med min mamma.
"Gör nu inte av med en massa pengar i onödan på min begravning." Det är det första som han alltid säger.
"Försök att hålla fred med Margit, jag vet ju hur det är, men för min skull." Det är det andra.
Jag lovar att jag skall göra det. Inget av dessa löften kan jag hålla.

Åtta år senare dör min mamma. Hon har suttit i orubbat bo efter min far och det som min pappa gav till mig medan han levde, och som jag alltid undvek att ta med mig eftersom jag inte kunde tänka tanken på hans död, har hon sålt. Allt som kan påminna henne om mig är undanstädat, därmed också alla bilder på mig och min pappa tillsammans. I hennes fall kan jag heller inte utesluta att det var en poäng i sig.
Mitt materiella arv efter min pappa Gustav består av en koppartunna, en klackring och en flaska konjak, det är alltså inte pengar jag talar om. Jag har inte ägnat en tanke åt pengar i samband med min fars död och det har inte med mitt eget ekono-

miska oberoende att göra. Min fars död handlar inte om pengar. Den handlar om mycket men inte om pengar.

Koppartunnan brukade vi ha ved i. Den stod bredvid järnkaminen i huset nere i Hogdal. I dag står den i biblioteket i huset på landet där jag och min hustru bor. Varje gång jag tar upp ett vedträ för att stoppa i kakelugnen ser jag den prydliga vedstapeln ute i vedboden i Hogdal. Veden som min pappa huggit och staplat.

Flaskan med konjak skulle jag ha fått av honom när jag tog studenten men sedan blev den bara liggande i femtio år. Det blev liksom aldrig av, inte när jag doktorerade, inte när jag blev professor. Jag fick den först när min mamma dog och att hon inte hade sålt den också är ett mysterium. Hon hade väl en dålig dag, helt enkelt. På en vinauktion skulle hon ha fått åtskilliga tusen för den. Nu är den urdrucken. Den var alldeles utmärkt. Martell, Cordon Bleu från samma år som jag föddes, fredsåret 1945.

Återstår pappas klackring i guld med en sten i onyx. Pappa brukade bära den på vänster lillfinger när han skulle vara finklädd och gå på kalas. Eftersom hans händer inte var som mina så trillar den av mig även när jag sätter den på höger tumme. Att knacka in den har jag ingen tanke på, då vore det ju inte min pappas ring längre. Istället bär jag den i en kedja runt halsen. Det är till ringen vid min hals som min vänstra hand söker sig medan jag skriver den här texten med mitt högra pekfinger.

En uppkomlings arvedel och det mesta av det rent praktiska har jag så småningom lärt mig att hantera. Sedan länge reder jag mig gott även med flera bestick. Jag kan efter behov klä mig helt korrekt och även uppträda på det sätt som konvenansen i övrigt kräver. Är jag på gott humör kan jag vara både trevlig och underhållande och jag blir allt mera sällan så illa till mods att uppkomlingen inom mig måste ryta till och säga ifrån.

Revanschismen finns visserligen kvar men numera hanterar jag den hyggligt trots att jag fortfarande träffar alldeles för många idioter helt i onödan.

Jag talar alldeles för ofta om alla pengar som jag tjänat trots att de flesta av mina nuvarande vänner är långt rikare än jag. Eftersom de också har en annan och bättre uppfostran så låtsas de att de inte hör vad jag säger.

Vissa saker klarar jag fortfarande inte av. När det svarta hålet i mitt bröst plötsligt öppnar sig och jag faller rakt ner. Det klarar jag inte. Min hemlöshet plågar mig. Mitt samvete plågar mig också och ofta av skäl som inte ens har med mig att göra. Min ångest plågar mig allra mest trots att jag tror mig veta att det inte är min klassresa som är den ursprungliga orsaken till den.

Jag fick den av min mamma och trots alla timmar, dagar och nätter som jag ägnat åt att fundera på varför hon nödvändigtvis skulle ge den till mig så tvekar jag fortfarande om svaret. Att det var hon som gjorde det, det är jag numera övertygad om. Men inte varför och vad angår hennes motiv i övrigt så blir det mest spekulationer.

Min mamma var aldrig sjuk. Det var något som hon i bästa fall inbillade sig, men oftast bara hittade på, trots att det ibland säkert kunde få henne att må lika dåligt som hon påstod att hon gjorde. Hennes sjukdom var ett sätt för henne att kontrollera sin omgivning. Att få sin vilja igenom utan att hon ens behövde säga vad hon ville. Oavsett vilket så skadade det mig redan när jag var ett litet barn eftersom jag inte förstod hur det egentligen låg till. Det tog ifrån mig min trygghet och hade jag inte haft min pappa att ty mig till så hade det kunnat sluta betydligt värre för mig än vad det gjorde. Psykisk misshandel biter ofta bättre än både knytnävar och livremmar och allra bäst biter den på den som är tillräckligt liten för att inte förstå.

Varför gjorde hon det? Jag tror att det berodde på att hon var missnöjd med sitt liv. Hennes liv blev inte som hon hade tänkt och hoppats. Hon var en begåvad kvinna, född och uppvuxen i fel klass och i en tid som utnyttjade sådana kvinnors begåvning utan att ge något igen. Hon kände sig sviken av livet och när det istället blir hennes son som skulle "kostas på" blir det lätt nog för henne att rikta sin frustration och ilska mot honom. Särskilt som han, så fort han får chansen, bryter mot det fjärde budet om att hedra just henne. Det är så jag tror att hon uppfattade saken. Att det var jag som svek henne. Sambandet mellan att hedra sin moder och hennes plikter som mor och omsorg om mig, som hennes barn, tror jag inte att hon ägnade några särskilda tankar. Människor som känner sig svikna undviker att tänka på det viset.

Allt detta kan jag förstå och åtminstone försöka att förlåta henne. Även de lögner som hon tar till så fort hon märker att jag skådat genom hennes sjukdom. Så långt kan jag skjuta det hela åt sidan trots att jag blir fullkomligt kallsvettig vid blotta tanken på att jag skulle förråda något av mina egna barn på det viset som hon svek mig den där gången då hon gav mig det skrin där jag kunde förvara mina hemligheter.

Jag kan till och med förstå varför hon vägrar att låta mig begrava min far. Förklara det som ett anfall av svartsjuka, av rent vansinne, om man så vill. Att om inte hon nu duger åt mig, så skall hon i vart fall ta ifrån mig min pappa, så långt det nu låter sig göras, nu när han är död.

Det kan jag förstå men jag klarar faktiskt inte av att förlåta henne och var hon nu är begravd – eller om hon själv valde att bli strödd för vinden – vet jag faktiskt inte. Min syster vet, men jag har aldrig frågat henne.

Min mamma som jag inte kan förlåta och som jag av det skälet fortfarande ofta tänker på trots att det väl knappast kan finnas något sämre skäl till att tänka på den människa som rent bokstavligt födde mig till världen.

Min pappa som jag tänker på varje dag och alltför ofta med den sorg som följer av saknad. Bäst är det när han kommer till mig ändå, utan att jag behöver tänka på honom. Som nu, när han plötsligt står i dörren till mitt arbetsrum. Hans stora hand som stryker över dörrlisten. Hur han tar ett halvsteg tillbaka, lägger huvudet på sned, kisar. Sitter den inte lite snett? Kanske lika bra att han hämtar väskan med sina verktyg och ser till att det blir ordnat, nu när han ändå råkar ha vägarna förbi.

Verklighet störtad... utan Verklighet född... en Uppkomlings Arvedel.

## 73.

### Den Vetenskaplige Detektiven konfronteras med sin författare

Den här berättelsen går mot sitt slut och i mitt inre har Den Vetenskaplige Detektiven sedan en längre tid grälat på Författaren. Vad är det egentligen han har skrivit? Är det en roman om en klassresa som de båda – dessutom – skulle ha gjort tillsammans? Något som Författaren i avgörande stycken har hittat på och som Den Vetenskaplige Detektiven därför kan förlika sig med och lägga åt sidan i en rent saklig mening, en romantiserad beskrivning som inte skall läsas med krav på sanning och objektivitet helt enkelt, och några synpunkter i övrigt har han i så fall inte, för tillfället åtminstone.

Handlar det däremot om en självbiografi blir kraven givetvis andra. Trots alla fel och brister som normalt vidlåder även sådana redovisningar, precis som vittnesmål i vanliga rättssaker, så är Den Vetenskaplige Detektiven föga road av att bli indragen i något som inte håller för en saklig, objektiv och kritisk granskning. Låt vara att det ibland kan vara så illa, det vidgår även han, att den enda möjlighet att finna sanningen som återstår, är att ljuga sig fram till den. Oavsett vilket har han samtidigt svårt att se att detta undantag skulle vara tillämpligt på en så pass omfattande historia som det handlar om i det här fallet.

För att få slut på dialogen i mitt inre bestämmer jag mig för att återvända till den punkt där jag inledde min klassresa i en rent materiell mening. Jag talar således inte om den tanke som hade satt sig i huvudet på min pappa utan om det läroverk där jag faktiskt skulle lösa min biljett till resan, Norra Real, på Roslagsgatan i Stockholm, och för en gångs skull är det också så praktiskt att byggnaden finns kvar och att den i allt väsentligt ser ut som den gjorde första gången jag satte min fot där för mer än femtio år sedan. Som jag minns att det såg ut kanske jag skall tillägga för att inte Den Vetenskaplige Detektiven skall ta ny sats och kasta sig över även mig.

Till höger i trapphallen, innanför entrén och en halv trappa upp, sitter en marmorplatta med en inskription i guld. Så långt stämmer det, vilket talar mer för en självbiografi än en roman. Plattan är visserligen betydligt mindre än jag minns den men det bekymrar mig föga, eftersom jag själv är dubbelt så stor som den första gången jag såg den, och i en vetenskaplig bemärkelse numera väl påläst på det faktum att en iakttagelse är resultatet av ett samspel mellan egenskaper hos betraktaren och det objekt som han studerar.

Sedan blir det tyvärr betydligt värre vad objektiviteten anbelangar och jag lämnar snabbt den biografiska terrängen. Överst står texten som i verkligheten lyder som följer: "Åt minnet av forna lärjungar vilka offrat sina liv i polarforskningens tjänst."

Ingenting om "Dessa gamla elever i Norra Real" som skulle ha gjort samma sak och att jag skulle försöka försvara mig med att valet av ord är ointressant duger inte. Minnestavlan sattes upp 1931, något som framgår av en inskription längst ner på tavlan, som jag för övrigt helt glömt bort, och då uttryckte man sig inte på det viset som jag gjorde i mitt tidiga minne. I mitt minne har jag helt enkelt skrivit om texten för att få den att stämma bättre med det sätt på vilket jag långt senare väljer att formulera mig.

Under den inledande raden står tre namn med personernas födelse- och dödsår angivna efter namnen, samt namnet på den polarexpedition där de omkom.

Alfred Björling, som dog 1893 under "Grönlandsexpeditionen".

Nils Strindberg, död i samband med "Andrée-expeditionen", 1897.

Finn Malmgren, död 1928, under "Italiaexpeditionen".

Det står tre namn på döda elever på tavlan, inte fyra. Det fjärde namnet saknas. S.A. Andrée, Salomon August Andrée, den ojämförligt mest kände av dem, finns endast omnämnd i sin egenskap av ledare för "Andrée-expeditionen" och skälet är mycket enkelt. Andrée var född i Gränna, 1854. Han gick fyra år i Jönköpings Högre Allmänna Läroverk men han tog aldrig studenten och i Norra Real har han, såvitt jag har kunnat utröna, sannolikt aldrig satt sin fot.

På tavlan hamnade han med hjälp av min fantasi för att jag ville göra historien bättre, kanske till och med för att adla mig själv och mina motiv, och det är bland annat sådant som skiljer en roman från en självbiografi. I mitt huvud har han säkert funnits mycket länge och att jag trivts gott med att ha honom där behöver kanske inte sägas.

Det här är en historia som jag berättade för mina barn så fort de blev tillräckligt gamla för att orka lyssna och om de nu tyckte att poängen nog mer handlade om deras pappa än om skolan där han gick så var de i vart fall så snälla och väluppfostrade att de aldrig sa det till honom.

En självbiografi, en roman, en vanlig berättelse om min klassresa? Vad det nu spelar för roll, tänker jag när jag sitter i bilen på väg bort från den plats där jag en gång löste biljetten till resan. För det är jag som är Leif GW Persson och det är jag som nu har tecknat ner berättelsen om mitt liv. Min historia som jag minns den och någon annan finns inte, inte i mitt huvud i varje fall.

– Gustavs grabb, det är jag... Efter mig.

# XI
EPILOG

IX

## 74.

### När pappa Gustav for till himlen

När min pappa Gustav for till himlen tog han bara med sig det nödvändiga som han behövde för att kunna fortsätta sin livsgärning i den Stad Ovan Molnen dit han just flyttat. Först tog han på sig blåställ, stövlar och keps. Därefter packade han sin verktygsväska. Han packade ner sin hammare och en låda med spik, sin morakniv med det röda träskaftet, såg, hyvel, handyxa, hovtång, stämjärn och skruvmejsel, borrsväng och borr. Överst i väskan lade han så tumstock, vinkeljärn, vattenpass och lod, lodlinan prydligt hopnystad. Bra att ha om nu hans sjätte sinne skulle svikta och han behövde hjälpa sina ögon och de händer som annars aldrig svek honom.

Vad skall jag själv ta med mig när den dagen kommer?

Alla pengar som jag har tjänat? Alla böcker som jag har skrivit? Det jaktgevär som i vart fall har skänkt mig några sekunder av jordisk lycka varje gång som jag tagit livet av ett oskyldigt djur. Eller kanske det förstoringsglas som har fått stå som själva symbolen för mitt liv som Vetenskaplig Detektiv.

Vad jag nu skall med dem till?

I Vår Herres Himmel finns inget bruk för pengar och varför släpa med mina egna böcker när andra skrivit böcker om samma saker som är bättre än mina. Vad har jag för behov av ett dödligt vapen på Den Andra Sidan eller det förstoringsglas som redan i mitt jordeliv tog från mig både insikt, överblick och perspektiv och bara kunde erbjuda mig fragmentariska detaljer som tillfällig tröst de gånger jag fick för mig att det kunde leda mig framåt.

Jag får komma utan allt detta. Det finns ingenting som jag kan ta med mig när jag går. Jag får komma som när jag kom till jorden och det där med segerhuvan slutade jag tro på för en mansålder sedan. Människor som jag föds aldrig med Segerhuva. Vi föds med sociala, ekonomiska och intellektuella handikapp och ju högre anspråk vi ställer på våra liv desto mer kommer de att plåga oss, i stort såväl som smått och även när det kommer till rena struntsaker. Mitt största tillkortakommande bär jag dessutom ständigt med mig.

Den Leif GW Persson som lever i det svarta hålet i mitt eget bröst sedan den dagen jag reste bort för att aldrig återvända hem igen.

Alldeles oavsett att jag en gång hade en pappa som bara ville mitt bästa och rent bokstavligt var villig att offra sitt liv för att jag skulle få komma mig upp.